HEYNE
BÜCHER

Von Robin Moore
sind als Heyne-Taschenbücher erschienen:

Die grünen Teufel · Band 01/489
Mission im Mituyan · Band 01/705
Die Versuchung der grünen Teufel · Band 01/5023
Der Parasit · Band 01/5420
Das Syndikat · Band 01/5741
Dubai · Band 01/5774
Heroin – Cif New York · Band 01/5926
Die Schöne und der Mächtige · Band 01/5984
Das Team · Band 01/6125
Das Establishment · Band 01/6437
Grüne Pest · Band 01/7885

ROBIN MOORE

BITTERER ZUCKER

Roman

Deutsche Erstausgabe

WILHELM HEYNE VERLAG
MÜNCHEN

HEYNE ALLGEMEINE REIHE
Nr. 01/574

Titel der Originalausgabe
THE DEVIL TO PAY
Aus dem Amerikanischen übersetzt von Wulf H. Bergner

22. Auflage

Printed in Germany 1991
Umschlagillustration: The Image Bank/A. Satterwhite, München
Umschlaggestaltung: Atelier Ingrid Schütz, München
Gesamtherstellung: Elsnerdruck, Berlin

ISBN: 3-453-00069-2

VORWORT

Bevor ich das phantastische Abenteuer schildere, auf dem BITTERER ZUCKER basiert, möchte ich erzählen, wie Robin Moore, Verfasser von DIE GRÜNEN TEUFEL, dazu gekommen ist, die Story meiner Abenteuer zu schreiben.

Bis zum Frühjahr 1961 war ich überall unterwegs, wo es Schwierigkeiten, Aufregungen und die meisten Dollars gab. Ich kam in ganz Südamerika herum und war an vielen Revolutionen der letzten Jahre beteiligt. Vor allem als fliegender Waffenschmuggler, und da der Waffenschmuggel ein gefährliches Geschäft ist, verdiente ich ausgezeichnet. Aber ich erlebte auch zu meiner Enttäuschung, wie gewalttätig, heimtückisch und grausam wir alle sein können – ich ebenfalls.

Ein altes Strafverfahren endete schließlich mit meiner Verurteilung, und ich mußte fünf Monate einer fünfjährigen Gefängnisstrafe absitzen. Wenn diese Taschenbuchausgabe erscheint, ist die Bewährungsfrist abgelaufen, und ich darf wieder ins Ausland reisen. Ich habe viel Gelegenheit gehabt, über die Vergangenheit nachzudenken, und wenn ich dieses Buch und meine Notizen lese, die ich während der Monate in Mittelamerika und Westindien gemacht habe, bedaure ich einiges. Ich bedaure jedoch nichts, mit dem ich beigetragen habe, Batista zu stürzen. Ich bedaure nur, daß ich geholfen habe, einen Fanatiker zu seinem Nachfolger zu machen, einen Demagogen, der nicht stark genug war, um Herr im eigenen Haus zu bleiben. Ich hoffe, daß ich in Zukunft gegen Bezahlung oder als Freiwilliger mithelfen kann, Fidel Castro zu stürzen.

Noch ein Wort zu diesem Buch. Robin Moore hat es für mich geschrieben, und er kennt nicht nur aus eigener Erfahrung die Verhältnisse, die vor Castro auf Cuba herrschten, und auch fast alle Personen und Orte der Handlung, sondern hat auch einen Teil der Story gemeinsam mit mir erlebt. Ich habe ihm die Ereignisse aus meiner Sicht geschildert, und er hat sie niedergeschrieben, wie nur er es kann. Er ist für die Form verantwortlich und hat mir geholfen, den Inhalt und einige der Ansichten zu formulieren.

Wir haben einige Namen, Daten und Orte geändert, um etlichen Leuten viel Kummer zu ersparen. Ich war damals zu beschäftigt, um viele Notizen oder Niederschriften zu machen, aber das Buch ist so tatsachengetreu, wie es aus dem Gedächtnis möglich ist. Es enthält die gleichen Elemente aus Wahrheit und Erfindung, die schon DIE GRÜNEN TEUFEL auf der ganzen Welt zum Bestseller gemacht haben, und ich kann mir natürlich nur wünschen, daß Robin Moore ebenso viele Leser für die Story meiner Abenteuer findet – für BITTERER ZUCKER.

Jack Youngblood
1966

1

An diesem Oktobermorgen des Jahres 1956 wachte ich wie üblich spät auf. Dann fiel mir ein, daß heute Montag war – der letzte Tag, an dem ich meine Entscheidung treffen wollte. Aber ich hatte noch viel Zeit ...

Ich zog mich in aller Ruhe in meinem Hotelzimmer an, ging nach unten und durchquerte die Halle des Del Prado, um zu sehen, wie Mexico-City sich heute ausnahm.

Ich war hier vor zwei Wochen am Ende eines fast tödlichen Abenteuers angekommen. Letztes Jahr war ein Gangster aus Cleveland namens Benny ›Soup‹ More vor dem FBI und den Boys seines Syndikats ausgekniffen; sein Flugzeug mit über einer Million Dollar an Bord war im Dschungel an der Grenze zwischen Mexiko und Guatemala abgestürzt. Ich hatte danach gesucht, als ich ebenfalls notlanden mußte. Fünf Tage später taumelte ich erschöpft, halb verhungert und halb von Moskitos gefressen aus dem dampfenden Regenwald. Dann schaffte ich es in kleinen Etappen bis nach Mexico-City.

Dort brauchte ich unter ärztlicher Aufsicht eine Woche, um wieder zu Kräften zu kommen. Und ich ließ es mich einiges kosten – teure Launen, schöne Frauen, Poker mit hohen Einsätzen, gutes Essen und Trinken –, meine Selbstachtung wiederzugewinnen. Nachdem ich die Entscheidung tagelang aufgeschoben hatte, mußte ich jetzt überlegen, wie ich meinen Finanzen auf die Beine helfen konnte. Aber ich hatte noch viel Zeit ...

Nach einem verspäteten Frühstück und einem gemächlichen Spaziergang durch die Stadt kam ich in die Monte-Negro-Bar des Del Prado zurück. Bei einem doppelten Scotch und einer duftenden Havanna dachte ich über die bevorstehende Entscheidung nach.

Dann sah ich Luis. Er beobachtete mich durch die Glastür der Bar und grinste, als ich zu ihm hinübersah. Luis hatte mich in seinem uralten Taxi vom Krankenhaus ins Hotel gefahren; seitdem betrachtete er mich als seine persönliche Einnahmequelle und ließ mich kaum mehr aus den Augen. Wollte ich die Stadt besichtigen? Hatte ich Besorgungen zu erledigen? Brauchte ich seinen guten Rat in Geldsachen? Und natürlich wartete die schönste Señorita Mexikos nur auf mich: »Sie ist erst vierzehn, Señor, und Sie wären der erste . . .«

»Okay, Luis.« Ich winkte ihn herein.

Er kam herangetrabt. »Was kann ich heute für Sie tun, Señor?«

»Na, vielleicht *kannst* du etwas tun. Fangen wir mit *La Prensa* an. Aber die heutige Ausgabe, nicht die von letzter Woche!«

Luis verschwand. Als ich gerade den zweiten Drink bestellte, tauchte er mit einer ungeöffneten Zeitung auf, die er mit beiden Händen trug.

»Señor Jack«, sagte er stolz, »hier ist — wie Sie sagen — die letzte Ausgabe.«

Ich drückte ihm einen Zehnpesoschein in die Hand. »Verschwinde jetzt und laß mich in Ruhe.«

»Gracias, Señor«, murmelte Luis und ließ mich allein.

Ich breitete die Zeitung aus und überflog eine Spalte nach der anderen. Ein Artikel auf der vierten Seite erregte mein Interesse. Der Reporter war nach Chalco gefahren, einer Kleinstadt 35 km außerhalb von Mexico-City. Auf der Ranch Santa Rosa hatte er eine Gruppe bärtiger Exilcubaner interviewt, die dort ausgebildet wurden, um eines Tages ihre Insel zu besetzen und den Diktator Fulgencio Batista zu stürzen. Der Führer dieser Revolutionäre hieß Fidel Castro.

Während meiner Tätigkeit in Mittel- und Südamerika hatte ich diesen Namen schon oft gehört. Ich wußte, daß Castro etwa Dreißig war, es zum Doktor der Rechte gebracht hatte und als hoffnungsvoller Revolutionär bekannt war. Er hatte Studentenunruhen in Havanna organisiert und die 9. Interamerikanische Konferenz in Bogotá durch Demonstrationen gesprengt, so daß General George C. Marshall, der amerikanische Außenminister, unverrichteter Dinge nach Washington zurückfliegen mußte.

Als Batista am 10. März 1952 zum zweitenmal die Macht ergriff, nahm Castro sich vor, Cuba von ihm zu befreien. Am 26. Juli 1953 führte er einen vergeblichen Angriff gegen die Moncado-Kaserne in Santiago de Cuba. Er und sein Bruder Raúl wurden gefangengenommen und auf die Pinieninsel deportiert. Eineinhalb Jahre später wurden sie anläßlich einer Generalamnestie freigelassen und in Havanna als Märtyrer gefeiert. Später gingen sie nach Mexiko und sammelten dort allmählich eine Streitmacht überzeugter Patrioten um sich.

Ja, ich wußte einiges über Castro – aber nicht, daß er sich ganz in der Nähe aufhielt. Diese Nachricht machte mir die Entscheidung leicht: Ich würde der Bewegung des 26. Juli meine Dienste anbieten. Schließlich war anzunehmen, daß es genügend einflußreiche Cubaner und Amerikaner gab, die Batista so lange geschröpft hatte, daß sie jetzt jeden unterstützten, der diesem Zustand ein Ende bereiten wollte. Unterstützten sie Castro reichlich genug, konnte er es sich leisten, mich anzustellen, und ich konnte es mir leisten, gegen Batista zu arbeiten.

Ich warf einige Pesos auf die Bar und ging hinaus. Luis stand sofort neben mir.

»Luis, kennst du den Weg nach Chalco – Ranch Santa Rosa?«

»Si, die Ranch von Señor Rivera, der mit Pancho Villa zusammengearbeitet hat.« Luis kratzte sich den Kopf. »Ich glaube aber, Señor Rivera ist nicht mehr dort.«

»Kannst du mich morgen hinfahren?«

»Si. Und für heute abend wollen Sie . . .«

»Heute abend bin ich selbst beschäftigt. Du holst mich morgen früh hier ab.«

Ich ging ins Hotel zurück und hob das Zimmertelefon ab. Meine kleine Stewardeß war noch in Mexico-City. Zum Glück mußte sie am nächsten Tag nicht fliegen, was für heute eine lange Nacht bedeutete. Luis würde bis Mittag warten müssen, bevor wir zur Ranch Santa Rosa abfahren konnten.

Luis mußte schließlich sogar zwei Tage warten, bevor ich in seine auf Hochglanz polierte Klapperkiste stieg, um mich nach Chalco fahren zu lassen. Aber Luis war die Fahrt von Anfang an unheimlich. Er protestierte lautstark dagegen, und als ich ihm einen Revolver gab, den er in seine weite Hose stecken sollte, wäre er vor Schreck fast in den Straßengraben gefahren.

Die Fahrt nach Chalco dauerte vierzig Minuten. Die Ranch Santa Rosa erstreckt sich fünfzehn Kilometer weit an der Straße entlang und ist etwa einhundertfünfzig Quadratkilometer groß. Wir fuhren durch ein unversperrtes und unbewachtes Tor zu dem Haus hinüber, das nicht weit vom Tor entfernt auf einer Anhöhe stand. Es war ein typisch mexikanisches Ranchhaus – grauer Stuck unter einem flachen Ziegeldach. Wir parkten vor der Tür und warteten. Niemand zeigte sich; nirgends ein Lebenszeichen.

»Anscheinend sind sie nicht da«, seufzte Luis erleichtert. Er ließ den Motor an und wollte fröhlich pfeifend abfahren.

»Halt«, warf ich ein. »Ich will mir das Haus ansehen.«

»Aber dieses Mädchen, Señor Jack, warten Sie nur, bis Sie es gesehen haben! Die langen schlanken Beine und die . . .«

Ich war bereits im Haus verschwunden, bevor Luis weiter Reklame machen konnte. Als meine Augen sich an das hier herrschende Halbdunkel gewöhnt hatten, sah ich einen bärtigen Mann an einem Tisch sitzen; er schrieb mit einem altmodischen Federhalter, den er oft in das Tintenfaß tauchte. Es war Fidel Castro, und er hatte meine Anwesenheit entweder nicht wahrgenommen oder übersah sie absichtlich.

Ich ließ mich nicht aus der Ruhe bringen, sondern sah mich inzwischen um. Neben mir stand ein leerer Gewehrständer an der Wand; in der Ecke mir gegenüber arbeitete Castro an seinem Schreibtisch; der Boden zwischen uns war mit leeren Munitionskisten, Uniformstücken, Militärstiefeln und anderen Kleinigkeiten übersät.

Ich trat drei Schritte vor. Castro erhob sich daraufhin, lächelte freundlich und kam mir durch den Schutthaufen entgegen. Er trug einen Arbeitsanzug der US Army – dunkelgrüne Jacke mit Metallknöpfen, formlose Hosen mit aufgenähten Taschen und eine leichte Mütze.

»Fidel Castro«, sagte er und streckte dabei die Hand aus.

Ich nahm seine Hand, schüttelte sie und sagte dabei: »Ich bin Jack Youngblood.«

Der Name schien ihm bekannt zu sein: Castro ließ meine Hand nicht los, sondern schüttelte sie noch heftiger. Er versuchte meinen Namen zu wiederholen, was für spanische Zungen fast unmöglich ist; dabei kam etwa ›Jungblut‹ heraus.

Luis war inzwischen bis zur Tür vorgedrungen, aber als Castro ihn hereinwinkte, zog er sich wieder zurück.

»Kommen Sie herein!« rief Castro. »Darf ich Ihnen einen Drink anbieten?«

Luis wagte sich endlich herein.

Fidel nahm eine Whiskyflasche aus einer Munitionskiste und füllte zwei Gläser. Mir fiel auf, daß er zwei Uhren am linken Handgelenk trug, die nach oben und nach unten zeigten.

Dadurch brauchte er nie die Hand zu drehen, um auf die Uhr sehen zu können.

»Entschuldigen Sie mich noch eine Minute, Gentlemen, damit ich dieses Dokument fertigstellen kann.« Er ging an seinen Schreibtisch zurück, nahm einen kräftigen Schluck Cognac Metaxa aus einer Flasche und wischte sich den Mund ab. »Ich schreibe eine Anklageschrift gegen El Tigre, der mehr Blut als jedes andere Mitglied der gegenwärtigen Regierung vergossen hat. Entschuldigung – El Tigre ist Senator Rolando Masferrer. Seine Privatarmee zieht durch unser Land, mordet, stiehlt und schändet unsere Frauen. Sobald wir Cuba befreit haben, wird er als erster an die Wand gestellt.« Castro begann wieder eifrig zu schreiben.

Luis und ich tranken unseren Whisky und sprachen leise miteinander. Dieses unordentliche Ranchhaus, unser freundlicher Gastgeber, die Pistole unter meinem linken Arm und der Revolver in Luis' Hose – das alles erschien mir jetzt fast lächerlich. Ich bezweifelte, daß mein Besuch zu irgendeinem Resultat führen würde.

Wenig später war Castro fertig, steckte sein Dokument in einen Umschlag und wandte sich an uns. »So, Señores, Sie wollen also Mitglieder unserer revolutionären Bewegung werden.«

»Ich habe erfahren, daß Sie finanziell gut unterstützt werden«, antwortete ich und schob meinen weißen Stetson zurück.

Fidel runzelte die Stirn. »Die vielen Förderer der Bewegung sind großzügig, und selbst unsere amerikanischen Freunde lassen sich wahrscheinlich nicht lumpen, sobald sie Erfolge sehen.«

Castros blumenreiches Spanisch war nicht einfach zu verstehen, aber diesmal begriff ich sogar, daß diese Bemerkung sarkastisch gemeint war. »Ich bin hierher gekommen, weil ich annehme, daß Sie einen Mann wie mich brauchen können«, sagte ich. »Mein Name war Ihnen offenbar nicht unbekannt. Sie haben schon von mir gehört?«

»Ja, Señor, ich habe alles von Ihnen gehört.« Dabei lächelte er so eigenartig, daß ich mich fragte, bei wem er sich erkundigt haben mochte. »Und wir könnten einen Mann mit Ihren Fähigkeiten brauchen. Wir haben eben eines der besten amerikanischen Flugzeuge gekauft, eine DC-3 – aber keiner von uns kann die Maschine fliegen. Kommen Sie damit zurecht, Señor?«

»Ich fliege die DC-3 und jedes andere Flugzeug, das Sie vielleicht noch kaufen.«

»Würden Sie eine Runde um die Ranch fliegen, sobald die Maschine da ist?«

»Vielleicht. Aber ich fliege nicht umsonst. Ich arbeite nur für die Bewegung, wenn sie mich bezahlen kann. Jeder Auftrag hat seinen festen Preis, an dem es nichts zu handeln gibt.«

»Was verlangen Sie als Pilot der DC-3, Señor?«

»Hundert amerikanische Dollar pro Stunde. Das gilt für Flüge in Mexiko — im Ausland steigt der Preis natürlich.«

»Aber das ist teuer, Señor«, protestierte Fidel, ohne sich aber wirklich zu beschweren oder meine Forderung abzulehnen.

»So viel kostet es eben.«

»Vielleicht bekämen Sie anderswo mehr?«

Ich grinste nur. »Vielleicht, aber Sie können mir genug zahlen, und ich möchte lieber für die richtige Seite arbeiten. Comprende, Señor?«

Fidel grinste ebenfalls. »Gut, Sie bekommen Ihren Preis. Wir haben in kürzester Zeit eine Menge zu tun.« Er wandte sich an Luis. »Und Sie, Señor, wie wollen Sie die Ziele der Bewegung fördern?«

Luis zuckte zusammen. »Señor Führer der Bewegung, ich bin Taxifahrer in Mexico-City und weiß nichts von Waffen und Revolutionen.« Dann mit einem verschlagenen Lächeln: »Aber da Señor Jack sich Ihnen anschließt, möchte ich Ihnen auf meine Weise helfen. Sie haben viele junge Männer hier? Sie werden hart ausgebildet? Sie haben etwas Geld? Sie müssen sich auch entspannen, um gute Soldaten sein zu können? Schicken Sie Ihre Leute zu mir, Señor, und ich sorge dafür, daß sie die hübschesten Mädchen von Mexico-City kennenlernen — zu niedrigsten Preisen. Das macht gute Soldaten aus ihnen.«

Castro starrte ihn eisig an.

Luis wich zurück.

»Señor Taxifahrer, meine Barbudos kennen nur ein Ziel — wir müssen die wahre Regierung errichten und die alte stürzen.« Dann war Fidel wieder so herzlich wie zuvor. »Deshalb warten wir lieber, bis die Bewegung Havanna eingenommen hat, bevor wir Sie rufen, Señor Taxifahrer.«

»Si, si, Señor Führer der Barbudos«, stimmte Luis erleichtert zu.

Castro füllte unsere Gläser nach und schien mir noch einige Fragen stellen zu wollen, als wir unterbrochen wurden. Auf der Schwelle erschien ein wahrer Riese mit dem dichtesten Vollbart, den ich je gesehen hatte. Er trug ebenfalls einen amerikanischen Arbeitsanzug, aber keine Mütze; da seine langen Haare und der Bart den Kragen verdeckten, schien er keinen Hals zu haben. Trotz seiner furchterregenden Erscheinung und des Colts mit Perlmuttgriff an seiner rechten Hüfte strahlte der Mann Freundlichkeit und gute Kameradschaft aus.

»Perdón, mi comandante«, sagte der Mann und starrte dabei meinen Stetson an. »Störe ich?«

»Camilo«, rief Fidel aus und ging auf ihn zu. »Hier kannst du einen neuen Freund unserer Bewegung begrüßen. Dies ist Señor . . .« Er ließ meinen Namen aus und sagte statt dessen zu mir: »Señor, ich darf Sie mit Camilo Cienfuegos bekannt machen, meinem treuesten Barbudo.«

Ich streckte die Hand aus. »Ich heiße Jack Youngblood, Señor.«

Camilo schüttelte mir die Hand. »Sie sind Amerikaner«, sagte er auf Englisch.

»Sie sprechen gut Englisch«, antwortete ich auf Spanisch.

Castro grinste und legte Camilo einen Arm um die Schultern. »Ja, Camilo spricht Englisch. Er hat mehrere Jahre lang in Ihrem Land gearbeitet. Er war der beste Kellner Amerikas.«

»Wie hat es Ihnen gefallen, Camilo?« fragte ich.

Camilo lachte breit. »Nicht schlecht. Ich mußte nur einige Stunden täglich arbeiten und bekam das beste Essen.« Er kniff ein Auge zu und sprach rasch auf Englisch weiter. »Und ich hatte viel Zeit für die schönen amerikanischen Mädchen. Ah, die vermisse ich wirklich. Hier gibt es nichts dergleichen.« Er seufzte und sah wieder meinen Stetson an. »Sie kommen aus Texas?«

»Ich bin gelegentlich dort gewesen.«

»In Mexiko gibt es diese Hüte nicht«, stellte er fest. »Kommen Sie bald wieder in die Staaten?«

»Vermutlich reise ich oft hin und her.«

»Wieviel kostet ein Hut dieser Art?«

»Fünfzig Dollar. Man kann aber auch hundert ausgeben.«

»Kaufen Sie einen für mich, wenn Sie wieder in Amerika sind, mein Freund? Ich bezahle ihn, sobald ich ihn habe.«

»Selbstverständlich. Fidel, haben Sie nichts in den Staaten zu erledigen?«

»Bald«, antwortete er.

»Verkaufen Sie mir bitte Ihren Hut«, sagte Camilo plötzlich. »Ich zahle fünfzig Dollar dafür.«

Es handelte sich zufällig um meinen Lieblingshut, den ich sogar im Hotel abgegeben hatte, bevor ich die Suche nach dem abgestürzten Flugzeug begonnen hatte — nur dadurch besaß ich ihn überhaupt noch. Ich wollte mich um keinen Preis von ihm trennen.

Cienfuegos wies auf meinen Stetson und sagte irgend etwas auf Spanisch zu Fidel. Castro starrte erst den Hut und dann mich an, bis mir klar wurde, was er von mir erwartete.

Camilo legte mir eine Pranke auf die Schulter. »Na, Jack, alter Freund und Barbudo, wollen Sie mir Ihren Hut für fünfzig Dollar verkaufen?«

Ich sah zu Fidel hinüber, der meinen Blick gelassen erwiderte. Nun, schließlich wollte ich mit den Kerlen ins Geschäft kommen . . .

»Der Hut ist gebraucht«, sagte ich, »deshalb kann ich keine fünfzig dafür verlangen.«

Camilo griff in die Hosentasche, holte ein riesiges Klappmesser, Löffel und Gabel, einige Magazine Pistolenmunition und ein schmutziges Taschentuch heraus. Er legte diese Schätze auf den Tisch, grub endlich sein Portemonnaie aus und entnahm ihm zwei Zwanzigdollarscheine. Ich griff zögernd nach dem Geld und nahm meinen Stetson ab. Ich fühlte mich nackt.

Camilo strahlte über das ganze Gesicht, als er sich den Hut aufsetzte, und Fidel nickte mir fast unmerklich zu.

»Ha!« rief Camilo und stapfte auf der Suche nach einem Spiegel durch den Raum. Schließlich lief er hinaus und probierte den Stetson vor Luis' Taxi auf, wobei er die Scheiben als Spiegel benützte.

»Camilo ist glücklich«, meinte Fidel und fuhr dann ernsthaft fort: »Sie können einen wichtigen Auftrag in den Vereinigten Staaten für uns erledigen, Señor.«

Ich wartete schweigend.

»Der frühere Präsident von Cuba, den dieser Meuchelmörder, der jetzt mein Land mit brutaler Gewalt regiert, abgesetzt und ins Exil geschickt hat . . .« Er holte wütend tief Luft.

»Was soll ich für Sie tun, Fidel?« warf ich ein, um die Tirade abzukürzen.

Castro starrte mich an, als müsse er erst seine Gedanken sammeln. »Suchen Sie Doktor Carlos Prio Socarras in Miami auf«, sagte er dann, »und vereinbaren Sie ein Treffen zwischen uns beiden.«

»Soll ich Ihnen helfen, Prio um einen Beitrag zu erleichtern?« fragte ich.

»Sie vereinbaren nur die Zusammenkunft, Señor; um Einzelheiten kümmere ich mich selbst.« Er sah nach draußen, wo Camilo noch immer mit dem Stetson beschäftigt war.

»Wenn es sich darum handelt, Spenden einzutreiben, möchte ich meinen Anteil«, sagte ich.

»Sie bekommen Ihre Spesen ersetzt — und Sie werden ein Held der Revolution«, versprach Fidel mir.

»Für den Helden kann ich mir nichts kaufen.«

Castro betrachtete mich mit zusammengekniffenen Augen. »Sie bekommen natürlich auch Ihr Gehalt.«

»Ich habe *Anteil* gesagt, Fidel. Für das Treffen mit Prio verlange ich zehn Prozent der eingehenden Spenden.«

»Zehn Prozent! Lächerlich! Zehn Prozent . . .«

»Murmeln Sie nicht in Ihren Bart hinein.«

»Ich appelliere an Ihr demokratisches . . .«

»Vergeuden Sie Ihre Zeit nicht mit Appellen an mein demokratisches Gewissen«, unterbrach ich ihn. »Ich bin freier Amerikaner, nicht einer Ihrer Barbudos.«

Castro schwieg zunächst. »Gut, lassen wir die Sache mit Doktor Prio vorläufig«, meinte er dann. »Vielleicht gibt es einen lohnenderen Auftrag, den Sie für die Bewegung durchführen können, Señor.«

»Ich höre.«

»Wir haben vorläufig nicht genug Waffen und Munition, um die Leute richtig ausbilden zu können. Deshalb brauchen wir viel mehr.«

»Das klingt schon besser, Fidel. Was wird denn gebraucht?«

»Alles, Señor, das müßten *Sie* am besten wissen. Gewehre, Karabiner, leichte Maschinengewehre, Granatwerfer, Granaten.« Er zuckte mit den Schultern. »Wir müssen einen Krieg gewinnen.«

»Das kostet eine Menge Geld.«

»Wir haben genug.«

»Wann brauchen Sie das Zeug?«

»Sie fliegen sofort wieder in die Staaten zurück und treffen die notwendigen Vereinbarungen. Inzwischen müßte unsere DC-3 ausgeliefert werden. Sie holen damit die Waffen ab und bringen sie hierher.«

»Klingt wunderbar. Wie steht es mit Geld?«

»Ich gebe Ihnen einen Mann mit, der die nötige Summe bei sich hat.«

Wir wollten eben über Einzelheiten sprechen, als draußen laute Stimmen näher kamen. Sobald der erste Mann den Raum betrat, lief mir ein kalter Schauer über den Rücken, und ich griff unwillkürlich nach meiner Pistole. Die Gestalt mit dem dünnen Schnurrbart, dem Colt im Gürtel und der Maschinenpistole über der Schulter war Dr. Ernestro Guevara, besser unter dem Namen El Ché bekannt. Er hatte seine Arztpraxis in Argentinien aufgegeben, um Chef der Geheimpolizei in Guatemala zu werden. Diesen Posten hatte er bekleidet, als ich Oberst Carlos Castillo Armas mit einer Handvoll Männer aus dem Gefängnis befreite, wodurch Guevara das Gesicht verlor und den Sturz des kommunistischen Regimes Arbenz nicht verhindern konnte. El Ché hatte Fidel natürlich alles über mich erzählt.

Nach ihm betrat ein hagerer junger Mann mit spärlichem Bartwuchs und wilder Mähne den Raum; in ihm erkannte ich Raúl Castro. Und dann kam ein untersetzter Mann von etwa Sechzig, der eine saubere Uniform und eine Klappe über dem rechten Auge trug.

»Comandante«, sagte El Ché.

Als er spöttisch lächelte, wußte ich, daß er mich erkannt hatte. Er flüsterte seinen Begleitern etwas zu, die mich daraufhin neugierig anstarrten.

Fidel grinste nur und wandte sich an mich. »Señor, ich darf Sie mit drei Führern der Bewegung des 26. Juli bekannt machen. Sie sehen hier El Ché Guevara, meinen Bruder Raúl und Oberst Alberto Bayo, der unsere Barbudos für die Invasion ausbildet.«

Ich sah vor allem rot. Guevara war als Kommunist bekannt. Raúl sollte in Moskau und Rotchina studiert haben. Bayo war Spezialist für Guerillakriege und hatte sein Auge im Kampf gegen Franco verloren, so daß er ebenfalls links der Mitte stehen mußte. Ich traute zwar Camilo und hätte Fidel gern getraut, aber drei Galgenvögel *dieser* Art machten mich doch mißtrauisch.

Fidel wies auf mich. »Der Señor ist seit zehn Minuten Einkäufer für die Bewegung des 26. Juli.«

»Was?« knurrte El Ché.

Raúl verzog den Mund; Bayo starrte mich wortlos an.

»Der Señor gehört nicht zu uns«, fuhr Castro fort, »sondern möchte nur Geld verdienen. Er weiß, was wir brauchen, deshalb geben wir ihm ab und zu eine kleine Provision. Wenn wir ihn nicht mehr benötigen . . .« Er zuckte mit den Schultern. »Auf einen Untergebenen mehr oder weniger kommt es nicht an.«

»Vielen Dank, Fidel«, sagte ich, da ich mir vorstellen konnte, daß Castro damit seine wahre Meinung ausgedrückt hatte.

Fidel drängte sich zwischen mich und die Barbudos, nahm meinen Ellbogen und führte mich hinaus. Luis ging rasch vor uns her.

Camilo stand draußen am Wagen und trug seinen Stetson wie ein Cowboy. Ich hatte den Eindruck, er sei draußen geblieben, weil die drei anderen hineingegangen waren.

Castro wandte sich ernsthaft an mich. »Man kann sich nicht immer die Helfer aussuchen, Señor, mit denen man das große Ziel erreichen will.«

Er schien gemerkt zu haben, daß ich beim Anblick der drei Männer ›Kommunisten‹ gedacht hatte.

Fidel drehte sich plötzlich um und schlug Camilo auf den Rücken. »Ah, Camilo«, rief er dabei. »Wir verstehen uns, was?«

»Si, Comandante«, antwortete Camilo und schob sich den Hut wieder zurück.

»Hör zu, der Señor fliegt für uns und kauft die Waffen!«

»Prima«, meinte Camilo. »Freut mich, daß Sie zu uns gehören, Jack.«

»Nur als Untergebener«, warf ich ein.

Fidel trat auf mich zu. »Sie fahren jetzt in Ihr Hotel zurück, Señor. Mein Beauftragter sucht Sie dort auf.« Er wandte sich ab und verschwand im Haus.

Camilo hielt mir die Autotür auf. »Wir sehen uns noch, Jack.«

»Klar, Camilo.« Ich setzte mich neben Luis, der erleichtert aufatmete und aufs Gaspedal trat. Wir ließen die Ranch in einer großen Staubwolke hinter uns.

2

Zwei Tage verstrichen, die Stewardessen kamen und gingen, und ich fragte mich allmählich, ob in Santa Rosa doch nicht alles geklappt habe. Vielleicht war es Guevara gelungen, mich bei Fidel zu verleumden – aber dazu war er eigentlich zu gerissen. Die viereinhalb Minuten in Guatemala City hatten ihm gezeigt, was ich konnte, und solange es gegen Batista ging, profitierte er ebenso von meiner Arbeit wie Fidel.

Ich wartete im Del Prado und schrieb dabei aus Langeweile einige Briefe. Das Datum erinnerte mich an meinen Geburtstag, der in wenigen Tagen bevorstand. Ich hätte ihn fast vergessen. Obwohl mein erster Flug erst zwölf Jahre zurücklag, schien inzwischen eine Ewigkeit vergangen zu sein . . .

Ich wurde am 25. Oktober 1930 in Allene geboren, einer kleinen Stadt am Little River in Arkansas. Meine Eltern besaßen eine hübsche Ranch mit Petroleumlampen, einem Klohäuschen im Hinterhof und viel freiem Land in jeder Himmelsrichtung. Sobald ich laufen konnte, jagte und fischte und ritt ich.

Mein Vater war völlig unabhängig und unbeugsam ehrlich; ich verdanke ihm nicht viel, obwohl ich zu glauben versuchte, Ehrlichkeit sei die beste Methode, da sie mir immer wieder empfohlen wurde. Die Praxis bewies eher das Gegenteil. Vater kaufte Holz zu ›fairem‹ Preis, den andere heruntergehandelt hätten, und verkaufte sein Vieh zu ›fairen‹ Preisen, obwohl er mehr dafür hätte erzielen können. Ich sah nicht ein, weshalb er sich selbst betrog, um andere reicher zu machen.

Aber Überlegungen dieser Art beschäftigten mich nur am Rande. Ich war mit dem Landleben zufrieden und nahm als selbstverständlich an, daß ich später die Ranch übernehmen würde. Die große Veränderung kam, als ich sechzehn war und am Unabhängigkeitstag zu einem Fischessen am Little River ging.

Schuld an dieser Veränderung war Marie, die im Miller County gemeinsam mit ihrem Bruder ein Flugzeug besaß. Ich begeisterte mich für die Fliegerei und aus diesem Grund auch für Marie. Am nächsten Tag landete Marie auf einer Weide unserer Ranch und gab mir den ersten Flugunterricht.

Zwei Wochen später startete ich zu meinem ersten Alleinflug in ihrer Stinson. Zwei Jahre später war ich bereits in allen möglichen Maschinen geflogen, die Marie, ihrem Bruder und dessen Freunden gehörten, und hatte festgestellt, wieviel die Leute für einen netten jungen Mann tun, der zwar kein Geld, aber dafür etwas Witz und Charme besitzt.

Inzwischen war ich zweieinhalb Jahre lang im College gewesen, und als der Koreakrieg ausbrach, meldete ich mich natürlich zur Luftwaffe. Ich fand es jedenfalls natürlich, aber die Luftwaffe versetzte mich zum Heer; ich erhielt mein Offizierspatent und wurde wie ein alter Güterwagen von einem Ort zum anderen geschoben. Im Laufe der Zeit erhielt ich eine gründliche Ausbildung in Theorie und Praxis von Kommandounternehmen, die ich später für eigene Zwecke verwendete. Die Regierung der Vereinigten Staaten hatte mich ein Handwerk gelehrt.

Meine Stellung als Offizier verschaffte mir Eingang in die Gesellschaft und brachte mich erstmals mit den Leuten zusammen, die später meine Dienste gut bezahlten. Während eines kurzen Urlaubs in Panama, wo mein Onkel, Kapitän z. S. Curtis T. Youngblood, Vorsitzender des Schiedsgerichts war, wurde ich zu Empfängen eingeladen, an denen auch viele lateinamerikanische Politiker teilnahmen.

Auf einem Empfang lernte ich zwei Männer kennen, die in jeder Beziehung gegensätzlich waren. Der eine war Jacobo Arbenz, der kommunistische Diktator von Guatemala – ein dicklicher, schwarzer kleiner Mann, dem ich sofort mißtraute. Der andere war Oberst Carlos Castillo Armas, ein hochgewachsener, eleganter Mann in der Uniform der Rebellenarmee von Guatemala. Oberst Armas hatte im November 1950 eine Revolte gegen das linksgerichtete Regime des Präsidenten Juan José Arévalo geführt. Dabei war er in Gefangenschaft geraten und zum Tod verurteilt worden; 1951 hatte er jedoch nach Kolumbien fliehen können. Während dieser Zeit im Exil hatte der rote Arbenz den nur rot angehauchten Arévalo abgelöst; Armas wartete nur auf eine günstige Gelegenheit, um wieder loszuschlagen.

Trotzdem saßen die beiden jetzt an einem Tisch in der Ecke

des Salons und sprachen freundlich miteinander. Armas und Arbenz waren Todfeinde, die geschworen hatten, einander zu vernichten – aber das hinderte sie nicht daran, in der Gesellschaft zusammenzutreffen und so zu tun, als sei nie etwas zwischen ihnen vorgefallen.

Nachdem ich einige Sätze mit Oberst Armas gewechselt hatte, brachte er das Gespräch auf militärische Ausbildungsmethoden und fragte mich nach meiner Meinung. Ich fühlte mich geschmeichelt, daß er mit mir über Guerillakriegführung und Landeunternehmen sprach, und freute mich noch mehr, als er mich für den nächsten Abend zum Essen einlud. Ich wäre nie auf die Idee gekommen, daß ein obskurer amerikanischer Leutnant einem Mann seiner Bedeutung nützlich sein könnte und würde.

Etwa ein Dreivierteljahr nach meiner Entlassung wurde ich in der Bar des Hotels Nacional in Havanna von einer eleganten jungen Dame angesprochen. Sie hieß Angelica und war eine Cousine von Oberst Armas. Sie hatte mich bereits seit zwei Monaten überall gesucht. Dann erzählte sie mir ihre Story.

Oberst Carlos Castillo Armas hatte bei Gesprächen mit nicht namentlich genannten Vertretern der amerikanischen Regierung festgestellt, daß Onkel Sam eine Revolution gegen Jacobo Arbenz unterstützen würde. Aber er hatte zu früh losgeschlagen, so daß der Aufstand rasch niedergeschlagen worden war. Eine Abteilung Geheimpolizei unter El Ché Guevaras Führung hatte die Offiziersunterkunft, in die sich Armas und seine Männer zurückgezogen hatten, mit Panzern umstellt.

Die Situation der Rebellen war hoffnungslos. Als ihnen ein faires Militärgerichtsverfahren zugesichert wurde, falls sie sich ergaben, hatte Armas sie selbst nach draußen geführt. Aber sobald sie den großen Innenhof des Hauptquartiers erreicht hatten, waren sie von allen Seiten beschossen worden. Armas war schwerverwundet von den Priestern gefunden worden, die gekommen waren, um den Sterbenden die Letzte Ölung zu erteilen. Die Priester mußten Tag und Nacht an seinem Krankenbett Wache halten, weil er sonst nicht vor Guevaras Mördern sicher gewesen wäre.

Das war also die Lage, die Angelica mir mit Tränen in den Augen schilderte. Dann fügte sie hinzu, daß bisher hundertachtzigtausend Dollar gesammelt worden seien, um ihren Cousin aus dem Gefängnis in Guatemala City zu befreien, und würde der Señor bitte dabei helfen?

Ich stellte fest, daß sie das Geld wirklich besaß und die Absicht hatte, es für die Rettungsaktion auszugeben; dann verlangte ich als erstes einen Vorschuß zur Deckung meiner Unkosten.

Wir flogen nach Nicaragua und kauften dort Waffen für Armas – Gewehre, Maschinengewehre, Munition und Sprengstoff. Dann brachten wir das Zeug an Bord eines alten Amphibienflugzeugs vom Typ *Catalina* und transportierten es nach Honduras. Dort hatte Angelica sechzehn Rebellen aus Guatemala angeworben, die ihr Leben für Armas riskieren wollten.

Ich bildete die Männer hart aus. Sie lernten, wie man mit Waffen umging und Sprengstoffe in Gebäuden einsetzt. Wir übten den Angriff in den Ruinen eines alten Forts und simulierten dort alle Probleme, die wir in Guatemala City zu lösen haben würden. Nach zwei Wochen entsprach die Kampfkraft meiner sechzehn Leute der eines durchschnittlichen Bataillons südamerikanischer Soldaten. Wir packten zusammen und starteten in Richtung Guatemala.

Wir wasserten mit unserer *Catalina* auf dem See außerhalb von Guatemala City. In der Abenddämmerung erreichten wir ein Haus gegenüber dem Gefängnis, in dem wir bis zum nächsten Morgen blieben. Als die meisten Gefangenen zu Arbeitseinsätzen abgerückt waren, wobei sie natürlich von Wärtern begleitet wurden, griffen wir an.

Der Plan rollte mit der Präzision eines Uhrwerks ab und forderte nur ein Todesopfer. Genau viereinhalb Minuten nach dem ersten Schuß erreichte Armas die Straße; drei Stunden später landeten wir in Honduras.

Ich strich eine hübsche Belohnung ein, aber auch Armas ging nicht leer aus. Wenige Monate nach seiner Befreiung marschierte er an der Spitze einer Rebellenarmee mit Zustimmung der Vereinigten Staaten in Guatemala City ein, stürzte das erste kommunistische Regime dieser Hemisphäre und bildete eine Regierung, die so demokratisch war, wie man es in Lateinamerika überhaupt verlangen kann.

Das ehrlich verdiente Geld wurde in Bergwerksaktien angelegt und schwand zusehends dahin, als ich hörte, daß Benny More mit einer Million an Bord an der Grenze zwischen Mexiko und Guatemala abgestürzt war. Ich machte mich mit zwei

Kameraden in einer Beechcraft *Bonanza* auf die Suche nach dem Wrack.

Dann mußten wir selbst notlanden, schlugen uns durch den Dschungel, wurden von Eingeborenen beraubt und schafften es schließlich bis Guatemala City, wo Oberst Armas uns zu Hilfe kam. Ich verbrachte eine Woche in seinem Palast unter Aufsicht seines Leibarztes, bis ich nach Mexico-City weiterreisen konnte. Nach zwei Wochen dort fiel mir der Artikel in *La Prensa* auf, der mich dazu brachte, zur Ranch Santa Rosa zu fahren, um mit Castro ins Geschäft zu kommen.

Aber was, zum Teufel, hielt Fidels Boten davon ab, endlich aufzutauchen?

Am Spätnachmittag des dritten Tages saß ich in der Monte-Negro-Bar, trank einen leichten Rum on the rocks und ließ eine Hand auf dem nylonbestrumpften Knie der hübschen Stewardeß neben mir liegen. Sie hieß Ann. Sie mußte am nächsten Morgen fliegen, so daß wir nur einen kurzen Abend vor uns hatten. Das war mir nur recht, denn die letzte Nacht war lang und platonisch gewesen. Wir hatten von der Dachterrasse aus über die Stadt gesehen und von Liebe gesprochen. Das mußte noch besser werden.

»Jack, was tust du hier in Mexico-City?« fragte Ann zum viertenmal.

»Das habe ich dir schon erklärt, Ann — ich bin Einkäufer.«

»Ja, aber ich sehe dich nie arbeiten, und die anderen Mädchen sagen das gleiche.«

»Meine Arbeit kommt meistens unerwartet.«

In diesem Augenblick fragte eine klare Stimme nach Señor Jack Youngblood. Der Barmixer deutete auf mich, und ich sah einen eleganten südamerikanischen Gentleman auf mich zukommen. Er schien nicht von Fidels Tierfarm zu stammen, aber der Comandante hatte mir längst nicht alles gezeigt.

»Señor Youngblood?« Er sprach meinen Namen wieder richtig aus, ein sicheres Zeichen dafür, daß er Englisch ebenso gut wie Spanisch sprach. »Mein Name ist Ramos, Juan Ramos.«

»Freut mich, Sie kennenzulernen, Señor Ramos.«

Er verbeugte sich leicht, ohne mir die Hand zu geben.

»Ich darf Sie mit Miß Nolan bekannt machen.«

»Ich bin entzückt, Miß Nolan.« Diesmal streckte er die Hand aus und küßte ihre Fingerspitzen.

Ann war ebenfalls entzückt, deshalb kam ich gleich zur Sache. »Was führt Sie zu mir, Señor Ramos?«

Ramos sah zu Ann hinüber. »Miß Nolan, entschuldigen Sie, daß ich Ihnen Mister Youngblood für eine Minute entführe? Es dauert wirklich nicht lange.«

Ann lächelte strahlend. »Schön, ich warte hier, bis ihr *beide* zurückkommt.«

Ich beschloß schon jetzt, als ich Ramos in die Hotelhalle hinausbegleitete, daß ich allein zurückkommen würde.

Er sah sich vorsichtig um und sagte dann leise: »El Doctor Castro will in den USA einkaufen. Ich habe zwei Plätze in einer Maschine nach Dallas reservieren lassen. Sie brauchen mir nur zu sagen, wohin wir von dort aus müssen.«

»Haben Sie das Geld bei sich?«

Ramos drückte mir einen Briefumschlag in die Hand, auf dem in großen Zügen stand:

Dieser Mann soll Sie begleiten. FIDEL CASTRO.

»Das beweist, daß Sie der Richtige sind, aber wieviel steckt hier drin?«

»Zweieinhalbtausend Dollar, wie Sie und El Doctor vereinbart haben. Sie bekommen weitere siebeneinhalbtausend, wenn Sie das Material auf der Ranch abliefern.«

»Wir haben nichts vereinbart, aber ich bin in diesem Fall einverstanden.«

Ramos gab mir ein Ticket der American Airlines. »Sie haben noch ein paar Stunden Zeit. Ich hole Sie um neun Uhr ab, dann schaffen wir das Nachtflugzeug um halb elf.«

»Einverstanden.«

»Es wäre mir eine Ehre, Sie zu einem Drink einzuladen, Mister Youngblood.«

»Ich muß Ann erst einiges erklären. Kommen Sie um dreiviertel neun in die Bar.«

»Wie Sie wünschen.« Ramos zuckte mit den Schultern und verbarg seine Enttäuschung nur schlecht.

»Und richten Sie Fidel von mir aus, daß es in Zukunft jeweils tausend Dollar extra kostet, wenn ich ein hübsches Mädchen so plötzlich allein lassen muß.«

Ramos lächelte kurz. »Bis dreiviertel neun.«

Ich ging an den Empfangstisch, öffnete den Umschlag und zählte fünfundzwanzig Hundertdollarscheine. Ich steckte zehn in mein Portemonnaie, legte meine restlichen Pesos in den

Umschlag und gab ihn dem Portier zur Aufbewahrung im Hotelsafe. Dann ging ich an die Bar zurück.

Als ich Ann die traurige Mitteilung machte, protestierte sie dagegen.

»Tut mir leid, Ann, aber daran ist nichts zu ändern.«

Wir tranken schweigend unsere Drinks aus, dann sagte ich: »Hör zu, Ann, du brauchst jetzt kein böses Gesicht zu machen. Wir verbringen noch genügend Abende miteinander. Kommst du jetzt in mein Zimmer und hilfst mir packen?«

Wir gingen nach oben, und als wir nach dem Abendessen in die Bar zurückkamen, wartete Ramos bereits dort. Anns Laune besserte sich, denn er machte ihr hübsche Komplimente, bis wir uns vor dem Hotel von ihr verabschiedeten. Obwohl wir es nicht wirklich eilig hatten, raste der Taxifahrer wie ein Verrückter zum Flughafen hinaus und benützte dabei seine Hupe anstelle der Bremsen.

Am Schalter der American Airlines verlängerten wir unsere Tickets von Dallas nach Philadelphia, ließen uns dort Hotelzimmer reservieren und zogen uns dann in die Bar zurück, um endlich miteinander bekannt zu werden. Juan Ramos hatte sein gutes Englisch in der Oberschule in Havanna gelernt und war noch jetzt der Meinung, das gegenwärtige Regime habe seine einzige gute Tat vollbracht, als es amerikanisches Kapital nach Cuba holte und Englisch als Pflichtfach an Oberschulen einführte.

Dann wurde unser Flug ausgerufen, und wir starteten in Richtung Dallas. Eine der Stewardessen – ich hatte sie im Del Prado kennengelernt – ließ mich meine Havannas rauchen; und als ich die mir zustehenden zwei Drinks abserviert hatte, brachte sie mir noch einen und noch einen. Ramos war mit einem einzigen zufrieden.

Ich schlief bald ein und wachte erst vor der Landung in Dallas auf. Wir brachten die Zollkontrolle hinter uns, aßen eine Kleinigkeit und flogen nach Philadelphia weiter. Ich schlief wieder und wachte eine Stunde vor dem Ziel frisch und munter auf; meinetwegen konnten wir uns gleich an die Arbeit machen.

Newark in New Jersey und Philadelphia sind die beiden großen Zentren für illegale Waffenkäufe in den USA. Hier kann ein geschickter Einkäufer mit dem nötigen Kleingeld genügend neue und gebrauchte Waffen kaufen, um eine moderne Armee auszurüsten. Aber das erfordert eine Menge Geld: bis die Lieferung tatsächlich erfolgt, kostet ein einziger Schuß Pistolenmunition zwölf Cents oder mehr.

Das meiste Material stammt aus den Lagern der amerikanischen Regierung, die regelmäßig überzählige Waffen und Munition an Händler mit entsprechenden Genehmigungen versteigert. Ein Teil dieses Materials wird – mit Zustimmung des Außenministeriums – in nichtkommunistische Länder exportiert; der größte Teil bleibt jedoch im Lande.

Das Gesetz bestimmt, daß nur unbrauchbar gemachte Waffen in den USA verkauft werden dürfen. Einige gerissene Händler sind jedoch daraufgekommen, wie man dem Buchstaben des Gesetzes Genüge tut, ohne die Waffen wirklich unbrauchbar zu machen; einige machen sogar Reklame für einen billigen Bausatz, der die Waffen innerhalb weniger Minuten in einsatzbereite Geräte zurückverwandelt. Der Preis der Waffen scheint niedrig zu sein, ist aber meistens das Dreifache des Preises, den die Regierung für die gleiche Waffe erzielt hat. Große Mengen verschwinden in illegalen Kanälen.

›Angesehene‹ Händler sind oft auf Betrugsmanöver größten Ausmaßes spezialisiert. Auf dem Weg vom Regierungslagerhaus zum Käufer ›verschwinden‹ die Waffen einfach – Lastwagen ›gehen verloren‹ oder werden ›überfallen‹ und nie wiedergefunden. Lieferungen, die sicher angekommen sind, werden nachts ›gestohlen‹ oder einfach verkauft und nicht in den Büchern geführt. Das ›abhandengekommene‹ Material verschwindet ebenfalls in illegalen Kanälen.

Ich war ein illegaler Kanal. Ich hatte keine Lust, gegen die Gesetze zu verstoßen, obwohl die Waffengesetze lächerlich und unrealistisch waren. Aber ich fand es auch widerlich, daß Amerika Diktatoren aller Art verabscheute und trotzdem Leute behinderte, die eben diese Diktatoren stürzen wollten.

»Na, Ramos«, fragte ich, »wie fühlen Sie sich als Gesetzesbrecher?«

Er starrte mich schweigend an, runzelte besorgt die Stirn und sah wieder aus dem Fenster.

»Kennen Sie Fidel schon lange?« fragte ich weiter.

Er antwortete erst nach einer längeren Pause. »Wir haben gemeinsam studiert. El Doctor Castro ist Rechtsanwalt geworden. Ich bin nach dem Studium in die Armee eingetreten. Ich war Chef des Protokolls und Leutnant. Für diesen Posten war ein Major vorgesehen – wäre ich geblieben, wäre ich bald befördert worden.«

Ramos nahm eine Zigarette aus seinem silbernen Etui und zündete sie an.

»Und El Doctor – seine Praxis hat nicht allzu viel eingebracht?«

»Ein junger Anwalt in Havanna hat viel Konkurrenz, aber er hätte erfolgreicher sein können, wenn er sich nicht um Politik gekümmert hätte. Er arbeitete ununterbrochen gegen die Regierung. Batista wußte davon, aber seine Bewegung war so schwach, daß Militär und Polizei nur darüber lachten. El Doctor hat mich damals oft gebeten, der Bewegung beizutreten, weil wir alte Freunde waren. Aber ich habe mich erst am 26. Juli 1953 ernsthaft damit befaßt, als die Moncado-Kaserne in Santiago angegriffen wurde. Diese Tragödie, Señor! So viele Anhänger der Bewegung mußten sterben – die meisten erst, nachdem sie sich ergeben hatten.«

»Und die Überlebenden wurden auf die Pinieninsel deportiert«, fügte ich hinzu. »Hatten Sie das Militär damals schon satt?«

Ramos zuckte mit den Schultern. »Achtzehn Monate später kam El Doctor als Volksheld zurück und wurde durch die Straßen von Havanna getragen. Batista fürchtete seine Popularität und ließ ihn deshalb weder im Rundfunk noch im Fernsehen sprechen. Als El Doctor mich damals aufsuchte, ließ ich mich von seinen Argumenten überzeugen.«

»Señor Ramos gab also sein bisheriges Leben auf und wurde Revolutionär. Das war bestimmt nicht leicht.«

Er nickte langsam. »Ich heiße nicht wirklich Ramos, und es war nicht leicht. Meine Familie gehörte in Matanzas zu den Spitzen der Gesellschaft. Nachdem ich desertiert war, habe ich diesen Namen angenommen und mir falsche Papiere besorgt.«

»Und wie fühlen Sie sich in einem Boot mit diesen Kommunisten?«

Ramos protestierte heftig und erklärte mir, El Doctor habe nur demokratische Ideale.

»Okay«, wehrte ich ab. »Ich glaube Ihnen, daß Fidel kein Kommunist ist – aber wird er mit den Kommunisten unter seinen Leuten fertig?«

»Ich bin davon überzeugt«, versicherte Ramos mir.

»Ich auch«, antwortete ich, »sonst würde ich nämlich nicht für ihn arbeiten.«

Dann saßen wir bis zur Landung schweigend nebeneinander.

Im Hotel mietete ich einen Wagen, fuhr zum nächsten Hutladen und kaufte mir für fünfzig Dollar einen Stetson. Als ich ihn aufsetzte, fühlte ich mich zum erstenmal seit Tagen wieder richtig angezogen.

»An die Arbeit, Señor Youngblood«, forderte Ramos mich auf, als wir den Laden verließen. »Ich warte nur auf Sie.«

Ich setzte mich ans Steuer. »Los, fahren wir.«

Zwanzig Minuten später hatten wir unser Ziel erreicht – ein umzäuntes Schrottlager, das einen ganzen Straßenblock einnahm. Über der Einfahrt stand in großen Buchstaben: WIR KAUFEN GEBRAUCHTWAGEN, SCHROTT UND ALTE WAFFEN.

In einer Ecke des eingezäunten Geländes stand das einstöckige Bürogebäude. Ramos betrat es nach mir.

Blackie Alberts hockte hinter seinem Schreibtisch, hatte die Füße hochgelegt, hielt eine Zigarre in der linken Hand und einen Silberbecher in der rechten.

»He, Blackie«, sagte ich. »Wie stehen die Aktien seit Havanna?«

Blackie, der Besitzer dieses lohnenden Schrotthandels, leerte seinen Becher und stand auf. »Youngblood, was treibst du hier?«

»Ich bringe dir ein gutes Geschäft. Das hier ist Señor Ramos.«

»Freut mich, Señor.« Er streckte ihm eine Pranke entgegen, die Ramos vorsichtig drückte. »Sie kommen aus Cuba?«

»Auf dem Umweg über Mexiko«, antwortete Ramos.

»Ist in Mexiko etwas los?«

»Sprechen wir lieber vom Geschäft, Blackie«, warf ich ein. »Ich werde in Mexico-City erwartet.«

»Du hast dich nicht im geringsten verändert, Youngblood. Immer in höchster Eile und nie Zeit für ein richtiges Gespräch.«

Ich zuckte mit den Schultern. »Hör zu, wenn du im Augenblick nicht liefern kannst, brauchst du es nur zu sagen.«

»Ich habe alles da«, versicherte Blackie uns rasch. »Señor Ramos, Sie sind hier an der richtigen Adresse.«

»Die Preisliste, Blackie«, mahnte ich.

»Klar, Youngblood.« Dann meinte er entschuldigend: »Unser Geschäft wird immer schwieriger. Wir geben uns alle Mühe, die Preise niedrig zu halten, aber sie steigen trotzdem unaufhörlich.« Er holte einen Briefumschlag aus der Schublade, entnahm ihm einen blauen Bogen und schob ihn mir über den Tisch. Ramos und ich lasen gemeinsam:

Gewehr M-1 (Garand)	150 Dollar
Karabiner	120 Dollar
Granate (Splitter)	15 Dollar
Granatwerfer	
(Rohr, Grundplatte & Zweibein)	300 Dollar
MP (Thompson)	550 Dollar
leichtes MG (7,62 mm)	750 Dollar
schweres MG (7,62 mm)	1000 Dollar
schweres MG (12,7 mm)	2000 Dollar

Ramos kritzelte einige Zahlen auf das Blatt und gab es wortlos zurück. Blackie addierte die Zahlen auf einer alten Rechenmaschine.

»Das macht neunundachtzigtausend Dollar, Señor.«

Ramos nickte und sah zu mir hinüber.

»Wann können wir das Zeug besichtigen, Blackie?« fragte ich.

»Am besten um Mitternacht, wenn die anderen gegangen sind.« Er stand ächzend auf. »Noch etwas – wie wollt ihr zahlen?«

»Nachdem wir das Zeug gesehen haben, bekommst du ... wieviel, Ramos?«

»Genügen fünfzehntausend als Anzahlung, bis wir den Abtransport organisieren können?«

»Wie lange soll das dauern?«

»Schlimmstenfalls zwei Wochen.«

»Gut, das läßt sich machen.«

»Wir kommen um Mitternacht zurück.« Ich gab Ramos ein Zeichen, und wir fuhren ab.

Wir verbrachten den Abend im Hotel, saßen an der Bar herum und lasen in der Halle Zeitungen. Ramos kaufte eine Kiste Metaxa für Fidel und ließ uns zwei Plätze für den Flug nach Mexico-City reservieren.

Um elf Uhr dreißig fuhren wir langsam zu Blackie hinaus.

Der Eingang war hell beleuchtet, als wir ankamen. Blackie öffnete die Tür; wir folgten ihm schweigend durchs Haus in den Hof hinaus, wo ein schmaler Pfad durch die aufgehäuften Autowracks führte. Dann blieben wir vor einem großen Lastwagen mit festem Aufbau stehen. Blackie zog die schwere Doppeltür im Heck auf und schaltete die Beleuchtung ein. »Kommt, wir sehen uns das Zeug an«, forderte er uns auf.

Wir kletterten hinter ihm in den Wagen. Er griff nach einer kleinen Brechstange und öffnete die nächste Kiste. Sie enthielt acht eingefettete Gewehre.

»Wunderbar«, sagte Ramos.

»Bedienen Sie sich, versuchen Sie es mit einer anderen«, schlug Blackie vor.

»Die hier.« Ramos zeigte auf eine Kiste im ersten Stapel. Blackie und ich wuchteten vier Kisten zur Seite, und Ramos öffnete die eine, die er ausgewählt hatte. Während wir den Inhalt prüften, stärkte Blackie sich mit einem Schluck aus seiner Flasche.

Wir blieben noch eine Stunde in dem Lastwagen und machten weiter Stichproben. Schließlich kletterte Ramos wieder zu Boden; Blackie und ich folgten ihm erleichtert.

»Na, haben Sie alles bekommen, wofür Sie bezahlt haben?« fragte Blackie grinsend.

»Ich bin sehr zufrieden, Señor«, antwortete Ramos. »Kann das Zeug bis zu unserer Rückkehr in diesem Lastwagen bleiben?«

»Selbstverständlich. Ich brauche den Wagen in den nächsten zehn oder zwölf Tagen ohnehin nicht. Wir schließen einfach ab, und wenn Sie zurückkommen, liegt alles für Sie bereit.« Blackie knallte die Türen zu und schloß sie ab. »Schön, das wäre also erledigt.«

Ramos bückte sich plötzlich und hob eine Drahtrolle auf. »Leihen Sie mir Ihre Zange, Señor?«

Blackie gab ihm seinen Seitenschneider. Ramos schnitt zwei Meter Draht ab und wickelte sie fest um die beiden Türgriffe. Blackie beobachtete amüsiert, wie er den Draht schließlich zusammendrehte, das Ende abzwickte und in seine Brieftasche legte. Ramos trat zurück und war offensichtlich mit seiner Arbeit zufrieden. »Jetzt können wir die finanziellen Einzelheiten regeln, Señor.«

In Blackies Büro zog Ramos die Vorhänge zu und holte ein

dickes Bündel Geldscheine aus seinem Gürtel. Er zählte fünfzehntausend Dollar auf den Tisch.

Blackie wischte das Geld achtlos in eine Schublade. »Wir sehen uns in zwei Wochen wieder. Und falls Sie es nicht innerhalb von dreißig Tagen schaffen, gehört das Geld mir.«

Vierundzwanzig Stunden später kamen wir erschöpft in Mexico-City an. Ramos trennte sich am Flughafen von mir und fuhr zur Ranch Santa Rosa hinaus; ich ließ mich ins Del Prado fahren, gab dem Portier den Auftrag, mich um zwei Uhr nachmittags zu wecken, und ging sofort ins Bett.

Ich hatte erst zwei Stunden geschlafen, als jemand unverschämt laut an die Tür klopfte, bis ich sie schließlich aufmachte.

Draußen stand Ramos mit einem breiten Lächeln auf dem Gesicht. »Kommen Sie, Señor, die DC-3 ist angekommen.«

»Soll das ein Witz sein?« Ich wollte die Tür zuknallen, aber er zwängte sich an mir vorbei ins Zimmer. Ich ließ mich wieder aufs Bett fallen.

»Señor, El Doctor legt größten Wert darauf, seinen neuen Vogel auszuprobieren.«

»So kann ich nicht fliegen, der Teufel soll Sie holen. Ich brauche Schlaf.«

»El Doctor . . .«

»Richten Sie El Doctor aus, daß er mich kann! Ich schlafe jetzt.«

Ramos wurde streng. »Señor, ich habe den Auftrag, Sie auf die Ranch zu bringen, damit Sie die neue DC-3 fliegen.«

»Hören Sie, Ramos«, sagte ich müde, »Sie haben jetzt die Wahl. Sie können ohne mich zurückfahren und sich eine gute Entschuldigung ausdenken — oder Sie können sich dort drüben auf die Couch legen, bis ich ausgeschlafen habe.« Ich veranlaßte, daß ich schon um zwölf geweckt wurde, zog mir die Bettdecke über den Kopf und schlief sofort wieder ein.

Aus einiger Entfernung wirkte Fidels Maschine nicht übermäßig gut, aber als wir endlich davorstanden, sah ich, daß sie sich in katastrophalem Zustand befand. Und dort stand Fidel und betrachtete seinen neuen Vogel mit echter Begeisterung, während die Barbudos innen und außen daran herumkletterten.

Als ich aus dem Wagen stieg, schlug mir Camilo Cienfuegos, der meinen alten Stetson trug, herzhaft auf die Schulter und starrte bewundernd meinen neuen Hut an.

»Wo habt ihr das Wrack her?« fragte ich.

Er lachte. »Der Comandante ist seit gestern nachmittag völlig in seine Maschine vernarrt.«

Ich starrte dieses geflügelte Monstrum ungläubig erschrokken an. Merkte Fidel wirklich nicht, daß aus beiden Motoren Öl tropfte? Sah er tatsächlich nicht, wie oft der Flugzeugrumpf schon mit aufgenieteten Aluminiumplatten repariert worden war? Mußte ich ihm erst das lecke Hydrauliksystem, das ölverschmierte Fahrwerk und die abgefahrenen Reifen zeigen?

Unter der dicken Schmutzschicht war nur undeutlich zu erkennen, daß die Maschine in den USA registriert war. Irgendwo in Amerika gab es einen FAA-Inspektor, mit dem ich gern ein paar ernste Worte gesprochen hätte.

Camilo klopfte mir nochmals auf die Schulter. »Schön, Jack, was?«

»Auf welchem Lastwagen habt ihr die Kiste hierhergebracht?« fragte ich.

Er starrte mich verständnislos an und lachte dann schallend. »Wir haben nur noch auf Sie gewartet, damit wir endlich einen Rundflug machen können. Fidel ist schon ganz ungeduldig.«

Ich ging langsam auf das Flugzeug zu und fragte mich, wie es im Cockpit aussehen mochte. Castro kam mir mit einem stolzen Lächeln entgegen.

»Auf in die Luft, Señor!« rief er.

Ich öffnete die Kabinentür und stolperte im gleichen Augenblick rückwärts, denn der Gestank war geradezu unglaublich. Überall lagen kleine schwarze Kugeln, die alles verrieten – der letzte Besitzer hatte in dieser Maschine Ziegen transportiert, bis er sie an Fidel verkaufte.

Da Fidel mich dazu drängte, holte ich tief Luft und kletterte ins Flugzeug. Ich ging vorsichtig über die verrotteten Bodenbretter, stieg über den Zusatztank hinter dem Cockpit, ließ mich in den linken Sitz fallen und riß das Fenster auf, bevor ich wieder Luft holen mußte.

Ich warf einen Blick auf das Lufttüchtigkeitszeugnis: es war wie befürchtet in bester Ordnung, so daß ich keine Entschuldigung hatte, den Vogel nicht gleich zu fliegen. Ich suchte nach den Logbüchern für Zelle und Motoren, ohne sie zu finden. Dann überprüfte ich die Instrumente, schüttelte den Kopf und kletterte wieder zu Boden.

Fidel wartete dort auf mich. »Wir fliegen *jetzt*, Señor!«

»Wo sind die Logbücher für Zelle und Motoren?« fragte ich.

»Ich weiß nichts von Logbüchern«, antwortete er.

»Aber jedes Flugzeug hat Logbücher für die Zelle und die Motoren. Es ist illegal, ohne sie zu fliegen.«

Castro zuckte auf typisch südamerikanische Art mit den Schultern. »Ihnen ist doch klar, Señor, daß alle Flüge in dieser Maschine für Sie illegal sein werden?«

Er hatte natürlich recht. »Schön, beschaffen Sie mir wenigstens eine Leiter, damit ich die Motoren und Treibstoff und Öl überprüfen kann.«

Fidel erteilte einen Befehl; zwei Barbudos rannten davon und kamen mit einer Leiter aus dem Ranchhaus zurück.

Ich begann eine methodische Überprüfung der Maschine. Beide Tanks waren voll. Die Motoren hatten reichlich Öl. Alle Drähte und Rohrleitungen an den Motoren schienen fest zu sein. Nachdem ich die Wasserabscheider entleert hatte, ging ich zu Fidel zurück, der neben Raúl, El Ché, Camilo und Ramos wartete.

»Können wir fliegen, Señor?« fragte Castro.

Meine Stimme versagte, deshalb nickte ich nur stumm und kletterte vor ihnen in die Maschine. Fidel ließ sich in den zweiten Sitz rechts von mir fallen, hielt seine Cognacflasche zwischen den Knien und zündete sich eine schwarze Zigarre an.

Ich bewegte nacheinander alle Ruder, Klappen und die Sperren der Leistungshebel. Die Sperren ließen sich nicht zuverlässig einrasten. Wunderbar. Das bedeutete, daß ich das Fahrwerk nicht selbst einziehen konnte, weil ich die Hände nicht von den Hebeln nehmen durfte. Die Ranch Santa Rosa lag fast zweitausend Meter hoch, und in der dünnen Luft mußte das Fahrwerk sofort eingezogen werden, damit die Maschine über die drei Kilometer entfernten Hügel hinwegkam.

Ramos und Camilo hörten aufmerksam zu, während ich Fidel erklärte, wie das Fahrwerk heraufgepumpt wurde. Er nickte zustimmend.

Zu meiner Erleichterung liefen die Motoren einwandfrei mit 3300 Upm; ich ließ sie etwa zehn Minuten lang laufen und führte inzwischen den Cockpitcheck durch. Dann sah ich mich noch einmal um. El Ché und Raúl hielten sich in der Kabine an Seilschlaufen fest; Ramos und Camilo standen hinter uns. Ich ließ die Motoren aufheulen und rollte zum Start. Das Flugzeug wurde schneller und schneller, blieb aber noch am Boden; erst nach fast zwölfhundert Metern waren wir mit einem Satz in der Luft.

»Fahrwerk ein!« rief ich und beobachtete die drohend vor uns aufragenden Hügel.

Fidel antwortete nicht, sondern starrte nur wie gebannt aus dem Fenster, und wir stiegen nicht einmal schnell genug, um einen Ameisenhaufen zu überfliegen.

»Fahrwerk ein!« rief ich wieder. Diesmal nahm ich rasch eine Hand von den Leistungshebeln und gab Fidel einen kräftigen Stoß. »Fahrwerk ein, verdammt noch mal!«

Fidel kam zu sich und starrte mich wütend an, aber Ramos pumpte bereits eifrig. Die Maschine stieg und dröhnte einige Meter über die Baumkronen hinweg. Fidel stand jetzt auf und ging mit der Brandyflasche in der Hand durch die Kabine, Raúl und El Ché begleiteten ihn bei diesem Rundgang.

Ich setzte Ramos auf den rechten Platz und erklärte ihm, wie man in gleicher Höhe geradeaus fliegen kann. Wir hatten einige Stunden im Cockpit vor uns, und ich wollte nicht alles allein tun. Ramos erwies sich als eifriger und begabter Schüler.

Wir flogen kreuz und quer durch die Gegend und besichtigten Mexiko aus der Luft. Da die vier Bärtigen hinter mir sich dauernd bewegten, war es nicht leicht, die Maschine im Trimm zu halten.

Nach drei Stunden hatte ich genug und rief Fidel heran, um seine Erlaubnis zur Landung einzuholen, die er sofort gab. Dann kauerte er zwischen Ramos und mir und sprach aufgeregt davon, seine Armee mit dieser DC-3 nach Cuba zu fliegen. Als El Ché ihn daran erinnerte, daß es einen Monat dauern würde, bis ein Landeplatz zwischen den Hügeln angelegt war, wurde der Plan nicht weiter diskutiert. Fidel schlug statt dessen vor, irgendwo in der Ebene zu landen und in den Hügeln zu verschwinden, aber als Raúl ihn an Batistas Luftwaffe erinnerte, war dieser Plan ebenfalls erledigt. Dann sprachen sie über eine Invasion vom Meer aus, aber ich war zu sehr mit dem Flugzeug beschäftigt, um ihr Gespräch zu verfolgen.

Wir landeten bei Sonnenuntergang und rollten auf die Barbudos zu. Ich wollte die Bremsen testen und beschleunigte deshalb; die Barbudos stoben auseinander, als die DC-3 auf sie zuraste. Dann trat ich auf beide Bremsen – zu fest.

Das Heck kam sofort nach oben; vier Revolutionäre und ein Haufen Ziegenmist wurden gegen das vordere Schott geschleudert. Fidel starrte mich wütend an, während er sich Ziegenmist und die Splitter seiner Schnapsflasche aus Bart und Kleidung bürstete.

Ich stellte die Motoren ab und rief ihm zu: »Der Vogel ist wirklich nicht schlecht, Fidel – aber die Bremsen blockieren leider.«

Die vier Männer stiegen unter den Beifallsrufen der Barbudos aus. Fidel ließ sich eine neue Flasche Brandy bringen, winkte dann einen Lastwagen mit Benzinfässern heran und befahl zwei Männern, sie sollten die Tanks füllen.

»Sie und Ramos fliegen sofort weiter«, erklärte er mir.

»Sofort morgen früh«, verbesserte ich ihn. »Und wie steht es mit meinem Geld für diesen Vergnügungsflug?«

Camilo sagte, wir seien fast vier Stunden unterwegs gewesen. Fidel holte eine dicke Rolle Banknoten aus der Tasche und blätterte mir vier Hunderter auf die Hand.

»Wieviel haben Sie übrigens für diese lahme Krähe bezahlt, Fidel?«

»Mein neues Flugzeug«, antwortete er stolz, »hat die Bewegung nur achttausend Dollar gekostet, Señor.«

Da die Motoren allein mehr wert waren, wollte ich mich schon anerkennend über seine Fähigkeiten als Roßtäuscher äußern, brüllte aber statt dessen: »Ich erschieße jeden Trottel, der noch einen Tropfen ungefilterten Benzin in die Tanks füllt! Sollen wir mit den Waffen an Bord abstürzen?«

Die Männer an der Handpumpe standen wie erstarrt. Als Fidel begriff, worum es sich handelte, rief er einen Barbudo heran, nahm ihm den Hut ab und warf ihn dem Mann auf der Tragfläche zu. Der Filzhut diente als Filter, und die Betankung wurde fortgesetzt.

Ich erklärte Fidel und Camilo, daß wir nach Einbruch der Dunkelheit mit den Waffen zurückkehren würden, so daß der Landeplatz mit provisorischen Laternen beleuchtet werden müßte, sobald wir über der Ranch erschienen. Wir würden am nächsten Morgen eine Stunde vor Tagesanbruch starten, und ich hatte die Absicht, das Flugzeug am Nachmittag zuvor nochmals gründlich zu überprüfen. Dann ging ich neben Camilo her auf das Ranchhaus zu, wo Ramos auf mich wartete, um mich in die Stadt zu fahren.

»Camilo, ich möchte nur wissen, wo die Logbücher geblieben sind. Die Motoren müssen schon uralt sein.«

Er klopfte mir jovial auf die Schulter. »Die Logbücher waren natürlich an Bord, um es ganz ehrlich zu sagen. Aber als El Ché darin las, daß der eine Motor fünfzehnhundert Stunden, der andere achtzehnhundert und die Zelle noch viel mehr hinter sich hatte, ging er damit zu Fidel, der ihn anwies, die alten Bücher zu verbrennen, weil er fürchtete, daß Sie sonst nicht mit seiner neuen DC-3 fliegen würden.«

»Camilo«, sagte ich ernsthaft, »das hätte uns alle umbringen können.«

Camilo lachte nur. »Keine Angst, Jack. El Doctor hat vorhin sämtlichen Mitgliedern seines Kabinetts verboten, in Zukunft mit dieser Maschine zu fliegen.«

»Wunderbar«, murmelte ich.

»Ramos gehört natürlich noch nicht zum Kabinett. Bringt er jedoch die Waffen zurück, wird er vielleicht darin aufgenommen.«

»Sollte mir etwas zustoßen, hinterlasse ich Ihnen meinen neuen Stetson, Camilo.«

»Vielen Dank, Jack, das ist wirklich nett von Ihnen. Aber in diesem Fall wird vermutlich kein Stetson übrigbleiben.«

Camilo winkte uns zum Abschied nach.

Am nächsten Nachmittag kam ich gegen drei Uhr in Luis' Taxi auf der Ranch an. Fidel und sein Kabinett bewunderten wieder einmal die DC-3. Ich stellte eine Gruppe Barbudos an und ließ die Kabine putzen; als sie mit der Arbeit fertig waren, versprühte ich den Fichtenspray, den ich aus der Stadt mitgebracht hatte. Dann überprüfte ich Triebwerke, Steuerflächen, Treibstoffversorgung und Schmiersysteme.

Ramos traf ziemlich spät ein. Ich wies auf seine blaue Leinentasche mit dem Aufdruck AMERICAN AIRLINES. Er nickte bedeutungsvoll. Die Tasche enthielt das Geld für Blackie.

»Und wann bekomme ich mein Geld?« fragte ich.

»El Doctor wird das Vergnügen haben, Ihnen siebeneinhalbtausend Dollar zu überreichen, sobald wir mit den Waffen zurück sind.«

Wir verabschiedeten uns von allen – sogar von Raúl und El Ché, die etwas entfernt von den anderen standen. Dann nahmen wir unsere Plätze im Cockpit ein. Ramos stellte die Tasche mit dem Geld unter seinen Sitz und rückte den Colt zurecht, den er im Gürtel trug. Ich hatte wie üblich eine Pistole im Schulterhalfter unter meiner Lederjacke.

Ich ließ die Motoren anlaufen.

»Es wird schon schiefgehen, Jack«, meinte Ramos lächelnd.

Ich winkte nochmals aus dem Fenster und schob dann die Leistungshebel nach vorn. Wir waren unterwegs.

3

Wir flogen zunächst nach Nordosten, bis ich nach einer Dreiviertelstunde unter uns das Leuchtfeuer Nautla an der Golfküste sah. Ab hier ging ich auf Nordkurs und trimmte die Maschine so gut wie möglich aus. Nach einer halben Stunde über dem Wasser gab ich Ramos wieder Flugunterricht; dreißig Minuten später war ich davon überzeugt, daß er Kurs und Höhe halten konnte. Dann rauchte ich eine Havanna, beobachtete die Instrumente und lobte Ramos, der sich wirklich nicht ungeschickt anstellte.

Etwa eine Stunde vor Galveston übernahm ich wieder das Steuer und ging tiefer. Jetzt begann der aufregende Teil des Fluges – ein illegaler Grenzübertritt ohne vorläufige Aufenthaltsgenehmigung, ohne Flugplan und in einer amerikanischen Maschine, die außer Landes geschmuggelt worden war. Wir konnten von Radargeräten geortet werden, ins Feuer der Küstenbatterien geraten oder von Abfangjägern heruntergeholt werden, die den Auftrag hatten, nicht identifizierbare Maschinen abzuschießen. Wurden wir in Grenznähe zur Landung gezwungen, würde das Flugzeug beschlagnahmt und wir ins Gefängnis gesteckt werden.

»Achten Sie auf Schiffe!« ermahnte ich Ramos in dreihundert Meter Höhe, bevor ich noch tiefer ging. Zweihundertfünfzig, zweihundert, hundertfünfzig Meter ... wir sanken weiter. In einer Höhe von fünfundzwanzig Meter über dem Meer – im Mondschein sah es eher wie fünf aus – flog ich geradeaus weiter, denn in dieser Höhe waren wir auf keinem Radarschirm mehr sichtbar.

Wenig später füllten die Lichter von Galveston und Houston den Horizont. Wir waren noch immer unter dreißig Meter, als wir die Küste erreichten und rollende Dünen unter uns sahen.

»Genau an der richtigen Stelle«, sagte ich.

»Und ohne Funk«, meinte Ramos lächelnd.

Wir flogen jetzt über ein Meer aus beleuchteten Bohrtürmen, und ich verglich die Landschaft mit der Karte auf meinem Schoß. Ich kannte Jed, war aber noch nie auf seiner Ranch gelandet, sondern hatte mir die Landung nur von anderen Piloten beschreiben lassen.

Dann sah ich die Lichter auf dem Dach des Hauptgebäudes. Ich flog einen Kreis darüber und setzte eben zu einem zweiten an, als ein Mann aus dem Haus rannte, in einen Tankwagen kletterte und losfuhr. Die Scheinwerfer beleuchteten eine Art Landebahn. Ramos pumpte das Fahrwerk nach unten; ich flog den schmalen Streifen an und landete mit ausgefahrenen Klappen. Wir setzten kaum zwanzig Meter von dem Tankwagen entfernt auf.

Als wir zurückrollten, fragte Ramos: »Wo sind wir hier gelandet, Jack?«

Ich erzählte ihm, daß die Ranch einem alten Knaben gehöre, der selbst eine Cessna 170 besitze und deshalb ohne weiteres größere Mengen Flugbenzin kaufen könne, mit dem er Maschinen betanke, deren Besitzer es vorzogen, normale Flugplätze zu meiden.

Jed begann sofort zu gähnen, als ich die Kabinentür öffnete. »Schon verdammt spät für derartige Besuche«, knurrte er. »Ihr habt überhaupt Glück, daß ich noch herausgekommen bin. Wer seid ihr Burschen eigentlich?«

Ich zog Ramos hinter mir her ins Scheinwerferlicht, wo Jed uns sehen konnte.

»Na, das ist aber eine Überraschung«, rief Jed. »Was brauchst du, Jack?«

»Benzin, Jed. Das hier ist mein Freund Ramos.«

Jed nickte. »Schlimm genug, daß du bei Nacht und Nebel kommst – aber mit einem Dago an Bord . . .«

»Jed«, unterbrach ich ihn, »willst du uns Benzin verkaufen oder nicht?«

»Klar, aber der Preis ist verdammt hoch.« Er sah nachdenklich zu Ramos hinüber und spuckte einen breiten Strahl Tabaksaft aus. »Die Gallone kostet diesmal achtzig Cents.«

»Keine Einwände, Jed – mach die Tanks voll.«

Jed machte sich an die Arbeit und redete dabei ununterbrochen. Schließlich hatte er die Benzin- und Öltanks gefüllt und kam wieder auf uns zu. »Die Maschine braucht massenhaft Öl«, warnte er mich. »Paß auf die Öldruckmesser auf, Jack, sonst kannst du sie aus irgendeinem Feld ausgraben.«

Nachdem ich die Tanks selbst nachgesehen hatte, lud Jed uns zu einer Tasse Kaffee ein. Ramos wollte nicht recht, aber ich nahm dankend für beide an. Jed schenkte Kaffee ein und füllte drei Gläser mit selbstgebranntem Kornschnaps.

Jed hob sein Glas. »Na, hoffentlich machen wir weiter gute Geschäfte miteinander.« Er nahm einen großen Schluck und wischte sich den Mund mit einem schmutzigen Jackenärmel ab.

»Was sind wir Ihnen schuldig, Señor?« wollte Ramos wissen.

»Hmmm ... runden wir es auf fünfhundert ab.«

Ramos gab ihm fünf neue Geldscheine.

»Danke, Señor«, sagte Jed. »Ich bin immer hier, um Benzin zu verkaufen – wenn ich nicht gerade in der Stadt bin.« Er kniff grinsend ein Auge zusammen.

»Jack«, sagte Ramos, »wir haben nicht mehr viel Zeit.«

»Okay, ich bin gleich fertig.«

»Dem Dago paßt meine Gesellschaft nicht«, schnaubte Jed.

»Sie irren sich, Señor.«

»Warum trinken Sie dann so schnell?«

»Sie haben der Bewegung einen großen Dienst erwiesen, Señor.«

Jed nickte zufrieden. »Ganz richtig. Manche Leute wissen nicht, daß sie es mit einem wichtigen Mann zu tun haben, selbst wenn sie direkt vor ihm stehen. Vielleicht ist er von ehrlicher Arbeit schmutzig, aber sie halten ihn für einen schmierigen alten Knacker. Das ist ein gewaltiger Irrtum!« Ihm lief Tabaksaft übers Kinn.

Ramos seufzte.

Ich trank meinen Kaffee aus und stand auf. »Wir kommen bald wieder, Jed. Sieh zu, daß dein Tankwagen voll ist.«

Jed begleitete uns an die Tür und sah uns nach, als wir zum Flugzeug gingen.

Der Start gelang ohne Schwierigkeiten. Ich nahm Kurs auf St. Louis.

Im Morgengrauen landeten wir auf einem kleinen Platz in der Nähe von St. Louis. Da wir den Küstenbereich hinter uns gelassen hatten, war die amerikanische Zulassung der DC-3 nicht mehr gefährlich. Wir konnten überall landen.

Wir stiegen aus. Ramos trug die Geldtasche und bestellte einen Tankwagen an die Maschine. Dann gingen wir bei Sonnenaufgang ins Flugplatzrestaurant und ließen uns Kaffee und Steaks bringen. Mir war klar, daß in Philadelphia alles sehr schnell gehen mußte, deshalb wollte ich schon jetzt einige Vorarbeiten erledigen.

Ich zeichnete die Kabine der DC-3 auf die Rückseite der Speisekarte und erklärte Juan, wie die Fracht verteilt und gesichert werden mußte. Er begriff sofort und nickte verständnisvoll. Dann gab ich ihm eine Liste von Karten, die wir in Zukunft brauchen würden; er sollte sie in Philadelphia besorgen.

»Und noch etwas, Juan. Siehst du das niedrige gelbe Gebäude dort drüben? Dort kaufst du uns zwei Fallschirme.«

Diesmal hatte Ramos jedoch ernste Bedenken vorzubringen: falls wir ausstiegen – falls El Doctor sein Flugzeug und die Waffen verlor –, würde er uns die Ohren abschneiden lassen.

»Mit El Doctor komme ich schon zurecht«, versicherte ich ihm, »aber dieser müde Vogel kann jeden Augenblick den Geist aufgeben – und dann möchte ich nicht bis zuletzt an Bord bleiben müssen.« Ich ließ mir die Thermosflasche mit schwarzem Kaffee füllen, bezahlte die Rechnung und verschwand im Flugzeug, um auf dem Feldbett in der Kabine zu schlafen.

Knapp eine Stunde später kam Ramos mit den Fallschirmen zurück.

Ich schnallte mir meinen um und ließ mich in den Pilotensitz fallen. »Halt dich fest, Juan«, sagte ich, als die Motoren warmgelaufen waren. »Auf nach Philadelphia!«

Nach sechsstündigem Kampf mit dem Steuerknüppel und etlichen Gewittern landete ich auf einem kleineren Platz außerhalb von Philadelphia.

Ich kletterte mühsam zu Boden und führte Ramos und seine

Geldtasche zum Abfertigungsgebäude hinüber. Wir mieteten einen Wagen, und ich fuhr fast eine Stunde lang.

Gegen sieben Uhr erreichten wir Blackies Schrottlager. Das Büro war geschlossen. Ich lehnte an der Tür, klopfte mit beiden Fäusten dagegen und hoffte im stillen, Blackie sei schon nach Hause gefahren, so daß ich etwa zehn Stunden Schlaf nachholen könnte.

Aber dann ging das Licht an. Die Tür wurde geöffnet.

»He, das ist aber nett!« sagte Blackie. »Freut mich, daß ihr ...«

»Halt's Maul!« knurrte ich.

»Was hat er denn?« fragte Blackie.

»Es war ein langer Flug, Señor«, erklärte Ramos ihm. »Kommen Sie, wir schließen unser Geschäft so rasch wie möglich ab.«

Blackie führte uns in den Hof hinaus. Juan blieb vor dem Lastwagen stehen und hielt die Drahtenden gegeneinander.

»Sehen Sie, kein Mensch hat das Zeug angerührt«, sagte Blackie. »Sie können mir jetzt den Rest bezahlen.«

»Sobald das Flugzeug beladen ist.«

»Ich habe zwei Männer an der Hand, die Ihnen dabei helfen.«

Wir gingen ins Büro zurück, wo Blackie mit den beiden Helfern telefonierte. Als sie wenig später kamen, schickte er sie mit dem Lastwagen zum Flugplatz; wir fuhren in dem Leihwagen hinterher. Ich stieg vor einem Hotel aus, nachdem Juan mir versichert hatte, er werde alles nach Vorschrift erledigen und mich dann anrufen. Gegen acht Uhr dreißig stieg ich aus der Badewanne und fiel ins Bett.

Das Telefon klingelte um elf Uhr vierzig. Ramos wollte wissen, ob wir sofort starten könnten. Ich zog mich an und fuhr mit einem Taxi zum Flugplatz.

Ramos kam mir vor dem Hangar entgegen; diesmal trug er keine Geldtasche mehr. »Es ist geschafft, Jack«, meinte er freudestrahlend. »Es ist geschafft!«

»Nur keine Vorschußlorbeeren«, wehrte ich ab. Nachdem ich die Verteilung der Frachtstücke überprüft hatte, leuchtete ich mit einer Taschenlampe in sämtliche Tanks. Juan hatte gute Arbeit geleistet.

Um ein Uhr fünfunddreißig starteten wir in Richtung Mexiko, um Fidel einige Werkzeuge zu bringen.

Wir frühstückten auch diesmal in St. Louis. Ich schlief ein paar Stunden auf dem Feldbett in der Kabine und flog dann weiter nach Texas.

Eine Ewigkeit später sahen wir die Lichter von Jeds Ranch unter uns. Juan war noch fröhlich und munter – aber er hatte auch geschlafen, während ich flog. Ich brachte es wieder fertig, die schwere Maschine ohne Bruch zu landen, und der Tankwagen kam heran.

»Bist du das, Jack?« fragte eine Stimme. Dann fielen Jed und ein riesiger Dobermann aus dem Führerhaus des Lastwagens.

»Weg, verdammter Köter!« brüllte Jed.

Der Dobermann kläffte wütend und wollte sich auf Ramos stürzen. Juan zog seinen Colt und trat einen Schritt zurück.

»Den Köter hab' ich erst seit heute«, sagte Jed und stand auf. »Er ist wirklich scharf auf Dagos. Er würde deinen Freund in Stücke reißen, wenn ich ihn ließe.«

»Jed«, warf ich müde ein, »mach die verdammten Tanks voll. Wir haben nicht viel Zeit.«

Jed band den Hund an der Stoßstange des Wagens fest und machte sich an die Arbeit. Ich streckte mich auf den Kisten aus und schlief sofort ein.

Als Ramos mich weckte, schienen erst wenige Minuten vergangen zu sein. »Fertig, Jack. El Doctor wartet auf uns.«

»Nur noch eine Stunde«, murmelte ich.

»Du hast schon eine Stunde geschlafen, und der Hund kann mich nicht ausstehen.«

»Kauf ihn Jed ab und erschieß ihn.« Ich drehte mich um und schlief wieder ein.

Eine Stunde später rüttelte Juan mich endgültig wach. Ich kletterte nach draußen und holte tief Luft. Wir waren allein; Jed war mit Tankwagen und Hund verschwunden.

Ich ließ mich ächzend in meinen Sitz fallen. Nur noch einige Stunden, dann hatten wir es geschafft. Die Motoren liefen gleichmäßig. Der Start klappte auch diesmal.

Wir überflogen die Küste in niedriger Höhe und begannen erst eine Stunde später zu steigen. Als wir zweieinhalbtausend Meter über dem Meer erreicht hatten, flog ich gerade aus weiter, überließ Ramos den Steuerknüppel und lehnte mich zurück.

Mein ganzer Körper schmerzte. Die Muskeln an Hals und

Schultern waren verkrampft. Das gleichmäßige Dröhnen der Motoren wirkte einschläfernd; die Instrumente verschwammen vor meinen Augen...

Dann richtete ich mich plötzlich auf. Der Drehzahlmesser für den linken Motor zeigte einen plötzlichen Abfall; wenig später begann der Motor selbst zu husten.

Bevor ich reagieren konnte, ging auch die Drehzahl des rechten Motors zurück, die Kabinenbeleuchtung wurde dunkler und der Fahrtmesser zeigte an, daß wir Geschwindigkeit verloren.

»Jack«, rief Ramos erschrocken, »was ist los?«

Ich drückte den Steuerknüppel nach vorn und stabilisierte mit beiden Füßen die Seitenruder, damit wir nicht ins Trudeln gerieten. Unsere Geschwindigkeit erhöhte sich, aber wir sanken gleichzeitig immer tiefer.

»Was kann ich tun?« fragte Juan aufgeregt.

»Drück den Steuerknüppel nach vorn – wie ich ihn jetzt halte!«

Er löste mich ab. Ich ließ die elektrische Treibstoffpumpe schneller laufen, griff nach der Handpumpe und erhöhte den Druck in dem Tank, mit dem wir jetzt flogen.

Die Motoren husteten, machten einige Umdrehungen und blieben wieder stehen.

Ich schaltete auf unseren letzten vollen Tank um und drückte nochmals auf den Startknopf. Die Motoren sprangen sofort an. Ich übernahm wieder das Steuer und brachte die Maschine in tausend Meter Höhe mühsam unter Kontrolle. Wir waren in wenigen Sekunden fast eineinhalb Kilometer gestürzt.

Dann zog ich den Steuerknüppel zurück. Die Motoren arbeiteten mit voller Leistung und schleppten den alten Vogel wieder in die Höhe. Juan bekreuzigte sich und sank in seinen Sitz zurück.

Wir hatten wieder zweieinhalbtausend Meter erreicht und stiegen noch immer, als das Leuchtfeuer Nautla unter uns erschien. Ich überflog es und bog knapp nördlich von Veracruz nach Westen ab. Eine halbe Stunde später sichteten wir die Ranch Santa Rosa, deren Landebahn notdürftig gekennzeichnet war.

Ich landete glatt, rollte zurück und stellte die Motoren ab. Dann fielen die Barbudos aus allen Richtungen wie bärtige

Teufel über die Maschine her. Alle waren da – Fidel, das Kabinett, sämtliche Männer. Ich hatte noch nie so viele Bärte auf einmal gesehen. Ihre Begeisterung war unbeschreiblich.

Fidel war als erster an Bord geklettert und erschien jetzt in der Kabinentür, um eine Rede zu halten. Er gab bekannt, er verhandle über den Kauf der Jacht *Granma*. Seine Leute sollten an den neuen Waffen ausgebildet werden, bis die *Granma* zur Verfügung stehe, und sich dann zur Invasion Cubas einschiffen. Es werde nicht mehr lange dauern, Barbudos, bestimmt nicht mehr lange!

Die Männer brüllten Beifall. Sie schlugen einander auf die Schultern, beglückwünschten sich und tranken aus Flaschen. Bis auf Raúl und El Ché, die ruhig am Heck der DC-3 standen, war die Bewegung vor Freude fast übergeschnappt.

Dann kam Fidel auf mich zu. »Ah, Señor«, rief er und zog mich beiseite, »Sie sind ein Held der Revolution.«

»Nein«, antwortete ich, »nur um ein paar Dollar reicher.«

Castro griff in die Hosentasche, holte eine dicke Rolle Geldscheine hervor und zählte mir siebeneinhalbtausend Dollar auf die Hand. »Sie haben es verdient, Señor.«

»Ich weiß.«

»Ramos hat mir erzählt, wie Sie unser schönes Flugzeug vor dem Absturz bewahrt haben. Das nenne ich kaltblütig, Señor. Sie bekommen weiterhin Arbeit von uns – viel mehr. Auf Ihre Gesundheit, Señor.« Er trank einen Schluck Metaxa, verbeugte sich leicht und ging fort.

Mir fiel auf, daß Ramos sich mit gerunzelter Stirn suchend umsah.

»Was ist los, Juan?« fragte ich.

»Ich möchte nur wissen, wo er steckt«, murmelte er geistesabwesend.

»Wer?«

»Del Piño – ich habe ihn heute noch nicht gesehen.«

»Wer ist Del Piño?«

Ramos warf mir einen durchdringenden Blick zu. »Sprechen wir nicht mehr davon, Jack. Es handelt sich um ... eine Familienangelegenheit.«

»Hallo, Jack«, rief Camilo und kam mit einer Flasche in der ausgestreckten Hand heran. »Trink einen Schluck! Auf die Invasion! Auf den Tod von Batista und Masferrer und ...«

»Vielen Dank, aber ich muß ins Bett.«

»Ah? Dann fahre ich dich nach Hause. Komm!«

Auf der Fahrt nach Mexico-City tranken wir abwechselnd aus seiner Flasche. Camilo half mir vor dem Del Prado aus dem Wagen, drückte dem Portier die leere Flasche in die Hand und fuhr mit quietschenden Reifen ab.

Irgendwie erreichte ich mein Zimmer.

Lautes Klopfen weckte mich. Es war kurz nach Mittag. Ich stolperte an die Tür und machte auf. Draußen standen zwei grinsende Männer – Camilo und Juan.

»Wir haben eine Party auf der Ranch«, sagte Camilo.

»Wir haben eine *große* Party auf der Ranch«, verbesserte Juan ihn.

»Und Fidel vermißt dich«, fügte Camilo hinzu. »Wir sollen dich persönlich einladen.«

Ich hatte keine rechte Lust dazu, aber schließlich handelte es sich um Geschäftsbeziehungen, die ausgebaut werden mußten. Außerdem ließen die beiden sich nicht abwimmeln, sondern ›halfen‹ mir beim Anziehen und Rasieren, so daß ich schon zehn Minuten später fertig war.

»Jetzt müssen wir noch Luis finden«, sagte Camilo auf dem Weg nach unten.

»Bist du nicht mit dem Wagen hier?« fragte ich.

»Selbstverständlich, Jack. Aber es handelt sich um eine *sehr* große Party. Die Barbudos sollen Mädchen haben.«

»Für *jeden* eines?«

»Das ist unser letztes Fest, Jack. Manche sterben vielleicht schon bald.«

Luis war einfach genug zu finden: er lauerte uns auf, als wir durch die Hotelhalle gingen.

Camilo erklärte ihm, was er zu tun habe; Luis grinste und nickte begeistert. Wunderbar, Señores! Die Señores brauchten nur auf die Ranch vorauszufahren; er würde bald mit einem Regiment Mädchen nachkommen!

Als wir Santa Rosa erreichten, waren die Barbudos fast alle kräftig angeheitert. Fidel empfing uns an der Tür und zeigte mir zum erstenmal sein Hauptquartier. Ich sah einige Gewehre im Lagerraum, aber keine der Kisten, die ich mitgebracht hatte. Sobald Fidel wieder gegangen war, fragte ich Camilo nach dem Verbleib der Kisten.

»El Doctor ist eben ein schlauer Comandante«, verriet er

mir und tippte sich bedeutungsvoll an die Stirn. »Die Waffen sind noch vor Tagesanbruch in eine Villa im besten Vorort von Mexico-City abtransportiert worden. Und weißt du, was daran lustig ist? Diese Villa gehört Teresa Casusso, der Sekretärin des cubanischen Botschafters!« Camilo lachte schallend. »Teresa gehört nämlich zu uns. Sie hat uns gewarnt, daß der Botschafter die mexikanische Regierung ersuchen will, die Ranch Santa Rosa zu kontrollieren. Deshalb verstecken wir die Waffen unter Batistas Nase!«

In diesem Augenblick ertönte eine laute Hupe. Wir sahen Luis' altes Taxi voller winkender und kreischender Mädchen; dann folgte noch eines und noch eines. Die Barbudos liefen von allen Seiten zusammen. Aus den Wagen kletterten zwei Dutzend Mädchen in allen Formen, Größen und Farben. Es gab keine langen Verhandlungen: drei bis sechs Barbudos versuchten jeweils das gleiche Mädchen zu erwischen und mit ihm zu verschwinden. Innerhalb einer Minute waren sich Fidels Männer in die Haare geraten, während die Mädchen durchdringend kreischten.

»Alles Schönheiten, nein?« meinte Luis stolz.

»Alles Schönheiten, nein«, stimmte ich zu.

»Aber nicht genug!« brüllte Camilo. »Wir brauchen mehr, viel mehr!«

»Mit Vergnügen«, antwortete Luis. »Aber soll ich nicht erst mit El Doctor Comandante sprechen?«

Camilo wies auf das Haus, vor dem Fidel freundlich lächelnd stand. Luis ging zu ihm hinüber und bekam Geld in die Hand gedrückt. Die drei Wagen fuhren wieder ab.

»Was soll das heißen, Fidel?« erkundigte ich mich, als er sich uns anschloß. »Ich dachte, Sie hätten etwas gegen Mädchen für Ihre Barbudos?«

Fidel strich sich den Bart. »Sie haben seit Monaten wie Einsiedler gelebt, Señor. Nach der Invasion geht es ihnen monatelang nicht besser. Und ich bin ihr Comandante, nicht ihr Beichtvater.«

Eine Viertelstunde später war aus der Party eine Orgie geworden, die eine Stunde später ihren zweiten Höhepunkt erreichte, als Luis mit fünf Wagen und vierzig Prostituierten zurückkam. Die Männer griffen nach ihnen, die Mädchen lachten und kreischten.

»Augenblick!« brüllte Raúl.

Die Barbudos traten zurück; Raúl, El Ché und Alberto Bayo schritten die Reihen der Mädchen ab. Sie suchten sich die jüngsten aus und verschwanden mit ihnen im Ranchhaus, das nur Kabinettsmitglieder betreten durften.

Dann hatten die Barbudos freie Wahl. Eine erschöpfte südamerikanische Schönheit, die nicht älter als sechzehn sein konnte, wurde Fidel gebracht. Er sah die Müdigkeit auf ihrem Gesicht, holte kopfschüttelnd zwei Benzedrintabletten aus der Tasche und flößte sie dem Mädchen mit einem Schluck Brandy ein.

Inzwischen war eine neun Mann starke Mariacha-Kapelle eingetroffen und begann zu spielen. Fidel zog das Mädchen hinter sich her und begann mit ihm zu tanzen. Als die Musik lebhafter wurde, schien das Mädchen wieder aufzuwachen; es tanzte begeistert, während die Barbudos im Takt klatschten und mit den Füßen stampften.

Plötzlich brach das Mädchen mit einem gutturalen Aufschrei zusammen. Fidel hob es auf und verschwand mit ihm im Ranchhaus, das ab sofort selbst für Kabinettsmitglieder gesperrt war.

Es wurde langsam dunkel. Ich suchte Luis. Wir überließen die Barbudos ihrem Vergnügen und fuhren ins Del Prado zurück.

Eine Woche später kam ich gegen Mitternacht mit Ann Nolan in die Monte-Negro-Bar; Ann hatte drei Tage frei und wollte sie gemeinsam mit mir verbringen. Sie hatte den ganzen Abend lang vom Heiraten gesprochen, aber eigentlich nur von der großen Farm erzählt, die sie eines Tages erben würde — zweihundertfünfzig Hektar Land, auf dem die beste Baumwolle von Mississippi wuchs. Ich hatte ihr klargemacht, daß sie in diesem Fall keinen Ehemann, sondern einen Gutsverwalter brauchte. Diese Feststellung hatte Ann vom Himmel zur Erde und uns von der Dachterrasse in die Bar gebracht.

Als unsere Drinks serviert wurden, sah sie an mir vorbei und flüsterte: »Nein, nicht schon wieder! Ich habe noch zwei Tage.«

Ich drehte mich um und sah Camilo und Ramos herankommen. Bevor sie den Mund aufmachen konnten warnte ich sie: »Das kostet zweitausend extra, wenn ich vor Donnerstag fort muß.«

Ramos lächelte schwach. »Einverstanden.«

»Ann, das ist Camilo«, sagte ich. »Worum geht es diesmal?«

»Entschuldigt uns die junge Dame bitte?« fragte Ramos höflich.

»Mir bleibt wohl keine andere Wahl.«

Ich ging hinter ihnen her in die Hotelhalle.

»Die Waffen . . .«, begann Ramos traurig. »Buchstäblich alle Waffen sind von den mexikanischen Behörden beschlagnahmt worden.«

»Nein!« sagte ich.

»Leider doch«, warf Camilo ein. »Der Botschafter hat irgendwie herausbekommen, daß sie in Teresas Keller lagen. Sie ist verhaftet worden. El Comandante kann sich gar nicht wieder beruhigen, weil er auf einen Schlag seine Waffen und seine Freundin verloren hat.«

»Wir sitzen wirklich in der Klemme«, fügte Ramos hinzu. »Selbst Geld ist in letzter Zeit ein Problem. El Doctor hat es auf sich genommen, schwarz über die Grenze nach Texas zu gehen, um Doktor Prio in McAllen zu treffen. Prio hat ihm unbegrenzte finanzielle Unterstützung zugesichert, aber seit drei Tagen will er nicht mehr zahlen.«

»Peinlich, peinlich«, murmelte ich.

»Allerdings«, stimmte Camilo zu. »Die Barbudos glauben — ich bin persönlich anderer Meinung —, daß Raphael Del Piño für unser Pech verantwortlich ist. Er soll . . .«

»Hör zu«, unterbrach ich ihn, »will mir nicht endlich jemand erklären, wer dieser komische Raphael Del Piño ist?«

Ich mußte die Story bruchstückweise aus ihnen herauskitzeln. Del Piño gehörte offenbar zu einer einflußreichen cubanischen Familie, war aber amerikanischer Staatsbürger, weil er im Zweiten Weltkrieg in der US Army gekämpft hatte. Castro und er waren eng befreundet gewesen; Raúl und Del Piño hatten sich jedoch erbittert bekämpft, als Raúl darauf bestanden hatte, El Ché Guevara für die Bewegung anzuwerben.

Del Piño hatte geschworen, er werde sich nach Miami absetzen, sobald El Ché auf der Ranch auftauche. Die Krise hatte ihren Höhepunkt während unserer Abwesenheit erreicht. Del Piño war spurlos verschwunden, und Raúl behauptete steif und fest, er habe das Waffenversteck verraten und sich dann nach Florida in Sicherheit gebracht.

»Wirklich Pech«, sagte ich, als Camilo seine Erzählung beendet hatte. »Ich soll also eine zweite Ladung Waffen holen?«

Die beiden Männer nickten.

»Habt ihr nicht vorher behauptet, die Bewegung sei pleite?«

»Wir haben noch genügend Geld, Jack«, versicherte Camilo mir.

»Wann soll ich fliegen?« seufzte ich.

»El Doctor schlägt heute abend vor«, antwortete Ramos eifrig.

»Kommt nicht in Frage.«

»Zwölftausend für den Flug . . .«

Ich schüttelte den Kopf.

Ramos holte tief Luft. »Fünfzehntausend . . .«

Ich schüttelte den Kopf.

Ramos sah sich vorsichtig um und holte ein dickes Bündel Geldscheine aus der Tasche. Er zählte sechs Tausender und drei Fünftausender ab.

Ich warf einen Blick auf das Geld. Das war ein Fehler. »Von mir aus«, sagte ich langsam, »aber unter einer Bedingung . . .«

»Solange sie nicht unvernünftig ist«, stimmte Ramos zu.

»Wir fliegen morgen nachmittag um fünf ab.«

»Aber die Jacht kommt! Wir können erst abfahren, wenn die Waffen an Bord sind. Es muß heute abend sein.«

»Ein Tag macht bestimmt keinen großen Unterschied«, warf Camilo ein.

»El Doctor besteht darauf.«

»Er kennt aber die hübsche Ann nicht. Ich bringe es ihm irgendwie bei.«

»Vielen Dank, Camilo«, sagte ich. »Du kannst ihm außerdem von mir ausrichten, daß dies der letzte Flug ist, den ich in seinem fliegenden Sarg riskiere.«

Ramos grinste, gab mir das Geld und stand auf. »Das wäre vorläufig alles, Jack. Wir starten also morgen nachmittag um fünf.«

»Augenblick«, sagte ich mißtrauisch. »Warum auf einmal so fröhlich?«

»Wir haben allen Grund dazu, Jack!« antwortete Camilo und schlug mir auf die Schulter. »Wir hätten gedacht, daß du uns viel mehr abnehmen würdest. Ah, wir sind doch gute Soldaten, Juan, weil wir der Bewegung einen Haufen Geld sparen! Und gute Schauspieler dazu!«

Sie verabschiedeten sich grinsend, und ich ging in die Bar zurück, wo Ann auf mich wartete.

4

Fidels Luftwaffe hielt auch diesen letzten Flug aus. Als ich mit der zweiten Waffenladung zurückkam, gab es kein rauschendes Fest mehr: die Barbudos waren zu sehr mit den Vorbereitungen der Invasion beschäftigt. Fidel erklärte mir, meine Dienste würden in den nächsten Monaten nicht benötigt; ich solle die Ereignisse auf Cuba in den Zeitungen verfolgen, Ende März oder Anfang April nach Havanna kommen, im Hotel Nacional absteigen und mit einem gewissen Jaime Bofil Verbindung aufnehmen, der Koordinator der Untergrundbewegung in Havanna war. Fidel gab mir die siebeneinhalbtausend Dollar, die er mir noch schuldete, und tausend für meine Unkosten in Havanna.

Einige Tage später erreichte ich Nevada. Ich ging auf die Jagd, fischte, las Zeitungen, amüsierte mich und investierte einiges Geld – allerdings zu viel in Harolds Club und andere Spielkasinos.

Zunächst hatte ich mehr Glück als Fidel. Am 2. Dezember 1956 landeten zweiundachtzig Barbudos von der *Granma* aus – aber nur zweiundzwanzig erreichten die Hügel. Trotzdem besaß Fidel Ende März feste Positionen in der Sierra Maestra; ich vermutete, daß seine Organisation bis in die Städte vorgedrungen war.

In der ersten Aprilwoche flog ich also nach Havanna. Ich hielt mich an Fidels Anweisungen, nahm mir ein Zimmer im Nacional, gab Geld wie ein Tourist aus und spielte mit hohen Einsätzen. Am sechsten Tag nahm ich Verbindung mit Jaime Bofil auf.

Jaime war etwa Fünfundvierzig, untersetzt, grauhaarig, rundlich und geradezu krankhaft heiter. Er kicherte, als er mir das harte Leben im Untergrund von Havanna schilderte. Er lachte, als er mir von dem Studenten erzählte, der als angeblicher Revolutionär verhaftet, gefoltert und halbtot auf dem Platz vor der Universität ausgesetzt worden war. Er schlug sich auf die Schenkel, als er die Pointe ausmalte: der junge Mann war der Sohn eines einflußreichen Obersten und war nur mit einem Kommilitonen verwechselt worden. Und er schüttelte sich vor Lachen, als er beschrieb, wie die SIM-Angehörigen bestraft worden waren, die den Studenten gefoltert hatten.

Der SIM — Servicio de Intelligencia Militario — diente Batista als Geheimdienst und Privatarmee. In seinen Reihen gab es unzählige Sadisten und Verbrecher; zum Teil wurden Sträflinge freigelassen und zu Unteroffizieren gemacht. Der SIM sollte unter anderem Revolutionäre aufspüren, hatte es sich jedoch angewöhnt, Verdächtige meist schon auf der Straße zu erledigen. Nur wenige Verdächtige lebten lange genug, um verhört zu werden, aber noch weniger überlebten dieses erste Verhör.

Jaime erzählte mir, heutzutage habe alles in Havanna seinen Preis. Fidel Castro hatte tausend Dollar auf den Kopf eines jeden SIM-Angehörigen ausgesetzt. Batistas Geheimpolizei zahlte einige Pesos für Informationen. Jeder bespitzelte jeden: Taxifahrer, Hotelpagen, Zimmermädchen und Keller besserten ihre Finanzen dadurch auf, daß sie Eltern, Verwandte, Kunden und Gäste verrieten. Havanna war eine Stadt von Agenten, Doppelagenten und Spitzeln geworden.

Deshalb sollte ich freundlich auftreten, ein dummes Gesicht machen und keinem trauen, empfahl Jaime mir.

»Nicht einmal Ihnen?« fragte ich.

Er lachte gutmütig und schüttelte mir die Hand. Wir sollten uns bald wieder treffen.

In den nächsten Tagen traf ich nicht nur mit ihm, sondern auch mit José Antonio Echeverria zusammen, der die Untergrundbewegung in Havanna gemeinsam mit Armando Hart führte. Aber niemand bot sich an, meine Rechnungen zu bezahlen oder mir einen Job zu geben, obwohl ich jeden Tag zwei- bis dreihundert Dollar Ausgaben hatte. Als ich mich bei Jaime darüber beschwerte, kniff er ein Auge zusammen und meinte, eine Bekanntschaft mit General Pedraza, der im Nacional wohne, könne in diesem Fall bestimmt nicht schaden.

Ich war dem General schon oft in der Halle begegnet und hatte seine Bekanntschaft zu machen versucht, da ich wußte, daß er eine wichtige Rolle in Batistas Umgebung spielte. Bisher war er mir immer ausgewichen, aber diesmal erwischte ich ihn in der Terrassenbar des Nacional. Ich bot ihm einen Drink an, aber er lud mich statt dessen zu einem ein. Wir unterhielten uns über verschiedene Themen und kamen auch auf meine

Erfahrung zu sprechen. Der General zeigte Interesse, sah dann aber plötzlich auf seine Uhr und verabschiedete sich lächelnd, da er eine Verabredung hatte.

Diese Nacht war es eine blonde Sekretärin aus Chicago. Nach dem Frühstück im Bett ging sie wieder ihrer Wege. Ich stand in der Halle und fragte mich, ob ich den ersten Scotch des Tages trinken sollte, als mein Name ausgerufen wurde. Jaime rief vom ›23‹ aus an. José Antonio Echeverria und Armando Hart waren ebenfalls dort und wollten mit mir sprechen.

Eine Viertelstunde später trafen wir uns an der Bar des ›23‹, wo Jaime mich mit einem hageren jungen Mann bekannt machte, der neben Echeverria stand – Armando Hart.

»Freut mich, Armando«, sagte ich. »Ich dachte schon, Sie existieren gar nicht.«

»Wissen Sie, José Antonio und ich bemühen uns, möglichst selten gemeinsam an einem Ort zu sein«, erklärte Hart mir.

Dann trat ein jung-alter Mann, der verlegen seine nägellosen Finger zu verbergen suchte, neben mich an die Bar. Jaime begrüßte ihn, bestellte ihm einen Drink und sagte zu mir: »Er ist vom SIM verhört worden.«

Die beiden Untergrundführer kamen sofort zur Sache: Kannte ich mich mit modernen Waffen aus?

Ja.

Mit welchen?

Mit allen.

Ich beantwortete einige spezifische Fragen über den 81-mm-Granatwerfer. Die beiden schienen zufrieden zu sein, aber bevor ich vom Geschäft sprechen konnte, dankten sie mir, versprachen mir demnächst einen Anruf und gingen durch den rückwärtigen Ausgang davon.

»Diese Studententypen kommen mir ziemlich witzlos vor«, sagte ich zu Jaime.

»Nur Geduld, Jack«, meinte er grinsend. »Sie wollen Ihnen bald Arbeit geben.«

»Vielleicht nächsten Monat?«

»Wahrscheinlich schon morgen, deshalb bleiben Sie am besten im Nacional.«

»Darauf müssen wir einen Schluck trinken.«

Wir tranken mehr als einen Schluck und aßen dann zu Mittag, während Jaime mir mehr über Pedraza erzählte.

Er hieß José E. Pedraza, war mit fünfzehn in die Armee eingetreten und rasch aufgestiegen. Von 1933 bis 1939 war er Polizeichef von Havanna; von 1939 bis 1941 sogar Oberbefehlshaber des Heeres.

Dann wurde er von Batista ins Exil geschickt, weil ein Berater des Diktators den immer mächtiger werdenden Mann denunziert hatte. Pedraza bewies schon zwei Jahre später seine Unschuld, kam aus den USA zurück und ließ sich offiziell als Viehzüchter nieder. Seine Ranch war in erster Linie Versteck und Trainingslager einer Privatarmee, die es in jeder Beziehung mit Senator Masferrers Leuten aufnehmen konnte. Da die Cowboys des Generals jedoch wirklich nur Cowboys zu sein schienen, wurden ihre Verbrechen dem SIM oder El Tigres Männern angelastet – zu Pedrazas großem Vergnügen.

Ich trennte mich am späten Nachmittag von Jaime, machte einige Einkäufe, wagte abends ein Spielchen hier und dort und landete gegen ein Uhr morgens im Kasino des Nacional.

Hier begegnete ich General Pedraza, der von einigen amerikanischen Geschäftsleuten, deren Frauen und einer stadtbekannten Schönheit begleitet wurde. Er lud mich zu einem Drink ein, aus dem schließlich vier oder fünf wurden, und fragte mich, ob wir uns am nächsten Abend zum Essen im Parisian Room treffen wollten. Ich nahm an, daß er inzwischen Erkundigungen über mich eingezogen hatte und nun der Meinung war, ich könnte ihm nützlich sein.

Ich nahm die Einladung dankend an und machte dem General noch ein Kompliment wegen seiner Begleiterin. Dann sah ich mich zufällig um und entdeckte hinter mir zwei bekannte amerikanische Gesichter – Meyer-Lansky, ehemals Costellos Scherge in New York, und Santo Traficante, der Rauschgiftkönig von Chicago. Sie hatten sich von Batista die Konzession dieses Spielkasinos erteilen lassen und fühlten sich hier unter dem Schutz der cubanischen Regierung sichtlich wohl.

Pedraza folgte meinem Blick und stellte nüchtern fest: »Erfahrene Leute, diese Amerikaner, die in letzter Zeit herüberkommen. Sie spenden reichlich für unsere gute Sache.« Er verbeugte sich leicht und verschwand mit seiner Begleitung.

Ich verbrachte den nächsten Tag am Swimming-pool und wartete dort auf eine Nachricht von Armando Hart oder José Antonio. Um halb fünf ging ich in mein Zimmer und stand unter der Dusche, als der Anruf kam. José Antonio war am

Apparat. Er und Armando wollten mich um sechs in ›23‹ treffen.

Ich bedauerte, daß ich bereits zum Abendessen eingeladen war – allerdings erst um halb zehn, was José nicht zu wissen brauchte. Er behauptete, das Treffen sei wichtiger als jedes Abendessen und hängte auf.

Ich fand mich um sechs in der Bar des ›23‹ ein, hatte jedoch die Absicht, das Gespräch kurz zu halten, falls man mir nicht große Scheine aufdrängte.

Hart kam wenig später, drückte mir die Hand und bat mich hinaus. Wir stiegen in seinen alten Chrysler, rollten fünf Minuten den Boulevard Malecon entlang, bogen mehrmals ab, fuhren durch eine enge Seitenstraße und parkten schließlich in einem Hinterhof. Hart sah sich mit Verschwörermiene um, während wir ausstiegen. Ich mußte laut lachen.

Wir kletterten eine dunkle Treppe hinauf, klopften an eine Tür und wurden eingelassen. José Antonio und ein anderer Mann erwarteten uns.

»Hört zu, Jungs«, begann ich, »am besten sagt ihr mir gleich, was ihr vorhabt, denn ...« Dann hielt ich lieber den Mund.

Auf dem Fußboden vor mir lag eine amerikanische Bazooka.

»Ihre erste Aufgabe ist es«, sagte Armando, »uns die Bedienung dieser Waffe zu erklären. Unser Freund Pepe hier hat seinen Bruder durch Batistas Erschießungskommando verloren. Und sein Vater ist nach dem Verhör beim SIM mit nur einem Auge nach Hause gekommen. Pepe möchte deshalb die Waffe bedienen können.«

»Schön, nachdem ich einmal hier bin ...« Ich nahm die Bazooka auf die Schulter und erklärte ihre Bedienung, das Zielen mit dieser Waffe und ihre Gefährlichkeit für Umstehende. Dann ließ ich die drei jungen Männer damit üben; nach einer Stunde wußten sie genau, was sie als Schütze oder Lader zu tun hatten.

»Ist das alles?« fragte José Antonio.

Ich wog eine Rakete in der Hand. »Dieses unscheinbare Ding durchschlägt achtundzwanzig Zentimeter Panzerstahl«, erklärte ich ihm.

»Was?« riefen alle drei ungläubig.

Dann wollte Armando die Waffe in Aktion sehen. Ich erinnerte ihn daran, daß der SIM und die Polizei nach ihm suchten – das Risiko war einfach zu groß. José Antonio stimmte jedoch zu und entschied, die Bewegung müsse sich von der Wirksamkeit dieser Waffe überzeugen.

Schließlich sprachen sie alle auf mich ein, um mich zu einer Demonstration zu bewegen. Ich äußerte mich nicht dazu, aber José Antonio verstand trotzdem, was ich meinte. Er nahm sein Portemonnaie aus der Tasche und zählte mir achtzehnhundert Pesos – damals war ein Peso auf Cuba noch einen Dollar wert – in die Hand.

Wir gingen wortlos die Treppe hinunter; Pepe trug vorsichtig einen Kasten Raketen, ich hatte die Bazooka unter dem Arm. Dann fuhren wir durch das nächtliche Havanna. Ich zündete mir eine Zigarre an, lehnte mich in die Polster zurück und überlegte, was geschehen würde, falls ich in Gesellschaft dieser jungen Revolutionäre angetroffen wurde. Konnte ich damit rechnen, daß mein amerikanischer Paß mich retten würde? Vermutlich nicht. Amerikaner, die von südamerikanischen Revolutionären lebten, verschwanden gelegentlich spurlos. Das war ihr Berufsrisiko.

Der alte Chrysler bog auf die Überlandstraße von Havanna nach Matanzas ein. Etwa fünfzehn Kilometer außerhalb der Stadt bremste Armando plötzlich, verließ die Straße und fuhr auf einem Feldweg zwischen den Hügeln weiter, bis wir eine Stelle erreichten, an der die Straße wieder sichtbar war.

Wir stiegen aus, schleppten unsere Bazooka und die Raketen unter die nächsten Bäume und machten die Waffe dort feuerbereit. Wenige Minuten später stapften wir durch Unterholz und suchten nach einem passenden Ziel. Meine Begleiter wurden allmählich ungeduldig, weil ich noch immer nicht schoß; sie wollten endlich was für ihre achtzehnhundert Dollar sehen.

Dann hatte ich plötzlich das richtige Ziel im Visier. Etwa zwei Kilometer von uns entfernt raste eine schwere amerikanische Limousine in Richtung Havanna. Das rote Blinklicht auf dem Dach zeigte, daß es sich um ein SIM-Fahrzeug handelte.

»Deckung!« rief ich.

Ich rannte zehn Meter weiter, balancierte dabei die geladene Bazooka auf der Schulter und rutschte in einen parallel zur Straße verlaufenden Graben. Die anderen folgten mir.

Die Scheinwerfer des Wagens tanzten im Visier auf und ab, aber ich wußte, daß ich bei dieser lächerlich geringen Entfernung kaum zu zielen brauchte. Ich kniff die Augen zusammen und dachte an einen jung-alten Mann mit verstümmelten Fingern ...

Jetzt hatte der Wagen den Zielpunkt fast erreicht. »Auf!« rief ich. »Seht her!«

Die drei anderen steckten ihre Köpfe aus dem Straßengraben.

Die Innenbeleuchtung des SIM-Wagens war eingeschaltet; durch das Visier erkannte ich deutlich vier Männer. Der Fahrer war ein negroider Sergeant mit buschigem Schnurrbart. Er und der Leutnant neben ihm lachten.

Die Limousine bremste vor einer scharfen Kurve. Noch einen Augenblick ...

Jetzt!

Ich zog den Abzug durch. Aus der Bazooka schoß ein Feuerstrahl, raste die Straße entlang und traf den Streifenwagen zwischen den Scheinwerfern. Nach der Explosion verschwand der Wagen in einer Rauchwolke; die kümmerlichen Überreste blieben brennend im Straßengraben liegen.

»Dios!« flüsterte Armando Hart.

»Madre!« rief José fast erschrocken.

Sie waren eine Minute lang so erschüttert, daß sie sogar den Mund hielten, aber als wir unseren Chrysler erreichten, schwatzten sie wieder aufgeregt durcheinander.

Ich zündete mir eine neue Zigarre an. »Ihr seid mir jetzt viertausend Dollar schuldig«, stellte ich fest.

»Qué?« sagte Armando.

»Jaime hat mir erzählt, daß jeder tote SIM-Angehörige tausend Dollar wert ist. In dem Wagen haben vier gesessen.«

»Stimmt, Armando«, meinte José Antonio. »Wir sind seine Zeugen.«

Armando zählte einen Stapel Geldscheine ab. »Ich kann Ihnen vorläufig nur zweitausend Pesos geben, Señor«, entschuldigte er sich. »Sie bekommen den Rest im Hotel.« Dann ließ er den Motor an.

Die jungen Männer waren bester Laune, als sie mich in Havanna am Del Prado absetzten.

»Das war ein bedeutsamer Abend für die Bewegung«, versicherte Hart mir. »Sie hören bald wieder von uns, Señor.«

»Jederzeit, mein Freund. Ich erwarte die restlichen zweitausend morgen.«

Ich fuhr mit einem Taxi ins Nacional und betrat den Parisian Room mit einer guten halben Stunde Verspätung.

»Meine Damen, General Pedraza«, sagte ich mit einer leichten Verbeugung, »tut mir leid, daß ich mich verspätet habe, aber man kann schlecht ablehnen, wenn man in seinem sportlichen Ehrgeiz herausgefordert wird.«

Der General nickte verständnisvoll. Ich nahm meinen Platz neben einer bildschönen Señorita ein und berührte dabei wie aus Versehen lächelnd ihre Hand.

Am nächsten Morgen verließ ich das Hotel um zehn Uhr, denn ich war mit Jaime Bofil verabredet, der mir die Upman-Fabrik im alten Teil von Havanna zeigen wollte. Dort waren wir einigermaßen sicher vor dem Geheimdienst und seinen Spitzeln. Außerdem konnte man dort Zigarren mit dreißig Prozent Rabatt kaufen.

Ich kam um halb elf an und machte die nächste Führung mit einer kleinen Gruppe mit. Jaime ging neben mir her und sprach vor allem über Tabak.

In der Tür des riesigen Hauptsaals blieb er stehen und deutete auf einen Mann, der etwas erhöht saß und den reichlich hundert Arbeitern aus einem Buch vorlas. »Er liest ihr Lieblingsbuch, *Don Camillo und Peppone* — wahrscheinlich schon zum zehntenmal dieses Jahr. Sie mögen auch Geschichte und Hemingway.«

Als die Gruppe einen deutlichen Vorsprung vor uns hatte, sagte Jaime leise: »Vielleicht interessiert es Sie, daß der SIM-Offizier, den Sie gestern abend erledigt haben, ein Mitarbeiter des Sohnes Ihres freundlichen Gastgebers von gestern abend war.«

»Soll das heißen, daß Pedrazas Sohn für den SIM arbeitet?«

Jaime wechselte rasch das Thema, als sich einer der Touristen in unsere Nähe verirrte. »Ihnen ist vielleicht schon aufgefallen, daß die Arbeiter hier alle Mischlinge sind. Weiße und Schwarze rollen keine Zigarren, weil ihre Hände vom Tabak fleckig werden. Aber die Haut der Mischlinge hat etwa die gleiche Farbe wie die Flecken. Deshalb . . .«

Als der Tourist weitergegangen war, fügte Jaime leise hinzu: »Pedrazas Sohn gehört nicht nur zum SIM, sondern auch zu Los Tigres, Masferrers Schlächtern.«

»Und er arbeitet vielleicht auch für Prio?« erkundigte ich mich lächelnd. »Und für Fidel und Trujillo?«

»Möglich«, antwortete Jaime ernsthaft. »Ich kenne einen Mann, der gleichzeitig für fünf Leute arbeitet.«

»Kein ausgesprochen sicheres Leben.«

Jaime zuckte mit den Schultern. »Man kann umgebracht werden, nur weil man auf der Straße gestanden hat. Oder weil man zufällig im Auto vorbeigekommen ist. Bei lateinamerikanischen Revolutionen sind alle Katzen schwarz, aber selbst die kleinen hinterlassen schon blutige Spuren.«

»Sehen Sie diese Tabakblätter . . .«

5

Trotz der in Havanna gezeigten Aktivität machte die Bewegung des 26. Juli nur langsame Fortschritte. Die Leute hörten nur gerüchtweise von einer kleinen Streitmacht in der Sierra Maestra, und Batistas Legionen sorgten dafür, daß viele sich sogar davor fürchteten, für Castro zu beten. Die Bewegung hatte kaum Neuzugänge zu verzeichnen; Spenden kamen weiterhin von amerikanischen Firmen, Cubanern im Exil und lateinamerikanischen Förderern, aber manchmal war das Geld so knapp, daß die Revolutionäre in der Stadt kaum noch wußten, wie sie ihren Rum bezahlen sollten. Fidels Leute in den Bergen hatten es noch schwerer — sie konnten nur abwarten, auf Rekruten hoffen, in Nord- und Südamerika sammeln, Batista durch ihre bloße Gegenwart beunruhigen und die Regierungsstreitkräfte nach Möglichkeit unter Druck setzen.

Für mich fiel dabei nicht allzuviel ab. Ich verdiente mir mein Taschengeld durch gelegentliche Flüge von Miami nach Oriente. Diese Aufträge erhielt ich von einem großen, hageren, schweigsamen Mann, der sich Justo Vincente nannte; er stand in direkter Verbindung mit Castro und achtete darauf, nie die normalen Kanäle der Untergrundbewegung in Havanna zu benützen. Ich bat Jaime Bofil schließlich um Urlaub zum Jahreswechsel und verbrachte die letzten Tage des Jahres 1957 in Nevada.

Jaime rief mich Anfang Januar zurück. Ich konnte erst im Februar kommen, merkte aber sofort nach meiner Ankunft, weshalb er mich zurückgeholt hatte.

Havanna glich einem aufgestörten Wespennest. Auf dem Flughafen sprachen Leute zu zweit oder zu dritt geheimnisvoll miteinander – Gesprächsthema konnte nur die Revolution sein. Auf den Straßen schienen die Menschen sich rascher zu bewegen, aber sie wurden auch von mehr Polizisten beobachtet. Als ich das Nacional erreichte, hörten die beiden jungen Angestellten am Empfang mit ihrem Gespräch auf und waren mir schuldbewußt bei der Eintragung ins Hotelregister behilflich. Die Aussichten hatten sich deutlich gebessert, daran war kein Zweifel mehr möglich.

Und die Geheimnistuerei war schlimmer als je zuvor. Als ich Jaime Bofil zu erreichen versuchte, war er unter seiner bisherigen Adresse unbekannt, und das Telefon im ›23‹ verstummte, als ich seinen Namen erwähnte. Am nächsten Morgen kam ein junger Mann zu mir ins Hotel und machte mir die bedeutsame Mitteilung, ich sollte nicht versuchen, sie zu erreichen, denn sie würden sich selbst mit mir in Verbindung setzen. Wenig später rief Jaime an, um mir zu sagen, er werde bald ein Treffen arrangieren. Als ich meinen gewohnten Morgenspaziergang machte, folgte er mir tatsächlich in einiger Entfernung.

Wir trafen uns schließlich in einer Bar, wo er mir die allgemeine Lage beschrieb. Castros zunehmende Stärke und Beliebtheit machten der Regierung offenbar Sorgen. Batistas Kumpane versuchten die Bevölkerung mit immer schärferen Maßnahmen einzuschüchtern. Das Volk wurde fast täglich auf grausame Weise daran erinnert, wer vorläufig noch an der Macht war.

Aus diesem Grund hatte die Bewegung strengere Sicherheitsmaßnahmen eingeführt. Wer Verbindung mit einem der leitenden Männer aufnehmen wollte, wurde von einem neutralen Treffpunkt zum anderen weitergereicht, bis er endlich nach langen Umwegen ans Ziel kam. Der Untergrund arbeitete mit sämtlichen Tricks, die aus zweitklassigen Spionagefilmen bekannt waren.

Jaime erzählte mir auch, daß weitere Rebellengruppen stärker geworden waren; obwohl sie nicht zur Bewegung des 26. Juli gehörten, hielten sie Verbindung mit Castro. Eine Gruppe, die Segundo Frente de Escambray, hielt sich in den Escambray-Bergen nur 240 km von Havanna entfernt auf; ihre Führer waren Major Eloy Menoyo und der amerikanische Söldner William Morgan. Da die Gruppe sich in der Nähe der

Hauptstadt befand, war Menoyo Fidels größter Rivale, sobald Batista gestürzt war.

Dann ließ Jaime mich plötzlich mitten im Satz stehen, und ich mußte die Rechnung bezahlen.

Am nächsten Tag hatte ich die meisten alten Bekanntschaften erneuert und wurde eine Woche lang mittags und abends zum Essen eingeladen. Meine Gastgeber warfen mit Geld um sich, was mir nur angenehm war, da es bewies, daß die Bewegung finanziell wieder auf gesunden Füßen stand; leider kam jedoch niemand auf die Idee, mir Geld oder einen Job anzubieten.

Etwa zwei Wochen nach meiner Rückkehr rief Jaime im Nacional an und ließ mir ausrichten, er werde mich zum Mittagessen abholen.

Als er kam, war ich marschbereit. »Wohin?«

Er lächelte geheimnisvoll und führte mich zu einem wartenden Taxi. Wenige Minuten später hielten wir vor dem CMQ-Gebäude, in dem Staatsrundfunk und Fernsehen untergebracht waren. Vor uns parkten ein SIM-Wagen und ein schwarzer Cadillac; am Eingang des Gebäudes hielten Polizisten Wache.

»Sind wir hier wirklich richtig?« fragte ich unbehaglich.

Jaime lachte. »Keine Angst, Jack. Montez will nur eine Rede im Fernsehen halten. Das ist das übliche Gefolge eines Ministers.«

Wir gingen an den Polizisten vorbei die Treppe hinauf, durchquerten das Mandarin-Restaurant und verschwanden in der Bar, von der aus das Lokal zu übersehen war. Ich erkannte Juan, den jungen Ingenieur mit den verstümmelten Fingern; er unterhielt sich mit einem würdigen älteren Gentleman, dessen Ohren unvollständig waren. Dann fiel mir auf, daß alle Anwesenden rot-schwarze Armbinden mit der weißen Zahl 26 trugen, die sie als Mitglieder der Bewegung des 26. Juli auswiesen. Jaime nahm ebenfalls eine Binde aus der Tasche und legte sie an.

»He!« sagte ich. »Haben Sie die Polizei vor dem Tor vergessen?«

»Dies hier ist eine Privatveranstaltung, zu der keine Außenseiter Zutritt haben.« Er nickte einem dicklichen Mann zu, der inzwischen herangekommen war. »Jack, das ist Tavi Montez. Tavi, ich möchte dich mit Jack Youngblood bekannt machen.«

Ich streckte die Hand aus; Tavi starrte mich nur mißtrauisch an.

»Wir sind alle hier, um Tavis Onkel im Fernsehen reden zu hören, Jack«, erklärte Jaime mir. »Er ist Minister in Batistas Regierung.«

Tavi spuckte angewidert aus und ließ sich einen Drink geben.

»Tavi und sein Onkel sind politisch verschiedener Meinung«, stellte Jaime fest.

»Sie sind kein Mitglied der Bewegung, Señor?« erkundigte Tavi sich.

»Nein. Ich fliege nur gegen Barzahlung.«

»Wohin?«

»Ist Ihnen Oriente recht?«

Jaime grinste unbehaglich, aber Tavi ließ nicht locker.

»Keiner unserer Verbindungsmänner hat bisher von Ihnen gesprochen«, stellte er fest.

Ich durfte Justo Vincente nicht erwähnen, deshalb schwieg ich lieber.

»Und keiner der Leute auf der Sierra Maestra hat von Ihnen gesprochen.«

Ich zuckte mit den Schultern. »Fragen Sie doch Camilo Cienfuegos.«

»Oh?« Tavi lächelte fast und leerte sein Glas. »Ich habe mir jedoch erzählen lassen, wie sie den Raketenapparat demonstriert haben.«

Ich nickte nur.

In diesem Augenblick stellte der Barkeeper das Fernsehgerät an. Auf dem Bildschirm erschien der Ansager und verkündete pathetisch: »Wir haben die große Ehre, den ersten Minister des Präsidenten bei uns begrüßen zu dürfen — Señor Garcia Montez!«

Als der Minister — aufgedunsenes Gesicht, dicke Lippen, glatte schwarze Haare, riesige Hornbrille und öliges Lächeln — den Bildschirm füllte, spuckte Tavi nochmals aus.

Der Minister sprach zu seinen Hörern, wie man zu verwirrten Kindern spricht, und machte ihnen klar, daß sie allen Grund hätten, mit ihrer hervorragenden Regierung zufrieden zu sein. Dann sprach er von unverantwortlichen Gerüchten, mit denen die Bevölkerung nervös gemacht werden solle, und erwähnte auch ›Radio Bemba‹ — im cubanischen Slang ›Radio

Großmaul‹ –, das einzige wirksame Propagandamittel der Rebellen.

»Radio Bemba behauptet, in Havanna und anderen Großstädten gäbe es Untergrundbewegungen.« Er lächelte verächtlich. »Ich darf Ihnen mitteilen, daß dies bestimmt nicht der Fall ist.« Er machte eine wegwerfende Handbewegung. »Oh, es hat natürlich Studenten gegeben, die ihren harmlosen Ulk zu weit getrieben haben, aber auf Cuba gibt es *keine organisierten subversiven Elemente.*«

Um mich herum wurde höhnisch gelacht und Beifall geklatscht.

»Das einzige Großmaul bist du, Onkel!« rief Tavi.

Dann herrschte wieder Ruhe, als der Minister fortfuhr: »Bürger von Cuba, ihr hört von allen Seiten Lügen über unsere tapfere Polizei, die für Ruhe und Ordnung sorgt, damit ihr friedlich leben könnt. Ihr hört, daß Bürger grundlos verhaftet und brutal mißhandelt werden!« Der Minister schien über diese Behauptung selbst erschrocken zu sein. »Wie kann jemand diese bösartigen, schmutzigen, unbegründeten Lügen glauben? Hat der Präsident nicht die Todesstrafe abgeschafft und sogar politische Gefangene freigelassen?«

Diesmal wurde kein höhnischer Beifall laut; die Männer sahen nur schweigend zu Juan und seinem Begleiter hinüber.

Jaime schüttelte den Kopf. »Letzte Woche hat Batista selbst den Befehl gegeben, in Zukunft keine Gefangenen mehr zu machen. Daraufhin wurden an einem Tag sechs Männer erschossen, von denen nur einer unserer Bewegung angehörte. Er war allerdings Zellenleiter in Santiago.«

Der Minister wandte sich jetzt der großen Karte hinter sich zu und deutete auf die Sierra Maestra. »Die kümmerlichen Überreste einer Gruppe organisierter Banditen und ihrer fehlgeleiteten Anhänger halten sich in verschiedenen Teilen unseres Landes verborgen. Sie leben davon, gesetzestreue Bürger zu berauben und zu erschießen.« Er versuchte ein bedauerndes Lächeln. »Aus diesem Grunde mußte die Regierung die Bewegungsfreiheit ihrer Bürger zeitweise einschränken und eine Genehmigungspflicht für Reisen einführen.« Der Minister gab seinem Gesicht einen zuversichtlichen Ausdruck. »Aber dieser Zustand wird nicht mehr lange anhalten, Bürger von Cuba. Wir jagen diese Mörder loyaler Cubaner, und wenn ihr uns alle mit Informationen unterstützt, kann eure Regierung die Reisebeschränkung bald wieder aufheben.«

Tavi konnte sich nicht länger beherrschen. »Jeden Tag kommen mehr Cubaner zu Fidel in die Berge! Straßensperren, Hubschrauber und die Geheimpolizei können uns nicht aufhalten. Wir sprengen Brücken, stecken Zuckerrohrfelder in Brand und bringen Polizisten um.«

»Cuba sin Batista o Cuba sin zafra!« riefen die anderen im Chor.

Der Schlachtruf ›Cuba ohne Batista oder Cuba ohne Zuckerrohrernte‹ hätte ebensogut lauten können: ›Cuba ohne Batista oder Cuba in Konkurs‹, denn die Wirtschaft der Insel war vom Zucker abhängig.

Der Minister auf dem Bildschirm hatte unterdessen das Thema gewechselt. »Während die Regierung erfolgreich alle Anstrengungen unternimmt, die Terroristen zur Strecke zu bringen, machen sich Verbrecher anderer Art an die arbeitende Bevölkerung heran. Diese Vertrauensleute wollen Anleihen verkaufen, hinter denen nur die Versprechungen der Banditen stehen. Ihr sollt sie kaufen, sonst wird euch mit Unannehmlichkeiten gedroht. Bietet euch jemand diese Anleihe an, müßt ihr sofort zur Polizei gehen. Die Polizei ist euer Freund und Helfer.«

Jaime wandte sich ab und nahm lachend einen Stapel Papiere aus seiner Aktentasche. »Freunde, ich habe zufällig Anleihen der Revolutionsregierung für fünfundzwanzigtausend Pesos bei mir. Wer kauft sie mir ab?«

Die anderen grinsten, und ein Mann stand auf, kam an unseren Tisch und kaufte eine Schuldverschreibung.

»Ich habe letzte Woche zehntausend Dollar zu Fidel geschickt«, verkündete Tavi stolz.

Armando Hart blieb vor uns stehen. »José Antonio wartet drüben im Restaurant«, sagte er und meinte damit auch Tavi und Jaime.

Wir folgten ihm hinaus und nahmen an einem Tisch Platz, von dem wir die Straße übersehen konnten. Das bewies, daß meine Freunde zwar leichtsinnig, aber doch bis zu einem gewissen Grad vorsichtig waren. Hier in diesem Raum saßen zwei Führer der Untergrundbewegung, für deren Ergreifung je fünftausend Pesos ausgesetzt waren, und fünfzig der einflußreichsten Geschäftsleute, Anwälte und Ärzte der Stadt.

Eine Razzia würde genügen, um den Untergrund von Havanna lahmzulegen.

Wir bestellten Drinks und ein luxuriöses Mittagessen. Nachdem wir uns einige Zeit über belanglose Kleinigkeiten unterhalten hatten, wollte Tavi plötzlich von Jaime wissen, ob ich fliegen könne. Jaime versicherte ihm, ich sei tatsächlich dazu imstande. Tavi fragte mich nicht etwa selbst, sondern verkündete, er sei als Anwalt daran gewöhnt, mit Zeugenaussagen zu arbeiten, und wolle deshalb annehmen, ich könne fliegen. Ich dankte ihm für die gute Meinung, die er offenbar von mir hatte.

»Wissen Sie, wo das Campo Columbia liegt?« fragte er mich dann.

»Ich bin schließlich kein Tourist«, antwortete ich fast beleidigt. Campo Columbia lag im Westen der Stadt und war das Hauptquartier der cubanischen Armee; Batista hatte sich inmitten des Forts ein behagliches Appartement einrichten lassen. »Soll ich Ihnen das Lager beschreiben?«

»Nein«, warf Armando ein. »Sie sollen es zerstören – durch einen Bombenangriff!«

Die Idee war so verrückt, daß ich fast gelacht hätte.

»Na?« fragte José Antonio.

»Habt ihr überhaupt soviel Geld?« erkundigte ich mich, um Zeit zu gewinnen.

»Keine Angst, wir haben genug«, versicherte Hart mir.

»Ich habe in letzter Zeit nicht allzuviel davon zu sehen bekommen.«

»Sind Sie grundsätzlich an dem Plan interessiert?« wollte Tavi wissen.

»Ja.«

Sie beschrieben mir alles ausführlich. Campo Columbia – Befestigungen, Flugplatz, Bürogebäude und Unterkünfte – sollte mit Napalm und Bomben angegriffen werden. Das Napalm war für Flugzeuge am Boden und die Kanoniere der Flakstellungen vorgesehen; die Bomben sollten das Hauptquartier zerstören und Batista und seine engsten Mitarbeiter töten. Zur gleichen Zeit würde die Segundo Frente de Escambray mit etwa zweitausend Mann zu Fuß angreifen. Major Menoyo und William Morgan befürworteten natürlich den Luftangriff.

»Wir haben die Flugzeuge bereits gekauft«, erzählte mir Tavi aufgeregt. »Fünf P-51-Jäger, eine B-25, eine B-26 und zwei Transportmaschinen.«

»Drei P-51 stehen noch in Fort Lauderdale«, fügte Hart hinzu. »Die beiden anderen Jäger und die Bomber stehen in Venezuela.«

»Sind sie in gutem Zustand?« fragte ich.

»Natürlich. Die Jäger in Florida stehen sogar in einem Hangar und bekommen jetzt Zusatztanks eingebaut.«

Die Sache interessierte mich allmählich. »Von wo ab soll der Angriff geflogen werden?« fragte ich.

»Von Costa Rica aus«, antwortete Jaime. »Wir haben dort alles mit einem Großgrundbesitzer vereinbart.«

»Sie meinen nicht zufällig einen gewissen Expräsidenten?« wollte ich wissen.

Sie starrten mich entsetzt an.

»Ich kenne Pepe Figures schon seit Jahren«, erklärte ich ihnen und stellte mir den kleinen Mann vor, der hohe Absätze tragen mußte, um wenigstens einsfünfundsechzig groß zu sein. »Er hat bestimmt nichts für Batista übrig.«

Tavi schüttelte den Kopf. »Pepe würde uns wahrscheinlich helfen, aber wir benützen eine Ranch an der Küste bei Colorado.«

Ich schätzte, daß Colorado etwa vierzehnhundert Kilometer von Havanna entfernt lag – ein langer Nachtflug fast ausschließlich über Wasser. »Das läßt sich in einer Richtung schaffen. Aber was dann?«

»Eine Landung in der Sierra Maestra«, schlug Jaime vor.

»Nach dem Angriff hätten wir bestenfalls für zwanzig Minuten Treibstoff in den Tanks. Damit erreicht man keinen Landeplatz in der Sierra Maestra. Zwischen Havanna und Oriente liegen über achthundert Kilometer.« Ich lehnte mich zurück und zündete mir eine Zigarre an. »Und wie steht es mit Batistas Düsenjägern? Was sollen wir dagegen tun?«

Tavi war selbst kein Pilot und wußte deshalb auf alles eine Antwort. »Die Düsenjäger sind bestimmt nicht in der Luft, weil niemand etwas von dem Angriff weiß. Anschließend steigt ihr aus, und wir sammeln euch mit Lastwagen ein.«

Ich nickte. »Schon mal aus einer P-51 ausgestiegen? Das ist bei fünfhundert Stundenkilometern kein Spaß. Meiner Meinung ist das der gefährlichste Teil des Unternehmens.«

»Uns interessiert nicht, wie der Angriff fehlschlagen, sondern wie er klappen kann«, warf José Antonio ein. »Sie sollen Piloten und Mechaniker anheuern, die Maschinen nach Costa Rica fliegen, sie dort einsatzbereit machen und beim Angriff auf Havanna führen.«

Ich lächelte. »Alles nur Kleinigkeiten, da genügend Geld zur Verfügung steht. Entschuldigen Sie die Frage, aber an welche Beträge haben die Herren eigentlich gedacht?«

»Eine halbe Million Dollar«, sagte Armando. »Davon bezahlen Sie die Männer und alle Unkosten außer Treibstoff.«

Ohne Papier, Bleistift und genügend Zeit konnte ich nur ungefähr schätzen, was das Unternehmen kosten würde. Unter Berücksichtigung der Tatsache, daß die Piloten ihre amerikanische Staatsbürgerschaft aufs Spiel setzten, mußte jeder wohl fünfzigtausend bekommen. Das machte bei neun Piloten – die Bomber hatten zwei – bereits vierhundertfünfzigtausend.

Ich schüttelte den Kopf.

»Siebenhundertfünfzigtausend«, schlug José Antonio vor.

»Das Unternehmen ist eine Million Dollar wert, vielleicht sogar mehr«, erklärte ich ihnen. »Aber ich bin mit einer Million zufrieden. Überlegen Sie sich, ob Ihnen das zu teuer ist.«

Sie wechselten Blicke, hüstelten, seufzten, zuckten mit den Schultern, sagten aber kein Wort. Dann nickte einer nach dem anderen.

»Okay, einverstanden«, sagte ich.

Wir tranken darauf.

»Wann bekomme ich die Maschinen zu sehen? Und wann gibt es vor allem Geld?«

Tavi sah zu den anderen hinüber. »Wir wissen noch immer nicht, ob er fliegen kann ...«

»Er hat Fidels DC-3 geflogen«, sagte Jaime.

»Kann er auch Jäger fliegen?«

»Falls Sie zufällig einen in der Nähe haben, fliege ich Ihnen gern etwas vor«, warf ich ein. Bei einem Geschäft dieser Größenordnung konnte ich ruhig zuvorkommend sein.

»Ich habe einen Freund, der einen Trainer besitzt – eine AT-6, glaube ich«, sagte Tavi.

»Schön, rufen Sie ihn an, damit ich eine Vorstellung geben kann. Aber ich möchte bald etwas Geld sehen.«

»Immer mit der Ruhe, Jack«, meinte Jaime. »Wir zeigen es Ihnen nach dem Essen.«

»Wissen Sie bestimmt, daß Sie Napalm bekommen können? Das Zeug wird nicht gerade in jedem Laden verkauft.«

»Ich bin gerade aus Venezuela zurückgekommen«, sagte Armando. »Unsere Gruppe hat gute Verbindungen zur dortigen Regierung. Das Napalm stammt aus amerikanischen Überschußbeständen, die unsere Freunde in Caracas aufgekauft haben. Ich habe es mit eigenen Augen gesehen.«

Wir diskutierten die Lage in Venezuela und Costa Rica. Beide Länder vermieden es, die Bewegung des 26. Juli offen zu unterstützen, aber das Klima war dort für die Tätigkeit der Rebellen sehr günstig.

Nach dem Kaffee rief Tavi seinen Freund mit der AT-6 an und kam mit der Nachricht zurück, die Maschine stehe am nächsten Morgen startbereit. Sein Freund Pedro wolle eine Fluggenehmigung für zehn Uhr dreißig einholen.

»Gut«, sagte Jaime. »Jetzt müssen wir Ihnen noch das Geld zeigen.« Er und Tavi standen auf, nahmen ihre Armbinden ab und knöpften die Jacken über ihren Pistolen zu. Wir verabschiedeten uns von Armando und José Antonio, die weiter Pläne schmiedeten, und gingen auf die Straße hinunter; Polizei und SIM waren verschwunden, da Montez seine Rede längst beendet hatte.

Wir hielten ein Taxi an. »Banco Nacional«, sagte Jaime.

Zehn Minuten später wurde ich in den Tresorraum der Nationalbank geführt, Jaime wies auf den gutaussehenden Mann, der durch die Gittertüren kam. »Das ist El Jefe«, erklärte er mir. Ich erkannte Felipe Pazos, den Präsidenten der Nationalbank.

»Der Amerikaner möchte einen Beweis dafür sehen, daß wir in der Lage sind, das Projekt Campo Columbia zu finanzieren«, sagte Tavi.

Pazos lächelte, führte uns in eine Tresorkammer und schloß ein Fach in der Größe eines Überseekoffers auf. Dann zog er es langsam nach vorn.

Ich seufzte. Das Fach war bis obenhin mit Hundert- und Fünfhundertdollarscheinen in hübschen Bündeln gefüllt. Tavi fiel auf die Knie und wühlte darin herum.

»Schneiden Sie sich nicht«, warnte Pazos. »Wir haben einige Millionen Pesos in druckfrischen Banknoten.«

»Bedienen Sie sich«, forderte Jaime mich auf. »Denken Sie daran, daß Pesos frei konvertierbar sind — auch in Dollar.«

»Gestern hatten wir noch mehr Dollar hier«, erklärte mir Pazos bedauernd. »Aber wir mußten heute morgen eine Viertelmillion für Nachschublieferungen bezahlen.«

Ich griff in das Fach. Je tiefer ich fühlte, desto besser gefiel mir das geplante Unternehmen. Als mein Arm bis fast zur Schulter in Geld steckte, spürte ich anderes Papier unter den Fingerspitzen. Ich zog eine Handvoll Schuldverschreibungen der Revolutionsregierung heraus. »Sie wollen mich doch nicht etwa damit bezahlen?« fragte ich grinsend.

»Eine Million in bar«, versicherte Jaime mir. Dann lächelte er. »Oder zwei Millionen in Schuldverschreibungen.«

Ich ließ das Papier fallen, als brenne es.

»Also in bar«, stellte Jaime ungerührt fest. »Wir sind Ihnen sechstausend schuldig. Nehmen Sie sich den Betrag gleich.«

Ich nahm ein Bündel Dollarscheine auf.

»Falls es Ihnen nichts ausmacht«, warf Pazos ein, »würde ich Ihnen den größten Teil lieber in Pesos geben. Sie verbrauchen das Geld wahrscheinlich ohnehin auf Cuba.«

»Wie Sie wollen.« Ich nahm mir fünftausend Pesos und tausend Dollar.

Pazos räusperte sich. »Könnten wir gleich über die Verteilung für das geplante Projekt sprechen?«

»Selbstverständlich«, antwortete ich, lieh mir seinen Notizblock und stellte einige hastige Berechungen an:

B-26: Pilot und Kopilot	je 50 000	100 000 Dollar
B-25: Pilot und Kopilot	je 50 000	100 000 Dollar
P-51 : 5 Piloten	je 50 000	250 000 Dollar
2 Piloten (Transporter)	je 15 000	30 000 Dollar
2 Kopiloten (Transporter)	je 15 000	30 000 Dollar
6 Warte/Bordschützen	je 25 000	150 000 Dollar
4 Wachtposten	je 5 000	20 000 Dollar
2 Köche	je 5 000	10 000 Dollar
Essen, Getränke, Werkzeuge, Flugkarten und Hotelzimmer		30 000 Dollar
	zusammen	720 000 Dollar

»Okay«, sagte ich und zeigte Jaime, was ich ausgerechnet hatte. »Siebenhundertzwanzigtausend ist natürlich nur eine vorläufige Schätzung — Sie brauchen mich also nicht für geldgierig zu halten. Sobald das Unternehmen anläuft, brauche ich etwa hunderttausend, um Vorschüsse zahlen zu können, außerdem muß ich einige Leute hierher bringen, damit sie den Rest mit eigenen Augen sehen. Ich brauche eine weitere halbe Million zur Deckung anderer Ausgaben und als Garantie, bevor wir in Costa Rica starten; einer Ihrer Leute beobachtet unsere Vorbereitungen und bekommt eine Quittung für jeden Dollar, den ich abhebe und auszahle.

Deshalb möchte ich folgenden Vorschlag machen: Sie legen jeweils eine halbe Million Dollar in zwei getrennte Safes. Das zweite Safe bleibt geschlossen, bis der Angriff erfolgt ist; aber bevor ich aus Cuba abfliege – etwa vierundzwanzig Stunden vor dem Start –, nehme ich den Rest aus dem ersten Safe mit und bekomme von El Jefe den *einzigen* Schlüssel des zweiten. Einverstanden?«

Die anderen erhoben verschiedene Einwände, waren aber schließlich doch mit meinem Plan einverstanden.

»Schön«, sagte ich, »wie steht es also mit einem größeren Vorschuß und dem Schlüssel des ersten Safes?«

»Morgen mittag«, antwortete Tavi.

»Glauben Sie noch immer nicht, daß ich einen Jäger fliegen kann?«

»Ich möchte es nur selbst sehen.«

Wir verließen die Bank, und Jaime und Tavi setzten mich am Nacional ab.

Ich wurde am nächsten Morgen um neun Uhr abgeholt. Tavi fuhr durch die Stadt zu dem kleinen Flugplatz Santa Fé hinaus, der in der Nähe des Campo Columbia lag, und hielt neben einer hervorragend gewarteten AT-6. Er stellte mich seinem Freund Pedro vor, der keine langen Umstände machte, sondern gleich in den Vordersitz kletterte. Ich zwängte mich in den Rücksitz.

Pedro startete nach Norden, machte einen weiten Bogen über dem Meer und drehte nach Osten ab. Als wir fünfzehnhundert Meter erreicht hatten, meldete ich mich über die Bordsprechanlage:

»Das genügt vorläufig. Lassen Sie mich zurückfliegen, damit unsere Freunde sehen, daß ich wirklich dazu imstande bin.«

»Was können Sie denn?« fragte Pedro zurück. »Soll ich ein paar Manöver mit Ihnen üben?«

»Danke, ich komme allein zurecht. Haben Sie diesen Vogel eigentlich jemals richtig auf Touren gebracht?«

»Qué?«

»Später«, antwortete ich. »Kann ich jetzt?«

»Ja.«

Ich spürte den Knüppel in meiner Hand vibrieren, als er losließ. »Halten Sie sich fest!«

Ich flog rasch nacheinander ein halbes Dutzend Kunstflugfiguren, bei denen wir ständig Höhe verloren, stieg dann wieder auf fünfzehnhundert Meter und setzte zum Sturzflug an. Pedro war inzwischen kalkweiß im Gesicht und begann zu kreischen, als ich die Maschine erst dicht über dem Meer abfing.

Wir rasten mit Höchstgeschwindigkeit aufs Ufer zu — in zwei Meter Höhe. Der Propellersog wirbelte das Wasser auf und hinterließ eine breite Schaumspur. Vor uns ragten Palmen am Strand auf und versperrten uns die Anflugschneise. Ich hatte einen letzten Trick für Pedro auf Lager, sah jedoch im vorderen Rückspiegel, daß er die Augen geschlossen hielt. Ich verringerte unsere Geschwindigkeit auf zweihundertfünfzig Stundenkilometer und behielt den Kurs bei. Als wir hundertfünfzig Meter von den Palmen entfernt waren, die sieben oder acht Meter hoch über uns aufragten, sagte ich beruhigend: »Sie dürfen die Augen wieder aufmachen, Pedro, alles ist in bester Ordnung.«

Er öffnete die Augen und sah die Palmen dicht vor uns. Dann schrie er auf und schlug die Hände vors Gesicht.

Fünfzig Meter vor den Bäumen fuhr ich ruckartig die Klappen aus. Die leichte Maschine wurde dreißig Meter nach oben gerissen und setzte über die Palmen hinweg. Ich fuhr die Klappen wieder ein, gab Vollgas und drehte vier oder fünf Rollen nacheinander über der Landebahn. Dann drehte ich steil ab, beschrieb einen Kreis, fuhr Klappen und Fahrwerk aus und landete glatt.

Jaime und Tavi beobachteten mich sprachlos, als ich das Flugzeug ausrollen ließ, den Motor abstellte und von der Tragfläche sprang.

»Kommen Sie, Tavi!« rief ich. »Sie sind jetzt an der Reihe!«

Er trat in den Hangar zurück, und Jaime lachte schallend.

Ich drehte mich nach Pedro um. Er schob sein Dach zurück, stieg unsicher aus, schwankte und wäre fast von der Tragfläche gefallen. Dann schlurfte er langsam zu seinem Wagen, setzte sich ans Steuer und schüttelte langsam den Kopf.

»Mittagessen im ›23‹? fragte Jaime.

»Klar«, stimmte ich zu. »Auf dem Weg dorthin können wir gleich einen Abstecher in die Bank machen.«

6

Die Besprechung in der Bank verlief wie erwartet. Ich kannte meine Geschäftspartner zu gut, um wirklich schon jetzt einen Vorschuß zu erwarten – und ich bekam auch keinen. Aber meine anderen Vorschläge wurden so begeistert aufgenommen, daß ich schon eine Liste der Piloten für das geplante Unternehmen zusammenstellte. Mit etwas Geduld, viel harter Arbeit und einem gefährlichen Tag konnte ich zweihunderttausend Dollar verdienen.

Jaime lieferte mich um fünf Uhr nachmittags im Nacional ab und riet mir, mich inzwischen für einen anderen Job bereitzuhalten. Ich saß in der Bar und fragte mich, was er damit gemeint haben könnte, als mir ein Mann auffiel, dem ich schon mehrmals begegnet war. Er trug einen teuren Anzug, goldene Manschettenknöpfe, Maßschuhe und einen bleistiftdünnen Schnurrbart, als er jetzt in die Bar kam und sich neben mich setzte. Ich hielt ihn für einen Schwindler.

»Hören Sie«, begann er, »sind wir uns nicht schon hier und dort begegnet?«

Sein englischer Akzent schlug dem Faß den Boden aus. »Tatsächlich, alter Knabe?« fragte ich.

»Ich glaube es jedenfalls. Verdammt schwierig, in einem fremden Land miteinander bekannt zu werden, was?«

»Schön, wie gefällt es Ihnen hier?« erkundigte ich mich etwas schuldbewußt.

»Oh, sehr gut.« Er beugte sich mit Verschwörermiene nach vorn. »Hier ist doch mehr los als in unserem Westindien. Ich meine die Spielkasinos, die guten Hotels, das aufregende Leben, die großen Geschäftsabschlüsse – das gehört alles dazu, wissen Sie.«

»Genau.«

»Ja. Und nächste Woche wird das zweite Grand-Prix-Rennen gefahren. Ich habe gehört, daß Fangio auch kommen soll. Kommen Sie, ich lade Sie zu einem Drink ein.«

Ich nahm dankend an und korrigierte meinen ersten Eindruck – der Kerl war kein Schwindler, sondern nur ein entsetzlich langweiliger Zeitgenosse.

»Heiße übrigens Smythe – Alister Smythe. Die Amerikaner nennen mich Al. Klingt komisch für einen Engländer, was?«

»Ich heiße Jack Youngblood.«

Wir sprachen über Havanna, die Regierung, die Revolutionäre in den Bergen und schließlich über Frauen. Al, der stellvertretender Direktor des neuen Hotels Riviera war, erzählte einige unglaubliche Geschichten über die Mädchen der Spieler, die dort wohnten. Er selbst hatte allerdings nichts mit ihnen zu tun.

»Warum nicht, Al?« fragte ich grinsend. »Sie sehen doch wie ein vollblütiger Engländer aus.«

»Die einzige, die mich interessiert, ist schon verheiratet.«

»Und ein Ehemann genügt, um Sie abzuhalten?«

»Normalerweise nicht, aber ich habe erfahren, daß Beryls Mann schnell mit dem Messer bei der Hand ist. Er heißt übrigens Ed Banner.«

»Machen Sie keine Witze!« Ich erinnerte mich, Ed in Montego Bay kennengelernt zu haben; wir hatten damals achtzehn Stunden lang miteinander gepokert. Er war schlank, mit langen Fingern, kalten grauen Augen und unbeweglichem Gesicht. »Ich habe vor zwei, drei Jahren mit Ed Poker gespielt, wußte aber nicht, daß er verheiratet ist.«

»Beryl hat mir erzählt, daß sie seit zwei Jahren verheiratet sind.«

»Na, der Teufel soll mich holen, dann muß ich Eddie demnächst besuchen.«

»Tun Sie das, aber erwähnen Sie bitte nicht ...«

»Natürlich nicht. Hören Sie, mit Ed und Ihnen können wir schon eine nette kleine englische Kolonie gründen. Ist Beryl auch Engländerin?«

»Banner ist nicht Engländer, sondern Kanadier. Beryl stammt aus Westindien – aus Trinidad. Ihre Freundin Helen hat mir im Vertrauen erzählt, daß sie etwas Negerblut in den Adern hat. Ein exotisches Wesen.«

»Wie kommt Ed zurecht?«

»Offenbar ausgezeichnet. Beryl braucht jedenfalls nicht zu

arbeiten. Sie singt ab und zu und unterhält die Gäste des Kasinos zwischen ihren Auftritten.«

»Ich dachte, Verheiratete würden nicht ... oh, sie ist offiziell nicht verheiratet.«

»Genau, und ich dürfte gar nicht wissen, daß sie verheiratet ist. Aber selbst wenn Banner nicht in der Nähe wäre, brauchte ich mir keine Hoffnungen auf sie zu machen. Sie hat kostspielige Wünsche, und mein Gehalt ...« Alister verzog das Gesicht. »Mein Gott, wie ich dieses armselige Leben satt habe. Ich bin immer ehrlich gewesen und habe schwer gearbeitet. Und was habe ich jetzt davon? Einen schmutzigen kleinen Job auf einer schmutzigen großen Insel. Hätte ich nur Joan geheiratet — Joan Haslington bei uns zu Hause. Ihre Familie war nicht sehr gut bei Kasse, hatte aber eine Menge Land und ...«

Auf diese Weise hörte ich allmählich seine Lebensgeschichte, die mich nicht im geringsten interessierte. Ich hörte kaum zu und warf nur gelegentlich eine aufmunternde Bemerkung ein, um zu zeigen, daß ich noch wach war.

Alister bestand schließlich darauf, daß wir ins Hotel Riviera fuhren. Er wollte mir das Kasino zeigen, wo ich meine Bekanntschaft mit Ed Banner erneuern konnte, und dann noch einen Schluck mit uns trinken. Ich nahm seine Einladung ohne große Begeisterung an.

Smythe transportierte uns in einem alten Ford ins Hotel und entschuldigte sich dann, weil er einen neuen Croupier bei der Arbeit beaufsichtigen wollte.

Ich nickte ihm zu, ging in die Halle und wäre fast mit einer atemberaubenden Brünetten zusammengestoßen. Ihr hautenges Cocktailkleid enthüllte mindestens ebensoviel, wie es verbarg. Sie war sonnengebräunt, schlank und gut proportioniert; die langen Haare rahmten ein ovales Gesicht mit dunklen Augen und vollen Lippen ein. Sie wirkte auf den ersten Blick ausgesprochen exotisch, und ich vermutete sofort, daß sie Ed Banners kostbare Gattin Beryl war.

»Na, na«, sagte ich.

Sie warf mir einen eisigen Blick zu.

»Ich möchte Sie zu einem Drink einladen«, fuhr ich fort.

»Wirklich?«

»Klar. Auf der Stelle.«

Sie runzelte die Stirn und antwortete dann mit musikalischer Stimme: »Danke, sehr gern.«

Ich führte sie an einen Tisch und setzte mich neben sie auf die gepolsterte Bank.

»Ich heiße übrigens Jack Youngblood«, begann ich.

»Hallo, ich bin Valerie.«

»Valerie! Sie sind also nicht ... na, dann habe ich wirklich Glück!«

»Ich halte nichts von sogenannten glücklichen Zufällen«, erklärte sie mir ernsthaft. »Und Sie?«

»Auch nichts. Erzählen Sie mir, wo Sie herkommen und was Sie hier tun.«

»Ich arbeite hier. Es ist nicht sehr interessant. Erzählen Sie mir von sich.«

»Mit Vergnügen. Kommen Sie, wir gehen irgendwo essen, sehen uns in ein paar Nachtklubs um und fahren dann zu mir ins Nacional. Dabei haben wir genügend Zeit, über Jack Youngblood zu sprechen.«

Valerie warf mir einen prüfenden Blick zu. »Ist das Ihr Ernst?«

»Selbstverständlich.«

»Manche Frauen wollen nicht gern zur Eile gedrängt werden ...«

»Ich weiß. Aber das sind auch die Frauen, auf die es sich nicht zu warten lohnt.«

Sie schob die Lippen vor und betrachtete mich nachdenklich. »Gut, wir treffen uns um zwei in der Terrassenbar des Nacional«, sagte sie dann.

»Das klingt wie eine Ausrede, meine Liebe. Sie gehen jetzt und lassen mich dann um zwei sitzen.«

»Sie irren sich – ich komme auf jeden Fall.«

Ich strich ihr lachend über die bloße Schulter.

»Sie stammen aus dem Süden, nicht wahr?« fragte Valerie.

»Texas und Arkansas.«

»Das merkt man an Ihrem Akzent.«

»An *meinem* Akzent? Ich bin hier der einzige, der keinen Akzent hat. Wie steht es zum Beispiel mit Ihrem? Er klingt Englisch, aber doch irgendwie anders.«

Valerie lächelte und runzelte dann die Stirn. Ich folgte ihrem Blick und sah Alister Smythe mit Ed Banner im Schlepp herankommen. Ed war so elegant wie früher gekleidet; seine langen Haare waren jetzt grau meliert.

»Hallo«, sagte Alister.

»Diese Überraschung – Ed Banner«, sagte ich und gab ihm die Hand. »Haben Sie noch immer so unwahrscheinliches Glück beim Poker?«

»Sie haben meine Frau bereits kennengelernt, wie ich sehe«, murmelte Ed.

»Was?« fragte ich überrascht.

»Ganz richtig«, warf Valerie ein. »Ich wollte Mister Youngblood eben erklären, weshalb ich auf der Bühne den Namen Valerie benütze. Können Sie sich eine Sängerin namens *Beryl* vorstellen, Mister Youngblood?«

»Ausgeschlossen«, stimmte ich zu.

»Lächerlich«, meinte sie. »Der Name klingt wie eine Kartoffelsorte.«

»Sollen wir jetzt essen?« fragte Al.

Wir aßen. Wir aßen unendlich lange. Dann gingen Ed und Valerie wieder an die Arbeit, während Al mir unendlich langweilige Geschichten erzählte. Als er kurz vor Mitternacht seinen Dienst antreten mußte, fuhr ich mit einem Taxi ins Nacional. Dort setzte ich mich in die Terrassenbar, obwohl ich genau wußte, daß Valerie nicht kommen würde.

Aber sie kam doch.

Ich wachte langsam auf, hörte ein Flüstern in meinem Ohr und spürte eine weiche Hand auf der Schulter.

»Wach auf, Jack ...«

Ich bewegte mich, ohne die Augen zu öffnen. Meine Muskeln schmerzten angenehm. Arme und Rücken trugen tiefe Kratzer dieser langen, kräftigen Fingernägel.

Ich drehte mich auf die andere Seite und griff nach ihr.

»Nicht jetzt«, lachte Valerie. »Es ist sechs Uhr. Ich muß nach Hause. Als verheiratete Frau kann ich nicht die ganze Nacht hindurch wegbleiben, weißt du.«

Als ich sie jetzt ansah, fiel mir irgend etwas an ihr auf, aber ich wußte nicht gleich, worum es sich handelte. Dann war es mir plötzlich doch klar: Valerie hatte keinen weißen Streifen über der Brust. »Du hältst offenbar nichts von Bikinioberteilen«, stellte ich fest. »Mit dir würde ich gern zum Sonnenbaden gehen, Liebling.«

»Ich bin schon monatelang nicht mehr in der Sonne gewesen. Meine Haut wird davon viel zu dunkel.«

Dann fiel mir ein, daß Alister davon gesprochen hatte, Valerie sei nicht hundertprozentig weiß. Ich mußte lachen, als ich daran dachte, was die Familie Youngblood in Arkansas zu diesem Fall sagen würde.

Valerie runzelte die Stirn. »Was hast du, Jack?«

»Nichts, Liebling, gar nichts.«

»Begleitest du mich nach Hause?«

»Selbstverständlich – aber du mußt hier mit mir frühstükken. Sagen wir um halb elf am Swimming-pool.«

»Einverstanden, aber du darfst nicht verlangen, daß ich in der Sonne sitze.«

»Das mußt du bestimmt nicht. Nach dem Frühstück kommen wir vielleicht wieder hierher.«

Sie lächelte und fragte dann: »Wie bringst du das überhaupt fertig, Jack?«

»Was?«

»Mit der Frau eines Freundes ins Bett zu gehen.«

»Das wäre nicht nötig, wenn Ed sich mehr um dich kümmern würde.«

Wir verließen das Nacional um halb sieben und fuhren mit einem Taxi ins Hotel Riviera. Es war ein schöner Morgen – bis wir die amerikanische Botschaft erreichten. Als ich zufällig aufs Meer hinaussah, entdeckte ich dort zwei männliche Leichen am Kai. Wir fuhren so dicht an ihnen vorbei, daß die Spuren grausamer Mißhandlungen deutlich erkennbar waren.

»Mein Gott, was war das?« rief Valerie aus.

»Sie haben jedenfalls nicht nur einen Rausch ausgeschlafen.« Da ich annehmen mußte, daß der Fahrer ein Spitzel war, konnte ich ihr nicht erklären, was die Leichen zu bedeuten hatten. Sie waren Batistas Warnung an die Rebellen; in diesen Tagen gab es zahlreiche ähnliche Warnungen.

»Diese entsetzliche Stadt«

»Du brauchst dich nicht zu beklagen«, sagte ich so laut, daß der Fahrer jedes Wort verstehen mußte. »Die Insel gehört schließlich den Cubanern. Wenn es uns hier nicht paßt, können wir jederzeit abreisen.«

Wir fuhren am Riviera vorbei und erreichten Valeries Appartement. Sie verabschiedete sich hastig und rannte hinein. Ich ließ mich ins Nacional zurückbringen, reservierte einen Tisch am Swimming-pool, gab den Auftrag, mich um zehn Uhr fünfzehn zu wecken und ging ins Bett.

Valerie kam um zehn Uhr vierzig und zog die bewundernden Blicke aller männlichen Gäste auf sich. Wir bestellten unser Frühstück und blieben vor der Cabaña sitzen.

An der Bar hockte bereits der alte Willy Horton mit seinen beiden Papageien. Er war etwa Sechzig, hatte die blasse Haut und das aufgedunsene Gesicht eines Gewohnheitstrinkers und lebte fast ausschließlich von Alkohol. Als wir unseren Kaffee tranken, ließ Willy sich sein gewohntes Frühstück servieren – einen Daiquiri. Die Papageien wollten davon trinken, mußten aber warten, bis Willy den Tag richtig begonnen hatte.

»Komm, Valerie«, sagte ich und nahm ihre Hand. »Schnell!«

»Wohin?«

»In mein Zimmer.«

»Gern, aber was soll die Eile?«

»Dort drüben sitzt der alte Willy. Sobald er den zweiten Drink gekippt hat, sieht er mich und kommt an unseren Tisch. Dann erzählt er uns endlos von La Paloma, seinem Nachtklub – daß er und Phil ihn demnächst in New York wiedereröffnen wollen. Davon redet er, seitdem die Kneipe in den dreißiger Jahren eingegangen ist.«

Willy entdeckte uns tatsächlich, hob die Hand und kam auf uns zu. Wir waren schneller und entwischten durch die nächste Tür.

Wir kamen zum Mittagessen an den Swimming-pool zurück und hatten eben erst einen passenden Tisch gefunden, als ein Page meinen Namen ausrief. »Señor Jungblut bitte ans Telefon.«

Ich nahm den Anruf in der Halle entgegen. Es war Jaime Bofil; er wollte mich im Nacional aufsuchen. »Seien Sie Ihren neuen englischen Freunden gegenüber vorsichtig, Jack, und erzählen Sie nicht zuviel«, warnte er mich noch.

»Ich bin immer vorsichtig. Sie brauchen mich nicht überwachen zu lassen.«

Ich ging an den Tisch zurück und erklärte Valerie, ich müsse eine kurze Geschäftsreise unternehmen.

Sie nickte nur.

»Willst du mich nicht danach fragen?«

Sie schüttelte den Kopf. »Ich bin daran gewöhnt, daß Edward ohne Erklärung verschwindet . . .«

»Verdient er wirklich so gut?« fragte ich neugierig.

»Mehr denn je.«

»Warum arbeitest du dann?«

Ihre Augen blitzten. »Für mich ist das nur Sport – ich schließe mit mir selbst Wetten ab, wieviel ein Mann für mich ausgibt und in meiner Begleitung am Spieltisch verliert.«

»Und dabei schließt du deine Bekanntschaften?«

Valerie lachte. »Trotzdem suche ich nach einem Mann, der mir allein gehört.«

»Du würdest Ed sitzenlassen?«

»Natürlich nicht. Aber ich brauche einen ständigen Begleiter. Bleib bei mir, Jack, dann sind mir alle anderen gleichgültig.«

»Vielen Dank, aber für Lebensstellungen dieser Art habe ich nichts übrig«, antwortete ich grinsend. »Dort kommt übrigens schon mein Geldgeber.«

Jaime watschelte auf uns zu.

»Immer nur Geschäfte«, seufzte Valerie. »Du redest schon wie mein Mann.«

»Ich rede bestimmt nie wie ein braver Ehemann«, versicherte ich ihr. »Hallo, Jaime, das hier ist Valerie . . .«

»Kommen Sie«, unterbrach er mich, »wir haben viel zu besprechen.«

»Laß dich nicht aufhalten, Jack«, sagte Valerie. »Ich muß ohnehin gehen.«

»Gute Idee«, meinte Jaime.

»Ich rufe dich später an, Valerie«, fügte ich hinzu, als sie aufstand.

»Los, wir gehen auch«, murmelte Jaime, nachdem sie verschwunden war.

Er führte mich ins Restaurant, bestellte zwei Whiskys und zwei Steaks.

»Augenblick«, sagte ich zu dem Ober. »Jaime, muß ich heute oder morgen abreisen?«

»Heute.«

»Nur einen Scotch, bitte.«

Jaime nickte beifällig.

»Schön, was gibt es diesmal?«

»Eine Sendung ist angekommen. Bevor wir die Waffen in Havanna verteilen konnten, ist das Versteck entdeckt worden. Sie müssen das Zeug in die Sierra Maestra fliegen.«

»Wird gemacht. Aber wie kann eine Lieferung in Havanna angekommen sein?«

»Mit der Fähre zwischen Key West und Havanna.«

»Was!«

Jaime lachte. »Unsere Leute in Miami kaufen neue Autos, entfernen die Seitenverkleidungen und die Polster und verstecken dort Waffen. Dann fahren sie die Wagen in Havanna von der Fähre in unsere Werkstätten. Dort werden die Waffen herausgeholt, die Autos verkauft und die Erlöse der Bewegung zugeführt. Gut, was?«

»Großartig. Aber was ist schiefgegangen?«

»Die Verteilung war nur dann möglich, wenn ein Versteck vorhanden war, das unverdächtig und in zentraler Lage gut erreichbar war.«

»Selbstverständlich.«

»Sie kennen doch Curleys Bar, Jack?«

Ich nickte, denn jeder Amerikaner in Havanna kannte die Flamingo-Bar in Vedado. »Sie haben die Ladung also bei Curley untergebracht?«

»Richtig. Wir wußten, daß er trotz seiner prominenten Stammgäste jeden Monat größere Beträge an die Polizei abführen muß – als Bestechungsgelder. Deshalb haben wir ihm den Vorschlag gemacht, bei dem er nicht schlecht verdienen und es der Polizei heimzahlen konnte. Aber er hat abgelehnt, und wir waren dagegen machtlos.

Zwei unserer Leute, die bei ihm angestellt sind, nahmen das Zeug jedoch in Empfang und versteckten es im Restaurant. Curley hätte nie etwas davon erfahren, wenn sich nicht ein Gast bei ihm beschwert hätte, daß das WC nicht funktioniere. Curley öffnete den Wasserkasten und fand neun in Öltuch gewickelte Pistolen, die den Auslauf verstopften.

Anschließend muß er das Lokal nachts gründlich durchsucht haben. Wir wissen, was er dabei gefunden hat – Waffen und Munition an den unmöglichsten Stellen. Sogar unter den Tischen waren Pistolen festgeklebt. Curley hat offenbar nur ein Verzeichnis angelegt und die weitere Entwicklung in Ruhe abgewartet.«

»Ziemlich riskant«, meinte ich.

»Was hätte er sonst tun sollen?«

Unsere Steaks kamen; ich begann zu essen.

»Gestern waren drei unserer Leute bei ihm zum Mittagessen«, berichtete Jaime weiter. »Während sie ihre Bestellung aufgaben, tasteten sie bereits unter dem Tisch nach Waffen. Curley muß auf diese Bewegung aufmerksam geworden sein. Die drei aßen ihr Fleisch nicht auf, sondern baten den Ober, die Reste in drei Tüten zu verpacken.

Als jeder seine Tüte auf dem Schoß hatte, riß er eine Pistole unter dem Tisch ab und stopfte sie hinein. Dann verlangten sie die Rechnung.

Curley brachte sie persönlich. Er begrüßte die drei freundlich und legte die Rechnung auf den Tisch. Unsere Leute warfen einen Blick darauf und wären fast vom Stuhl gekippt, denn die Rechnung lautete:

3 Sirloin-Steaks	18,00 Pesos
6 Brandys	6,00 Pesos
6 Expressos	1,20 Pesos
3 Rums	3,00 Pesos
Zusätzlich für Fleischabfälle und Tüten	1150,00 Pesos
	1178,20 Pesos

Sie machten gute Miene zum bösen Spiel und bezahlten wortlos. Curley nahm das Geld in Empfang, grinste spöttisch und schlug ihnen vor, weitere hundertzwölf Tüten mit Fleischabfällen abzuholen. Diese Tüten sollten pro Stück nur zehn Dollar kosten, aber bis heute morgen abgeholt werden, da das Fleisch sonst verderben und die Bar in schlechten Geruch bringen würde, so daß es weggeworfen werden müßte.«

Jaime lehnte sich grinsend zurück. »Das ist das erstemal, daß Curley etwas auf die Rechnung gesetzt hat, was nicht verzehrt worden ist!«

»Haben Sie die Waffen heute morgen abholen lassen?« fragte ich.

»Ja.«

»Können Sie das Zeug auch hier in der Stadt verwenden?«

»Selbstverständlich.«

»Warum soll ich es dann so schnell zu Fidel bringen?«

»Wir wollen uns eine Woche lang ruhig verhalten. Der SIM wird allmählich nervös.«

»Ich habe die beiden Leichen am Kai gesehen. Was soll ich tun?«

»Sie fahren von hier aus zum Flughafen José Marti, übernehmen dort die einmotorige Stinson eines gewissen Lopez Murilla und reichen einen Flugplan nach Varadero ein. Einer unserer Leute dort sorgt dafür, daß Ihre Ankunft weitergemeldet wird.

Sie fliegen aber statt dessen zu dem kleinen Platz etwa dreißig Kilometer südwestlich von hier, der auf der Karte im Cockpit blau eingezeichnet ist. Dort werden Sie von Armando Hart erwartet, der die Waffen und einige Männer zum Beladen der Maschine mitbringt. Sie starten mit ihm an Bord und fliegen siebenhundertdreißig Kilometer weit nach El Macio. Die Barbudos halten sich bereit, die Landebahn mit Fackeln zu beleuchten.«

»Klingt ziemlich einfach. Das kostet Sie dreitausend Dollar.«

Jaime nickte.

Ich ließ ihn mit seinem kalten Steak und der Rechnung sitzen und ging hinauf, um mich fertigzumachen. Ich freute mich auf ein Wiedersehen mit Fidel und Camilo. Allen Anzeichen nach steuerte die Bewegung des 26. Juli auf einen deutlichen Erfolg zu. Nur drei Fragen waren noch ungelöst: wie, wann ... und welcher Castro würde schließlich siegreich bleiben?

Auf dem Flughafen ging alles glatt, und ich landete die Stinson gegen fünf Uhr auf dem kleinen Platz südwestlich von Havanna. Armando Hart erwartete mich bereits; er hatte zwei Männer mitgebracht, die uns beim Verladen der Waffen halfen und dann seinen Wagen in die Stadt zurückfuhren.

Bei Einbruch der Dunkelheit waren die Waffen an Bord. Armando und ich winkten den Männern zu, starteten und flogen nach Südwesten davon. Etwa eine halbe Stunde später stieß Armando mich an und deutete nach unten. »Das sind die Zapata-Sümpfe, in denen Batista politische Gefangene sich zu Tode arbeiten läßt.«

»Aber nicht mehr lange, was, Armando?«

Armando lächelte. »Nein. Dann sind die Schweine aus Havanna an der Reihe.«

»Glauben Sie nicht, daß Fidel eine allgemeine Amnestie erklären würde?«

»An die Wand mit ihnen! Sie haben nichts anderes verdient.«

Wenn das die Meinung eines Akademikers war, konnte ich mir lebhaft vorstellen, wie Arbeiter und Bauern dachten.

»Erschreckt Sie das?« wollte er wissen.

»Ich weiß nicht ...«

»Sie vielleicht nicht, aber es gibt viele Amerikaner, die kein Verständnis für unsere Lage haben. Sie werden bittere Tränen vergießen, weil wir diese armen, armen Leute zu Dutzenden hinrichten.«

»Und?«

»Die Amerikaner müßten wissen, was ich weiß,– was ich nicht vergessen kann. Die entsetzlichen Schreie in jeder Nacht ...«

Ich hatte ihn schon zweimal gefragt, wie es in Batistas Gefängnissen zugehe, aber er hatte immer ausweichend geantwortet. Diesmal schien er in anderer Stimmung zu sein.

»Jeder von uns wußte, wann er an der Reihe war. Wann sie ihm die Fingernägel ausreißen würden. Wann sie ihn verhören würden. Hätten sie meine Frau gefunden, wäre ich heute wahrscheinlich tot. Sie haben nach ihr gesucht, Jack, weil sie zusehen sollte, wie ich gefoltert wurde.«

Er lächelte grimmig. »Aber das war ihr großer Fehler, denn bevor sie Haydee finden konnten, wurde ich aus dem Gefängnis befreit.«

»Okay, jetzt weiß ich es.«

»Richtig. Wie können die Amerikaner nur glauben, der Tod durch Erschießen sei zu brutal für Menschen, die einer Frau den Augapfel ihres Bruders zeigen, den sie ihm eben ausgerissen haben? Ja, das ist Haydee passiert, bevor wir geheiratet haben. Wir sind wenigstens nicht grausam.«

Wir erreichten südlich von Cienfueges das Meer und folgten der Küste.

»Armando«, sagte ich, »wie geht es übrigens Camilo Cienfuegos? Haben Sie ihn in letzter Zeit gesehen?«

»Vor etwa vierzehn Tagen. Er ist ein guter Mann. Einer unserer besten Leute – für dieses Stadium der Revolution.«

»Was haben Sie an ihm auszusetzen?«

»Wir brauchen gute Männer, die unsere Barbudos im Kampf führen, aber wenn wir erst einmal an der Macht sind ... nun, Camilo fehlt die richtige Ausbildung und das Verständnis für

Politik. Ich fürchte, daß er sich in Havanna als unfähig erweisen wird. Hier, essen Sie ein Sandwich.«

Ich sprach nicht weiter von Camilo, sondern flog schweigend weiter, bis endlich der Golf von Guacanayabo unter uns lag. Ab dort ließ ich die Maschine langsam steigen, bis wir zweitausendeinhundert Meter erreicht hatten — hoch genug, um die Sierra Maestra vor uns zu überfliegen.

»Wir sind fast da, Armando«, sagte ich später. »Nur noch eine halbe Stunde.«

»Gut. Meine Frau wartet auf mich. Wir haben seit acht Monaten keinen ruhigen Augenblick mehr miteinander verbracht.«

Wir überflogen Fidels Bergfestung, machten den Landeplatz ohne große Schwierigkeiten aus und sahen Männer mit Fakkeln zu beiden Seiten der provisorischen Landebahn. Die Stinson setzte schwer auf; ich rollte auf eine Ansammlung von Fackeln zu und stellte den Motor ab. Als Armando ausstieg, wurde er von Camilo begrüßt, der noch immer meinen alten Stetson trug.

»He, Camilo, qué pasa?« rief ich ihm zu.

Camilo kam auf mich zu, schlug mir auf die Schulter, daß ich fast in die Knie gegangen wäre, und zerquetschte mir dann die Hand. »Wie geht es, alter Freund?« erkundigte er sich.

»Ich habe dir eine Flasche Scotch mitgebracht«, erklärte ich ihm. »Außerdem Zigarren und Metaxa für El Doctor. Und Waffen.«

»Waffen!« wiederholte Camilo zufrieden. »Warum Waffen? Wir dachten, du solltest nur Armando abliefern.«

»Er kann dir alles erklären. Aber zuerst müssen deine Leute das Flugzeug unter die Bäume schieben.«

»Jack, Camilo!« rief Armando. »Ich gehe schon ins Hauptquartier voraus. Ihr kommt mit den Waffen nach. Die Männer können sie in ihren Rucksäcken tragen.« Er deutete auf die Kiste Metaxa; einer der Barbudos nahm sie auf den Rücken und folgte ihm den Bergpfad hinauf.

»Dürfen die Männer einen kleinen Schluck Rum haben?« fragte ich Camilo.

»El Comandante verteilt ihn selbst.«

»Aber wir können inzwischen einen Schluck nehmen.« Ich bot ihm meine Taschenflasche an.

Er betrachtete sie durstig, schüttelte aber den Kopf. »Nicht bevor wir im Hauptquartier sind.«

Wir begannen die mühsame Wanderung über schmale Bergpfade und erreichten eineinhalb Stunden später die Höhle, in der Castro sein Hauptquartier eingerichtet hatte. Als Camilo die Plane vor dem Eingang zurückschob, sah ich Armando Hart, Fidel und einen glattrasierten jungen Mann in einer Ecke sitzen.

»Señor!« Castro sprang auf und klopfte mir auf den Rükken. »Señor, Sie haben der Bewegung wieder einen großen Dienst erwiesen.«

Dann deutete er mit seiner Metaxaflasche auf den bartlosen Jüngling und erklärte mir: »Das ist Armando Sanchez, Señor. Ich halte sehr viel von ihm.«

Ich schüttelte Sanchez die Hand.

In diesem Augenblick kamen zwei Frauen hinter dem Küchenvorhang hervor. Hart machte uns bekannt. Die hagere Vogelscheuche war Celia Sanchez – nicht mit Armando Sanchez verwandt. Die gutaussehende junge Frau war Haydee Santamaria Hart.

Nachdem die beiden sich wieder zurückgezogen hatten, stellte Fidel mir und Armando Hart unzählige Fragen. Er wollte wissen, ob das neue Hotel Hilton voll belegt sei, ob schon viele Zuschauer zum Grand Prix eingetroffen seien und ob die Fahrer bereits trainierten. Außerdem hielt er eine kurze Rede gegen Amerikaner, die zu Sportveranstaltungen nach Havanna fuhren, während Cubaner im Kampf um ihre Freiheit starben. Aber sein Freund Sanchez warf ab und zu ein ruhiges Wort ein und beschwichtigte El Comandante wieder.

Dann hörte ich auch, weshalb Armando überhaupt hierher gekommen war. Fidel hatte beschlossen, einen der bekannten Rennfahrer zu entführen, falls der Grand Prix ein großer Erfolg zu werden schien. Hart sollte das Unternehmen leiten und den Fahrer auswählen. Die Idee kam mir ziemlich verrückt vor, und mir fiel angenehm auf, daß Armando Sanchez davon nicht gerade begeistert war.

Wenig später kamen die Frauen mit Tabletts zurück, auf denen Teller und Kaffeetassen standen. Diesmal war eine dritte junge Frau dabei – Vilma Espin. Vilma hatte scharfe, aber durchaus attraktive Gesichtszüge und trug ihr Haar in einem straffen Pferdeschwanz.

Die Frauen bedienten uns und kümmerten sich alle drei zuerst um Fidel. Mir war schon nach kurzer Zeit klar, daß sie für Armando Sanchez nichts als Verachtung empfanden. Vilma schob ihm schließlich eine Tasse zu, deren Untertasse voller Kaffee stand. Sanchez sah darüber hinweg und trank würdevoll den kümmerlichen Rest in der Tasse.

Ich sah mich in der Höhle um und entdeckte mehrere Funkgeräte in einer Ecke. »He, was soll das alles, Fidel?«

Castro grinste begeistert. »Wenn alles klappt, haben wir ab nächster Woche ...« Er sah zu Armando Hart hinüber.

»Meine Gruppe kennt ihre Aufgabe und führt sie auch durch«, versicherte Hart ihm.

»Dann erfährt das Volk von Cuba endlich die Wahrheit.« Fidel ließ sich neben Hart nieder und sprach leise mit ihm; Sanchez wurde gelegentlich um seine Meinung gefragt.

»Das gibt bald Schwierigkeiten«, flüsterte Camilo mir ins Ohr. »El Comandante diskutiert alles mit Sanchez und hält mehr von ihm als von Raúl oder El Ché. Das paßt den beiden natürlich nicht.«

»Wo stecken sie überhaupt?« fragte ich.

»Raúl führt eine Gruppe bei Santiago; El Ché, Juan Almeida und Hubert Matos sind bei ihm.«

»Sieh dir bloß diese Verschwörer an«, forderte ich ihn auf. »Ich möchte wetten, daß es in Havanna bald knallt.«

»Falls das Attentat auf Batista gelingt ...«

»Habt ihr das wirklich vor?«

»Selbstverständlich. Falls es klappt, brauchst du Campo Columbia nicht mehr zu bombardieren.«

»Hast du auch schon davon gehört?«

»El Comandante spricht oft davon, aber vorläufig sind noch viele Probleme ungelöst. Bevor wir diesen Plan ausführen, müssen alle Rebellengruppen unter seinem Befehl vereint sein.«

Fidel und Hart beendeten schließlich ihre Unterhaltung. Armando nickte uns kurz zu und verschwand dann mit seiner Frau.

»Denk daran, daß du nicht so bald wieder zurückkommst«, rief Fidel ihm nach.

Wir grinsten.

»Mir fällt eben etwas ein«, sagte ich zu Castro. »Wie steht es mit Treibstoff für mein Flugzeug?«

»Dafür sorgt mein Bruder Ramón.«

»Der Sprit muß achtzig Oktan haben ...«

»Machen Sie sich keine Sorgen, Señor. Ramón ist ein guter Ingenieur.«

»Ich bin nur vorsichtig ...«

Fidel runzelte ärgerlich die Stirn. »Señor ...«

»Sie können sich selbst davon überzeugen«, warf Sanchez beschwichtigend ein und sah dabei auf seine Uhr.

»Trinkt aus«, forderte Fidel uns auf. »Es ist allmählich Zeit für uns alle.« Er trank seine Flasche mit einem Zug leer, streckte sich, gähnte ungeniert und verließ den Raum.

Camilo weckte mich frühzeitig. Während ich mich rasierte, erklärte er mir, welche Ehre es sei, im Hauptquartier übernachten zu dürfen. Dann erfuhr ich, daß die Waffen verteilt würden; Camilo wollte seine Leute daran ausbilden.

»Du kannst tagsüber leider nicht im Hauptquartier bleiben«, fügte Camilo hinzu. »Heute vormittag kommt eine Gruppe südamerikanischer Journalisten auf unsere Einladung hierher.« Er lachte über mein besorgtes Gesicht. »Keine Angst, Jack, El Comandante schützt die Leute, die für ihn geheime Aufträge erledigen.«

Er begleitete mich zum Lager der Barbudos, die eben ihr gewöhnliches Frühstück – Frijoles und Reis mit schwachem Kaffee – gegessen hatten. Camilo führte sie auf die Lichtung hinter dem Lager und gab dort jedem der fünfzig Männer ein Sturmgewehr.

»Camilo, bevor wir abrücken, möchte ich nochmals mit Fidel über den Treibstoff sprechen. Versteht Brüderchen Ramón etwas von der Sache?«

»Unsere Jeeps fahren mit dem Sprit, den er herstellt.«

»Er stellt ihn her! Woraus denn?«

»Er nimmt Alkohol aus Zuckerrohr und mischt etwa achtzig Liter mit einer großen Flasche Rizinusöl. Dazu kommt noch eine Kampferkugel. Eine prächtige Mischung. Man kann sie sogar trinken.«

»Ich gehe sofort zu Fidel«, sagte ich.

»Okay, dann warte ich auf dich. Vergiß aber nicht, daß die Journalisten bald kommen.«

Als ich das Hauptquartier erreichte, sah ich Fidel in Gesellschaft einiger Offiziere vor der Höhle stehen. Er schien eben fortgehen zu wollen.

»He, Fidel, warten Sie noch!« rief ich.

Er drehte sich verblüfft und wütend um. Dann fiel mir ein, daß er streng nach Vorschrift angesprochen zu werden wünschte – zumindest während der Dienststunden. Nur seine engsten Mitarbeiter durften sich direkt an ihn wenden; jeder, außer Raúl, sprach ihn als Comandante an.

»Was gibt es, Señor?« fragte er unwillig.

»Wie steht es mit meinem Treibstoff?«

»Ich lasse Ramón holen.«

»Er soll seinen verdammten Schnaps nicht in mein Flugzeug füllen.«

Castro runzelte die Stirn. »Wenn Ramón den Treibstoff liefert, genügt er auch.«

»Hören Sie, entweder beschaffen Sie mir Sprit mit achtzig Oktan – oder Sie können sich einen anderen Piloten suchen.«

Einer der Offiziere neben Castro wich fast erschrocken zurück.

»Ich lasse Ramón mitteilen, was Sie brauchen«, antwortete Fidel mürrisch. »Gehen Sie jetzt, Señor. Ich muß die Journalisten empfangen.«

Ich schloß mich wieder Camilo und seinen Leuten an. Wir marschierten fünf Kilometer weit durch den Dschungel zu einem provisorisch angelegten Schießplatz. Ich bot ihm an, bei der Ausbildung seiner Männer zu helfen, aber Camilo fürchtete, ich würde zuviel dafür verlangen. Ich erklärte ihm, die Ausbildung sei kostenlos – aber wir würden jeder fünfundzwanzig Männer nehmen und einen kleineren Betrag darauf wetten, wessen Gruppe schließlich besser ausgebildet war.

»Wie klein soll der Betrag sein?« fragte Camilo mißtrauisch.

»Tausend.«

»Sagen wir lieber hundert«, schlug er vor.

»Einverstanden.«

Meine Gruppe bestand aus typischen Südamerikanern: die Männer schossen gern, waren jedoch erbärmliche Schützen. Ich brauchte einen ganzen Vormittag, um ihnen beizubringen, wie man das Gewehr hielt, ohne sich oder seine Kameraden zu gefährden. Nach der Mittagspause gewann ich einen Schießwettbewerb gegen Camilo, bei dem es um zweihundert Pesos ging; am frühen Nachmittag stand fest, daß meine Gruppe besser ausgebildet war, so daß er mir weitere hundert Pesos schuldete. Camilo war ein guter Verlierer – er nahm wortlos dreihundert Pesos aus der Tasche und drückte sie mir grinsend in die Hand.

Als wir ins Hauptquartier zurückkamen, begegneten wir Fidel, der uns zehn Minuten lang vorschwärmte, wie prächtig seine dreistündige Vorstellung für die Journalisten geklappt hatte. Schließlich erwähnte er sogar mein Flugbenzin: »Señor, ich darf Ihnen mitteilen, daß ich nach besserem Treibstoff geschickt habe.«

»Das freut mich, aber ich möchte das Zeug erst sehen. Wie haben Sie danach geschickt – per reitenden Boten oder per Brieftaube?«

»Camilo«, rief Fidel, »zeigen Sie dem Amerikaner unser Nachrichtenzentrum!«

Ich folgte Camilo in eine der Hütten. Dort standen tatsächlich lange Reihen von Käfigen mit Brieftauben; unter jedem Käfig war der Name einer Stadt oder eines kleineren Ortes angegeben.

Wir gingen ins Hauptquartier zurück, wo Camilo Fidel von meinen Schießkünsten erzählte und mir wenig später die Mitteilung machte, El Comandante fordere mich zu einem Vergleichsschießen heraus.

Der Wettkampf fand auf einer Lichtung statt, an die sich der Müllabladeplatz des Lagers anschloß. Fidel ließ am Rand der Grube in dreißig Meter Entfernung zwei Kopfscheiben aufstellen. In diesem Augenblick begann ein Bussard über der Grube zu kreisen.

Fidel überprüfte seine Pistole und erklärte mir, jeder von uns habe fünf Schüsse.

»Worum geht die Wette, Comandante?« erkundigte ich mich.

Castro grinste. »Um die dreihundert, die Sie Camilo abgenommen haben.«

»Nach Ihnen, Comandante.«

Fidel zielte sorgfältig, schoß fünfmal und hatte vier Treffer. Seine Barbudos, die sich inzwischen versammelt hatten, klatschten und riefen Beifall.

»Nicht schlecht, Fidel«, sagte ich. Dann zog ich rasch, durchlöcherte mein Ziel mit vier Schüssen und holte mit dem fünften den Bussard herunter.

Betroffenes Schweigen.

Ich wandte mich an Fidel und sagte: »Unentschieden, Comandante. Wir haben beide einmal danebengeschossen.«

Fidel starrte mich an. »Ausgezeichnet, Señor. Ich würde Sie gern als Ausbilder in meine Dienste nehmen.«

Ich schüttelte den Kopf. »Als Pilot verdiene ich mehr, und außerdem könnte ich nicht in diesem Dschungel leben.«

Castro nahm einen Schluck Metaxa und sog nachdenklich an seiner Zigarre. »Folgen Sie mir, Señor«, sagte er dann plötzlich.

Ich ging neben ihm her; Camilo und die beiden Armandos blieben dicht hinter uns.

Fidel setzte sich an seinen Schreibtisch, warf mir einen prüfenden Blick zu und begann: »Was ich Ihnen nun erzähle, muß unbedingt zwischen uns bleiben.«

»Erzählen Sie mir keine Geheimnisse, von denen ich nichts wissen darf.«

»Ich spreche Ihnen gegenüber davon, weil es sich für Sie lohnt, uns zu helfen.«

»Schön, ich höre zu.«

»Armando Hart will den bekannten Rennfahrer Juan Fangio entführen und dadurch den Grand Prix zum Platzen bringen.«

»Das ist eine alte Story — nur der Name Fangio ist mir neu.«

»Richtig. Einige Tage später wollen José Antonio Echeverria und Armando Hart mit einer Rebellengruppe den Palast in Havanna angreifen. Während sie das Schwein Batista umbringen, erobert eine zweite Gruppe den Rundfunksender, verkündet Batistas Ende und ruft die Massen zur Revolution auf.« Er beobachtete mich aufmerksam. »Das wäre eine Aufgabe für Sie, Señor. Sie könnten sich dabei einen Namen und ein Vermögen machen.«

Ich schüttelte den Kopf. »Dafür bin ich nicht zu haben, Fidel. Bei einem Unternehmen dieser Art sind am Schluß zwei Drittel der Leute tot.«

Fidel streckte den Bart vor und kochte sichtlich.

Armando Hart zuckte verächtlich mit den Schultern. »Ich hätte Ihnen gleich sagen können, daß er wirklich gefährliche Aufträge ablehnt.«

»Ich habe nichts gegen gefährliche Aufträge — aber Selbstmord lohnt sich nicht.«

Hart stand auf. »Wir müssen zum Flugzeug zurück. Ich verabschiede mich jetzt von Haydee.«

Nachdem er gegangen war, sagte ich beiläufig: »Für diesen Flug bin ich übrigens noch nicht bezahlt worden, Fidel. Dreitausend Pesos.«

»Die Leute in Havanna sollten Sie bezahlen.«

»Sie haben es aber nicht getan. Sie sind ihr Anführer, Sie müßten mich bezahlen.«

Er starrte mich mit gerunzelter Stirn an. Dann griff er langsam in eine Schublade, holte ein Bündel Geldscheine heraus und zählte dreitausend Pesos ab. Ich nahm das Geld dankend entgegen.

»Sie kommen bald wieder hierher zurück«, stellte Fidel fest. »In einigen Wochen muß mein Bruder Raúl eine wichtige Reise unternehmen. Wir beschaffen Ihnen ein Flugzeug, in dem Sie ihn nach Haiti fliegen werden.«

»Das würde ich auch noch aushalten. Aber wann startet das Unternehmen Campo Columbia?«

»Falls der Angriff auf den Palast fehlschlägt, bereiten wir dieses Projekt weiter vor.«

»Schön, dann setze ich mich gleich mit einigen Piloten in Verbindung.« Ich ging zur Tür.

»Warten Sie, Señor. Ich begleite Sie und Hart zum Landeplatz, um ihm nochmals viel Glück zu wünschen.«

Wenig später waren wir unterwegs. Camilo führte die Kolonne an; die anderen stolperten in größeren Abständen hinter ihm her den steilen Pfad hinab. Der letzte Barbudo zog einen Esel hinter sich her, auf dessen Rücken Fidel den Weg hinauf ins Hauptquartier zurücklegen würde.

Als wir uns dem Flugzeug näherten, begann das Bodenpersonal mit den Startvorbereitungen. Fidel zeigte mir eine Reihe grüner Kanister und forderte mich auf, den Inhalt zu überprüfen, damit ich auch bestimmt den richtigen Treibstoff bekäme.

Ich öffnete einen der Kanister und goß mir etwas von dem Zeug in die Hand. Es roch wie Flugbenzin und sah jedenfalls danach aus. Ich schüttete einen halben Liter zu Boden und zündete ihn an; das Benzin verbrannte mit heller Flamme, und die Barbudos wichen fluchend zurück.

»Der Sprit ist richtig, Fidel. Sagen Sie Ihren Leuten nur noch, daß sie ihn durch ein sauberes Tuch gießen sollen, wenn sie die Tanks damit füllen.«

Er gab den Befehl und zog mich dann am Ärmel mit sich fort.

»Noch etwas, Señor. Ich weiß, daß Sie oft in die Vereinigten Staaten reisen, und ich möchte Sie um einen persönlichen Gefallen bitten.«

»Gern.«

»Könnten Sie mir ein Jagdgewehr mit Zielfernrohr mitbringen?«

»Selbstverständlich.«

»Vielen Dank, Señor.«

Sobald das Flugzeug betankt war, begann ich mit der Überprüfung vor dem Start. Dann kletterten Armando und ich an Bord.

Wir starteten um acht Uhr abends und landeten gegen Mitternacht in Santa Fé. Nachdem ich Armando in irgendeiner obskuren Bar abgesetzt hatte, fuhr ich ins Nacional weiter. Ich sollte mich bei Jaime Bofil zurückmelden, bezweifelte jedoch, daß er zu sprechen war, bevor seine Spitzel ihm von meiner Rückkehr berichtet hatten.

Zu meiner Überraschung wartete Jaime in der Hotelbar auf mich. Ich nahm wie zufällig neben ihm Platz. »Alles in Ordnung, keine besonderen Zwischenfälle.«

»Gut. Die junge Dame war vorhin hier und hat nach Ihnen gefragt.«

»Okay, geben Sie mir mein Geld, dann mache ich mich auf die Suche nach ihr.«

Jaime griff in die Tasche und nahm einen dicken mit Pesoscheinen gefüllten Umschlag heraus. »Das müßte für heute abend genügen.«

Ich steckte den Umschlag ein. »Morgen bin ich irgendwo hier am Swimming-pool.«

»Wir treffen uns zum Mittagessen.«

»Einverstanden.« Ich winkte ihm zu und verließ rasch die Bar.

7

Die Revolution machte sich nun auch in Havanna deutlicher bemerkbar. Wenige Tage vor dem Grand Prix begann Fidels Radio Rebelde seine Sendungen. Von nun an hörten die Cubaner jeden Abend, welche phantastischen Erfolge die Rebellen gegen Regierungstruppen erzielt hatten: Überfälle und ähnliche kleinere Aktionen wurden im Radio wie die Schlacht von Stalingrad beschrieben. Die Sender der Regierung antworteten auf ähnliche Weise, so daß Jaime Bofil einmal trocken feststellte: »Wer heutzutage Radio hört, kann es wahrscheinlich kaum glauben, aber bei diesen Einsätzen finden wirklich Männer den Tod.«

Dann erreichte Armando Harts Gruppe, daß die Rebellen eine echte Sensation verkünden konnten. Die Entführung Juan Fangios gelang ohne Schwierigkeiten; der große argentinische Rennfahrer fiel in die Hände der Revolutionäre. Castros Bewegung wurde erstmals in internationalen Schlagzeilen erwähnt.

Unglücklicherweise waren die Rebellen nicht mit der geglückten Entführung zufrieden, sondern versuchten das Rennen auf andere Weise zu sabotieren. Während des Trainings warfen Angehörige der Untergrundbewegung ölgefüllte Tüten auf die Rennstrecke und verursachten damit zwei tödliche Unfälle. In einem Fall raste der Rennwagen in die Zuschauermenge: acht Tote und fünfzehn Verletzte.

»Schon wieder neue Helden«, sagte ich am nächsten Abend beim Essen zu José Antonio Echeverria. »Wenn ihr so weitermacht, verwandelt sich noch die Hälfte der Bevölkerung in tote Helden.«

Er starrte mich wütend an. »Wir können schließlich nicht jeden unserer Leute auf Schritt und Tritt kontrollieren.«

»Unsinn. Es hat zu viele junge Männer mit Papiertüten gegeben. Sie sind nicht alle zufällig auf die gleiche Idee gekommen.«

»Verlieren Sie die Nerven, Jack?«

Ich trank schweigend meinen Kaffee.

»Hmm, dann haben Sie wohl kaum Interesse an der kleinen Überraschung, die ich mir für heute abend ausgedacht habe.«

»Solange es sich nicht um Zivilisten handelt . . .«

Er beugte sich grinsend vor. »Eine kleine SIM-Jagd. Ich nehme Rache, und Sie verdienen viertausend Dollar in weniger als einer Stunde.«

Er erzählte mir, daß der SIM zwei Studenten verhaftet, gefoltert und erschossen habe; ihre Leichen waren auf einer Straße im Universitätsviertel gefunden worden. Die beiden waren eng mit ihm befreundet gewesen, hatten der Bewegung jedoch nicht angehört. Der SIM wußte von dieser Freundschaft und ignorierte die zweite Tatsache.

»Fahren wir gleich?« fragte ich.

Eine Viertelstunde später saßen wir in seinem Chrysler, rollten langsam durch die Stadt und hielten nach möglichen Opfern Ausschau. José Antonio saß am Steuer; ich saß neben ihm und hatte einen Molotow-Cocktail vor mir auf dem Boden stehen – eine mit Benzin gefüllte Literflasche, die mit einem Lappen zugestopft war, der gleichzeitig als Korken und als Docht wirkte.

Nahe der amerikanischen Botschaft entdeckten wir vor uns eine SIM-Limousine, deren rotes Blinklicht noch aus zweihundert Meter Entfernung auffällig genug war.

»Dort!« sagte José Antonio.

Ich zündete die Brandflasche an und legte mir einen alten Mantel über die Knie, um die Flamme abzudecken. »Fertig.«

José Antonio holte den Streifenwagen ein und fuhr dicht neben ihm her. Ich hielt meine Pistole in der linken und die Brandflasche in der rechten Hand. Als José Antonio den anderen Wagen zum Straßenrand hin abdrängte, lehnte ich mich hinaus, begann zu schießen und warf die Bombe auf den Vordersitz.

Der Fahrer sackte zusammen; der Beifahrer schrie auf, als er plötzlich in Flammen gehüllt war. José Antonio gab Gas und bog in die nächste Seitenstraße ein.

Ich sah mich vorher noch einmal um. Die SIM-Limousine beschrieb einen Bogen nach links, prallte gegen eine Verkehrsinsel und blieb hell brennend auf dem Dach liegen.

Ich warf José Antonio einen Blick zu. Er starrte auf die Straße.

Vierzig Minuten nachdem wir das ›23‹ verlassen hatten, setzte José Antonio mich am Del Prado ab.

»Viertausend«, sagte ich.

»Sie bekommen Ihr Geld noch«, versicherte er mir.

Ich bekam es nie, denn am übernächsten Abend kam der große Staatsstreich der Untergrundbewegung, der so endete, wie ich es erwartet hatte – mit einer Katastrophe. Armando Hart führte den Angriff gegen den Palast; die meisten seiner Männer wurden getötet oder gefangengenommen, was noch schlimmer war. Armando glückte die Flucht, und einer seiner Leute warnte telefonisch José Antonio Echeverria, dessen Gruppe die Radiostation anzugreifen hatte.

José Antonio hatte den Sender tatsächlich erobert und verkündete eben, Batista sei tot, als der Anruf kam. Er verließ das Gebäude und raste mit seinem Wagen durch die Stadt davon. Der SIM holte ihn ein, drängte seinen Chrysler von der Straße und durchlöcherte José Antonio, als er zu Fuß fliehen wollte. Die Bewegung des 26. Juli verlor einen Helden und ich meinen einzigen Zeugen.

In den folgenden Wochen trat die Untergrundbewegung kaum in Aktion. Während ich auf Nachricht wartete, ob das Unternehmen Campo Columbia nun durchgeführt werden sollte, verbrachte ich meine freie Zeit mit Valerie. Ich verbrachte sogar zuviel Zeit in ihrer Gesellschaft und hätte das Verhältnis allmählich gelöst, wenn sie nicht erraten hätte, womit ich mein Geld verdiente. Ich konnte es mir nicht leisten, eine Feindin in Havanna zu haben, und durfte sie deshalb nicht brüskieren.

Eines Tages bekam sie mich wirklich in die Hand. Wir waren nachmittags in meinem Zimmer, als es an der Tür klopfte. Valerie verschwand im Bad; ich zog mir die Hose an und öffnete die Tür. Ein Page gab mir eine lange, schwere Blumenschachtel, nahm sein Trinkgeld in Empfang und ging wieder.

»Was ist das, Liebling?« Valerie kam aus dem Bad. »Blumen! Wie herrlich! Oder habe ich eine Rivalin?«

Ich riß die Verpackung auf und merkte erst zu spät, was die Schachtel enthielt. Einer meiner amerikanischen Freunde, der für *Aero Expresso* flog, hatte mir endlich das Jagdgewehr mitgebracht, das ich Fidel versprochen hatte. Seine Luftfrachtgesellschaft machte gute Geschäfte mit einem Blumengroßhändler in Miami, wodurch mein Freund auf die Idee gekommen war, das Gewehr mit einigen langstieligen Rosen nach Cuba einzuschmuggeln.

Bevor ich sie daran hindern konnte, nahm Valerie die Rosen aus der Schachtel und sah die Waffe darunter. Dann las sie laut die beiliegende Karte vor:

»Eine Rose für Fidel von Jack.«

»Was soll das?« murmelte ich und gab mir Mühe, verblüfft dreinzuschauen.

Sie lachte nur. »Du *bist* also ein Waffenschmuggler, Jack.«

»Ich wüßte nicht einmal, wie man sich bei diesem Geschäft anstellen muß«, versicherte ich ihr. »Aber ich gehe gern auf die Jagd und fliege wahrscheinlich demnächst nach Südamerika, deshalb habe ich einen alten Freund gebeten, er möchte mir das Gewehr besorgen.«

»Und die Karte für Fidel?«

»Ein Witz. Nur ein Witz.«

Valerie lächelte ungläubig und schien davon überzeugt zu sein, daß ich doch vom Waffenschmuggel lebte.

»Hör zu, Valerie«, begann ich streng. Aber es war fast unmöglich, mit ihr streng zu sein. »Ich bin kein Schmuggler, und wenn dir irgend etwas an mir liegt, erzählst du niemandem weiter, was du hier gesehen hast.«

Sie nickte lächelnd.

Auch in der folgenden Woche wurde das Unternehmen Campo Columbia nicht wieder erwähnt, aber Jaime bot mir einen Job an. Castro wollte einen Generalstreik ausrufen, der die Wirtschaft lahmlegen und gleichzeitig beweisen sollte, daß das Volk seine Bewegung unterstütze. Zu diesem Zweck brauchte die Frente Nacional Oberon, eine der Bewegung des 26. Juli angeschlossene und kommunistisch beherrschte Gewerkschaft, angeblich dringend Waffen. Ich sollte 2500 Pistolen kaufen und an die Frente Nacional Oberon ausliefern.

Ich weigerte mich, da ich nicht die Absicht hatte, Kommunisten zu helfen. Als ich diesmal Jaime verließ, war ich der Überzeugung, lange nichts mehr von Castro zu hören.

Zehn Tage später ließ ich jedoch um sieben Uhr abends die Motoren einer schnellen Cessna 310 warmlaufen und wartete auf die Startfreigabe vom Kontrollturm. Dem Flugplan nach sollte ich nach Varadero fliegen, aber ich hatte ein anderes Ziel.

Ich startete und flog einen Landeplatz westlich von Havanna an. Die Cessna, die angeblich der Präsident der Rumfirma Bacardi gestiftet hatte, war die beste Maschine, die ich bisher im Auftrag der Rebellen geflogen hatte. Sie war auch die bequemste und die schwierigste – bei Seitenwind schwer zu kontrollieren und auf Grasplätzen kaum zu landen.

Als ich glücklich gelandet war, ließ ich die Maschine ausrollen und wartete auf Jaime Bofil und Armando Hart, die eben mit dem Wagen angekommen waren. Armando bewegte sich nicht wie ein junger Mann, sondern schlurfte wie ein Greis auf das Flugzeug zu, und Jaime hatte ich seit dem mißlungenen Überfall auf den Palast nicht wieder bei guter Laune gesehen. Der gesamte Untergrund litt jeden Morgen in ohnmächtigem Zorn, wenn der SIM den verstümmelten Körper des nächsten jungen Mannes, der bei diesem Angriff in Gefangenschaft geraten war, irgendwo auf der Straße zurückließ. Die Rebellen zählten mit und wußten deshalb genau, daß sie noch drei Tote abzuholen und zu begraben hatten.

Hart kletterte langsam in die Maschine, und Jaime wünschte uns viel Glück. Dann starteten wir zur ersten Etappe unseres Fluges nach Maiquetia, dem internationalen Flughafen von Caracas, Venezuela.

Armando hockte lange mit geschlossenen Augen auf seinem Sitz. Die schnelle Cessna überflog die Insel mit 350 km/h, und wir ließen die Ostspitze Cubas hinter uns. Das erste Zwischenziel war die Ile de la Tortue vor der Nordwestspitze Haitis.

Als wir von dieser Insel aus wieder starteten, hatte Armando noch immer kein Wort mit mir gesprochen. Ich machte einen weiten Bogen übers Meer, um nicht in die Nähe der Dominikanischen Republik zu kommen. Trujillos Luftwaffe, die mit amerikanischen und englischen Maschinen ausgerüstet war, zwang jedes Flugzeug zur Landung, das sein Gebiet berührte.

Jetzt begann Armando sich für seine Umgebung zu interessieren. Ich zeigte ihm unsere Position auf der Karte und flog dann dicht über dem Meer, um dem Radar zu entgehen. An Steuerbord waren die Lichter von Montecristi zu sehen, der größten Stadt an der Nordküste der Dominikanischen Republik.

»Ja«, sagte Armando, »sobald wir Batista besiegt haben, will El Comandante diesen Trujillo angreifen. Anschließend landen wir in Nicaragua und verjagen die Samonzos, die ihr

Land seit zwanzig Jahren ausbeuten. Lateinamerika wird eines Tages ganz frei sein.«

»Nur weiter so«, antwortete ich. »Auf diese Weise macht ihr noch einen Kapitalisten aus mir.«

Hart dachte eine Weile darüber nach. »Die Vereinigten Staaten sollten uns helfen, anstatt uns in jeder Beziehung zu behindern. Diese Heuchler ... die frommen Narren! Amerika liebt angeblich die Freiheit, liefert uns aber keine Waffen, mit den wir unsere Freiheit erkämpfen könnten. Amerika haßt angeblich Diktatoren und ist Batista und Trujillo trotzdem behilflich, an der Macht zu bleiben. Haben die Amerikaner eigentlich außer ihren Geschäften und ihren fetten Bäuchen noch andere Interessen?«

»Klar«, antwortete ich. »Sie wollen keine Kommunisten in ihrer Nähe.«

»Darüber haben wir bereits gesprochen, Jack. Selbst wenn die Bewegung kommunistisch wäre, was sie nicht ist, hätte Amerika die Pflicht, sie zu unterstützen. Man darf nicht gegen etwas sein, wenn man Gelegenheit hat, dem Volk aus seiner Not zu helfen.«

Armando redete sich allmählich warm, und ich hörte mir eine Stunde lang seine Theorien an. Ich widersprach ihm nicht direkt, wies ihn aber darauf hin, daß die Praxis meist anders aussehe.

Dann lag die Dominikanische Republik endlich hinter uns. Ich seufzte erleichtert auf und ließ die Cessna wieder steigen. Wir flogen nach San Juan auf Puerto Rico und landeten um halb ein Uhr morgens nach knapp fünfstündigem Flug.

Armando verschwand, um einige Telegramme aufzugeben und ein Telefongespräch zu führen. Ich ließ die Maschine auftanken und reichte einen Flugplan für die Strecke nach Caracas über Curaçao ein.

Wir aßen im Flughafenrestaurant, tranken Kaffee und kletterten wieder an Bord. Kurz nach dem Start schlief Armando ein, so daß ich dreieinhalb Stunden mit meinen Motoren, dem Mond und dem Meer allein war.

Eine Stunde vor der Landung dachte ich gerade an Al Smythe, der sich noch immer um meine Bekanntschaft bemühte, als Armando stöhnend aufwachte.

»Noch eine Stunde bis Curaçao«, teilte ich ihm mit.

»Kommen wir pünktlich in Caracas an?« wollte er wissen. »Urrutia und Doktor Folgar warten dort auf uns.«

»Ich sehe keinen Grund zur Verspätung – es sei denn, wir geraten in einen Sturm.« Ich kannte Manuel Urrutia nur vom Hörensagen: er galt als Staatsmann der Bewegung. Dr. Hildo Folgar, den ich bereits früher kennengelernt hatte, war einer der besten Chirurgen von Havanna; seine große Praxis war ein idealer Umschlagplatz und zugleich Nachrichtenzentrum der Untergrundbewegung.

Bei Sonnenaufgang landeten wir auf Curaçao. Ich saß nun bereits neun Stunden im Cockpit und spürte alle Knochen und Muskeln. Während die Cessna aufgetankt wurde, frühstückten wir in aller Eile und starteten dann wieder. Die letzte Etappe sollte eine Stunde und zwanzig Minuten dauern.

Pünktlich um neun Uhr landeten wir in Caracas, rollten ans Abfertigungsgebäude und kletterten zu Boden. Manuel Urrutia und Dr. Folgar empfingen uns an der Spitze einer zehnköpfigen Delegation. Während Armando die Revolutionäre umarmte, stellte Folgar mich Urrutia vor.

»Freut mich, Ihre Bekanntschaft zu machen, Señor«, sagte ich.

Er lächelte. »Und ich freue mich darauf, mit Ihnen zu fliegen, Señor.«

»Jack, Sie sind unser Gast im Hotel Tamanaco«, teilte Folgar mir mit.

Die Delegation begleitete uns vier zu einem schwarzen Cadillac und verschwand dann. Wir stiegen ein; der Chauffeur fuhr in Richtung Stadt.

Unterwegs hörte ich, daß Manuel Urrutia und Dr. Folgar im Präsidentenpalais wohnten; Armando sollte ebenfalls dort unterkommen. Dr. Folgar war seit Jahren mit Betancourt befreundet, dessen Leibarzt er vor und im Exil gewesen war; aus diesem Grund konnte er stets auf Betancourts Unterstützung rechnen.

Zweck dieses Fluges war es, die größte Waffenlieferung auf den Weg zu bringen, die je die Rebellen in der Sierra Maestra erreicht hatte. Urrutia war vier Wochen lang in New York gewesen, um das Geld aufzutreiben, mit dem die Waffen in Venezuela gekauft werden sollten. Ich sollte am nächsten Nachmittag mit Urrutia und Hart in einer DC-3 starten, die bereits für das Projekt Campo Columbia gekauft worden war.

Der Cadillac setzte mich am Tamanaco ab. Dieses Hotel gehörte einer Tochtergesellschaft von Pan American; ich hielt deshalb in der Halle nach Stewardessen Ausschau und sah prompt einige. Dann ging ich in mein Zimmer, um endlich wieder einmal zu schlafen.

Ich wachte um sechs Uhr abends auf und ging in die Bar hinunter. Als ich eben ein Gespräch mit zwei Stewardessen angeknüpft hatte, kamen Hart und Folgar herein. Der Doktor suchte einen abgelegenen Tisch und bestellte uns Drinks.

Dann sprach Armando vom Geschäft: »Wir möchten schon morgen nach Oriente zurück, aber dabei ergibt sich ein Problem. Die Waffen und eine Million Schuß liegen auf einem Landeplatz am Maracaibo-See gegenüber von Maracaibo.«

»Also ein Flug von zweieinhalb Stunden mit der DC-3.«

»Richtig«, bestätigte Armando. »Die Fahrt mit dem Lastwagen dauert einen ganzen Tag. Wir könnten zwei Tage sparen, wenn Sie dorthin fliegen, die Waffen an Bord nehmen, in Maracaibo tanken und nach Oriente weiterfliegen würden.«

»Wie groß ist der Platz?«

»Groß genug«, versicherte Folgar mir. »Die Flugzeuge mit Waffen und Munition sind schließlich auch dort gelandet.«

»Auch DC-3?«

»Einige«, sagte Armando.

»Aber sie sind leer gestartet, während wir überladen starten müßten.«

»Der Landeplatz liegt unmittelbar am See. Wenn die Maschine erst einmal abgehoben hat, kann sie über dem Wasser steigen.«

»Hören Sie, ich habe keine Lust, irgendwo abzustürzen, nur weil Sie behaupten, alles sei in Ordnung.«

Armando zuckte mit den Schultern. »Dann überzeugen Sie sich am besten selbst. Zwei P-51, die wir für den Angriff auf Campo Columbia gekauft haben, stehen hier in Caracas auf dem Flughafen Maiquetia. Sie können also zwei Fliegen mit einer Klappe schlagen — testen Sie die P-51 und besichtigen Sie den Landeplatz.«

Ich nickte. »Haben wir später bestimmt keine Schwierigkeiten, wenn wir in Maracaibo tanken wollen? Ich meine, mit einer DC-3 voller Waffen?«

»Die notwendigen Anweisungen kommen direkt aus dem Präsidentenpalais.«

»Ist das alles?«

»Sie könnten sich auch die B-25, die B-26 und die zweite P-51 ansehen, die hier für das Projekt Campo Columbia bereitstehen.«

»Wann soll ich starten?« fragte ich.

»Wir holen Sie um acht Uhr morgens ab«, erklärte Armando mir. »Bis neun können Sie die P-51 in der Luft haben; spätestens um zwölf sind Sie wieder in Caracas. Dann starten Sie vor ein Uhr mit der DC-3, haben um sieben vollgeladen und erreichen Oriente am nächsten Morgen vor Tagesanbruch.«

»Klingt nicht übel – wenn ich die Maschine mit voller Ladung in die Luft bringe.«

Am nächsten Morgen waren wir um acht Uhr zwanzig auf dem Flugplatz, wo ich die DC-3 besichtigen sollte. Die Maschine war in erstklassiger Verfassung, beide Motoren waren nach einer Generalüberholung weniger als fünfzig Stunden gelaufen. Falls der Landeplatz überhaupt für eine DC-3 geeignet war, konnte es mit dieser Maschine keine Schwierigkeiten geben.

»Gut, was?« fragte Armando grinsend.

»Damit schaffen wir es bestimmt«, sagte ich zuversichtlich.

Folgar begleitete uns zu den anderen Maschinen hinüber. Die Bomber ließen einige Wünsche offen, hielten aber vermutlich noch einen Einsatz aus, bevor sie endgültig Schrott waren. Die beiden Jäger sahen etwas besser aus. Als ich mich der ersten P-51 näherte, tauchte ein Luftwaffenoberst auf, grüßte zackig und meldete die Maschine startbereit.

»Nichts gegen Sie persönlich, Oberst«, sagte ich, »aber ich habe schon von zu vielen Unfällen in dieser Gegend gelesen.«

Ich überprüfte die Maschine selbst und fand alles in bester Ordnung. Nachdem Armando mir den Platz auf der Karte gezeigt hatte, schüttelte ich Folgar und ihm die Hand und kletterte an Bord.

Der Rolls-Royce-Motor startete fast augenblicklich. Das Flugzeug, einer der letzten großen Jäger mit Kolbentriebwerk, schien sich wie ich auf den Flug zu freuen. Ich rollte an den

Start, erhielt die Freigabe vom Kontrollturm und raste mit aufheulendem Motor den Betonstreifen entlang.

Eine Viertelstunde später hatte ich bereits Puerto Cabello überflogen, wo die Küste plötzlich nach Nordwesten ausbiegt. Ich flog nach Westen weiter und erreichte eine Stunde danach die Straße von Maracaibo. Der Landeplatz war leicht zu finden; ich überflog ihn dreimal in niedriger Höhe und stellte dabei fest, daß er etwa zwölfhundert Meter weit in Richtung See verlief. Ich schätzte, daß die DC-3 den Start trotz Überladung schaffen würde.

Dann raste ich mit Höchstgeschwindigkeit nach Maiquetia zurück, landete nach knapp einer Stunde und ließ die P-51 ausrollen. Armando Hart und Dr. Folgar erwarteten mich bereits; sie grinsten erleichtert, als ich ihnen zunickte, und Armando setzte sich sofort in Bewegung.

Ich kletterte aus der Maschine. »Läßt sich machen, Doktor.«

»Ausgezeichnet.«

»Wohin verschwindet Armando so eilig?«

»Er ruft Urrutia an und veranlaßt außerdem, daß der Flugplatz Maracaibo benachrichtigt wird. Dann informiert er Oriente, wann Sie voraussichtlich eintreffen.«

»Sie können direkt mit Oriente sprechen?«

»Ja, aber der Empfang ist oft gestört. Nächste Woche wird allerdings die Relaisstation an der Küste fertig — dann kann man sich unterhalten, als führte man nur ein Ortsgespräch.«

Folgar ging mit mir zu den Bombern hinüber. Die Maschinen befanden sich in schlechterer Verfassung als ich zunächst vermutet hatte. Besonders die Motoren hätten längst eine Überholung gebraucht.

»Wann findet Ihrer Meinung nach das Unternehmen Campo Columbia statt, Doktor?« fragte ich Folgar.

»Ich bezweifle, daß es überhaupt stattfindet.«

»Wegen Menoyos Gruppe?«

Er nickte. »Er hat jetzt fast zweitausend Männer.«

»Aber ich dachte, die Rebellen hätten sich untereinander geeinigt. Fidel sollte doch auf jeden Fall an der Spitze bleiben, selbst wenn die Segundo Frente Havanna eher erreichen würde.«

»Richtig, aber Raúl und El Ché wissen, daß ihr Einfluß geringer wäre, wenn Fidel sich auf die Unterstützung durch andere Gruppen verlassen würde. Sie wollen erreichen, daß die

Bewegung des 26. Juli der einzige Sieger bleibt. Deshalb verlängern sie den Kampf, um sich die einflußreiche Stellung hinter Fidel zu sichern.«

»Das soll also heißen, daß das Projekt Campo Columbia eine Niederlage für Raúl und El Ché bedeuten würde. Käme es jedoch nicht dazu, würden Raúl und El Ché im Lauf der Zeit Fidels Revolution gewinnen.«

»Richtig.«

»Warum unterstützen Sie dann Fidel?«

»In der Hoffnung, daß Manuel Urrutia Präsident wird. Seine Regierung wäre gemäßigt und demokratisch.«

»Sie wollen also Batista stürzen und dann die Augen schließen und aufs Beste hoffen?«

Folgar nickte lächelnd.

Ich hatte die DC-3 eben überprüft, als Armando Hart mit Manuel Urrutia zurückkam. Wir verabschiedeten uns von Dr. Folgar und kletterten an Bord.

Im Gegensatz zu der schnellen P-51 schien die DC-3 wie eine Schnecke dahinzukriechen. Wir brauchten zweieinhalb Stunden für die 550 km, und der Flug war selbst in Gesellschaft ziemlich langweilig. Aber dann lag endlich die Straße von Maracaibo vor uns.

Ich landete die DC-3 auf dem Grasplatz und ließ sie ausrollen. Unter den Bäumen am Platzrand kamen elf Männer hervor, die nacheinander Urrutias Hand schüttelten und ihm versicherten, welche Ehre es für sie sei, ihn hier begrüßen zu dürfen.

Ich stieß Armando in die Rippen. »Kommen Sie, wir schikken die Männer lieber gleich an die Arbeit.«

Mit jeder Munitionskiste, die an Bord gehievt wurde, schien der Platz ein Stück kürzer zu werden. Außerdem sanken die Räder in dem weichen Boden ein. Ich ließ zwei Balken bringen, band sie an Seilen fest und verkeilte damit die Bugräder.

Als die letzte Kiste vertäut war, ließ ich die beiden Motoren mit Vollgas laufen. Auf mein Zeichen hin wurden die Balken fortgezogen. Die DC-3 setzte sich in Bewegung, wurde schneller und rollte aufs Wasser zu. Nach hundertzwanzig Metern hob der Schwanz ab, dann kam der Maracaibo-See rasch näher. Ich hatte die Landeklappen auf fünfzehn Grad gestellt, um der schweren Maschine mehr Auftrieb zu geben. Armando starrte geradeaus und schwitzte wie ich vor Angst.

Am Ende der Landebahn mußte ich die überladene DC-3 hochziehen. Das Flugzeug schwankte heftig, dann ertönte die Überziehwarnung – wir waren nicht weit von der Katastrophe entfernt.

»Fahrwerk ein!« brüllte ich.

Armando pumpte es herauf.

Die Maschine gierte und rollte, wurde jedoch allmählich schneller. Dann hörte die Überziehwarnung auf; ich gewann endlich Höhe und steuerte den Flugplatz Maracaibo an.

Dort wurden wir bereits erwartet. Ein Tankwagen stand für uns bereit, und das Bodenpersonal kletterte auf den Tragflächen herum, bevor wir ausgestiegen waren. Während Urrutia mir Komplimente wegen des geglückten Starts und der weichen Landung machte, kam Armando mit bleichem Gesicht und schlotternden Knien an uns vorbei durch die Kabine.

Wir setzten uns ins Flugplatzrestaurant. Armando kippte nacheinander drei Whiskys, während Urrutia und ich bei Coca Cola mit Rum blieben. Dann ließen wir uns eine Thermosflasche mit Kaffee füllen und gingen zu unserer Maschine zurück.

Diesmal lagen zweitausend Meter Startbahn vor uns. In sechseinhalb Stunden würden wir in Oriente landen.

»Alles okay, Armando?«

»Jetzt wieder, Jack.«

»Auf nach Cuba«, sagte ich und ließ die schwere DC-3 anrollen.

Vier Stunden nach dem Start sahen wir erstmals wieder Land unter uns – das Massif de la Hotte, die weit in Richtung Jamaika vorragende Halbinsel im Süden Haitis. Wir flogen in dreieinhalbtausend Meter Höhe, tausend Meter höher als der höchste Gipfel dieses Gebietes. An Steuerbord waren ganz schwach die Lichter von Port-au-Prince zu sehen.

Eine Stunde später überflogen wir die Ostspitze Cubas und folgten der Küste nach Mayari Arriba. Dort lag der neue Landeplatz, den Raúl Castro mit Material erbaut hatte, das er Nicaro, der amerikanischen Bergwerksgesellschaft, gestohlen hatte. Der Platz war leicht zu finden, und als wir ihn erreichten, wurden unter uns Fackeln entzündet.

»Klappen ausfahren, Armando!« rief ich. Dann landeten wir glatt, rollten zum Platzrand vor und stellten die Motoren ab. Als wir aus der Kabine stiegen, sahen wir uns Raúl Castro und Ché Guevara gegenüber. Sie begrüßten uns freundlich lächelnd und waren Urrutia gegenüber besonders höflich.

El Ché schickte zwei Dutzend Barbudos an die Maschine und ließ die Kisten in Jeeps und Lastwagen verladen.

»Sie haben ein gutes Werk getan, Presidente«, stellte Raúl nüchtern fest.

»Wirklich lobenswert«, fügte El Ché hinzu.

»Ich weiß, daß El Comandante unsere Anstrengungen würdigen wird«, fuhr Urrutia fort.

»Mein Bruder wird sich bestimmt darüber freuen. Allerdings natürlich nur indirekt.«

»Was soll das heißen?« fragte Urrutia.

»El Ché und ich werden diese Lieferung für unsere Einsätze benützen; mein Bruder wird mit den Ergebnissen zufrieden sein.«

Armando Hart trat vor. »Diese Waffen sind für El Comandante gekauft worden und werden jetzt an ihn geliefert. Er kann sie nach Belieben verteilen, aber ich muß dafür sorgen, daß er sie auch wirklich bekommt.«

El Ché deutete grinsend mit dem Daumen über die Schulter, wo ein Jeep stand, auf dessen Rücksitz ein Maschinengewehr montiert war. Neben dem Fahrzeug warteten acht mit Maschinenpistolen bewaffnete Barbudos.

»Das ist eine Unverschämtheit!« explodierte Urrutia. »Ich verlange, daß die Waffen zu Fidel Castro transportiert werden!«

»Sie haben nichts zu verlangen«, sagte Raúl.

»Befehlsverweigerung!« rief Urrutia.

»Sie haben einen Befehl verweigert. Wissen Sie nicht, daß im Einsatz nur die Befehle des Truppenführers gelten?«

El Ché näherte sich Urrutia. »Señor, bitte stören Sie unsere Arbeit nicht länger. Bitte stellen Sie Raúls Geduld nicht auf die Probe. Bitte setzen Sie sich und halten Sie den Mund.«

Urrutia starrte ihn hilflos an. »Bringen Sie mich jetzt gleich um?«

»Aber weshalb denn?« fragte El Ché.

»Weil ich mich bei Fidel Castro über Sie beschweren werde. Sie werden bestraft, darauf können Sie sich verlassen!«

El Ché lachte nur.

Raúl warf Urrutia einen verächtlichen Blick zu. »Ein Wort

gegen uns bei meinem Bruder kann Sie den Präsidentenpalast kosten.« Er machte auf dem Absatz kehrt und ging davon.

Die Fahrzeuge waren in weniger als einer Stunde beladen und rollten davon. Dann hielten zwei Jeeps neben uns; der erste war leer, der zweite war mit einigen Kisten Gewehren und Munition beladen.

»Die Fahrer kennen den Weg zum Hauptquartier meines Bruders«, erklärte Raúl uns. »Überbringen Sie ihm diese Waffen mit meinen Empfehlungen und richten Sie ihm aus, daß wir morgen die Garnison Tanamo angreifen. Dadurch ist der Landeplatz sicher, bis die DC-3 wieder startet.«

Am folgenden Morgen gegen sieben Uhr, als die Sonne eben über den Berggipfeln im Osten erschien, kamen wir nach langer, mühsamer Fahrt in Fidel Castros Hauptquartier an. Dies war das dritte neue Hauptquartier in den zwei Monaten seit meinem letzten Besuch.

»He, Armando!« Camilo stand in der Tür des Stabsgebäudes. »Hallo, Jack. Guten Morgen, Señor Urrutia. Und wo sind die Waffen?«

Armando wies auf den Jeep hinter uns.

»Was!« Camilo starrte die wenigen Kisten ungläubig an.

Dann erschien Fidel mit dem Jagdgewehr über der rechten Schulter. Er schüttelte Urrutia und Armando die Hand, grinste mich an und klopfte auf den Schaft seines neuen Gewehrs. Dann stellte auch er die entscheidende Frage: »Wo sind die Waffen?«

Urrutia konnte vor Müdigkeit kaum noch sprechen, deshalb erklärte Armando ihm, wie die Lieferung in andere Hände geraten war.

Castro schien zunächst Hart und Urrutia dafür zur Verantwortung ziehen zu wollen, sah aber bald ein, daß sie nichts dagegen hätten tun können. Wenig später sagte er bereits, er hätte die Waffen ohnehin Raúl überlassen.

»Aber seine und Guevaras Gruppe sind doch schon besser als jede andere bewaffnet, Comandante«, warf Camilo ein.

Fidel wechselte daraufhin rasch das Thema und zeigte sich wegen Urrutias Erschöpfung besorgt. Wir folgten ihm ins Stabsgebäude.

In Castros Arbeitszimmer stand ein riesiges Fernsehgerät seinem Schreibtisch gegenüber, so daß er den Bildschirm auch bei der Arbeit im Auge behalten konnte. »Der größte Fortschritt der Nachrichtenübermittlung«, sagte Fidel mit einem Blick auf das Gerät. »Einfach phantastisch. Sobald wir Havanna eingenommen haben, werde ich oft im Fernsehen sprechen, darauf können Sie sich verlassen.«

Vilma Espin kam herein, erhielt den Auftrag, El Presidente in sein Zimmer zu führen und das Frühstück zu bringen. Urrutia folgte ihr hinaus. Camilo sah ihr nach – mißtrauisch.

Als wir gefrühstückt hatten, wandte sich Camilo an mich. »Nach dem langen Flug bist du bestimmt bettreif.«

»Das kann man wohl sagen.«

»Komm.«

Ich nahm meine Reisetasche auf und ging auf die Tür zu.

»Señor«, rief Fidel mir nach, »wir sprechen uns noch, wenn Sie sich ausgeruht haben.«

»Natürlich«, antwortete ich. »Wie komme ich übrigens nach Havanna zurück?«

Aber Fidel hatte eben sein Fernsehgerät eingeschaltet und starrte auf den Bildschirm, ohne meine Frage zu beantworten. Er schien sie nicht mehr gehört zu haben.

Camilo führte mich zu einer sauberen Holzhütte, die etwa fünfzig Meter vom Stabsgebäude entfernt am Rand der Lichtung stand. Ich ließ mich auf ein Feldbett fallen; er zog sich einen Klappstuhl heran.

Ich betrachtete Camilo nachdenklich und stellte dann fest: »Amigo, du siehst jedesmal erschöpfter und unglücklicher aus.«

Camilo seufzte. »El Comandante tut mir wirklich leid. Raúl und El Ché – die beiden haben ihn an der Gurgel. Sie haben eine Tragödie auf dem Gewissen. Fidel wurde dazu gezwungen ... Mein Gott, es ist erst zehn Tage her!«

Ich bot ihm meine Whiskyflasche an.

Camilo nahm dankbar einen langen Schluck.

»Was ist geschehen, Camilo?«

»Du erinnerst dich an Armando Sanchez?«

»Natürlich. Ich habe mich schon gefragt, warum er heute morgen nicht zu sehen war.«

»Ich kann es dir sagen. Der arme Kerl!«

Camilo schilderte mir, was sich ereignet hatte. Dabei war er oft den Tränen nahe und mußte mehrmals kurze Pausen einlegen, bevor er weitersprechen konnte.

In den vergangenen Monaten hatten Raúl, El Ché und ihre Anhänger Sanchez als störend empfunden, weil er oft zu beschwichtigen versuchte und einen ›gefährlichen‹ Einfluß auf Fidel hatte. Als Fidel vor einigen Wochen Sanchez in einer Auseinandersetzung mit Raúl unterstützte, waren die Würfel gefallen. Raúl und El Ché arbeiteten einen Plan aus, um Sanchez zu beseitigen.

Der Plan war geradezu primitiv und war vor zehn Tagen verwirklicht worden. An diesem Tag hatte sich die gesamte Führerschaft versammelt, um eine Gruppe Journalisten zu empfangen. Als die Reporter wieder abflogen, gab Fidel ihnen wie üblich Armando mit, der sie zum Flugzeug begleiten sollte. Raúl schlug jedoch vor, diesmal solle auch Vilma Espin, dieses leuchtende Beispiel einer jungen Revolutionärin, die Besucher verabschieden.

An dieser Stelle seines Berichts hatte Camilo Tränen in den Augen. »Jack, Jack, ich habe geahnt, daß irgend etwas an der Sache faul war. Hätte ich nur auf meine innere Stimme gehört und die beiden begleitet – dann hätte ich es verhindern können. Aber . . . aber ich habe es nicht getan.«

Am Flugplatz verabschiedeten Armando und Vilma die Journalisten und winkten ihnen nach, als die Maschine startete. Dann nahm Vilma vor den Augen der Wachtposten Armandos Arm; die beiden gingen wie alte Freunde lachend in Richtung Hauptquartier davon. Der Pfad war schmal, deshalb ging Armando nach einiger Zeit voraus.

Eineinhalb Stunden später stolperte Vilma hysterisch schluchzend ins Lager; ihre Kleidung war zerfetzt, das Gesicht blutig und die Haare zerrauft. Sie rannte auf die Zugführer zu, die mit Fidel Castro vor dem Stabsgebäude standen. Raúl lief ihr entgegen und nahm sie tröstend in die Arme, während sie ausrief, Armando Sanchez habe sie zu vergewaltigen versucht.

Fidel schüttelte ungläubig den Kopf. Raúl schickte vier seiner Männer los, die Sanchez finden und zurückbringen sollten.

»Ich habe ihm die Pistole aus dem Gürtel gezogen und über den Kopf geschlagen«, erklärte Vilma noch immer schluchzend.

Camilo folgte Raúls Leuten, die Armando etwa einen Kilometer vom Lager entfernt fanden. Er lag quer über den Pfad, hatte eine Beule am Kopf und war halb bewußtlos. Sein Gesicht war zerkratzt, und seine Kleidung zeigte Spuren eines Kampfes.

Die vier Barbudos rissen Armando hoch und trieben ihn ins Lager zurück. Camilo ging neben ihm her und stützte ihn.

Sanchez war noch immer wie betäubt, erzählte jedoch Camilo, er habe nur ein Geräusch neben sich gehört, als auch schon sein Kopf zu explodieren schien. Er war eben erst zu sich gekommen, als die Barbudos auftauchten. Dann fragte er, was geschehen sei, und Camilo berichtete von Vilmas Darstellung der Ereignisse.

Sanchez lächelte schwach. »Das glaubt Fidel ihr doch nie ...«

Als Sanchez im Hauptquartier erschien, bestanden Raúl und El Ché darauf, er müsse wegen versuchter Notzucht vor Gericht gestellt werden. Die Bewegung hatte ihren eigenen Sittenkodex, den sie strikt beachtete. Mit an der Spitze der schweren Verbrechen standen Vergewaltigung und der Versuch dazu. Aber niemand war der Auffassung, daß der bloße Versuch – selbst unter Mordandrohung – mit dem Tod bestraft werden müßte.

Fidel war selbstverständlich gegen voreilige Maßnahmen und wollte die Behandlung des Falls aufschieben, bis genügend Zeit war, die Tatsachen genau zu untersuchen.

Raúl machte seinem Bruder daraufhin vor versammeltem Offizierskorps Vorwürfe. »Soll sein Verbrechen etwa nicht nach den Gesetzen geahndet werden, die du selbst eingeführt hast, weil er dein Freund ist?«

El Ché, Hubert Matos, Efigenio Almejeiras, Cristino Naranjo und Juan Almeida, der einflußreiche Neger, verlangten eine rasche Behandlung des Falls. Andere schlossen sich ihnen an.

Fidel sah sich gezwungen, ein Kriegsgericht einzuberufen. Da er den Ausgang des Verfahrens zu kennen glaubte, wollte er selbst als Vorsitzender fungieren. Er war tatsächlich so zuversichtlich, daß er nur einen Richter – Camilo – selbst ernannte und die anderen vier durch Zuruf aus der Gruppe bestimmen ließ. Diese anderen vier waren El Ché, Raúl, Hubert Matos und Efigenio Almejeiras.

Vilma mußte als Zeugin aussagen. Fidel nickte gönnerhaft und forderte dann Armando Sanchez auf, einen Schritt vorzutreten. Er fragte ihn behutsam, ob er das Verbrechen begangen habe, das ihm die Zeugin vorwerfe.

»Wenn Sie mir diese Frage überhaupt stellen müssen, Comandante, können Sie mit mir tun, was Sie wollen.«

Fidel stellte fest, daß keine Beweise vorlagen, die eine Verurteilung gerechtfertigt hätten. Deshalb gab er bekannt: »Das Kriegsgericht erkennt auf Freispruch des Angeklagten.«

»Augenblick«, warf Raúl ein. »Die Richter entscheiden über Schuld oder Unschuld; der Vorsitzende verkündet nur das Urteil.«

El Ché meldete sich zu Wort: »Die Richter treffen jetzt ihre Entscheidung.«

Fidel sah keinen anderen Ausweg mehr; er mußte abstimmen lassen. »Wer für Freispruch stimmt, hebt die Hand.«

Er hob die Hand, Camilo ebenfalls.

»Den Bestimmungen nach hat der Vorsitzende des Kriegsgerichts kein Stimmrecht«, wandte Raúl ein.

Fidel starrte seine Offiziere an, mit deren Unterstützung er die Revolution zu gewinnen hoffte. Sie erwiderten seinen Blick; einige schadenfroh, andere besorgt, aber alle im Bewußtsein einer Krise. In diesem Augenblick spürte Fidel Castro vielleicht zum erstenmal, daß ihm die Führung der Bewegung allmählich entglitt.

»Wer stimmt für schuldig?« Seine Stimme klang hohl.

Armando Sanchez wurde mit vier zu einer Stimme schuldig gesprochen, obwohl jeder wußte, daß er unschuldig war.

»Das Urteil!« rief El Ché.

»Comandante«, warnte Raúl, »in diesem Fall kann es nur ein Urteil geben ...«

»Das Urteil lautet auf Tod durch Erschießen«, verkündete Fidel leise.

»Acht Mann mit Gewehren!« brüllte Raúl.

Wie auf ein Zauberwort hin erschienen daraufhin acht Barbudos hinter dem Stabsgebäude.

Bevor Fidel eingreifen konnte, befahl Raúl schon: »Fuego!«

Eine Salve fiel. Armando Sanchez wurde gegen einen Baum geworfen und sank zu Boden. El Ché blieb vor ihm stehen und grinste höhnisch; Raúl spuckte die Leiche an und rief: »So geschieht es mit allen Verbrechern!«

Nachdem Camilo seine Story erzählt hatte, schwieg er bedrückt. Ich äußerte mich nicht dazu. Die Revolution war wichtiger als einzelne Menschen, sogar wichtiger als ihr angeblicher Führer. Sie würde mit ihm oder ohne ihn weitergehen.

Camilo trank die Flasche leer, und ich entkorkte eine neue. Wir schenkten uns noch einen Drink ein. Und noch einen und noch einen ...

8

Noch am gleichen Abend erwischte ich einen Kurierflug zurück nach Havanna. Unterwegs machte ich mir Sorgen wegen der mangelhaften Flugkünste des cubanischen Piloten und Camilos Schilderung der Ereignisse, die Sanchez das Leben gekostet hatten. Ich fand Fidels Schwäche beschämend, denn er hätte sich nicht von Raúl und El Ché dazu bringen lassen dürfen, seinen Freund zu ermorden. Und ich beschloß, in Zukunft keine Geschäfte mehr mit ihm zu machen.

Aber dieser Entschluß hielt nicht lange vor. Daran war nicht etwa nur meine Geldgier schuld, sondern die Tatsache, daß Fidel der einzige Mann zu schein schien, der Cuba von Batista erlösen und dabei vor Raúl und El Ché bewahren konnte. Vielleicht sah er die Gefahr jetzt selbst und ergriff rechtzeitig Gegenmaßnahmen ...

Wir landeten gegen Mitternacht in Havanna, und ich machte mich sofort auf den Weg ins Nacional. Bevor ich nach oben ging, warf ich einen Blick in die Terrassenbar und sah dort Jaime Bofil mit einer aufregenden Schönheit sitzen. Er sah mich ebenfalls und kam heraus.

»Bin eben zurückgekommen«, sagte ich.

»So sehen Sie auch aus«, versicherte er mir. »Nehmen Sie ein Bad und waschen Sie sich den revolutionären Schmutz ab, sonst wird noch jemand mißtrauisch.«

»Ich wollte nur nicht an Ihnen vorbeigehen, Jaime.«

»Warum nicht? Ich bin davon überzeugt, daß El Doctor Sie wieder bezahlt hat.«

»In Geldsachen habe ich keinen Sinn für Humor, Jaime.«

»Schön, Sie haben uns einmal hereingelegt«, gab er lachend zu. »Versuchen Sie es lieber nicht nochmals.« Dann drückte er mir einen Briefumschlag in die Hand. »Hier sind die restlichen dreitausend.«

»Danke. Wie steht es mit dem Unternehmen Campo Columbia?«

Jaime schüttelte den Kopf. »Im Augenblick sind wir etwas knapp bei Kasse.«

»Was ist aus dem vielen Geld geworden, das ich in der Bank gesehen habe?«

»Es wird für allgemeine Zwecke verwendet.«

»Fällt die Ermordung Batistas nicht unter allgemeine Zwekke?«

»Vorläufig ist nicht daran zu denken. Ich benachrichtige Sie, wenn . . .« Er schwieg plötzlich und sah an mir vorbei in die Halle.

Ich folgte seinem Blick und beobachtete einen SIM-Offizier, der sich uns näherte.

Jaime verbeugte sich leicht. »Hasta luego, Señor. Ich wünsche Ihnen noch viel Vergnügen auf unserer schönen Insel.«

Ich ging in mein Zimmer, rief das Hotel Riviera an und ließ mich mit Valerie verbinden. Sie lud mich zu sich ein. Ich hatte eben geduscht und zog mich an, als das Telefon klingelte. Eine heisere Stimme flüsterte: »Señor Jungblut?«

»Ja?«

»Hier spricht Antenor aus Kolumbien. Ich kenne einen Ihrer Freunde in Bogotá – Señor Don Rexford.«

»Der Teufel soll mich holen. Ich habe Don seit einem Jahr nicht mehr gesehen. Wie geht es dem alten Hundesohn?«

»Señor?«

»Wir treffen uns in der Bar. Sie erkennen mich daran, daß ich einen hellgrauen Stetson trage.«

»Si, ich warte also.«

Zehn Minuten später kam ich in die Bar. Jaime war inzwischen gegangen. Kurz nachdem ich an einem Ecktisch Platz genommen hatte, tauchte ein elegant gekleideter Südamerikaner vor mir auf.

»Señor Jungblut? Ich bin Antenor – José Antenor aus Bogotá.«

Wir bestellten Drinks, und Antenor begann von Rexford zu sprechen. Er schien Don tatsächlich gut zu kennen, aber als typischer Südamerikaner würde er eine Stunde brauchen, um zum Geschäft zu kommen – und Valerie erwartete mich.

»Señor Antenor«, unterbrach ich ihn, »halten Sie mich bitte nicht allzu lange auf, wenn Sie noch etwas Wichtiges zu besprechen haben. Ich werde von einer jungen Dame erwartet . . .«

»Ich verstehe, Señor, und werde deshalb gleich die Karten auf den Tisch legen. Ich habe gehört, daß Sie im Waffengeschäft einige Erfahrung besitzen.«

Er sah mich erwartungsvoll an und schien auf eine Bestätigung zu hoffen; ich antwortete jedoch nicht und sah ihm nur in die traurigen braunen Augen.

Er fuhr unbehaglich fort: »Mir gehören eine größere Menge Garard-Gewehre, Maschinenpistolen, Pistolen und zweihunderttausend Schuß Munition für diese Waffen.«

Er sah mich wieder an; ich beobachtete ihn wieder schweigend.

Nun gab es für ihn kein Zurück mehr. »Ich habe dieses Material gekauft und in einem Flugzeug an der Grenze zwischen Guatemala und Mexiko zurückgelassen. Ursprünglich wollte ich es Fidel Castro verkaufen. Er sollte vorgestern einen Mann nach Guatemala City schicken, um die Sache perfekt zu machen. Aber dieser Mann ist nicht gekommen.«

»Sie haben die Waffen also auf irgendeiner Kuhweide liegen; Sie haben dafür bezahlt und können sie nicht loswerden. Wo ist das Flugzeug?«

»Oh, das konnte natürlich nicht dortbleiben.«

»Welchen Wert haben die Waffen für Sie?«

»Ich würde sie notfalls für neunzigtausend Dollar verkaufen. Bei diesem Preis habe ich kaum noch einen Gewinn, aber ich kann es mir nicht leisten, unter Umständen alles zu verlieren.«

»Señor Antenor, wir treffen uns morgen mittag am Swimming-pool des Nacional. Vielleicht finden wir dann eine Lösung Ihres Problems.«

»Muchas gracias, Señor. Ich komme pünktlich hierher. Berücksichtigen Sie aber bitte, daß die Zeit drängt. Meine Ware ist zwar gut versteckt und bewacht, aber die Polizei kontrolliert das Grenzgebiet besonders aufmerksam. Ich möchte die genaue Position nicht durch die Landung eines Flugzeugs preisgeben, wenn wir nicht gleichzeitig die Waffen abtransportieren können.«

»Ich verstehe. Wenn wir ins Geschäft kommen, müssen wir schnell handeln.«

Ich verließ die Bar und fuhr ins Riviera. Nachdem ich einige Zeit im Kasino gewartet hatte, kam Valerie am Arm eines älteren Amerikaners herein. Sie führte ihn an den nächsten Spieltisch, wartete noch, bis er sein Portemonnaie aus der Tasche nahm, und kam dann zu mir herüber.

»Hallo, Liebling. Du hast mir so gefehlt.«

Ich streichelte ihren bloßen Arm. »Dann gehen wir am besten gleich. Ist Al irgendwo in der Nähe?«

»Vermutlich.«

»Ich gehe nach draußen und rufe ein Taxi. Wir treffen uns am Eingang.«

Als das Taxi anrollte, sagte Valerie: »Bilde dir nur nicht ein, daß wir jetzt gleich in deinem Zimmer verschwinden.«

»War das nicht auch deine Idee?«

»Natürlich, aber du brauchst nicht knickerig zu sein.«

»Schön, ich lade dich zuerst in die Terrassenbar ein«, antwortete ich lachend.

»Jack«, flüsterte Valerie, »Jack, warum nimmst du mich nicht auf deiner nächsten Reise mit?«

Ich stellte sie mir in Fidels Hauptquartier vor und mußte unwillkürlich lachen.

Sie kniff die Augen zusammen. »Was soll das wieder heißen?«

»Ich habe mir nur vorgestellt, wie du dich auf der Jagd im Dschungel benehmen würdest.«

»Da gibt es nichts zu lachen. Ich käme schon zurecht.«

»Das glaube ich eigentlich auch, wenn ich es mir richtig überlege.«

Wir gingen in die Terrassenbar und bestellten Drinks. Nach dem ersten Schluck erzählte Valerie fröhlich: »Alister veranstaltet morgen abend eine Party. Er hat mich und Edward eingeladen. Ich soll dich ebenfalls einladen.«

»Augenblick«, sagte ich scharf. »Weiß er von unserem Verhältnis?«

»Offenbar nicht.«

»Dann braucht er auch nichts davon zu erfahren, denn er ist selbst scharf auf dich und ...«

»Tatsächlich?« unterbrach sie mich lächelnd. »Wie interessant! An diese Möglichkeit hätte ich nie gedacht.«

»An deiner Stelle würde ich es auch jetzt nicht tun, denn dem ist nicht zu trauen. Was hat er überhaupt vor?«

»Wie kommst du darauf?«

»Er schleicht immer um mich herum. Wenn Ed eines Tages hinter mir her ist, weiß ich genau, daß er es aus Eifersucht tut, und werde mit ihm fertig. Aber ich bin hilflos, solange ich nicht weiß, was der andere vorhat.«

»Das Beste hast du noch gar nicht gehört, Jack«, fuhr Valerie fort. »Als Edward herausbekam, daß Alister kein Mädchen für den Abend hatte, gab er mir den Auftrag, eines für ihn und eines für dich zu beschaffen. Das ist doch ein hübscher Witz, was?«

»Meinst du?« fragte ich lächelnd. »Vielleicht wäre eine Veränderung gar nicht schlecht.«

Sie starrte mich an. »Auf eigenes Risiko, Liebling.«

»Wollen wir das Bett in Unordnung bringen?«

»Das klingt schon besser. Vergiß aber nicht, uns um fünf wecken zu lassen. Ich halte es für unnötig grausam, erst lange nach Sonnenaufgang nach Hause zu kommen.«

Am nächsten Vormittag saß ich kurz vor zwölf am Swimmingpool des Nacional und wartete darauf, daß der Kolumbianer erscheinen würde. Plötzlich fiel mir ein, daß sein Auftauchen wirklich ein glücklicher Zufall für mich war. Ich hatte in nächster Zeit nicht allzuviel Aussicht auf lohnende Jobs und hatte insgesamt nur zwanzigtausend Dollar zurücklegen können; Antenors Vorschlag bedeutete unter Umständen, daß ich bis zum Beginn des Projekts Campo Columbia keine finanziellen Sorgen mehr hatte, ohne meine Reserven angreifen zu müssen. Aber ich mußte vorsichtig taktieren ...

José Antenor erschien mit dem Glockenschlag zwölf, und ich stellte ihm sofort eine Frage, die ihn aus dem Gleichgewicht bringen sollte: »Warum wollten Sie an Castro verkaufen?«

»Qué?«

»Sie haben mich verstanden.«

»Nun, ich wollte seine Bewegung unterstützen, Señor, und ich hoffe, daß sie erfolgreich bleibt. Ich war einer der Führer der Revolution, die den Tyrannen Rojas gestürzt und Kolumbien eine demokratische Regierung geschenkt hat.«

Ich betrachtete Antenor mit neuem Interesse. »Wir sind also beide gegen alle Diktatoren. Aber es ist bestimmt schwierig – fast unmöglich, möchte ich sagen –, diese Waffen jetzt Castro zu verkaufen.« Ich wartete, bis sich diese Feststellung ausgewirkt hatte. »Aber Sie stecken natürlich in einer finanziellen Klemme, aus der Sie befreit werden möchten, Sir?«

»Richtig, Señor.«

»Wieviel von diesen neunzigtausend Dollar hat der Mann zu erwarten, der Sie befreit?«

»Ich habe Ihnen doch schon gesagt, Señor, daß ich bei diesem Preis fast zusetze.«

»Ich verstehe. Wäre Ihnen die Befreiung zehntausend Dollar wert?«

»An genau diese Summe habe ich bereits gedacht«, antwortete der Kolumbianer zufrieden.

»Hätten Sie etwas dagegen einzuwenden, falls ich die Waffen anderswo verkaufen könnte?«

Antenor warf mir einen mißtrauischen Blick zu, lächelte dann und breitete die Hände aus. »Ich muß verkaufen, Señor.«

»Gut«, sagte ich. »Was halten Sie von einem Drink, José?«

Er runzelte die Stirn, als ich seinen Vornamen gebrauchte, nickte dann jedoch langsam. Nachdem die Drinks gekommen waren, sagte ich: »Da Sie jetzt wissen, wem ich das Zeug verkaufen will, können Sie mir die Bestandsliste zeigen.«

»Ich wollte, es wäre nicht ausgerechnet Batista«, meinte er bedauernd und gab mir eine lange Liste.

Falls alle diese Waffen tatsächlich auf einem Landeplatz zwischen Guatemala und Mexiko versteckt waren, konnte jemand – und vermutlich nicht Batista – für neunzigtausend Dollar ein gutes Geschäft machen. Ich beschloß deshalb, den Preis auf fünfundneunzigtausend anzuheben. Vermutlich wollte Antenor die Regierung ebenfalls hereinlegen und Fidel das Material zukommen lassen. Andererseits bestand auch die Möglichkeit, daß er in Batistas Diensten stand und mich hereinlegen sollte. Ich durfte meine Karten nicht voreilig auf den Tisch legen.

Wir vereinbarten ein zweites Treffen um fünf Uhr. Antenor ging seiner Wege, und ich rief im Campo Columbia an. General Pedraza war nicht zu sprechen, aber ich ließ ihm ausrichten, er solle mich im Hotel anrufen. Der Anruf kam zehn Minuten später; ich teilte Pedraza mit, er möchte mich aufsuchen, da ich eine Waffenlieferung mit ihm zu besprechen habe. Der General wollte pünktlich um drei Uhr kommen. Ich stimmte zu und sagte, ich würde am Swimming-pool warten.

Um drei Uhr erschien General Pedraza in Begleitung eines Leibwächters. Zwei weitere Männer postierten sich an den Eingängen; ein vierter blieb an der Bar stehen. Pedraza begrüßte mich und nahm im Schatten Platz.

»Ein Drink, General?«

»Sie fragen noch?« meinte er lachend.

»Vat 69 ohne Eis und ohne Soda, wenn ich mich recht erinnere.«

Pedraza nickte zufrieden, und der Ober brachte unsere Drinks.

»General«, sagte ich mit einem Blick auf seine Männer, »als Polizeichef sollten Sie keine Leibwächter benötigen. Sind Sie in letzter Zeit nervöser geworden?«

Pedraza warf mir einen nachdenklichen Blick zu.

»Weshalb trinken Sie immer Vat 69, General?« erkundigte ich mich. »Es gibt bessere Whiskysorten.«

Er lächelte kurz. »Ich bin alten Freunden gegenüber stets loyal. Monty Montero, den ich seit Jahren gut kenne, ist cubanischer Importeur für Vat 69.« Er machte eine kleine Pause und fügte hinzu: »Was wollten Sie übrigens mit mir besprechen?«

Ich schob ihm die Liste über den Tisch und wartete, bis er sie gelesen hatte.

Schließlich faltete er sie zusammen und steckte sie ein. »Sehr interessant. Wo befindet sich das Material?«

»In Guatemala«, log ich. »Auf einem Landeplatz im Inneren.«

»Was soll es kosten?«

»Es handelt sich um einen Notverkauf. Der Mann braucht das Geld. Fünfundneunzigtausend Dollar.«

»Dann ist er also nicht übermäßig in Not.«

»Das ist sein Preis, und ich bekomme zehntausend Dollar extra. Trotzdem ist das Material noch billiger, als wenn Sie es trotz des Waffenembargos aus den Vereinigten Staaten importieren müßten. Und Trujillo schickt Ihnen bestimmt keine selbstgebastelten Maschinengewehre – er hat Angst, daß die Revolutionäre hier reinen Tisch machen und sich dann gegen ihn wenden.«

Pedraza trank seinen Whisky.

»Sie müssen doch zugeben, General, daß Sie in der gleichen Lage wie die Rebellen sind. Beide Seiten haben nicht genügend Waffen für ihre Leute.«

Pedraza runzelte nachdenklich die Stirn und antwortete dann: »Ich spreche mit dem Präsidenten darüber. Können wir die Angelegenheit heute abend diskutieren?«

»Selbstverständlich, aber ich bin zum Essen eingeladen.«

»Wir treffen uns gegen Mitternacht.«

»Einverstanden. Ich bin im . . .«

»Ich finde Sie überall«, warf Pedraza ein. Er trank seinen

zweiten Scotch aus, knallte sich den Hut auf den Kopf und stapfte hinaus.

Um fünf traf ich mich nochmals mit Antenor. Ich erzählte ihm, daß sich bereits ein Interessent gefunden habe. Wir vereinbarten, daß er mich am nächsten Morgen um zehn aufsuchen solle.

Am gleichen Abend hatte Alister Smythe einige Gäste bei sich: Ed und Valerie Banner, mich und die beiden Mädchen, die Valerie beschafft hatte – für mich eine schlanke Blondine namens Dotty, für Alister eine niedliche Brünette namens Fay. Beide waren Tänzerinnen im Riviera, und ich stellte grinsend fest, daß Valerie die Hübschere für Alister ausgesucht hatte.

Wir trafen uns in der Serena-Bar und fuhren später zu Trader Vic's. Keith Hardeman, der junge Geschäftsführer von Trader Vic's, gab uns seinen besten Tisch. Valerie brachte es irgendwie fertig, den Platz neben mir zu bekommen; während wir exotische Drinks und Hors d'oeuvres versuchten, spielte sie unter dem Tisch mit meinen Fingern.

Im Verlauf des Abends stand plötzlich José, der Maître d'hôtel, hinter meinem Stuhl. »Ein Telefongespräch, Señor.«

Pedraza war selbst am Apparat. »Ich lasse Sie in genau einer halben Stunde abholen.«

»Einverstanden. Ich warte hier.«

Ich ging an unseren Tisch zurück. »Um elf Uhr dreißig muß ich zu einer Besprechung weg, bleibe aber nicht lange fort.«

Zwanzig Minuten später entschuldigte ich mich, nachdem wir vereinbart hatten, uns in einer Stunde im Eden Roc zu treffen.

Eine blau-weiße SIM-Limousine stand vor dem Eingang des Restaurants. Vor und hinter dem Wagen warteten jeweils zwei Motorradfahrer.

Ein Leutnant blieb vor mir stehen. »Señor Jungblut?«

Ich nickte.

Der Leutnant deutete auf den Wagen und zwängte sich neben mich auf den Rücksitz. Die Motorräder rasten mit aufheulenden Sirenen los.

Es war eine unheimliche Fahrt. Meine vier Begleiter saßen schweigend im Wagen und beobachteten aufmerksam die Straße. An den hinteren Türen waren Maschinenpistolen befestigt; an der Rückenlehne des Vordersitzes hingen zwei abgesägte Schrotflinten.

Wir rasten mit hundert Stundenkilometern durch die Stadt, fuhren durch die Tore des Campo Columbia und hielten mit quietschenden Reifen vor dem Militärhauptquartier. Unter normalen Umständen hätte die Fahrt eine halbe Stunde gedauert; wir brauchten genau dreizehn Minuten dafür.

Ich wurde am Eingang von einem Adjutanten begrüßt, der mich in den ersten Stock führte, wo wir mehrere Kontrollen zu passieren hatten. Dann öffneten zwei Posten eine Flügeltür, und wir betraten Batistas Arbeitszimmer.

Fünfzehn Meter von uns entfernt bedeckte eine riesige Generalstabskarte von Cuba eine Wand des Raumes. An der rechten Wand stand ein Mahagonischreibtisch mit fünf roten und vier weißen Telefonen. Die roten Telefone waren mit SIM, HEER, LUFTWAFFE, ARTILLERIE und MARINE beschriftet; die weißen trugen die Namen der wichtigsten Minister.

Pedraza und Batista standen vor der Karte und steckten bunte Nadeln um. Die Positionen der Rebellen wurden durch rote Köpfe bezeichnet; die der Regierungsstreitkräfte durch blau-weiße.

General Pedraza drehte sich nach mir um. »Das ist der Mann, von dem ich Ihnen erzählt habe, Exzellenz.«

Batistas negroides Gesicht nahm einen mißtrauischen Ausdruck an, als er mich betrachtete. Er trat einige Schritte auf mich zu und sagte heiser: »Ihr Amerikaner – Blutsauger. Ich müßte die Regierung in Guatemala benachrichtigen und die Waffen beschlagnahmen lassen. Die Umstände zwingen mich leider dazu, mit Ihnen zu verhandeln.«

»Danke«, sagte ich.

»Ich bin der gleichen Meinung wie General Pedraza, daß der Preis zu hoch ist. Er hat die Erlaubnis, siebzigtausend Pesos zu bezahlen.«

»Nicht Pesos! Señor Presidente, Dollar. Der Preis beträgt fünfundneunzigtausend. Dazu kommen noch zehntausend Dollar Finderlohn«

Batista reagierte nicht darauf. »General Pedraza trifft die nötigen Vereinbarungen mit Ihnen.« Er ging an seine Karte zurück.

Pedraza begleitete mich zur Tür.

»Die Sache scheint schlecht zu stehen, wenn der Boß selbst mit mir handeln muß.« Ich wies mit dem Daumen auf Batistas Rücken.

»Sie haben recht, Jack, die Dinge stehen wirklich schlecht«, antwortete Pedraza leise. »Läßt sich der Preis nicht etwas drücken?«

»Nein. Für diesen Betrag bekommen Sie wertvolles Material, für das andere Leute den doppelten Preis zahlen würden. Darüber brauchen wir nicht mehr zu diskutieren.«

»Es gibt noch andere Methoden ...«, meinte Pedraza leise.

»Lassen Sie den Unsinn, General. Ich weiß selbst noch nicht, wo die Waffen liegen, sondern erfahre es erst, wenn wir uns einig sind.«

»Ich rufe Sie morgen früh an.«

»Hoffentlich hat sich die Fahrt hierher doch gelohnt.«

»Das glaube ich allerdings.«

»In welcher Beziehung?« fragte ich.

»El Presidente weiß, daß Sie nichts von Ihrem Preis nachlassen wollen.«

»Glauben Sie, daß er einverstanden ist?«

Sein Schulterzucken war ebensoviel wie ein Händedruck.

Ich grinste. »Okay, dann erwarte ich Ihren Anruf, Chef.«

Der Adjutant begleitete mich zum Wagen. Wir rasten wieder mit heulenden Sirenen durch Havanna. Meine stummen Begleiter nickten nur, als ich sie bat, mich vor dem Eden Roc abzusetzen.

Wir hielten mit quietschenden Reifen vor dem Lokal. Ich ging hinein und stellte fest, daß die anderen bereits an der Bar saßen. Ich warf einen Blick auf die Uhr. Der Ausflug ins Campo Columbia und zurück hatte nur achtundvierzig Minuten gedauert.

»Hallo, alter Knabe.« Al winkte mir zu. »War das eben Sirenengeheul auf der Straße oder habe ich es mir eingebildet?«

»Nur ein SIM-Streifenwagen.«

»Wirklich lästig.«

»Kommt, wir gehen irgendwo tanzen«, schlug Dotty vor.

»Genügt Ihnen die Arbeit nicht?« fragte ich erstaunt.

Dotty war beleidigt, Alister entschuldigte sich für mich, Ed spielte gelangweilt mit einem Silberdollar.

»Klappt es heute?« flüsterte ich Valerie zu.

Sie legte ihre Hand auf meine. »Unmöglich, Jack. Ich erkläre es dir morgen. Um elf am Swimming-pool?«

Ich zuckte mit den Schultern. »Wenn es nicht anders geht.«

»Sehen wir uns noch ein paar andere Nachtklubs an?« fragte Alister.

»Tut mir wirklich leid, aber ich kann nicht mitgehen«, entschuldigte ich mich. »Ich muß morgen arbeiten.«

Ich kümmerte mich nicht weiter um ihre Proteste, sondern fuhr ins Nacional zurück und ging zu Bett.

Der Kolumbianer tauchte am nächsten Morgen um halb elf bei mir auf. Ich bestellte mein Frühstück und sagte dann: »Gestern abend habe ich mit dem Präsidenten gesprochen.«

Er beugte sich gespannt vor. »Ja?«

»Die Sache scheint zu klappen.«

Antenor war sofort bester Laune. »Das erspart mir einige Schwierigkeiten zu Hause. Wann bekommen wir das Geld?«

»Ich treffe heute nochmals mit General Pedraza zusammen. Sie müssen sich darauf verlassen, daß ich alles richtig mache.«

»Mir bleibt keine andere Wahl«, murmelte Antenor vor sich hin.

»Da wir schon die Karten auf den Tisch legen, kann ich Ihnen gleich verraten, daß ich fünfundneunzigtausend verlangt habe. Aber das braucht Sie nicht zu stören.«

Mein Frühstück wurde serviert. Als der Ober gegangen war, fragte ich: »Wo kann ich Sie anrufen?«

»Vielleicht ist es besser, wenn ich Sie anrufe, Señor.«

»Okay, José. Versuchen Sie es um fünf.«

Ich sah heimlich auf die Uhr. Zehn vor elf, und Antenor schien nicht gehen zu wollen. »Hören Sie, José, ich erwarte Besuch, deshalb wäre es nett von Ihnen, jetzt ...«

Er nickte mir verständnisvoll lächelnd zu und ging endlich seiner Wege.

Valerie kam pünktlich, setzte sich neben mich und drückte meine Hand. »Können wir frühstücken? Ich bin fast verhungert, Liebling.«

Ich bestellte zwei Portionen Rühreier mit Schinken und fragte dann: »Valerie, hast du eigentlich jemandem von dem Jagdgewehr in der Blumenschachtel erzählt?«

»Du weißt genau, daß ich das nie tun würde. Ich will doch nicht, daß du als Waffenschmuggler verhaftet wirst.«

»Verdammt noch mal, ich bin keiner, Valerie! Aber wenn Ed oder Alister etwas gegen mich an die Hand bekämen, würden sie mich ordentlich zahlen lassen.«

»Wenn hier überhaupt jemand kassierte, wäre ich diejenige.«

Damit war dieses Thema erledigt. Nach dem Frühstück hatte ich nichts Besseres zu tun, als Valerie mit in mein Zimmer zu nehmen. Alles war so schön wie sonst, aber es hätte mir noch besser gefallen, wenn ich wie früher der Boß gewesen wäre.

Kurz vor fünf wachte ich auf, als das Telefon klingelte. Ich hob beim ersten Leuten ab und hörte zu.

»Jack, hier ist Pedraza. Ich bin in zehn Minuten bei Ihnen. Wir treffen uns in der Bar.«

Ich zog mich rasch an, ließ Valerie ruhig weiterschlafen und kam gerade rechtzeitig vor Pedraza in der Bar an.

Der General wurde wie üblich von seinen Leibwächtern begleitet. Wir setzten uns an einen Tisch in der entferntesten Ecke; Pedraza nahm mit dem Rücken zur Wand Platz.

»Schön, mein Freund, nun müssen wir überlegen, wie die Waffen nach Havanna transportiert werden sollen.«

»Ich bin ganz Ohr, General.«

»Ich habe mit dem Präsidenten darüber gesprochen und bin mit ihm zu folgendem Entschluß gekommen: Einer unserer Agenten reist mit Ihnen nach Guatemala. Sobald feststeht, daß das Material wirklich vorhanden ist, verschafft er Ihnen eine DC-3, mit der Sie die Waffen nach Cuba bringen können.«

»Das klingt wunderbar, aber die Sache hat einen Haken. Nach Aussage des Besitzers wird das Gebiet aus der Luft kontrolliert. Falls wir dorthin fliegen, verlieren wir vielleicht alles.«

Der General trank langsam seinen Vat 69 und überlegte angestrengt. »Zeigen Sie mir Ihre Karte.«

»Ich würde sie Ihnen nicht zeigen, selbst wenn ich eine hätte«, antwortete ich grinsend.

»Gut, dann landen Sie eben auf dem nächsten Flughafen – in Guatemala City, nehme ich an – und gehen von dort aus angeblich auf die Jagd.«

»Das ist eine Möglichkeit. Hoffentlich ist Ihr Agent halbwegs sportlich, damit er nicht unterwegs zusammenklappt.«

»Er sitzt jetzt an der Bar.«

Ich drehte mich um; Alister Smythe winkte mir freundlich lächelnd zu.

»Er?« fragte ich mäßig überrascht.

»Er.«

»Wie steht es mit der Bezahlung?«

»Auf dem zweiten Flug werden Sie von einem SIM-Leutnant begleitet, der das Geld in seiner Aktentasche trägt. Sie können sich selbst davon überzeugen, daß die verschlossene Tasche das Geld enthält, und sobald die Waffen verladen sind, bekommen Sie die Tasche ausgehändigt.«

»Ich hätte gern einen kleinen Vorschuß – sagen wir fünfundzwanzig Prozent.«

»Nein«, antwortete Pedraza fest. Er winkte Al Smythe heran. »Die Details sind besprochen, Señor«, fuhr er freundlicher fort. »Sie begleiten Señor Youngblood nach Guatemala City. Von dort aus reisen Sie weiter, um die Waffen zu besichtigen. Die Transaktion beginnt, sobald Ihre Meldung vorliegt.«

»Wird gemacht«, murmelte Al.

»Die Zeit drängt jetzt. Der Präsident legt größten Wert darauf, die Waffen so schnell wie möglich zu erhalten.«

Pedraza stand auf; Al begleitete ihn an die Tür und hörte unterwegs aufmerksam zu. Dann kam er grinsend an meinen Tisch zurück.

»Jetzt ist der Fall endlich klar, Jack.«

»Wirklich?«

»Natürlich. Ich fühle mich direkt erleichtert, kann ich Ihnen sagen. Bisher bin ich dafür bezahlt worden, daß ich Sie überwache, und nun stehen Sie ohnehin auf unserer Seite.«

»Ich stehe nur auf meiner Seite, alter Knabe.«

»Jeder ist sich selbst der Nächste, was? Auf dieser Basis können wir glänzend auskommen.«

Ich ließ ihn ruhig weiterreden, um zu sehen, was er eigentlich meine. Wenn Antenor ein zweites Eisen im Feuer hatte, waren es bei Smythe vermutlich drei oder vier.

»Auf gute Geschäfte«, sagte Al und hob sein Glas. »Wollen Sie nicht den Besitzer anrufen? Er soll herkommen.«

»Nein.«

»Kommen Sie, wir haben doch keine Geheimnisse voreinander!«

»Ich bin hier der Boß«, stellte ich fest. »Sie sollen nur dafür sorgen, daß ich ehrlich bleibe.«

»Schön, wie Sie wollen«, meinte er beleidigt. »Offenbar haben Sie noch nicht alle Möglichkeiten berücksichtigt.«

»Nein, das habe ich nicht.«

»Denken Sie an fünfzigtausend für jeden.«

»Nicht übel.«

»Kann man wohl sagen. Und leicht zu bekommen. Wir würden der anderen Seite die Waffen verkaufen und das Geld behalten. Ich habe ausgezeichnete Verbindungen zu Castro.«

»Tatsächlich?«

»Ganz bestimmt.«

»Wie stellen Sie sich die Sache vor?« erkundigte ich mich ernsthaft.

»Wir mieten eine DC-3 und ...«

»Halt! Wer zahlt dafür?«

»Zehntausend genügen reichlich für alles. Sie bekommen fünfmal soviel zurück.«

»Ich will keinen Cent investieren – nur meine Zeit. Warum schießen Sie die lumpigen zehntausend Dollar nicht selbst vor?«

»Weil ich sie nicht habe, alter Junge.«

»Pedraza bezahlt doch alle Spesen. Nehmen Sie sein Geld.«

»Das genügt nicht. Damit kann ich keine großen Sprünge machen«, antwortete Al.

»Die Sache ist also erledigt, was?«

»Warten Sie!« Er hob die Hand. »Ich habe in New York einen Freund namens Stack. Er ist ehrlich, deshalb darf er nichts von Waffen erfahren, aber er spekuliert gern. Ich sage ihm einfach, daß es sich um Präzisionsinstrumente handelt. Bill Stack riskiert bestimmt zehntausend Dollar, wenn er schon wenige Tage später dreißigtausend zurückbekommen kann.« Er sprach weiter und malte mir aus, wie wir Pedraza und den guten alten Bill Stack aus New York hereinlegen würden.

Ich hörte kaum zu, sondern überlegte, ob Al wirklich so dumm war oder nur den Dummen spielte. Hielt er mich für dumm? Sollte ich glauben, er werde nur die anderen betrügen, aber mit mir ehrlich spielen? Würde er mich Pedraza ausliefern, sobald ich zugestimmt hatte, Castro die Waffen zu verkaufen?

»Gut«, schloß Al, der mein Schweigen für Zustimmung nahm, »dann rufe ich Bill gleich an.« Mit diesen Worten verschwand er.

Bei näherer Überlegung wurde mir klar, daß Al nichts ausrichten konnte, solange er nicht wußte, wo die Waffen versteckt waren. Bis dahin war ich vor ihm sicher und konnte die weitere Entwicklung in Ruhe abwarten.

Eine halbe Stunde später kam Al triumphierend lächelnd zurück. »Stack findet die Idee gut. Wir treffen in drei Tagen mit ihm in Guatemala City zusammen. Das Rennen ist schon fast gelaufen, Jack, alter Knabe.«

»Hoffentlich.«

»Nur noch eine Kleinigkeit. Ich habe Bill erzählt, daß ich selbst fünftausend in dieses Unternehmen investiert habe. Deshalb möchte ich eine Quittung über diesen Betrag von Ihnen. Nur irgendeinen Zettel, den ich ihm vorlegen kann.«

»Setzen Sie die Quittung auf«, antwortete ich langsam. »Ich muß erst sehen, was Sie damit meinen.«

Smythe nickte mir grinsend zu und verließ die Bar. Im gleichen Augenblick kam bereits José Antenor herein und stürzte aufgeregt auf mich zu.

»Señor, Señor, Sie haben sich verspätet – und alle diese Leute! Was tun Sie mir an?«

»Ich verdiene Ihnen Geld, José. Trinken Sie einen Schluck, damit Sie wieder ruhiger werden.« Ich erläuterte ihm General Pedrazas Bedingungen, fügte hinzu, daß dem Agenten nicht zu trauen war, und schlug deshalb vor, José solle in Havanna bleiben, bis wir von dieser Erkundungsfahrt zurück sein würden. »Sind Sie mit der Bezahlungsweise einverstanden?« fragte ich noch.

»Ich weiß nicht recht«, seufzte er. »Alles ist so riskant.«

»Natürlich. Und damit der Agent die Waffen sehen kann, müssen Sie mir trauen und mir erklären, wo sie liegen. Es gibt keinen anderen Ausweg.«

»Sie haben recht, Jack. Ich habe Vertrauen zu Ihnen und erzähle Ihnen deshalb lieber gleich, daß meine vier Wachtposten die Waffen nur herausgeben, wenn sie den Befehl dazu von mir selbst bekommen.«

Ich merkte mir seine Warnung gut. José war also nicht leicht hinters Licht zu führen, und Al Smythe würde diese Erfahrung selbst machen.

»Kennen Sie dieses Gebiet?« fragte José und breitete eine Karte der Grenze zwischen Mexiko und Guatemala aus.

»Allerdings. Dort habe ich schon eine Million Dollar gesucht. Der Rückmarsch hat fünf Tage gedauert.«

»Gut. Von Guatemala City aus fliegen Sie genau nach Norden zu diesem Flugplatz – ein kleiner Notlandeplatz, den Pan American angelegt hat. Von dort aus fahren Sie mit einem Taxi zu dieser Siedlung am Rio Pasion, wo Sie ein Boot mit Außenbordmotor mieten. Folgen Sie dem Pasion nach Westen, bis er in die Usumacinta mündet, dann weiter bis zum Zusammenfluß mit dem Lacantum und ab dort den Lacantum flußaufwärts nach Mexiko. Einige hundert Meter hinter dieser engen Schlucht steht am linken Ufer eine Hütte auf einer Wiese. Dort warten meine Männer.«

Nach einigen Minuten kannte ich den Weg auswendig.

»Keine Angst, ich finde den Platz, José. Und wir haben noch einen Trumpf im Ärmel – die anderen glauben nämlich, das Versteck liege in Guatemala, nicht in Mexiko. Verschwinden Sie jetzt und nehmen Sie um Gottes willen keine Verbindung mehr mit mir auf. Überzeugen Sie sich auch, daß Sie nicht beschattet werden. Pedrazas Leute beobachten Sie vielleicht, und ich glaube, daß sie sich nichts daraus machen würden, Ihnen sämtliche Fingernägel auszureißen, bis Sie das Versteck preisgegeben hätten.«

Antenor runzelte die Stirn. »Glauben Sie das wirklich?«

»Sogar mit Vergnügen. Und man würde Sie erschießen, nachdem Sie alles verraten hätten.«

Er schüttelte enttäuscht den Kopf.

»Dafür verdienen Sie aber auch eine Menge Geld, José«, fügte ich hinzu. »Verschwinden Sie jetzt. In sechs Tagen können Sie mich wieder anzurufen versuchen – von Telefonzellen aus.«

José ging auf den Haupteingang zu.

»He!« rief ich hinter ihm her. »Nicht dort!«

Er nickte unsicher und schlüpfte durch den Seitenausgang hinaus. Anscheinend wurde er nicht beschattet.

Ich ging in mein Zimmer hinauf. Valerie war inzwischen gegangen. Auf dem Spiegel stand mit Lippenstift: DU BIEST!

Ich verriegelte die Tür, zog mich aus, kroch ins Bett und schlief bis zum nächsten Morgen durch.

Ich verbrachte die beiden nächsten Tage damit, Armando Hart oder Jaime Bofil zu erreichen, aber meine Freunde im Untergrund waren ziemlich nervös und konnten oder wollten keine vernünftige Antwort geben. Ich versuchte Informationen über Al Smythe einzuholen, aber meine Bekannten in Miami wußten nicht viel über ihn. Festzustehen schien nur, daß Bill Stack ihm einen Job in New York versprochen, sein Versprechen aber nicht gehalten hatte; seitdem war Al begreiflicherweise nicht allzu gut auf ihn zu sprechen. Diese Tatsache war nicht gerade beruhigend.

Gegen Mitternacht des zweiten Tages saß ich in der Terrassenbar bei einem letzten Drink. Als ich das Glas an die Lippen hob, kam Jaime mit seiner südamerikanischen Begleiterin herein. Eine Minute später nahm er allein neben mir Platz.

»Und?« fragte er, ohne zu mir herüberzusehen.

»Wo haben Sie die ganze Zeit gesteckt?« erkundigte ich mich, ohne den Kopf in seine Richtung zu drehen.

»Sie waren zu oft mit dem General zusammen. Das Risiko erschien mir zu groß.«

»Warum sind Sie trotzdem gekommen?«

»Neugier.«

Ich grinste. »Ausgezeichnet. In Guatemala liegt eine Waffenlieferung. Ich verkaufe sie Batista, aber Fidel soll sie in Empfang nehmen.«

»Sie wollen das Zeug zweimal verkaufen?«

»So kann man es auch ausdrücken.«

»Nein. Ich habe Ihnen bereits gesagt, daß wir im Augenblick nichts kaufen.«

»Hören Sie, diese Waffen sind ihr Geld wert«, antwortete ich, »deshalb wird Fidel sie kaufen, ob Sie wollen oder nicht. Fünfundneunzigtausend Dollar. Ich bin innerhalb von zehn Tagen in Oriente und möchte dann mein Geld sehen.«

Jaime stand auf und entfernte sich langsam.

Am nächsten Morgen legte Al mir einen mit Schreibmaschine geschriebenen Zettel vor, auf dem zu lesen stand, er sei für fünftausend Dollar zu einem Drittel an einem ›Bergungsunternehmen‹ beteiligt. Ich unterschrieb, nahm mir jedoch gleichzeitig vor, ihm den Zettel wieder abzunehmen, bevor wir nach Cuba zurückkamen.

Um zehn Uhr gingen wir an Bord eines Klippers der Pan American Airways. Wenige Stunden später standen wir in der Halle des Panam-Hotels in Guatemala City. Am Empfang lag ein Telegramm von Bill Stack für Al – Stack würde sich um einen Tag verspäten. Wir verbrachten den Nachmittag damit, Ausrüstungsgegenstände und Verpflegung für die Expedition zu kaufen.

Unsere Einkäufe türmten sich in Als Zimmer. Er hatte vorgeschlagen, wir sollten ein Doppelzimmer nehmen – um Geld zu sparen. Ich vermutete jedoch, daß er mein Gepäck durchsuchen wollte, deshalb antwortete ich, wenn Batista mir kein Einzelzimmer bezahlen könne, brauchten wir gar nicht weiterzureisen. Al gab widerstrebend nach. Ich hatte eine Pistole im Koffer, von der er nichts zu wissen brauchte.

Nach dem Abendessen fuhren wir zum Flugplatz und sprachen mit dem Charterpiloten, der uns auf dem Landeplatz absetzen würde. Er sollte uns fünf Tage später wieder abholen; falls wir früher zurückkamen, würden wir ihn vom Platz aus über Funk benachrichtigen.

Um sechs Uhr morgens holten wir Bill Stack vom Flugzeug ab, fuhren ins Hotel zurück und hielten eine Besprechung beim Frühstück ab. Bill, ein untersetzter Mann von etwa Fünfzig, hörte sich Als nonchalante Lügen ruhig an und war mit unserem Plan einverstanden: nachdem wir die Instrumente besichtigt haben würden, würden wir eine DC-3 mieten, die Ware an Bord nehmen und nach Havanna fliegen. Aber da er den größten Teil unserer Unkosten bestreiten würde, hätte er doch Anrecht auf die Hälfte des Gewinns anstelle eines Drittels?

»Tut mir leid«, sagte Al. »Ich habe unsere Ausrüstung bezahlt, und Jack hat mir fünftausend Dollar abgeknöpft.« Dabei legte er die von mir unterschriebene Quittung auf den Tisch.

»Schön«, meinte Bill, »aber dann steht Jack kein Drittel zu.«

»Ich müßte sogar zwei Drittel bekommen«, wandte ich ein. »Ohne mich verdient keiner von euch einen einzigen Cent.«

»Er hat recht, Bill«, drängte Al. »Das ist nur fair. Geben Sie ihm das Geld.«

Bill knöpfte sein Hemd auf und griff in seinen Geldgürtel. Er zählte hundert Hundertdollarscheine ab und gab sie mir. »Ich bekomme doch eine Quittung dafür?«

Ich schrieb eine auf dem Briefpapier des Hotels aus und verstaute seine zehntausend Dollar in meinem Geldgürtel neben den fünf Tausenddollarscheinen, die ich vorsichtshalber mitgebracht hatte. »Alles fertig? Dann können wir gehen.«

Wir luden unsere Ausrüstung in ein altes Taxi. Am Flughafen beluden wir damit das Charterflugzeug, eine zweimotorige Apache. Wenig später waren wir in der Luft.

Nach einer Stunde Flugzeit näherten wir uns dem Platz im Dschungel. Das Gebiet lag in etwa zwanzig Meter Meereshöhe; Guatemala City verdankt sein gutes Klima seiner Lage in zweitausend Meter Höhe. Ich bereitete mich innerlich auf die feuchte Hitze vor, die uns beim Aussteigen entgegenschlagen würde.

Die Maschine setzte leicht auf, und Al und Bill fluchten ausgiebig, als wir in die große Sauna hinauskletterten. Bevor wir die Hälfte unserer Ausrüstung entladen hatten, waren wir bereits in Schweiß gebadet. Ich fand mich damit ab, daß die nächsten fünf Tage verdammt unangenehm sein würden.

Ein klappriger Land Rover kam über den Platz geschwankt, und wir luden unsere Ausrüstung wieder einmal ein. Der Pilot beobachtete uns kopfschüttelnd und startete eilig wieder, nachdem seine Maschine leer war.

Wir kletterten in den Land Rover und ließen uns zwei Stunden lang kräftig durchschütteln, während es draußen die meiste Zeit in Strömen goß. Nachdem uns die Moskitos fast aufgefressen hatten, erreichten wir die Siedlung am Rio Pasion. Dort lagen tatsächlich Boote mit Außenbordmotoren am Fluß, wie Antenor behauptet hatte.

Ich verhandelte mit einem eingeborenen Führer, der uns sein Boot anpries. Wir einigten uns über den Preis und ließen ihn die Ausrüstung an Bord schaffen. Al und Bill saßen mit dem Führer im Heck; ich nahm im Bug Platz und behielt mein Gewehr auf den Knien.

Wir legten um zwei Uhr ab und kamen mit Hilfe der Strömung rasch voran. Gegen Abend erreichten wir eine Art Lagune, an der wir unser Nachtlager aufschlugen. Al und Bill waren kaum noch imstande, einen Finger zu rühren, so daß unser eingeborener Führer und ich allein für das Abendessen sorgen mußten. Er fing ein halbes Dutzend Fische, während ich vier Enten schoß, die wir allerdings nur brieten und für den nächsten Tag aufhoben.

Als die Fische in der Pfanne bruzzelten, zeigten Al und Bill wieder mehr Interesse am Leben. Nach dem Essen rauchten wir unsere Zigarren, tranken Whisky und hörten zu, wie unser Führer auf der Gitarre spielte. Wenig später schliefen wir bereits tief.

Der nächste Tag verstrich ereignislos. Wir fuhren weiter, machten mittags eine kurze Pause im Schatten, als die Hitze unerträglich wurde, und schlugen abends unser Lager am Ufer auf.

Während der Eingeborene damit beschäftigt war, erschien Al neben mir und fragte: »Das ist doch die Usumacinta, nicht wahr? Wie weit müssen wir jetzt noch fahren?«

»Die Geheimhaltung ist allmählich überflüssig«, stimmte ich zu und beschrieb ihm genau den Weg zu einem falschen Ort.

Al war offensichtlich begeistert und nahm einen großen Schluck aus seiner Flasche. »Jetzt dauert es nicht mehr lange«, stellte er zufrieden fest und schlug mir mit der flachen Hand auf den Magen. »Haben Sie das Geld noch? Gut. Diesmal kassieren wir wirklich ab, was, Jack?«

Ich war der Überzeugung, Al werde seinen Plan bald ausführen, und beobachtete ihn deshalb unauffällig. Nach dem Abendessen und einigen Drinks zog ich mich in meinen Schlafsack zurück und schlief nachts unruhig und mit entsicherter Pistole neben mir.

Als ich bei Tagesanbruch aufwachte, schlief Al jedoch den Schlaf des Gerechten und hatte nichts unternommen. Ich ging zum Fluß und streckte mich am Ufer aus, um mein Gesicht im Wasser zu baden. Das Wasser war angenehm kühl.

Dann spürte ich irgend jemanden oder irgend etwas hinter mir. Im Bruchteil einer Sekunde erkannte ich Alister Smythes Spiegelbild und einen Pistolengriff über meinem Kopf. Dann fiel der Arm nach unten, und um mich herum wurde es dunkel.

Als ich wieder zu Bewußtsein kam, konnte eine Minute oder eine Stunde vergangen sein. Mein Hals war steif. Mein Kopf schmerzte. Ich hatte Sterne vor den Augen, als ich sie öffnete. Stimmen riefen meinen Namen.

Ich drehte mich mühsam um und versuchte aufzustehen. Dann half Al mir und wollte wissen, was geschehen sei. Er schleppte mich zum Ufer hinauf; ich mußte mich dort übergeben. Bill Stack und der eingeborene Führer kamen herbeigeeilt.

»Was ist passiert?« rief Bill.

»Keine Ahnung«, log Al. »Ich glaube, daß die Eingeborenen, die wir gestern gesehen haben, ihn überfallen haben. Sein Revolver ist jedenfalls weg.«

Ich sparte mir die Mühe, nach meinem Geldgürtel zu tasten – ich wußte, daß er ebenfalls fehlte. Ich versuchte zu überlegen, was jetzt zu tun war. Vor allem durfte Al nicht ahnen, was ich wußte, denn sonst würde er den Job zu Ende bringen.

Ich wollte sprechen und den anderen sagen, daß ich verletzt sei und dringend einen Arzt brauche, konnte aber kein Wort herausbringen. Meine Stimmbänder waren gelähmt.

Ich nahm meinen Kugelschreiber aus der Tasche und verlangte durch Zeichen ein Stück Papier. Bill gab mir einen alten Briefumschlag. Ich schrieb darauf: »Verletzt. Keine Stimme. Brauche Arzt.«

»Großer Gott«, stöhnte Bill. Dann fühlte er, daß mein Geldgürtel fehlte. »Unser Geld haben sie auch!«

»Verdammte Hundesöhne!« rief Al. »Los, hinter ihnen her!«

Der eingeborene Führer sah zuerst Al und dann mich an. Er schien zu vermuten, daß die Dinge in Wirklichkeit anders lagen, äußerte sich aber klugerweise nicht dazu.

Ich wußte nicht, wie schwer ich verletzt war, aber selbst als ich mich allmählich erholte, spielte ich weiter den Schwerkranken. Der Schmerz konzentrierte sich auf den Nacken, wo Als Pistolengriff mich getroffen haben mußte. Warum hatte er das getan? Nur um Bills Geld an sich zu bringen? Wahrscheinlich hatte er mich ohnehin ermorden wollen.

»Unter diesen Umständen ist die Weiterfahrt zwecklos«, stellte Bill fest. »Ohne Geld können wir kein Flugzeug chartern, und Youngblood braucht anscheinend dringend einen Arzt. Ich bin dafür, daß wir umkehren.«

Al bildete sich ein, das Waffenversteck zu kennen, und stimmte deshalb ohne weiteres zu.

Ich wurde also ins Boot gebracht und wie eine Leiche auf meinen Habseligkeiten ausgestreckt. Diesmal kamen wir langsamer voran, da wir die Strömung gegen uns hatten.

Im Lauf des Tages ließen der Schmerz und die Schwindelanfälle nach, und ich merkte, daß meine Stimme allmählich zurückkehrte. Ich bewegte mich etwas mehr und massierte öfters meinen Nacken. Mittags aß ich trotz aller Anzeichen heftigsten Abscheus eine große Portion kalten Fisch, die Bill mir aufdrängte. Nachmittags brachte ich es fertig, unauffällig meine Pistole aus der Reisetasche zu holen. Ich lud sie durch und steckte sie unter meinem Hemd in den Gürtel. Mein Nakken schmerzte noch immer, aber ansonsten war ich wieder auf der Höhe.

Abends täuschte ich weiterhin Schwäche und Schmerzen vor, aß aber trotzdem herzhaft, was zum Glück niemandem auffiel. Da Al mir vorerst nicht gefährlich werden konnte, zog ich mich früh zurück und schlief ungestört durch.

Am nächsten Morgen ging es mir wieder glänzend. Jetzt mußte ich mit Al abrechnen. Ich wartete auf eine günstige Gelegenheit. Sie kam bald – unmittelbar nach dem Frühstück.

Als Bill das Lager verließ, um sich am Fluß zu waschen, schickte ich den Führer hinter Als Rücken mit einer kurzen Handbewegung fort. Dann näherte ich mich langsam Al, der mich unsicher beobachtete, seine Kaffeetasse abstellte und nach dem Revolver griff. Ich war mit einem Satz bei ihm und schlug ihm den Griff meiner Pistole gegen die Schläfe. Er sackte zusammen. Ich nahm seinen Revolver und warf ihn in den Fluß.

Dann gab ich Al einen Tritt in die Rippen.

Er brüllte.

»Ich bringe dich um, du Hundesohn!« drohte ich ihm.

»Sie sind verrückt!« kreischte er.

»Verrückt genug, um Sie auf der Stelle zu erschießen.«

»Nein, nein!« flehte er. »Seien Sie doch vernünftig, Jack!«

»Ich habe gesehen, daß Sie mich überfallen haben. Wo ist das Geld?«

»Ich habe es nicht, das schwöre ich.«

»Dann bringe ich Sie gleich um.« Ich zog den Abzug durch; die Kugel schlug wenige Zentimeter neben seinem Gesicht ein.

»Oh, Gott!« rief er verzweifelt. »Bitte erschießen Sie mich nicht, Jack!«

»Wo ist das Geld?« wiederholte ich.

»In meinem Geldgürtel.«

»Schnallen Sie ihn ab.« Ich versetzte ihm noch einen Tritt in die Rippen.

»Sofort, sofort!« Er riß sich das Hemd auf.

»He, was ...« Bill kam herangerannt. Als er mich mit der Pistole vor Al stehen sah, erstarrte er förmlich.

»Keinen Schritt weiter!« rief ich ihm zu.

Während Bill sich vorsichtigerweise zurückzog, warf ich nacheinander unsere Waffen in den Fluß, bis nur meine Pistole übrigblieb. Dann leerte ich Als Taschen und warf alle seine Papiere ins Wasser; seinen Paß durfte er behalten. Schließlich leerte ich noch seinen Geldgürtel, warf ihn in den Fluß und steckte das Geld ein – meine fünftausend und Bills zehntausend Dollar.

»Okay«, sagte ich dann, »auf die Beine, Hundesohn. Rufen Sie Stack und erzählen Sie ihm, was Sie getan haben.«

»Nein, bitte zwingen Sie mich nicht dazu«, bat Smythe.

Ich schlug ihm die Pistole über den Kopf und jagte ihn mit Fußtritten hoch. »Erzählen Sie ihm irgend etwas. Und wenn Ihnen Ihr Leben lieb ist, sagen Sie Pedraza, daß Sie die Waffen gesehen haben.«

Er starrte mich wie betäubt an. »Ich erzähle es ihm, Jack, das schwöre ich. Und wir können immer noch einen Haufen Geld verdienen.«

Dann rief er Bill zu sich und erklärte ihm jammernd, weshalb er das Geld an sich zu bringen versucht hatte. Stack warf mir einen fragenden Blick zu. »Was war eigentlich los?«

»Al und ich hatten eine kleine Meinungsverschiedenheit. Inzwischen ist alles geklärt.«

»He, Sie können ja wieder sprechen«, stellte Bill verblüfft fest. »Ist das nicht wunderbar?« Ich winkte den Führer heran und gab ihm den Befehl zum Aufbruch.

Um acht Uhr waren wir wieder unterwegs. Smythe saß jetzt im Bug und sah nach vorn; er sprach gut Spanisch, und ich wollte nicht, daß er sich mit dem eingeborenen Führer unterhielt. Stack nahm mittschiffs Platz und saß mit dem Gesicht zu mir. Ich selbst hockte neben dem Eingeborenen im Heck und hielt meine Pistole schußbereit.

Kurz nach neun am nächsten Morgen hörten wir die Marimbas der Eingeborenen und landeten wenig später in der kleinen Siedlung, von der aus wir aufgebrochen waren. Unser Führer holte den Land Rover, und ich bezahlte ihm, was wir schuldig waren: sechzehn Dollar für vier Tage, vierzig Dollar für das

Boot, hundertzehn Dollar für Benzin. Dann schenkte ich ihm noch unsere Ausrüstung. Während er sich freudestrahlend bedankte, starrte Bill Stack ihn mürrisch an.

»Ist das nicht komisch, Bill?« fragte ich. »Für ihn ist das ein Jahreslohn – und Sie verdienen die zehntausend Dollar, die Sie eingebüßt haben, vielleicht in einem einzigen Monat.«

»Da täuschen Sie sich gewaltig«, antwortete er. »Die zehntausend sind mir nicht leichtgefallen.«

»Das ist Ihr eigener Fehler. Hoffentlich sind Sie in Zukunft weniger leichtsinnig.«

Wir zwängten uns in den Land Rover und holperten schweigend zum Landeplatz. Als ich die dortige Funkstation betrat, um unseren Piloten in Guatemala City zu benachrichtigen, landete draußen eine DC-3 auf dem Flug in die Hauptstadt. Ich sprach mit den Piloten, die uns bereitwillig mitnahmen.

Wir erreichten Guatemala City eine Stunde vor dem Start des Flugzeugs nach Havanna. Bill besaß kaum noch genug Geld für den Rückflug und würde im gleichen Flugzeug nach Miami und von dort aus nach New York weiterfliegen.

Während Bill unser Gepäck aus der Aufbewahrung am Flughafen holte, ging ich mit Al zur Post und gab ein Telegramm an General Pedraza auf. Es enthielt Flugnummer und Ankunftszeit – sonst nichts. Ich unterzeichnete mit ›Smythe‹.

Eine halbe Stunde später gingen wir an Bord und nahmen unsere Plätze ein. Ich schob Al ans Fenster und setzte mich hinter Stack. Sobald wir in der Luft waren, nahm ich meine fünf Tausenddollarscheine aus der Tasche und hielt sie ihm über die Schulter vors Gesicht.

»Was soll das?« fragte er und drehte sich verblüfft nach mir um.

»Das sind fünftausend Dollar – die Hälfte Ihres Verlustes. Ihr alter Freund Smythe ist Ihnen die andere Hälfte schuldig. Geben Sie mir jetzt die Quittung zurück.«

Bill drückte sie mir in die Hand. Ich zerriß sie in kleine Fetzen und gab mich mit achttausend Dollar Gewinn zufrieden – fünftausend von Bill und dreitausend, die Al bei sich gehabt hatte.

»Überlegen Sie sich eine Story für Pedraza«, forderte ich Smythe drohend auf. »Aber sorgen Sie dafür, daß es die richtige ist, sonst ...«

»Wird gemacht«, versprach Al müde.

Ich beobachtete ihn, bis wir in Havanna landeten. Er schlief keine Sekunde lang, sondern starrte nur blicklos vor sich hin. Als wir um sieben Uhr abends Havanna erreichten, richtete er sich auf und flüsterte: »Gott sei Dank.«

»Bedanken Sie sich nicht zu früh«, ermahnte ich ihn. »Sie haben noch einiges vor sich.«

Er warf mir einen drohenden Blick zu, aus dem ich entnahm, daß er mir vermutlich weitere Schwierigkeiten machen würde.

Al verabschiedete sich nicht von Bill Stack, sondern drängte sich an ihm und mir vorbei durch die Kabine zum Ausgang. An der Gangway stand Leutnant Montez, General Pedrazas Adjutant, mit vier weiteren SIM-Angehörigen; er begleitete uns durch das Abfertigungsgebäude – die Zollkontrolle entfiel selbstverständlich – zu einer Limousine, die uns zum SIM-Hauptquartier brachte.

In der Eingangshalle forderte Leutnant Montez mich auf, vorläufig Platz zu nehmen, und verschwand selbst mit Smythe, den Pedraza dringend sprechen wollte. Ich hatte kaum noch Hoffnung, daß Al mich nicht verraten würde, während ich hier die weitere Entwicklung der Dinge abwartete.

Eine Stunde später ging ich zum Empfangstisch und fragte den wachhabenden Sergeanten, was diese Verzögerung zu bedeuten habe. »Nehmen Sie bitte wieder Platz«, antwortete er. Ich wollte telefonieren. »Nehmen Sie bitte wieder Platz«, antwortete er. Ich bot ihm an, am nächsten Morgen zurückzukommen. »Nehmen Sie bitte Platz«, sagte er wieder. Ich nahm also Platz.

In den nächsten drei Stunden ging ich auf und ab, zerbrach mir den Kopf und versuchte es nochmals mit dem Sergeanten – wieder ohne Erfolg. Schließlich streckte ich mich auf einer Holzbank aus und schlief prompt ein.

Um Mitternacht weckte mich ein Uniformierter auf und stellte ein Tablett mit Kaffee und Sandwiches vor mich auf den Tisch. Ich aß, streckte mich wieder auf meiner Bank aus und schlief unruhig bis zum nächsten Morgen.

Jetzt war ich wütend. Mein Hals schmerzte wieder, ich war unausgeschlafen, hatte mich nicht waschen können und war denkbar schlechter Laune. Ich ging zu dem Sergeanten hinüber, schlug mit der Faust auf den Tisch und verlangte seinen Vorgesetzten zu sprechen. Er achtete nicht darauf, sondern fragte nur, was ich zum Frühstück wolle. Ein Steak und Rühreier, knurrte ich und stürmte zu meiner Bank zurück.

Zu meiner Überraschung kam zwanzig Minuten später ein SIM-Mann mit dem Steak und den Rühreiern. Beides war hervorragend zubereitet.

Während ich aß, kamen immer mehr Leute in die Halle und wurden von den Posten in vier Reihen aufgestellt. Dann kam ein neuer wachhabender Sergeant und brachte vier Zivilangestellte mit, die an den Tischen Platz nahmen, vor denen die Schlangen endeten. Als ich die Sache gerade interessant zu finden begann, klopfte mir ein gutaussehender SIM-Leutnant auf die Schulter und forderte mich zum Mitkommen auf. Ich folgte ihm auf die Straße hinaus.

Die Fahrt im Streifenwagen mit Motorradfahrereskorte verlief wie gewohnt. Ich versuchte zu erraten, wohin wir unterwegs waren, als wir überraschenderweise vor dem Nacional hielten.

Der Leutnant und ein Gefreiter stiegen mit mir aus. Sie begleiteten mich zum Empfang, ließen sich meinen Schlüssel geben und fuhren mit mir in den dritten Stock hinauf.

»Vielen Dank, Freunde«, sagte ich vor der Tür meines Zimmers. »Jetzt finde ich mich allein zurecht.«

Sie kamen natürlich trotzdem herein und machten es sich gemütlich. »Duschen Sie ruhig«, sagte der Leutnant. »Rasieren Sie sich, ziehen Sie sich um; tun Sie, was Ihnen Spaß macht – nur telefonieren dürfen Sie nicht.«

Ich trank zuerst ein Glas Scotch. Das half mir wieder auf die Beine. »Lassen Sie doch etwas Eis kommen«, schlug ich dem Leutnant vor. »Dann haben wir es gemütlicher.«

Während der Leutnant Eis bestellte, ging ich unter die Dusche. Als ich aus dem Bad kam, war das Eis gekommen, und die beiden tranken meinen Rum mit Coca Cola. Sie schienen es nicht eilig zu haben, deshalb rasierte ich mich in aller Ruhe und trank dann einen zweiten Scotch, bevor ich nach dem Grund meiner Verhaftung fragte.

»Keine Ahnung«, antwortete der Leutnant, »aber hier ist es jedenfalls gemütlicher als bei den Chivatos.«

›Chivato‹ heißt eigentlich ›Ziege‹ auf Spanisch und bedeutete damals auf Cuba auch ›Spitzel.‹ Nun war mir plötzlich klar, was sich vor meinen Augen im SIM-Hauptquartier abgespielt hatte.

»Diese Leute sind mein tägliches Brot«, führ der Leutnant fort. »Ich habe schwer dafür gearbeitet, daß ich mich jetzt Leutnant Madriaga nennen darf. Und ich muß mich dafür mit diesem Abschaum der Bevölkerung abgeben.« Er seufzte resigniert. »Aber das ist eben ein notwendiges Übel in Kriegszeiten.«

Wir unterhielten uns bis nachmittags; dann wurde ich ins SIM-Hauptquartier zurückgebracht und hatte Gelegenheit, das Verhör der Spitzel zu verfolgen. Sobald ein Mann oder eine Frau ausgesagt hatte, rief der Angestellte dem wachhabenden Sergeanten zu, wieviel die Information wert war. Der Sergeant schob ihm das Geld zu – selten mehr als dreißig Pesos –, der Spitzel unterschrieb eine Quittung und ging.

Nach einer Stunde erkannte ich plötzlich den nächsten Chivato in der Reihe neben mir. Es war ein Taxifahrer, mit dem ich schon mehrmals gefahren war; er hatte seinen Stand in der Nähe des ›23‹.

»Name?« fragte der Angestellte.

»Felipe Alvara.«

»Sind Sie schon einmal hiergewesen?«

»Ja.«

»Wann zuletzt?«

»Vor etwa zwei Wochen.«

»Über wen haben Sie ausgesagt?«

»José Alvara.«

»Mit Ihnen verwandt?«

»Bruder.«

»Name des- oder derjenigen, gegen den oder die Sie etwas vorzubringen haben?«

»Juan Alvara.«

»Mit Ihnen verwandt?«

»Onkel.«

»Seine Anschrift?«

»23 Avenida de los Presidentes.«

»Beruf?«

»Barmixer.«

»Was haben Sie über ihn auszusagen?«

»Er trägt eine Pistole.«

»Wie oft haben Sie ihn schon mit dieser Waffe gesehen?«

Alvara kniff die Augen zusammen. Als erfahrener Spitzel witterte er diese Fangfrage: es galt als Verbrechen, eine strafbare Handlung nicht sofort zu melden. »Einmal«, antwortete er grinsend.

»Weshalb sagen Sie gegen diesen Mann aus?«

»Es ist meine Pflicht als Patriot.«

Ich hatte bisher vier Standardantworten auf diese Frage gehört, aber als der Angestellte jetzt zustimmend nickte, erkannte ich, daß diese Antwort die beste war. Die nächstbeste lautete: »Die Rebellen haben meinen Bruder (oder einen Verwandten) ermordet.« Die beiden anderen genügten nur zur Not: »Er ist gefährlich« oder »Er lebt über seine Verhältnisse.«

»Zwanzig Pesos«, verlangte der Mann hinter dem Schreibtisch.

Der wachhabende Sergeant schob dem Angestellten die verlangte Summe zu. Alvara griff hastig danach und machte dem nächsten Spitzel Platz.

Der Tag verstrich nur langsam, und mir wurde allmählich klar, daß ich für einige Zeit aus dem Verkehr gezogen werden sollte. Bisher war keine Anklage erhoben worden, aber niemand konnte mir sagen, warum ich nicht einfach freigelassen wurde. Ich wußte nicht, wie lange das Spiel noch dauern würde – aber Alister Smythe war jedenfalls nicht imstande, das Waffenversteck zu finden, so daß General Pedraza wieder mit mir verhandeln mußte.

Auch die nächsten Tage brachten keine Änderung. Ich fuhr vormittags ins Hotel, wurde nachmittags ins SIM-Hauptquartier zurückgebracht, langweilte mich den ganzen Abend lang und schlief nachts schlecht und recht auf der schmalen Holzbank.

Am Morgen des vierten Tages richtete ich mich auf und massierte meinen Hals, der plötzlich wieder heftig schmerzte. Als ich den Kopf hob, sah ich Leutnant Madriaga und Al Smythe vor mir stehen.

»Na, alter Knabe«, sagte Al grinsend, »tut der Hals noch weh?«

»Ja, alter Knabe, und wie geht es der Beule?« erkundigte ich mich.

Er betastete unwillkürlich die große Beule an seiner Schläfe, die mein Pistolengriff hinterlassen hatte. »Die Frage ist nur«, begann er spöttisch, »ob Sie hier herauswollen oder nicht.«

»Ich glaube schon«, warf Madriaga lächelnd ein. »Sogar sehr gern.«

»Natürlich will ich hier heraus«, sagte ich und stand auf. »Warum werde ich überhaupt festgehalten?«

»Das wissen Sie nicht?« fragte Al mit gespielter Überraschung.

»Nein.«

»Wegen Veruntreuung von Staatsmitteln – genauer gesagt von fünftausend Dollar.« Er hielt mir die Quittung unter die Nase, die ich für Bill Stack unterschrieben hatte. Ich war verblüfft, denn ich hatte angenommen, die Quittung liege ebenfalls im Wasser eines Dschungelflusses.

»Na?« fragte Al.

»Na?« wiederholte ich. Er stand offenbar unter Druck; da er das Waffenlager nicht gefunden haben konnte, war ich ihm vielleicht doch überlegen. »Ich bin natürlich bereit, diese Fälschung zum Nennwert einzulösen.«

»Das genügt nicht«, antwortete Al, »aber ich mache Ihnen einen Vorschlag. Sie zeichnen die genaue Position des Waffenlagers auf einer Karte ein, und ich sorge dafür, daß das Verfahren gegen Sie niedergeschlagen wird.«

Ich starrte ihn aufgebracht an und sagte dann völlig ruhig: »Darauf gibt es eigentlich nur eine Antwort, Al.« In der gleichen Sekunde traf mein schwerer Stiefel mit voller Wucht seinen Unterleib, so daß er mit einem Aufschrei zusammensackte und bewußtlos liegenblieb. Ich gab ihm noch einen Tritt in die Rippen.

»Nein, nein!« rief Leutnant Madriaga und hielt mich fest. Der wachhabende Sergeant kam mit gezogener Pistole herbeigerannt. Zwei weitere SIM-Angehörige tauchten auf und beugten sich über Smythe. Madriaga führte mich zu einem wartenden Streifenwagen, und wir rasten wieder einmal durch Havanna.

Diesmal begleitete er mich jedoch nur bis zur Tür meines Zimmers, klopfte an und ließ mich davor stehen. Ich öffnete die Tür und betrat den Raum. General Pedraza saß in einem Sessel und hatte die Stiefel aufs Bett gelegt.

»Wo sind Sie gewesen, Jack?« erkundigte der General sich freundlich.

»Gehen Sie zum Teufel!« sagte ich erbittert.

»Ich habe eben die Nachricht erhalten, daß Ihr englischer Freund einige Zeit im Krankenhaus liegen muß. Vielleicht interessiert Sie das, Jack?«

»Ich schicke ihm ein paar Blumen.« Ich sah mich um. Pedraza trank meinen Scotch; seine vier Leibwächter vertilgten meinen Rum. Ich goß mir ein Glas voll, bevor es zu spät war. »Nur gut, daß Sie gekommen sind. Ich hatte schon Angst, der Whisky würde schlecht werden.«

»Wir haben noch nicht für fünftausend Dollar getrunken«, stellte Pedraza fest.

»Geben Sie sich weiter Mühe.«

»Wieviel haben Sie eigentlich an der Sache verdient?« fragte der General beiläufig.

Ich ließ mich aufs Bett fallen und gab keine Antwort.

»Mehr als fünftausend?«

»Bestimmt nicht genug für vier Tage im SIM-Hauptquartier.«

Der General lächelte. »Auch die Regierung hat wegen Smythe viel Geld und Zeit vergeudet. Wollen Sie mir nicht erzählen, was sich wirklich ereignet hat?«

»Nein.«

»Sind die Waffen noch immer zu verkaufen?«

»Ja. Wie wollen Sie mich diesmal hereinlegen?«

»Ich habe Sie nicht betrogen. Der Engländer hat aus eigenem Antrieb gehandelt.«

»Er ist Ihr Agent.«

»Ein schöner Agent! Der Idiot war natürlich nicht imstande, das Versteck zu finden, obwohl er es aus der Luft gesehen haben wollte.« Pedraza goß sein Glas nochmals voll, bevor er zur Sache kam. »Sie sind nach wie vor daran interessiert, die Waffen zu verkaufen, und wir möchten sie kaufen. Wie soll das Geschäft abgewickelt werden?«

»Ich sehe keine Veränderung, aber das Risiko ist natürlich größer geworden. Seit Ihrer Suche hält vermutlich die gesamte Luftwaffe Guatemalas nach fremden Maschinen Ausschau. Noch schlimmer ist allerdings, daß höchstwahrscheinlich Spähtrupps zu finden versuchen, was Ihr Flugzeug nicht entdeckt hat.«

Pedraza nickte kurz und gab damit zu, daß ich recht hatte.

»Sie stellen mir eine C-46 zur Verfügung. Ein SIM-Offizier begleitet mich – entweder Montez oder Madriaga. Ich bin davon überzeugt, daß beide nicht fliegen können. Geben Sie uns beliebig viele Leute mit – aber keine Piloten. Ich möchte nicht irgendwo im Dschungel zurückbleiben.«

»Vorsicht kann nie schaden«, meinte Pedraza zustimmend. »Und Sie bringen den Besitzer mit?«

»Richtig, und Ihr Leutnant zahlt ihn aus, sobald die Waffen an Bord sind. Meine Provision . . .«

»Wir haben zehntausend Dollar vereinbart.«

»Zehn Mille genügen nicht mehr, General. Sagen wir lieber fünfzehn.«

»Teilen wir uns den Unterschied. Zwölftausend, Jack.«

»Meinetwegen.«

»Wann kann es losgehen?«

»Ich muß erst einen Einweisungsflug mit der C-46 machen. Das dauert einen Tag, und ich brauche einen weiteren, um mich im Bett auszuschlafen.«

Pedraza trank sein Glas leer. »Eine verrückte Sache«, meinte er seufzend. »Ich weiß, daß Sie das Versteck kennen – und trotzdem versuche ich nicht, diese Informationen mit Gewalt aus Ihnen herauszubekommen. Ich werde offenbar alt, Jack.«

»Keine Angst, Sie sind noch ganz gut erhalten.«

»Treffen wir uns zum Abendessen?« fragte er und stand langsam auf.

»Gern. Um sieben in der Halle.«

Pedraza verabschiedete sich mit einem kurzen Nicken. Die vier Leibwächter schwankten hinter ihm her. Ich war wieder frei und vor allem allein. Ich ließ mich aufs Bett fallen und genoß dieses herrliche Gefühl einige Minuten lang.

Dann machte ich mir wegen José Antenor Sorgen, der inzwischen in tausend Ängsten schweben mußte. Daran war leider nichts zu ändern; ich mußte warten, bis er mich anrief.

Da es mir nicht gelang, Jaime Bofil telefonisch zu erreichen – der Name war überall völlig unbekannt –, zog ich mich um und stattete Dr. Hildo Folgar einen Besuch ab.

Nachdem er meinen Nacken behandelt und mir eine Salbe dafür aufgeschrieben hatte, obwohl dieser Fall nicht in sein Fachgebiet fiel, kamen wir endlich zur Sache.

»Weshalb sind Sie eigentlich gekommen?« fragte er mich.

»Ich wollte mit Bofil sprechen, konnte ihn aber nicht erreichen. Können Sie eine Nachricht nach Oriente weitergeben?«

»Worum handelt es sich?«

»In wenigen Tagen bringe ich wahrscheinlich eine größere Waffenlieferung.«

Folgars Augen leuchteten. »Ausgezeichnet! Erzählen Sie mir mehr davon.«

»Bei Gelegenheit – die Story ist ziemlich lang. Richten Sie nur aus, daß ich dreimal mit den Landescheinwerfern blinke, und wenn der große Platz frei ist, soll das Bodenpersonal auf gleiche Weise antworten. Dann lande ich.«

»Heute abend geht ein Kurier ab. Fidel erfährt bis Mitternacht davon.«

»Nicht Fidel – nur Camilo. Raúl und El Ché haben Urrutias Lieferung beschlagnahmt, und ich möchte nicht, daß sie diese auch bekommen.«

»Wir müssen auf Fidel vertrauen«, sagte Dr. Folgar nur.

»Auch wenn El Ché das Steuer hält?«

»Ja. Hoffentlich ist der Kampf bald zu Ende.«

»Dem läßt sich nachhelfen. Das Unternehmen Campo Columbia kann starten, sobald ich endlich Geld zu sehen bekomme.«

»Daran ist nicht mehr zu denken, fürchte ich.«

Ich zuckte mit den Schultern. »Die Nachricht ist für Camilo bestimmt, Doc.«

»Wie Sie wünschen, Jack. Hoffen wir das Beste!«

Ich fuhr mit einem Taxi ins Hotel zurück. José Antenor hatte sich noch nicht gemeldet. Ich ging in mein Zimmer hinauf und rief Valerie an.

»Endlich, Jack!« rief sie. »Ich habe mir deinetwegen solche Sorgen gemacht.«

»Die kannst du dir für unseren englischen Freund aufheben.«

»Alister? Was ist mit ihm los?«

»Er hat mich hereinzulegen versucht, deshalb liegt er jetzt im Krankenhaus.«

»Wie schrecklich . . .« Valerie machte eine Pause und fuhr dann leiser fort: »Liebling, Edward ist gestern für drei Tage nach Jamaika geflogen. Ich kann gleich zu dir kommen . . .«

»Lieber erst morgen. Ich brauche Schlaf.«

»Das gefällt mir nicht, Jack«, sagte sie.

»Hör zu, heute bin ich zu nichts imstande. Treffen wir uns wie üblich um elf?«

»Meinetwegen.« Sie legte abrupt auf.

Ich verlangte um halb sieben geweckt zu werden und ließ mich ins Bett fallen.

»Richtig, Jack«, bestätigte Pedraza lächelnd. »Ich habe schon jede gehabt. Keine schlechte Leistung, was?«

»Durchaus nicht. Sehen Sie, Sie werden doch noch nicht alt.«

»Im Gegenteil, ich werde es ganz entschieden. Ein junger Mann muß nicht jede Tänzerin haben – sogar die Lesbierinnen.«

»Lesbierinnen!« rief ich verblüfft aus. »Unter diesen Flittchen?«

»Warum nicht? Die Brünette dort drüben rechts ist der Freund der kleinen Blondine. Auf solche Fälle muß man natürlich Rücksicht nehmen ...«

Als die Show um neun Uhr fünfzehn begann, hatten wir eben unser Abendessen beendet. Pedraza hielt sein Cognacglas in der Hand und starrte geistesabwesend vor sich hin.

»Was haben Sie denn?« erkundigte ich mich.

»Ich denke eben an den amerikanischen Botschafter«, antwortete er. »Batista kann ihn nicht ausstehen. Die Minister können ihn nicht leiden.«

»Das ist ja lachhaft.«

»Ich finde ihn auch unmöglich.«

»Hören Sie, er gibt sich doch Mühe, das Waffenembargo aufheben zu lassen ...«

»Genau. Ein Diplomat ist nicht zuverlässig, wenn er die Politik seiner eigenen Regierung sabotiert.«

»Wüßten Sie ihn lieber zuverlässig gegen Ihre Seite?« fragte ich.

»Ja. Er hätte sich aus der Innenpolitik heraushalten sollen.«

»Schön, Sie können ihn nicht leiden. Wie sind Sie überhaupt darauf gekommen?«

Er grinste spöttisch. »Ich habe mir überlegt, Jack, wieviel leichter es ist, mit Ihnen Geschäfte zu machen als mit Botschaftern. Sie sind zuverlässig – weil Sie skrupellos sind.« Er lachte und verlangte die Rechnung.

Ich lachte ebenfalls, hörte aber auf, als er mir die Rechnung zuschob. Ich gab sie zurück.

»Ihr Hotel, Jack. Sie unterschreiben heute.«

»Ihre Einladung, General. Ich würde nicht im Traum daran denken «

Er runzelte die Stirn, kritzelte seinen Namen und stand abrupt auf. Ich hoffte schon, er würde sich verabschieden, aber nein, wir mußten noch zu einem letzten Drink in die Terrassenbar gehen. Wir hatten eben erst Platz genommen, als José Antenor hereinkam. Er wechselte einen kurzen Blick mit mir und setzte sich ans andere Ende der Bar.

Ich hatte schon den Eindruck, Pedraza werde nie mehr gehen, aber er verabschiedete sich schließlich doch. Der Kolumbianer wollte zu mir herüberkommen, als der letzte Leibwächter die Bar verlassen hatte; ich schüttelte jedoch fast unmerklich den Kopf und ging eine Minute später selbst auf ihn zu, als wollte ich ihn um Feuer bitten. Dabei flüsterte ich: »Eden Roc ... zwanzig Minuten.«

Wir trafen uns zur vereinbarten Zeit. Antenor hatte sich natürlich Sorgen gemacht. Er hatte Al Smythe am Abend unserer Rückkehr aus Guatemala gesehen, aber ich blieb spurlos verschwunden. Dann verschwand auch Smythe wieder.

José hatte abwechselnd das Hotel und Valerie Banner beobachtet. Im Nacional hatte er erfahren, daß ich jeden Morgen in Begleitung eines SIM-Leutnants kam und nachmittags wieder ging. Er hatte sich selbst davon überzeugt. Hätte er mich heute abend nicht erreicht, hätte er versucht, die Waffen morgen anderswo zu verkaufen.

Ich erzählte ihm kurz, was sich ereignet hatte. »Aber jetzt ist alles in bester Ordnung, José. Das Geschäft ist perfekt. Nachdem ich den Einweisungsflug auf der C-46 hinter mir habe und wieder ausgeschlafen bin, machen wir uns auf den Weg. Zufrieden?«

»Nicht wirklich. Ich verliere allmählich die Geduld.«

»Ich auch. Sie bekommen Ihr Geld in drei Tagen. Verschwinden Sie jetzt, passen Sie gut auf und melden Sie sich regelmäßig.«

Wir gingen in verschiedenen Richtungen davon. Ich war um elf im Bett.

Und um elf Uhr morgens saß ich in meiner Cabaña am Swimming-pool und wartete etwas nervös auf Valerie. Ich hatte das Gefühl, daß sich eine Entwicklung anbahnte, die ich vorläufig noch nicht übersehen konnte.

»Edward ist fort«, waren ihre ersten Worte. »In letzter Zeit ist alles von Tag zu Tag schlimmer geworden, aber jetzt ist er weg, und ich könnte vor Freude weinen.«

»Warum tust du es nicht?«

Sie tat es. Kurze Zeit später begann sie mir aufzuzählen,

mit welchen Methoden Ed sie verletzt, gequält und beleidigt hatte.

»Warum läßt du ihn nicht einfach sitzen?« fragte ich.

»Um mit dir fortzugehen?«

»Das wäre voreilig.«

»Siehst du?« Sie lächelte wissend.

»Möchtest du Frühstück?«

»Nein.«

»Mittagessen?«

»Nein.«

»Einen Drink?«

»Nein.«

»Sollen wir nach oben gehen?«

»Wenn du willst.«

»Das klingt nicht sehr begeistert.«

»Tut mir leid, Jack.« Sie legte mir den Kopf auf die Schulter. »Ich bin so verdammt durcheinander.«

Ich ließ ihr Zeit, und sie brauchte eine Stunde, um diese Stimmung zu überwinden. Wir unterhielten uns beim Mittagessen über belanglose Dinge, aber beim zweiten Drink begann Valerie von ihrem Wunschtraum zu sprechen: New York, eine Karriere als Schauspielerin und ein besonderer Mann, der Geliebter und braver Ehegatte zugleich war – je nach Valeries Laune. Zuerst dachte ich, sie habe wieder mich aufs Korn genommen, aber dann fiel mir auf, daß sie mich im Gegenteil freigeben wollte.

»Bitte, gehen wir in dein Zimmer hinauf . . .«, murmelte sie schließlich.

»Liebling, darum brauchst du nicht zu bitten . . .«

Um halb acht duschten wir und zogen uns an, um zum Abendessen nach unten zu gehen. Als ich darauf wartete, daß Valerie sich frisierte, hatte ich plötzlich eine Idee.

Ich führte sie zu einem Sessel und ließ sie Platz nehmen. »Hör zu, Liebling, willst du wirklich nach New York?«

»Ja.«

»Aber dir fehlt das Geld dazu?«

Sie nickte langsam.

»Hier.« Ich nahm dreitausend Dollar in großen Scheinen aus meinem Geldgürtel.

»Was ist das?« fragte Valerie und starrte das Geld verständnislos an.

»Dreitausend Dollar. Du kannst damit machen, was du willst, aber wenn du widersprichst ...« Ich ballte die Faust und schlug ihr leicht ans Kinn.

Valerie nahm das Geld und nickte lächelnd. »Hoffentlich warst du zufrieden. Das bedeutet, daß ich offiziell meinen Amateurstatus verloren habe.«

Sie schien sich bei mir bedanken zu wollen, als das Telefon klingelte und mich rettete.

»Hier ist Pedraza.«

»Wie geht es immer?«

»Die C-46 steht bereit, Jack. Ich lasse Sie morgen früh um neun abholen. Sie starten am nächsten Morgen.«

»Ausgezeichnet. Halten Sie das Geld bereit.«

Pedraza hängte auf, und Valerie rief im Riviera an, um sich den Abend freigeben zu lassen. Wir aßen drei Stunden lang und machten dann eine Runde durch die Kasinos. Valerie hatte sogar Glück und gewann vierhundert Dollar am Roulettetisch; sie hätte am liebsten weitergespielt, so daß ich sie um eins mühsam fortschleppen mußte. Im Taxi versuchte ich ihr zu erklären, daß ich bald verreisen und vielleicht nicht zurückkommen würde, aber sie legte mir einen Finger auf die Lippen ...

Als das Telefon um acht klingelte, um mich zu wecken, wußte ich instinktiv, daß Valerie gegangen war und daß ich sie nie wiedersehen würde. Auf dem Spiegel stand mit Lippenstift: »DENK AN MICH.«

Leutnant Francisco Montez holte mich pünktlich um neun in einer SIM-Limousine ab. Wir rasten wieder einmal durch Havanna, fuhren im Campo Columbia an Stacheldrahtsperren und Maschinengewehrnestern vorbei und hielten neben einer C-46 ohne Nationalitätskennzeichen. Ein Offizier der cubanischen Luftwaffe erwartete uns; Montez machte mich mit Captain Perez bekannt.

Perez stellte mir einige allgemeine Fragen und startete dann zu einem kurzen Einweisungsflug mit mir. Nachdem ich verschiedene Manöver zu seiner Zufriedenheit durchgeführt hatte, fühlte ich mich im Cockpit des großen Transporters wie zu Hause und landete glatt.

»Nun, Captain?« fragte Montez, als wir zurückkamen.

»Er fliegt«, antwortete Perez.

»Aber wie gut? Ich habe einen langen Flug mit ihm vor mir.«

»So gut wie ich.« Perez wandte sich an mich. »Ich wünsche Ihnen viel Vergnügen, Señor.« Er salutierte und verschwand.

Montez brachte mich ins Militärhauptquartier. Wir sollten in Pedrazas Vorzimmer warten, bis wir angemeldet waren, aber ich ließ mich nicht lange aufhalten.

»Na, welche Tricks haben Sie heute auf Lager, Chef?« fragte ich.

Pedraza saß hinter einem riesigen Schreibtisch, der seine Stellung betonte. »Sie starten morgen in aller Frühe, und wir erwarten Sie nachts zurück.«

»Ganz bestimmt nicht. Ich starte um zwei Uhr nachmittags und lande vor Einbruch der Dunkelheit am Waffenversteck; wir laden nachts ein und fliegen in der Morgendämmerung wieder ab. Dann sieht uns die mexikanische Luftwaffe vielleicht doch nicht.«

»Mexikanische?« wiederholte Pedraza überrascht.

»Natürlich. Die Waffen liegen in Mexiko, nicht in Guatemala. Ich habe Smythe auf die falsche Spur gesetzt.«

Der General lachte schallend. »Das hätte ich mir denken können!« Er füllte drei Gläser mit Whisky und hob sein Glas. »Auf Ihr Wohl, Jack. Geben Sie dem Engländer beim nächstenmal noch einen Tritt von mir.«

Ich trank langsam. »Ihr Whisky schmeckt zur Abwechslung auch nicht übel, General.«

»Bringen Sie uns diese Waffen, mein Freund, dann können wir auch weiterhin gute Geschäfte machen.«

»Ich berücksichtige alle fairen Angebote. Wie steht es mit dem Geld?«

»Leutnant Montez trägt es bei sich.«

»Natürlich, aber ich möchte es sehen.«

»Warten Sie einen Augenblick, ich spreche gleich mit dem Präsidenten.« Pedraza ging durch eine Seitentür hinaus.

Einige Minuten später war er bereits wieder da. »Ich habe das Geld hier«, sagte er, »und der Präsident legt größten Wert darauf, daß die Waffen prompt geliefert werden. In Boston liegt eine Lieferung für uns fest. Die Situation ist ernst.«

»Keine Angst, Sie und El Presidente sind bald aller Sorgen ledig.«

Pedraza schien zu glauben, die Bemerkung sei witzig gemeint gewesen. Er öffnete einen Aktenkoffer und zeigte mir einige Bündel Pesos.

»Tauschen Sie das Zeug um«, sagte ich. »Wir haben Dollar vereinbart.«

Der General klappte wortlos den Koffer zu und verschwand. Fünf Minuten später kam er mit Dollars zurück. Ich zählte das Geld — genau fünfundneunzigtausend Dollar.

»Wie steht es mit meinen zwölftausend?« fragte ich.

»Halb und halb«, antwortete Pedraza. Er schloß den Aktenkoffer ab, gab mir den Schlüssel und legte sechs Tausenddollarscheine auf den Tisch. Dann gab er Leutnant Montez den Koffer und die restlichen sechstausend.

Ich lächelte zustimmend. »Das Geschäft ist also perfekt. Montez soll sich um halb zwei mit seinen Leuten bereithalten. Lassen Sie mich um zwölf abholen. Der Besitzer ist dann bei mir.«

Pedraza sah zu Montez hinüber.

»Ich verstehe«, sagte der Leutnant. »Meine sechs Männer sind bereit.«

»Gut. Ich brauche Ihnen wohl nicht zu sagen, daß Sie äußerst vorsichtig sein müssen.«

»Ich verstehe«, wiederholte der Leutnant.

»Sie können gehen.« Damit waren wir beide entlassen.

Als Montez mich im Nacional absetzte, war es vier Uhr — noch genügend Zeit für eine Runde im Schwimmbecken. Als ich tropfnaß aus dem Wasser kletterte, wurde ich ans Telefon gerufen. Es war José Antenor. Ich sagte ihm, er solle packen und am nächsten Morgen um elf zu mir kommen. Antenor seufzte schwer und legte auf.

Am folgenden Morgen war ich um sieben hellwach. Ich ließ mir Zeit, reinigte meine beiden Pistolen, duschte, rasierte mich, zog mich an, packte meine Reisetasche, fuhr nach unten, las beim Frühstück drei Zeitungen und ließ mir in der Halle noch einen Kaffee servieren. José Antenor kam um Viertel vor elf. Ich schilderte ihm die neuesten Entwicklungen und beschrieb alle Details unserer Reise. Ich sprach nicht davon, daß ich die Waffen Castro bringen wollte, hatte jedoch den Eindruck, Antenor denke ebenfalls an Castro und Oriente.

Um halb zwölf ging ich zum Empfang und ließ mir mein

Geld aus dem Hotelsafe geben – fast fünfzehntausend Dollar. Dann bezahlte ich meine Rechnung, zu der vierhundert Dollar kamen, die meine Freunde vom SIM in meinem Zimmer vertrunken hatten.

»Trauen Sie dem Hotelsafe nicht?« fragte José.

»Doch«, antwortete ich grinsend. »Aber wer weiß, was in den nächsten Tagen passiert? Vielleicht komme ich nicht wieder nach Havanna zurück, und in diesem Fall möchte ich das Geld bei mir haben.«

»Vorsicht kann nie schaden.« Antenor lächelte seltsam.

Die SIM-Limousine kam pünktlich um zwölf, und Leutnant Montez stieg aus. Ich machte die Herren miteinander bekannt: »Leutnant Montez – Señor José Antenor aus Bogotá.«

»Der Schatten hat also doch Substanz«, meinte Montez und gab Antenor die Hand.

Wir stiegen ein und fuhren in Richtung Campo Columbia durch die Stadt.

»Das Geld ist hier, Señor Antenor«, sagte der Leutnant und wies auf den Aktenkoffer neben sich. »Señor Jungblut hat den Schlüssel.«

Um José zu beruhigen, warf ich ein: »Sobald wir an Bord sind, sehen wir uns das Geld an.«

»Señor Jungblut hält nicht viel vom cubanischen Militär«, stellte Montez trocken fest.

»Allerdings ...«, sagte ich nur.

Als wir die C-46 erreichten, war das Bodenpersonal noch damit beschäftigt, die provisorischen Zusatztanks in der Kabine zu befestigen. Dort standen fünfzehn Zweihundertliterfässer, aus denen wir später mit einer Handpumpe die Flügeltanks füllen konnten. Ich überprüfte die Maschine und kam wieder zu Montez und Antenor zurück.

»Scheint alles in Ordnung zu sein. Vermutlich müssen wir für diesen Flug keinen Flugplan einreichen?«

»Die Luftwaffe weiß, daß wir um ein Uhr dreißig starten und morgen nachmittag zurückkommen wollen.«

»Hoffentlich ist die Luftwaffe morgen nicht nervös«, murmelte ich. »Ein Treffer würde schon genügen, um die ganze Maschine in die Luft zu jagen.«

Im Kartenraum besprachen Montez, Antenor und ich unseren Flug. Die Entfernung zwischen Havanna und dem Versteck an der mexikanischen Grenze betrug etwa zwölfhundert

Kilometer; wir würden nach fünfeinhalb Stunden Flug bei Einbruch der Dunkelheit landen. Während wir den Kurs festlegten, beobachtete ich unauffällig Antenor. Er schien irgend etwas östlich von Havanna zu suchen – als wolle er die Entfernung nach Oriente abschätzen.

»Okay, vorläufig ist alles klar«, sagte ich endlich. »Wenn wir pünktlich um ein Uhr dreißig starten, haben wir eine halbe Stunde Spielraum bei der Landung. Landen wir jedoch nicht vor Einbruch der Dunkelheit, können wir dort überhaupt nicht landen, sondern müssen uns einen Platz in Guatemala suchen. Da ein cubanischer Offizier mit sechs Mann an Bord ist, glauben die Leute in diesem Fall wahrscheinlich an eine Invasion.«

»Wir landen rechtzeitig und an der richtigen Stelle«, sagte Montez einfach.

»Haben wir genug Treibstoff?« fragte Antenor.

»Mehr als genug«, versicherte ich ihm. »Unsere Reichweite ist achthundert Kilometer größer, als sie für dieses Unternehmen sein müßte.«

Antenor lächelte leicht – und ich wußte nun bestimmt, was er vorhatte. Allerdings war mir nicht ganz klar, wie er seinen Plan verwirklichen wollte.

Als wir wieder vor der C-46 standen, kamen Montez' Männer heranmarschiert. Alle sechs waren Unteroffiziere und einige Zentimeter größer als der durchschnittliche Lateinamerikaner; sie trugen saubere Uniformen und glänzend geputzte Stiefel. Ihre Bewaffnung bestand aus Maschinenpistolen. Sie sahen wie Soldaten aus.

Montez führte seine Leute an Bord und verteilte sie in der Kabine. Dann führte er Antenor und mich nach vorn zum Cockpit. Ich ließ José im rechten Sitz Platz nehmen und erklärte ihm, wie er das Fahrwerk und die Landeklappen zu bedienen habe. Während er dann das Geld zählte, rollte ich zum Start. Die Freigabe vom Kontrollturm kam sofort.

»Alles da, José?«

»Fünfundneunzigtausend amerikanische Dollar.«

»Achtung, es geht los!« Ich ließ die Motoren aufheulen, nahm einen langen Anlauf und hob leicht ab. Antenor zog das Fahrwerk ein. Wir stiegen weiter und nahmen Kurs auf Guatemala.

Wir erreichten das Festland nördlich von Belize zur richtigen Zeit und am richtigen Ort. Vierzig Minuten später sah ich die Usumacinta vor uns und folgte dem Fluß stromaufwärts nach Süden. Dann erkannten wir den Lacantum, der von Mexiko aus nach Osten fließt. Ich flog fünfzehn oder zwanzig Kilometer weit über dem Dschungel und dann eine weitere halbe Stunde lang flußaufwärts.

Um sechs Uhr fünfzig sichteten wir bei einbrechender Dunkelheit unseren Landeplatz. Ich betrachtete ihn eingehend, sah keine Hindernisse und landete gegen den Wind. Antenor ließ mich an den linken Platzrand rollen, wo ich die Motoren abstellte. Im gleichen Augenblick leuchteten draußen Taschenlampen auf. Ich erkannte vier Männer mit Gewehren.

»Alles in Ordnung«, versicherte Antenor uns. »Das sind meine Leute.« Er steckte den Kopf aus dem Fenster und gab sich zu erkennen.

Die SIM-Männer öffneten die rückwärtige Frachtluke, hängten eine Leiter ein und kletterten zu Boden. Wir drei folgten, und José führte Montez an der Hütte vorbei zum Waffenlager, das aus einer langen Reihe aufgestapelter Kisten bestand, die mit Planen abgedeckt waren. Antenors Männer hielten Laternen hoch, während Montez und seine Leute einige Kisten öffneten. Die Waffen befanden sich in einwandfreier Verfassung und waren tropenfest verpackt; auch die Zahl der Kisten stimmte. Montez klopfte José begeistert auf den Rücken.

Bevor wir uns an die Arbeit machten, saßen wir in der Hütte am Feuer, aßen unsere Sandwiches und tranken lauwarmes Bier aus Cuba. Eine Viertelstunde später trieb Montez seine Leute fluchend zur Arbeit an.

Die Männer holten einige dicke Planken aus dem Flugzeug und legten sie an die offene Luke, so daß eine Rampe entstand. Zwei Männer schleppten die Kisten nacheinander an die Rampe, wo Antenor sie vertäute. Die beiden Männer in der Luke zogen die Kisten hoch, und ich zeigte dem letzten Zweierteam, an welcher Stelle sie stehen sollten.

Die Arbeit war mühsam, heiß und schwer. Montez trieb seine Männer immer wieder an, sie sollten sich beeilen. Eine Kiste nach der anderen wurde heraufgezogen und füllte den Flugzeugrumpf. Meine Kleidung klebte mir am Körper; die Uniformen der Männer waren schweißnaß und verdreckt.

Nach siebenstündiger Arbeit war endlich die letzte Kiste an

Bord. Wir suchten uns irgendwo einen Platz zum Schlafen. Ich zog mich mit Antenor ins Cockpit zurück, nachdem ich Montez gebeten hatte, uns bei Tagesanbruch zu wecken.

Ich wachte um fünf Uhr dreißig von selbst auf und stieß Antenor an. »Auf in den Kampf, José. Wir haben es eilig.«

»Durchaus nicht«, antwortete er.

Ich wollte ihn schon fragen, was er damit meine, aber in diesem Augenblick riß Montez die Verbindungstür auf. Wir kletterten nacheinander über die Leiter zu Boden und gingen zum Frühstück in die Hütte. Antenors Männer hatten Kaffee gekocht, und wir aßen unsere Sandwiches dazu. Montez hatte es so eilig, daß er im Stehen aß.

»Bekommen wir jetzt das Geld, Leutnant?« wollte Antenor wissen.

»Sobald wir gestartet sind.«

»Ausgezeichnet.«

»*Vamonos!*« rief Montez einige Minuten später ohne Warnung.

Seine Männer kamen mühsam auf die Beine. Ich kletterte zuerst an Bord. Antenor ließ den Vortritt Montez, der den Aktenkoffer und seine Maschinenpistole in der rechten Hand hielt, während er über die Leiter nach oben stieg. Die Männer standen unten und wollten nach Antenor an Bord kommen.

Als ich ins Cockpit gehen wollte, hörte ich einen Schlag hinter mir, dann polterte etwas zu Boden. Jemand hatte einen schweren Gegenstand auf den Kopf bekommen.

Ich zog meine Pistole und warf mich hinter dem nächsten Kistenstapel zu Boden. Dann sah ich Montez. Er lag mit dem Gesicht nach unten im Mittelgang. Und José Antenor stand mit einer großen Zange in der Hand über ihn gebeugt.

Antenor hob rasch die Maschinenpistole des Leutnants auf und ging damit an die Luke zurück. Er gab zwei lange Feuerstöße ab. Als das Echo der Schüsse verhallte, war alles vorüber.

Dann sah José mich, während die Mündung seiner Waffe noch immer ins Freie gerichtet war. Ich hätte ohne zu zögern geschossen, wenn er eine falsche Bewegung damit gemacht hätte.

In dieser Stellung blieben wir einige Sekunden lang, dann fragte Antenor grinsend: »Oriente?«

»Wohin sonst?« Ich steckte meine Pistole ein und stand auf.

José lachte. »Sehen Sie sich das an, Jack.«

Ich trat über Montez hinweg zur Luke. Die sechs Soldaten lagen tot am Fuß der Leiter. José konnte mit Maschinenpistolen umgehen.

Dann stöhnte Montez. Antenor drehte sich nach ihm um und nahm ihm den Revolver ab. Einer von Josés Leuten kam die Leiter herauf, zwängte sich an uns vorbei und gab Montez einen Tritt in die Rippen. Der Leutnant stieß einen lauten Schrei aus.

Ein zweiter Mann erschien und stritt sich mit dem ersten um das Vergnügen, Montez foltern zu dürfen.

»Halt!« befahl José. »Der Leutnant wird militärisch hingerichtet.«

Die Männer hörten auf zu streiten.

»Schafft ihn nach draußen.«

Montez stöhnte, als sie ihn an Händen und Füßen packten, zur Luke schleppten und hinauswarfen. Wieder ein Schrei, dann schlug er unten auf Antenor trat vor und hob seine Maschinenpistole.

»Sie sind als Mörder unschuldiger Cubaner zum Tode verurteilt«, sagte er.

»Hijo de puta!« rief Montez verächtlich.

José zog den Abzug durch und schoß das Magazin leer. Dann schleppten zwei seiner Männer die Leiche fort.

»Na«, sagte ich. »Na.«

»Starten wir gleich?« fragte José.

»Nein. Unter diesen Umständen wollen wir Cuba erst abends erreichen. Wir starten gegen ein Uhr.«

»Ausgezeichnet. Ich wollte ohnehin noch einen Schluck Kaffee trinken . . .«

Kurz nach zwölf Uhr versammelten wir uns wieder bei Kaffee und Sandwiches. Anschließend ließ José sich den Schlüssel des Aktenkoffers von mir geben und öffnete den Koffer. Seine Männer rissen erstaunt die Augen auf – wahrscheinlich hatten sie noch nie soviel Geld auf einmal gesehen.

»Fangen wir also an«, sagte Antenor. »Fünfzehntausend für Sie, Jack.«

Ich steckte das Geld mit einem dankenden Nicken ein.

»Zweitausend für jeden von euch, meine Freunde.«

Die Männer nahmen die Scheine fast ehrfürchtig entgegen. Einer küßte sie sogar.

Dann schloß José den Koffer wieder ab und steckte den Schlüssel ein. »Jack, wir verkaufen Castro die Waffen für neunzigtausend. Davon bekommen Sie dreißigtausend.«

»Ich dachte eher an fünfundvierzigtausend.«

»Und wir verkaufen ihm das Flugzeug für weitere achtzigtausend. Die Hälfte dieser Summe gehört Ihnen.«

»Einverstanden. Hoffentlich hat Fidel soviel.«

»Können wir jetzt starten?«

Ich warf einen Blick auf die Uhr: 12.35. »Sobald die Flächentanks gefüllt und die Tarnnetze abgenommen sind. Wenn wir um eins starten, erreichen wir Oriente gegen neun Uhr abends.«

Antenor erhob sich; seine Männer sprangen auf. Zwei nahmen die großen Tarnnetze ab, die beiden anderen pumpten unter meiner Anleitung Treibstoff in die Tanks.

Wir starteten um ein Uhr fünf.

In der Abenddämmerung tauchte Cuba vor uns aus dem Meer auf. Die Sierra Maestra wurde rasch größer. Wir überflogen sie in dreitausend Meter Höhe und erreichten vierzig Minuten später die Nordküste. Unser Kurs war genau richtig, denn ich erkannte westlich von uns die Bucht von Nipe. Ich flog nach Osten, ging allmählich tiefer und folgte der Küste bis zu dem vertrauten Einschnitt. Dort bog ich landeinwärts ab, um den Landeplatz zu erreichen, den Raúl gebaut hatte.

Während ich über dem Platz kreiste, ließ ich die Scheinwerfer dreimal aufblinken.

Unten wurde ebenfalls geblinkt.

»Heilige Mutter Gottes!« rief José. »Das haben Sie von Anfang an vorgehabt!«

»Richtig. Ich wußte nur nicht, was Sie davon halten würden und wie ich es anstellen sollte . . .«

Dann flammten Fackeln auf und beleuchteten die Landebahn. Ich setzte glatt auf und rollte ans Ende des Platzes, wo einige Fahrzeuge standen.

Als wir den Boden erreichten, fiel Camilo über mich her. »Jack, du bist hier!«

»Natürlich. Raúl etwa auch?«

»Ha!« brüllte Camilo. »Diesmal ist die Nachricht angekommen.«

»Dann hast du in der nächsten Zeit genügend Waffen.«

»Ich brauche sie auch, Jack. Sogar dringend.«

Das Flugzeug wurde rasch entladen; die Lastwagen fuhren rückwärts an die Frachtluke heran, nahmen Kisten auf und rollten davon. Camilo überzeugte sich davon, daß seine Leute ganze Arbeit leisteten, teilte Antenors vier Männer einer Gruppe unter dem Befehl eines Leutnants zu und führte uns zu seinem Jeep.

Morgens um zwei erreichten wir endlich Fidels Hauptquartier. El Comandante begrüßte uns selbst; er wollte mir eben die Hand schütteln, als sein Blick auf Antenor fiel. Bevor ich die beiden miteinander bekannt machen konnte, stieß Fidel einen Schrei aus, umarmte José und küßte ihn auf beide Wangen. Dann sprachen sie rasend schnell spanisch miteinander.

»Alte Bekannte?« fragte ich Camilo.

»Ja. Señor Antenor und El Comandante kennen sich anscheinend aus Bogotá.« Camilo faßte die Unterhaltung weiter für mich zusammen.

Plötzlich herrschte betroffenes Schweigen. Camilo erklärte mir beschämt, Antenor habe für die Waffen und das Flugzeug Geld verlangt. Fidel konnte oder wollte seinen Preis nicht bezahlen.

José sprach absichtlich langsam, damit ich ihn verstand. »Tut mir leid, Comandante. Wir können wieder starten und die Maschine anderswo verkaufen.«

»Und ich könnte Sie daran hindern«, antwortete Fidel, »aber ich würde es nicht tun.«

»Eine nette Geste, Fidel«, warf ich ein. »Sie wissen genau, daß unser Treibstoff keine Stunde mehr reicht.«

Castro ging eine Weile auf und ab und blieb dann vor Antenor stehen. »Sie bekommen Ihr Geld, alter Freund«, versicherte er ihm. »Keine Angst, Sie bekommen achtzigtausend für das Flugzeug und neunzigtausend für die Waffen – nachdem die Revolution gesiegt hat.«

»Und wenn mir vorher ein Unfall zustößt?«

Fidel zuckte mit den Schultern.

José wandte sich an mich. »Wir sind Partner, Jack. Falls einem von beiden etwas zustößt, kassiert der andere den vollen Betrag.«

»Nicht gerade eine Ideallösung, aber wenn er uns sein Wort darauf gibt, müssen wir wohl damit zufrieden sein.«

Wir sahen Castro fragend an.

Er nickte zögernd, als er merkte, daß ihm kein anderer Ausweg blieb.

»Drinks«, verlangte Camilo mit gespielter Herzlichkeit. »Auf das Wohl von Señor Antenor, einem Helden der Revolution!«

Fidel nahm sein Jagdgewehr auf und zog sich zurück.

Camilo goß kopfschüttelnd unsere Whiskygläser voll. »El Comandante ist müde, er hat mit Schwierigkeiten zu kämpfen.«

»Das ist seine Aufgabe«, stellte ich fest.

»Ja, aber die Entführung der Amerikaner – das macht ihm wirklich Sorgen.«

»Was? Entführte Amerikaner?«

»Ich nehme an, daß die Meldung in Havanna der Zensur zum Opfer gefallen ist. Raúl hat über zwanzig amerikanische und Zivilbedienstete des Stützpunkts Guantanamo entführt.«

»Und Fidel läßt das zu?«

»El Comandante hat ihm über Funk den Befehl zur Freilassung der Gefangenen erteilt, aber Raúl will nur einen schriftlichen Befehl ausführen. Schriftstücke sind heutzutage bis zu drei Wochen unterwegs.« Camilo leerte sein Glas. »Raúl ist nicht nur Befehlshaber der Revolutionäre in Oriente, sondern Militärdiktator der Bewegung des 26. Juli.«

»Ich habe gehört, daß Fidel ihn und El Ché wegen der beschlagnahmten Waffenlieferung abgekanzelt hat.«

»O ja. Die beiden sind eine Stunde lang bei ihm gewesen. Danach habe ich gehört, wie Raúl Hubert Matos lachend erzählte, er finde das Ganze in Ordnung, weil es die Kampfmoral der Offiziere stärke.«

»Vielleicht sieht die Welt morgen besser aus«, meinte Antenor seufzend.

Camilo verstand den Hinweis und zeigte uns unsere Betten.

9

Am nächsten Morgen wurde ich kurz nach Sonnenaufgang durch schwere Schritte in unserer Hütte geweckt. Ich hörte lautes Flüstern an Josés Bett, dann beschwerte er sich: »Nein, ich bin *nicht* Jungblut – er liegt dort drüben!«

Die Stiefel kamen näher. Ein Bart erschien über mir. »Señor Jungblut?«

»Ja?«

»El Comandante wünscht Sie sofort zu sprechen.«

Ich stand auf und zog mich an. Fidel frühstückte an seinem Schreibtisch, als ich zu ihm kam.

»Setzen Sie sich doch, Señor«, begann er freundlich. »Ich möchte Ihre nächste Aufgabe mit Ihnen besprechen.«

»Keine weiteren Aufträge, bis ich das Geld für den letzten in der Tasche habe.«

»Setzen Sie sich«, befahl Castro.

»Unsinn. Ich kann nicht auf Kredit leben, deshalb arbeite ich auch nicht auf Kredit.«

»Für diesen Auftrag gibt es ganz bestimmt Geld. Sie sind sozusagen Ihr eigener Zahlmeister.«

Ich goß mir eine Tasse Kaffee ein und setzte mich ihm gegenüber.

»Señor«, fuhr Castro fort, »die Bewegung des 26. Juli hat in Nord- und Südamerika zweiundsechzig Auslandsstellen eingerichtet. Diese Filialen haben inzwischen große Geldbeträge gesammelt, die wir – das wissen Sie aus eigener Erfahrung – dringend brauchen. Da es unpraktisch wäre, wenn die zweiundsechzig Kassierer das Geld hier abliefern würden, versammeln sie sich an einem neutralen Ort und treffen dort mit meinem Stellvertreter zusammen. Er nimmt das Geld entgegen und bringt es her.

Der Treffpunkt ist Port-au-Prince, Haiti. Sie sind Pilot und Leibwächter meines Vertreters. Das Flugzeug steht morgen abend startbereit.«

»Und wer ist Ihr Vertreter?« fragte ich und war auf alles gefaßt.

Er zögerte und sagte dann: »Raúl.«

»Herrlich!«

»Sie verstehen hoffentlich, warum ich nur Raúl schicken kann. Ein Unbekannter erhielte keinen Dollar von den Kassierern, selbst wenn er ein Beglaubigungsschreiben vorweisen könnte.«

»Warum fliegen Sie nicht selbst?«

Fidel zuckte mit den Schultern und warf mir einen hilflosen Blick zu.

»Sie wollen Raúl doch nicht etwa für eine Weile loswerden?« fragte ich mit gespieltem Erstaunen. »Wegen der Entführungen und . . .«

Fidel grinste. »Raúl erwartet Sie morgen abend auf dem Landeplatz am Cauto. Einverstanden?«

»Wieviel zahlt der Zahlmeister sich selbst aus?«

»Sagen wir fünftausend Dollar.«

»Nein, lieber zehn Prozent.«

»Siebeneinhalbtausend«, schlug er vor.

»Meinetwegen — aber schriftlich.«

»Trauen Sie mir nicht, Señor?«

Ich gab keine Antwort.

»Señor, trauen Sie mir nicht?«

»Comandante, Vertrauen hat nichts mit geschäftlichen Vereinbarungen zu tun.«

Wir frühstückten in feindseligem Schweigen, dann wurde ich ungnädig entlassen und hatte den Tag für mich.

Am folgenden Nachmittag unternahm ich einen vergeblichen Vorstoß bei Fidel, um wenigstens eine Anzahlung auf die fünftausend Dollar zu bekommen. Castro wollte nichts davon hören, gab aber Camilo zweieinhalbtausend Dollar Spesengeld für Raúl. Mir versprach er nur mehr Arbeit und volle Bezahlung, sobald dieser Auftrag durchgeführt war.

Vilma Espin sollte uns begleiten; sie erschien um fünf Uhr fünfundvierzig, mit einer Maschinenpistole und einem Revolver bewaffnet. Vilma saß neben dem Fahrer; Camilo und ich zwängten uns auf den Rücksitz, wo bereits der Schütze für das dort montierte leichte Maschinengewehr saß.

Die unbequeme Fahrt dauerte bis nach Mitternacht. Das Flugzeug — eine Cessna 195 — stand bereit, aber Raúl war noch nicht da. Ich überprüfte die Maschine sorgfältig und stellte fest, daß sie einwandfrei in Ordnung war. Während Camilo mürrisch eine Flasche Scotch leerte, ging Vilma ungeduldig auf und ab. Sie sah von allen Mädchen in Fidels Hauptquartier weitaus am besten aus, brauchte aber ein Bad und wöchentlich eine Tracht Prügel.

Endlich hörten wir in der Ferne Motorengeräusch, dann wurden zwei Scheinwerferpaare in der Dunkelheit sichtbar. Unser MG-Schütze richtete sich auf und behielt das erste Fahrzeug im Visier, als es auf uns zurollte. Ein Mann sprang aus dem Wagen. Er trug einen hellbraunen Anzug, weißes Hemd, dunkle Krawatte und einen breitkrempigen mexikanischen Hut. Es war Raúl.

Vilma rannte ihm entgegen. Er nahm sie in die Arme und küßte sie. Seine Männer im zweiten Jeep klatschten Beifall. Dann sah Raúl mich im Scheinwerferlicht stehen und verzog das Gesicht.

Ich ging auf ihn zu. »Die Sache gefällt mir auch nicht, Raúl. Aber wir müssen uns eben aneinander gewöhnen.«

Er wandte sich wortlos ab und verschwand mit Vilma in der Dunkelheit hinter dem Flugzeug.

Camilo sah auf seine Uhr. »Jetzt dauert es noch lange. Raúl läßt sich erst Bericht erstatten, bevor er sich Zeit für die Liebe nimmt.«

»Bericht?« fragte ich. »Worüber?«

»Vilma spioniert im Hauptquartier für Raúl. Bruder gegen Bruder – wie in allen Bürgerkriegen.«

Raúl und Vilma kamen erst zwei Stunden später wieder zum Vorschein. Ein letzter Kuß, dann kletterte Raúl an Bord. Camilo verabschiedete sich von mir, und ich nahm meinen Platz ein. Gegen vier Uhr konnten wir endlich starten.

Ich überflog den Cauto in östlicher Richtung und stieg auf zweitausend Meter Höhe.

Eine halbe Stunde später stieß Raúl mich plötzlich an und deutete nach Backbord, wo ein Wald von Lichtern unter uns lag. »Die Nicaro-Werke Ihrer amerikanischen Regierung. Unsere Straßen und Landeplätze sind mit Lastwagen und Schleppern und Planierraupen von Nicaro gebaut worden. Einige Ihrer amerikanischen Journalisten haben uns vorgeworfen, wir hätten das Material gestohlen. Ihre Regierung beliefert jedoch Batista mit Waren, deshalb fühlen wir uns berechtigt, amerikanisches Material zu benützen, wo wir es finden.«

»Und welche Entschuldigung haben Sie für die Entführung unbeteiligter Amerikaner?«

»Die Vereinigten Staaten sollen sich von unserem Ernst überzeugen können. Ihre Leute sind gut behandelt worden. Wir haben ihnen gezeigt, welche Schandtaten Batistas Truppen in unbewaffneten Dörfern begangen haben. Wir haben ihnen unseren Standpunkt vorgeführt und sie dann entlassen.«

Ich nahm mir vor, in Zukunft möglichst wenig zu reden – vielleicht hielt er mir dann keine weiteren Vorträge mehr.

Fünfundvierzig Minuten nach dem Start verließen wir Cuba,

und die Lichter von Kap Maisi erloschen hinter uns. Als ich nach Südosten abdrehte, um die Windward-Passage zu überfliegen, gerieten wir in stürmisches Wetter mit heftigen Regengüssen und unberechenbaren Auf- und Abwinden. Ich stieg höher, aber auch das hatte keinen Zweck; als ich daraufhin tiefer ging, reichte die Wolkendecke bis hundertfünfzig Meter.

Wir kämpften uns langsam weiter. Als wir die Nordspitze Haitis überflogen hatten, ließ die Turbulenz etwas nach. Ich lehnte mich zurück und sah zu Raúl hinüber. Ihm war hundeübel.

»Schlucken Sie es hinunter«, riet ich ihm. »Wir haben es fast hinter uns.«

»Mein Bruder . . .«, murmelte Raúl undeutlich, »er wäre auch luftkrank . . .«

Ich konzentrierte mich wieder auf meine Instrumente. Wir blieben auf gleichem Kurs, überquerten den Golf von Gonaves zwischen den scherenförmigen Ausläufern Haitis und erreichten im ersten Morgengrauen die Insel Gonave. Bei dem kleinen Fischerdorf Gabet drehte ich nach Osten ab und überflog den Canal de St. Marc in dreißig Meter Höhe. Zwanzig Kilometer nördlich des internationalen Flughafens ging ich über weitläufigen Zuckerrohrfeldern noch tiefer. Raúl hatte sich eben erst halbwegs erholt, als er bereits wieder durchgeschüttelt wurde.

Nach zehnminütiger Suche sahen wir unser Ziel – die große Plantage und den provisorischen Landeplatz in einem Feld. Diesmal wurde es eine harte Landung, denn die leichte Maschine holperte über die tiefen Spuren der eisernen Karren, mit denen das Zuckerrohr transportiert wird. Ich rollte bis an ein großes Lagerhaus und stellte dort den Motor ab. Raúl atmete erleichtert auf und kletterte zu Boden.

Ein riesiger Mulatte begrüßte uns – Claude Montville, der Plantagenaufseher. Er war um einen Kopf größer als Raúl, der erschrocken zusammenzuckte, als Montville ihm die Hand drückte. Claude half mir, die Maschine in das Lagerhaus zu schieben, und führte uns dann zu dem Wagen, mit dem wir nach Port-au-Prince weiterfahren sollten, das dreißig Kilometer entfernt lag.

Raúl drückte Claude tausend Dollar in die Hand und befahl ihm, gut auf das Flugzeug zu achten; wir kletterten in den

Wagen, ratterten eine Viertelstunde lang über schlechte Wege und erreichten dann die Hauptstraße.

Als wir uns Port-au-Prince von Norden her näherten, fuhren wir lange durch geradezu erschreckende Slums am Wasser. Hier lebten Zehntausende in primitiven Hütten. Der Gestank allein war entsetzlich. Um diese Zeit – gegen neun Uhr – wälzten sich schwarze Menschenmassen zum Markt.

Raúl wies nach draußen. »Der einzige Unterschied zwischen diesen Leuten und unseren Campesinos ist die Tatsache, daß die Wirtschaft Cubas mehr Arbeitsplätze bietet. Hier und dort sind die Löhne jedoch so niedrig, daß die Armen für immer arm bleiben. Das ist einer der Mißstände, die unsere Revolution beseitigen wird.«

»Hoffentlich«, sagte ich.

Die Stadt veränderte sich völlig, als wir den Markt hinter uns ließen. Nun standen überall prächtige weiße Gebäude an breiten Straßen, auf denen reger Verkehr herrschte. Wir erreichten das Hotel Castle Haiti, das zu den größten Gebäuden der Stadt gehörte; Raúl nahm zwei nebeneinanderliegende Zimmer und gab dabei falsche Namen an.

Ich ging in mein Zimmer und stellte mich unter die Dusche. Als ich mich anschließend rasierte, wurde an die Tür geklopft. Draußen stand ein Page mit zwei Lehnstühlen. Er erklärte mir, der Herr von nebenan wolle die Stühle nicht bei sich haben und lasse mich bitten, sie einstweilen in mein Zimmer zu stellen. Ich ging ins Nebenzimmer und sah Raúl in der Mitte des Raumes stehen. Auf Sofa und Bett türmten sich Papiere, Gepäck und Kleidungsstücke. Die einzigen Sitzgelegenheiten waren zwei ungepolsterte Stühle.

»Schlimm genug, daß ich mich mit diesen Leuten abgeben muß«, knurrte er, als habe er es mit Spitzeln oder Denunzianten zu tun. »Ich habe keine Lust, ihnen auch noch einen Sitzplatz anzubieten, damit sie gemütlicher schwatzen können.«

»Ich gehe jetzt zum Frühstück nach unten«, stellte ich fest. »Wir sehen uns später.«

»Bringen Sie Whisky mit. Ich muß mir den Mund ausspülen können, wenn diese Narren da waren.«

Nachdem ich gefrühstückt und Port-au-Prince besichtigt hatte, kam ich vier Stunden später mit zwei Flaschen Scotch zurück. Dann schlief ich bis sechs, duschte nochmals und klopfte an Raúls Tür. Er schlug vor, wir sollten in mein Zimmer gehen — ich hatte wenigstens bequeme Sessel.

Ich ließ Eis und Sodawasser bringen. Wir gingen auf den Balkon hinaus, legten die Füße auf die Brüstung und unterhielten uns, als seien wir alte Freunde und nicht zwei Männer, die gezwungenermaßen miteinander auskommen mußten.

Wir sprachen zunächst über die Revolution, dann fragte Raúl plötzlich: »Kennen Sie den Schauspieler namens Errol Flynn?«

»Nicht persönlich«, antwortete ich.

»Er hat unser Hauptquartier mit drei Mädchen besucht. Man hätte glauben können, wir wollten einen Film drehen, statt um unser Leben zu kämpfen und Tag für Tag zu sterben.«

»Reichlich taktlos«, murmelte ich.

»Oh, es war sogar komisch. Errol war jedem sofort sympathisch. Er und mein Bruder haben gut zusammengepaßt — Fidel immer mit seiner Flasche Brandy, Flynn immer mit seiner Wodkaflasche.« Raúl zeigte mir eine Fotografie: Errol im Vordersitz eines Jeeps mit der Maschinenpistole auf dem Schoß und rechts und links ein Mädchen, das ihn auf die Backe küßte. In der linken Hand hielt er diesmal eine Weinflasche.

»Ich habe ihm drei Leibwächter mitgegeben, die verhindern sollten, daß er irgendwo aus Leichtsinn Selbstmord beging«, fuhr Raúl fort. »Er hat es beinahe fertiggebracht, sie, sich und seinen Harem umzubringen. Er ist mit diesem Jeep durch Sperren und Regierungspatrouillen und Granatwerferfeuer gerast. Wenn wir nach einem anstrengenden Tag hundemüde waren, hat er uns seine Erfahrungen mit aufständischen Eingeborenen in Neuguinea geschildert.«

»Was hat er von der Revolution gehalten?« fragte ich.

»Seiner Meinung nach war sie die beste Dreiwochenparty, auf der er je gewesen war.«

»Und was soll das alles bedeuten?«

»Nichts«, knurrte Raúl, »aber Flynn ist ein guter Mann, der nur zu lange in Amerika gelebt hat.«

Raúl ging ans Telefon und bestellte zweimal Roastbeef, das in meinem Zimmer serviert werden sollte. Wir konnten auf dem Balkon in aller Ruhe essen, und Raúl hatte verständlicherweise nicht die Absicht, sich öfter als unbedingt notwendig außerhalb seines oder meines Zimmers sehen zu lassen.

Ich vermutete allerdings, daß dieser Wunsch nicht nur politische Gründe hatte. Seine Zivilkleidung war ebenso schmutzig wie seine Uniform; er hatte Trauerränder unter den Fingernägeln und seine langen Haare waren fettig. Raúl war zu intelligent, um nicht zu wissen, daß er stank — aber auch zu arrogant, um sich zu duschen.

Seine Tischmanieren entsprachen seiner äußeren Erscheinung. Raúl verzichtete auf Gabel und Messer, riß große Fleischstücke ab und stopfte sie sich mit schmutzigen Fingern in den Mund. Ich durfte ihn nicht dabei beobachten, sonst wäre mir der Appetit vergangen.

Nach dem Essen teilte er mir mit, die ersten Abgeordneten der einzelnen Auslandsstellen würden in dieser Nacht ankommen. Ich vereinbarte mit ihm, daß ich am nächsten Morgen frühzeitig zur Stelle sein würde, und ging dann.

In der Bar versuchte ich es mit einigen Lehrerinnen, die hier ihren Urlaub verbrachten. Sie tranken meinen Whisky und lachten über meine Stories, aber als es spät wurde, begannen sie nervös zu werden. Ich gab das Spiel auf und ging ins Bett.

Am nächsten Morgen frühstückte ich allein und meldete mich um neun bei Raúl.

»Gerade rechtzeitig«, sagte er. »Der erste kommt schon herauf.« Er ließ mich auf einem Stuhl in der Ecke Platz nehmen und zog meinen Schulterhalfter nach vorn, so daß der Pistolengriff sichtbar war. Dann öffnete er die Tür.

Ein hagerer Mann mit tiefliegenden Augen und spärlichem dunklem Haar kam herein.

»Ich bin Ramón Cairol«, sagte er, »der Delegierte für San Juan, Puerto Rico. Es ist eine große Ehre für uns, daß El Comandante seinen Bruder schickt.«

Der Mann sah sich vergeblich nach einer Sitzgelegenheit um. Er starrte mich kurz an und konzentrierte sich dann wieder auf Raúl.

Raúl trat auf ihn zu. »Und wieviel kann San Juan beitragen?«

Cairol nahm einen dicken braunen Umschlag aus der Innentasche seiner Jacke. »Ich habe hier fünfundzwanzigtausend Dollar.«

Raúl nahm den Umschlag entgegen, ohne sich auch nur mit einem Lächeln zu bedanken.

Der Delegierte griff nochmals in die Tasche und zog ein einzelnes Blatt Papier heraus. »Dies ist ein Verzeichnis der Spender in San Juan und Umgebung. Mein Name steht mit dem größten Beitrag an erster Stelle, und niemand wünscht der Bewegung mehr Erfolg in den kommenden Wochen.« Er räusperte sich. »Ich selbst besitze eine Farm in Matanzas neben der Ranch von Doktor Montez, Batistas Cousin. Wenn sein Grundbesitz beschlagnahmt wird, könnte ich mehr Leute beschäftigen und das Los vieler Campesinos verbessern, indem ich beide Besitzungen gleichzeitig bewirtschafte.«

»Darüber wird noch entschieden.« Raúl sah auf seine Armbanduhr.

Der Delegierte zog sich zurück. »Ich habe Ihre wertvolle Zeit schon zu sehr in Anspruch genommen, aber denken Sie bitte daran, daß Ramón Cairol stets bereit ist, der Revolution in jeder Beziehung zu helfen.«

»Sind Sie von San Juan hierher geflogen?« wollte Raúl wissen.

»Ja, Señor.«

»Erster Klasse oder Touristenklasse?«

»Natürlich erster Klasse, Señor.«

»Wären Sie in der Touristenklasse gekommen, hätten Sie um so viel mehr für die Bewegung spenden können.«

Cairol starrte Raúl verwirrt an.

»Lassen Sie das Ticket umschreiben und bringen Sie mir den Differenzbetrag.«

Cairol nahm die Flugkarte aus der Tasche. »Sie haben recht, Señor. Tun Sie mir die Ehre, den ganzen Betrag für die Bewegung entgegenzunehmen. Ich kaufe mir eine Karte in der Touristenklasse für den Rückflug.«

Raúl nahm das Ticket entgegen und sah dem Delegierten nach, der erleichtert den Raum verließ. Dann warf er die Liste in den Papierkorb und steckte das Geld und die Flugkarte in eine Aktentasche.

»Wollen Sie die Spendenlisten nicht aufbewahren?« fragte ich.

Raúl schüttelte den Kopf. »Nein, und damit tun wir ihnen sogar einen Gefallen. Wüßte ich nach dem Sieg in Havanna noch, welche kümmerlichen Beträge einzelne gespendet haben, würde ich ihren gesamten Besitz konfiszieren. Ja, so ist es wirklich besser für sie.«

Eine halbe Stunde später klingelte das Telefon. Raúl hörte zu, sagte: »Kommen Sie herauf«, und legte auf. Kurze Zeit später klopfte es an der Tür, und Raúl ließ einen untersetzten Mann mit einer Zigarre zwischen den Zähnen ein.

»Ich bin Rafael Mendoza aus Miami«, verkündete der Mann. Er trug einen italienischen Seidenanzug, Krokodillederschuhe und eine handgemalte Krawatte.

Raúl, dessen schäbiger Aufzug nun doppelt peinlich war, starrte dieses Sinnbild der Wohlhabenheit und des Reichtums feindselig an.

»Ich habe hier dreißigtausend Dollar als Spende der Außenstelle Miami«, sagte Mendoza stolz. Er nahm einen versiegelten Umschlag aus seiner schweinsledernen Aktentasche und gab ihn Raúl. »Der Umschlag enthält den genannten Betrag und eine Liste der Spender.«

»Ich bin enttäuscht«, sagte Raúl. »Miami ist so reich, daß ich mehr erwartet hätte.«

»Ich habe meine Freunde immer wieder ermahnt, soviel wie überhaupt möglich zu spenden, um den Kampf gegen die Tyrannei zu unterstützen.« Er nahm einen zweiten Umschlag aus der Tasche. »Damit Sie sehen, wie sehr ich diesen Kampf selbst zu fördern bereit bin, habe ich hier eine weitere Spende von mir und meiner Familie – insgesamt zwanzigtausend Dollar.« Er übergab Raúl das Geld und eine Liste.

Raúl warf einen Blick auf die Liste. »Das sind ja vierzig Namen!« rief er verblüfft aus.

»Die Mendozas gehören zu den größten Familien Cubas«, erklärte ihm der Mann. »Wie Sie sehen, leben die meisten von uns jetzt in Miami – ich selbst in der Collins Avenue, Miami Beach.«

»Ihre Spende wird sofort zweckentsprechend verwendet. Und was wollen Sie dafür?«

Mendoza war offensichtlich verwirrt, antwortete jedoch tapfer: »Meine Familie bittet, diesen Betrag als Anzahlung für tausend Hektar Zuckerrohrland bei Holguin anzusehen.«

Raúl dachte einen Augenblick lang nach. »Meinen Sie zufällig die Pflanzung an der Hauptstraße mit dem Eisenbahnanschluß?«

Mendoza nickte eifrig.

»Richtig, ich habe sie in Brand gesteckt.«

Mendoza lachte. »Das verbessert nur die nächstjährige Ernte. Wenn Sie und Ihr Bruder Cuba befreit haben.«

»Ich kann jetzt noch keine Entscheidungen treffen, aber ich werde an Sie denken, Señor Mendoza. Wie sind Sie übrigens hierher geflogen — erster Klasse?«

»Selbstverständlich, Comandante. Bei einem Unternehmen dieser Bedeutung?«

»Gehen Sie ins Büro Ihrer Fluggesellschaft, lassen Sie das Ticket auf Touristenklasse umschreiben und bringen Sie mir den Differenzbetrag. Wir brauchen jeden Dollar.«

Mendoza rang sich ein schwaches Lächeln ab. »Natürlich, Comandante. Wir müssen alle Opfer bringen, bis der Sieg gewonnen ist. Der Preisunterschied beträgt etwa fünfundvierzig Dollar.« Er holte sein Portemonnaie aus der Tasche und gab Raúl einen Fünfzigdollarschein. »Für die Bewegung«, erklärte er und verließ rasch den Raum.

Raúl spuckte aus. »Jude.«

»Er?« fragte ich.

Raúl spuckte nochmals. »Sie sind alle Juden.«

Ich sah ihn fragend an.

»Ja, diese Delegierten sind ihrem Wesen nach alle Juden. Sie geben so wenig wie möglich für unsere Bewegung, um so viel wie möglich dabei herauszuschlagen. Ihr Geld ist kein ehrlicher Beitrag, sondern ein Risikoanteil.« Raúl grinste spöttisch. »Aber selbstverständlich wird keiner dieser edlen Spender berücksichtigt. Wir wollen nicht die Reichen reicher, sondern die Armen weniger arm machen. Deswegen muß der Besitz der Reichen verteilt werden, bis alle gleichviel haben.«

Eine Woche lang kamen jeden Tag Delegierte und brachten Raúl das gesammelte Geld. Von Tag zu Tag fertigte Raúl sie kürzer ab und schickte sie in der Touristenklasse nach Hause. Ich hielt auf meinem Stuhl Wache und nahm mir jeden Tag nur eine Stunde frei, die ich am Schwimmbecken verbrachte.

Abends fuhr ich zweimal zur Plantage hinaus, um das Flugzeug zu überprüfen, die Motoren laufen zu lassen und mit Claude Montville zu sprechen. Auf Raúls Anweisung bat ich ihn, uns einige Granatwerfer zu vermitteln. Claude wollte uns anrufen, sobald er einen Händler gefunden hatte.

Am achten Tag erschreckte mich der erste Delegierte fast und brachte mich jedenfalls dazu, meinen Hut tiefer ins Gesicht zu ziehen und den Kopf gesenkt zu halten. Ich wußte nicht, wo ich den Besucher einordnen sollte – aber er war mir unheimlich.

Der Mann war einfach und fast schäbig gekleidet, stellte sich als Manuel Gomez vor und behauptete, für die Außenstelle Miami zu arbeiten. Angeblich bei Exilcubanern gesammelt und ihre Pesos in Empfang genommen, bevor sie das Geld in Dollars umwechseln konnten.

Ich hielt seine Geschichte für einen Schwindel, aber Raúl fiel darauf herein, als Gomez ihm eine Flugkarte für die Touristenklasse zeigte. Raúl schob Gomez' hunderttausend Pesos in seine Aktentasche und unterhielt sich längere Zeit mit ihm.

Ich beobachtete die beiden. Gomez sprach ebenso verächtlich von den anderen Delegierten wie Raúl, befürwortete eine Landreform zugunsten der Campesinos und wollte die Industrie ebenfalls verstaatlich sehen. Der Höhepunkt kam jedoch erst, als Gomez behauptete, er bewundere Ché Guevara seit langem und würde sich freuen, ihn persönlich kennenzulernen. Von dieser Sekunde an wußte ich, daß Gomez Raúl hereinzulegen versuchte. Dann fiel mir auch auf, was nicht an ihm stimmte: sein fadenscheiniger Anzug paßte nicht zu den manikürten Händen und dem teuren Haarschnitt. Gomez schien allzuviel über die Vorgänge innerhalb der Bewegung zu wissen, obwohl er sich Mühe gab, nichts davon zu zeigen. Und seine Pesos schienen künstlich gealtert zu sein, als seien sie erst vor wenigen Tagen aus der Druckpresse gekommen, die Batista auf immer höheren Touren laufen ließ.

Raúl machte bald das Sofa frei und bot seinem Besucher einen Platz an. In diesem Augenblick erinnerte ich mich daran, wo ich Gomez schon einmal gesehen hatte.

Ich war eines Tages in Miami gewesen, um mit Dr. Carlos Prio Socarras über mögliche Aufträge zu sprechen. Prio empfing mich in seinem Luxusappartement. Eine schöne junge Südamerikanerin stand in seinem Wohnzimmer, als er mich ins Arbeitszimmer führte. Prio und ich trafen uns am nächsten Abend an der Bar des Hotels Columbus, und er ließ das Mädchen inzwischen an einem Tisch warten.

Während wir Fidels Fortschritte diskutierten, ging ein Südamerikaner hinter Prios Rücken auf das Mädchen zu und küßte es. Dann gab es ihm einen Briefumschlag.

Ich erzählte Prio nichts davon, erkundigte mich jedoch wie beiläufig nach seiner schönen jungen Begleiterin.

Er erzählte mir, sie sei Marisol Alba, eine ehemalige Fernsehschauspielerin. Ihre angesehene Familie habe vor Batista fliehen müssen. Marisol sei bei ihm zu Gast, bis sie wieder nach Hause zurückkehren könne.

Um herauszubekommen, was ›Gast‹ eigentlich bedeutete, bot ich ihm an, Marisol die Sehenswürdigkeiten von Miami zu zeigen. Als Prio sofort eifersüchtig ablehnte, wußte ich, daß sie seine Geliebte war.

Einige Monate später erfuhr ich, was sich wirklich ereignet hatte. Marisol war eine hochbezahlte Agentin Batistas, der ihr in Miami ein Luxusappartement gemietet hatte. Es war ihr gelungen, Prios Bekanntschaft zu machen und ihn an sich zu fesseln.

Irgendwie spielte nun auch Alberto Bayo, Fidels früherer Militärberater, eine Rolle. Er hatte Truppen für Prios Organización Auténtico ausgebildet, als er in Mexiko verhaftet und wegen illegaler Tätigkeit verurteilt wurde. Bayo war nicht der erste von Prios Leuten, die auf diese Weise im Gefängnis landeten, und sein Fall machte Prio aggressiv mißtrauisch.

Kurze Zeit später überfielen drei Männer in seinem Auftrag Eduardo Hernandez, den cubanischen Konsul in Miami, der eben ein Flugzeug nach Havanna besteigen wollte. Einer stellte ihm das Bein, der zweite riß ihm die Aktentasche aus der Hand und der dritte wartete in einem Auto mit laufendem Motor. Die Aktentasche enthielt Berichte, aus denen klar hervorging, daß Marisol Alba für Batista arbeitete.

Der Mann, mit dem Raúl sich jetzt so gut unterhielt und dem er offenbar Vertrauen schenkte, war der Mann, der sich im Hotel Columbus mit Marisol Alba getroffen hatte. Folglich war er bestimmt ebenfalls ein Agent Batistas.

Ich erzählte Raúl nichts von meinem Verdacht. Erstens konnte ich ihn nicht beweisen, und zweitens hätte er mir kein Wort geglaubt, selbst wenn ich Beweise vorgelegt hätte. Andererseits durfte ich nicht zulassen, daß Gomez Raúl irgendwie schadete: Kleiner Bruder war mein Schutzbefohlener, und falls er starb oder verschwand, würde Großer Bruder sich etwas Ähnliches für mich ausdenken. Vorläufig konnte ich nur abwarten und beobachten.

Nachdem Raúl ihm erzählt hatte, wann wir abfliegen wollten und wo unser Flugzeug stand, versprach Gomez ihm, er werde noch mehr Geld auftreiben – oder Batista mehr drukken lassen, dachte ich – und es uns bringen, bevor wir Haiti verließen. Beim Hinausgehen sprach er noch davon, er wolle sich selbst den Revolutionären anschließen und zu diesem Zweck bald nach Cuba kommen.

Am nächsten Tag erschien Claude Montville im Hotel. Ich erkannte ihn kaum, da er zur Abwechslung einen gutsitzenden Anzug trug. Er hatte tatsächlich einen Händler aufgetrieben. »Aber die Granatwerfer sind sehr teuer . . .«

»Wie teuer?« fragte Raúl.

»Siebenhundert für Rohr, Zweibein und Grundplatte.«

»Ausgeschlossen. Wir zahlen ohnehin Phantasiepreise, aber nie mehr als fünfhundert Dollar für einen Granatwerfer.« Raúl blieb vor Montville stehen. »Wenn Sie ein Freund der Revolution sind, müssen Sie besser für uns feilschen. Sagen Sie dem Mann, wir kaufen ihm hundertzwanzig Granatwerfer für fünfhundert Dollar pro Stück ab. Dazu kommen noch hundert Granaten für jede Waffe. Gehen Sie, ich warte hier auf Sie.«

Montville ging.

Eine Stunde später kam er zurück und berichtete, es sei ihm gelungen, den Preis auf fünfhundert Dollar zu drücken. Die Granaten sollten pro Stück zwanzig Dollar kosten.

»Wann können wir die Waffen sehen?« fragte Raúl.

»Heute abend.«

»Ich lasse Sie von meinem amerikanischen Partner besichtigen, weil ich selbst nicht gesehen werden möchte. Sobald er bestätigt, daß die Waffen einwandfrei sind, zahle ich an Sie. Ich mache Sie für Vollzähligkeit und prompte Lieferung verantwortlich.«

In der Abenddämmerung ging ich mit Claude Montville durch das Gewirr von Hütten und Buden des Eingeborenenmarkts am Rand der Slums. Vor jeder Bude war eine Plattform angebracht, auf der tagsüber die Waren ausgebreitet wurden. Unter diesen Plattformen befanden sich geräumige Verstecke.

Vor einer dieser Buden blieb Montville schließlich stehen, schob einen alten Sack zur Seite und zeigte mir eine große Kiste unter der Plattform. Er nickte zufrieden, ging zu den nächsten Buden weiter und hob überall die Vorhänge aus alten Säcken beiseite. Jedesmal wurde dahinter eine Kiste sichtbar.

»Das sind Ihre Granatwerfer, Monsieur«, sagte Claude.

»Kann ich mir einen ansehen?«

»Selbstverständlich.« Er pfiff grell auf zwei Fingern. Ein hagerer Schwarzer tauchte mit einer Brechstange in der Hand zwischen den Buden auf, dann folgte ein ebenfalls farbiger Gentleman, den Montville als Monsieur Dubois vorstellte.

Wir sprachen über das Geschäft, während der unterernährte Schwarze eine Kiste nach der anderen öffnete. Jede enthielt einen vollständigen 81-mm-Granatwerfer in Originalverpakkung. Die Granaten wurden in Kisten zu zehn Stück geliefert.

Montville und ich kehrten zufrieden ins Hotel zurück.

»Die Ware ist in Ordnung, Raúl«, stellte ich fest. »Die Granatwerfer sind sogar brandneu. Da Montville hier darauf achten kann, daß wir nicht betrogen werden, sehe ich kein Hindernis mehr.«

Raúl sah zu Montville hinüber. »Wie steht es mit dem Transport? Die Ladung ist schwer . . .«

»Die Leute haben selbst einen Trawler. Sie haben schon früher schwere Lasten nach Cuba gebracht.«

»Was verlangen sie dafür?«

»Fünfzehntausend Dollar.«

»Ich möchte zwei Granatwerfer und fünfundzwanzig Schuß ans Flugzeug geliefert haben. Aber ohne Grundplatten – wir improvisieren sie auf Cuba. Die Ladung muß morgen abgehen; wir fliegen übermorgen und nehmen sie selbst in Empfang.«

Claude nickte.

Raúl wühlte in seinen Papieren und fand schließlich eine Karte von Oriente. »Hier ist die Nipebucht. Dreißig Kilometer östlich liegt die Bucht von Levisa. Die Waffen sollen hier am Ostufer an Land gebracht werden.« Er bezeichnete die Stelle mit einem Kreuz auf der Karte.

»Wird gemacht«, versprach Claude.

Raúl rechnete laut. »Hundertzwanzig Granatwerfer kosten sechzigtausend Dollar. Zwölftausend Granaten kosten zweihundertvierzigtausend Dollar. Dazu kommen noch fünfzehntausend Dollar für den Transport – zusammen also dreihundertfünfzehntausend Dollar.«

Montville nickte.

Raúl machte eine Runde durchs Zimmer. Er hatte überall — in Schubladen, Vasen, Koffern, Kissenbezügen und sogar unter der Matratze — Geld versteckt, das er jetzt hervorholte. Dann zählte er 315 000 Dollar ab, steckte sie in eine große Tüte und gab sie Montville.

»Denken Sie daran, daß Sie mit dem Leben dafür haften, daß alles richtig geliefert wird«, mahnte Raúl. Er zählte dreitausend Dollar ab. »Ihr Honorar.«

Claude wünschte uns viel Glück und verabschiedete sich.

»Sehen Sie her, Raúl«, sagte ich und zählte siebeneinhalbtausend Dollar ab. »Mein Honorar.«

Er nickte wortlos.

Wir gingen auf den Balkon hinaus, legten die Füße aufs Geländer und tranken Scotch mit Soda.

Raúl war mit sich und der Welt zufrieden und sprach deshalb noch mehr als sonst. »Mit unseren neuen Granatwerfern brechen wir aus Oriente aus. Dann ist Havanna an der Reihe. Und dann gibt es bald keinen amerikanischen Marinestützpunkt in Guantanamo mehr.«

»Sie nehmen sich viel vor, Raúl.«

»Ha!« schnaubte er. »Letzten Monat habe ich ihn mit nur vier Mann fast lahmgelegt. Wir haben die Pumpstation am Yateras besetzt und Guantanamo das Wasser abgesperrt. Sie können mir glauben, daß der ganze Stützpunkt mehrere Stunden lang nicht einsatzbereit war.«

»Was paßt Ihnen eigentlich nicht?« fragte ich. »Der Stützpunkt gibt Cubanern Arbeit und Brot, ist ein Schutz gegen ausländische Aggression und . . .

»Welche ausländische Aggression?« wollte Raúl wissen. »Die Vereinigten Staaten haben erst im Mai dreihundert Raketen von Guantanamo aus an Batistas Luftwaffe geliefert. Das können wir sogar mit Fotografien beweisen. Diese Waffen werden bereits gegen uns eingesetzt.«

Er hatte natürlich recht. Die Raketen waren tatsächlich geliefert worden, obwohl ein Waffenembargo bestand. Es handelte sich dabei um eine Ersatzlieferung für fehlerhafte Waffen — aber die Revolutionäre wollten das nicht glauben und wiesen zudem darauf hin, daß die Raketen — Ersatz oder nicht — ihre Landsleute ebenso töteten.

»Erzählen Sie mir also nichts von ausländischer Aggression«, fuhr Raúl fort. »Die Amerikaner sind die einzigen Aggressoren. Sie besitzen Hotels, Betriebe der Schwerindustrie, kontrollieren unseren Bergbau und beherrschen den Export. Auf diese Weise ist ihr Einfluß ebenso groß, als ob sie Cuba besetzt hätten. Cuba soll der Teufel holen, aber Gott segne Platts Zusatzakte!«

»Hören Sie, davon ist schon seit fünfundzwanzig Jahren nicht mehr die Rede.«

»Aber die Amerikaner sind weiterhin davon überzeugt. Lassen Sie uns ein Jahr Zeit, dann sieht die Sache anders aus. Dann wird die Wirtschaft verstaatlicht . . .«

»Ihr Bruder behauptet in Radio Rebelde jede Woche das Gegenteil«, warf ich ein.

Raúl lachte höhnisch. »Was mein Bruder sagt oder denkt, spielt kaum eine Rolle. Er wirkt wie ein Magnet auf die Campesinos, aber das ist seine einzige Aufgabe – die politischen Entscheidungen werden von anderen getroffen.«

»Fidel stört Sie wirklich, was?« meinte ich.

»Stören? Er regt mich auf, falls Sie das andeuten wollten. Noch dazu ist er ein Feigling. Gleich beim ersten Angriff auf die Moncado-Kaserne – damals am 26. Juli – hat er die Nerven verloren und ist weggelaufen, während seine Männer in der allgemeinen Verwirrung niedergemetzelt wurden. Fidel ist nur ein . . .«

Nachdem Raúl noch einige Zeit auf diese Weise über seinen Bruder hergezogen war, stand er plötzlich auf und ließ mich allein. Ich ging ins Bett, konnte jedoch nicht einschlafen, weil ich mir überlegte, was Gomez mit Raúl vorhaben mochte.

Montville rief mich um fünf Uhr morgens an. Ich war in fünf Minuten rasiert und angezogen, fuhr nach unten und stieg in den bereitstehenden Wagen.

Auf der Fahrt zum Hafen versicherte Claude mir, die Granatwerfer und die dazugehörige Munition seien in dieser Nacht verladen worden. Er habe allerdings Auslagen gehabt, die Raúl ihm ersetzen sollte: etwa zweitausend Dollar, mit denen er die Wasserpolizei bestochen hatte.

Wir fuhren ans Ende eines Kais und stiegen aus. Zwei Polizisten grüßten höflich, als wir an Bord des Trawlers gingen. Ich zählte die Kisten an Deck und folgte dann Claude nach unten; der Laderaum stand ebenfalls voller Kisten. Der Kapitän schwor bei allen Heiligen, daß die Ladung frühzeitig am nächsten Morgen ihren Bestimmungsort erreichen würde.

Auf der Fahrt zurück ins Hotel erkundigte Claude sich nach unseren weiteren Plänen. Ich teilte ihm mit, er solle den Wagen schon um elf Uhr abends schicken, damit ich genügend Zeit habe, das Flugzeug vor dem Start zu überprüfen. Bei Tagesanbruch würden wir am Strand von Levisa sein, und Raúl würde das Löschen der Ladung selbst überwachen.

Den Rest des Tages verbrachte ich in Raúls Gesellschaft. Am Spätnachmittag kam und ging der letzte Delegierte. Während Raúl das restliche Geld — über 300 000 Dollar — in eine Reisetasche stopfte, erzählte er mir, Manuel Gomez habe nochmals angerufen: »Er ist wieder in Haiti. Er kann uns diesmal noch nicht nach Oriente begleiten, erweist uns aber hier einen äußerst wertvollen Dienst.«

Ich aß im Hotelrestaurant und traf mich um elf mit Raúl in der Halle. Er bezahlte unsere Rechnung; wir stiegen in den bereitstehenden Wagen und ließen uns zu Montvilles Pflanzung fahren.

Gegen Mitternacht kamen wir vor dem großen Lagerhaus an, das im hellen Mondschein düster vor uns aufragte. Der eingeborene Chauffeur fuhr sofort weiter, und wir machten uns daran, die großen Eisentüren aufzuschieben.

Als ich gemeinsam mit Raúl die linke Hälfte der Tür zur Seite schob, knackte es vor uns in der Dunkelheit neben dem Flugzeug. Ich ließ mich zu Boden fallen und riß Raúl mit mir. Im gleichen Augenblick durchsiebten ein halbes Dutzend Schüsse die Tür über unseren Köpfen.

Raúl warf mir einen Blick zu. »Danke«, sagte er widerstrebend.

Er rannte zu seinem Gepäck hinüber, bei dem seine Maschinenpistole lag. Ich kroch zu meiner Türhälfte hinüber, nachdem ich Raúls geschlossen hatte, und stieß sie ebenfalls zu.

Raúl hatte inzwischen an einer Ecke des Lagerhauses Posten bezogen. Ich lief zur entgegengesetzten hinüber.

»Wo ist das Geld?« rief Raúl mir zu. Er meinte seine Reisetasche, die er vorhin abgesetzt hatte, um besser schieben zu können.

»Drinnen.«

»Dann hat er es!«

»Richtig. Die Ratte hat den Käse – aber die Falle hat die Ratte.«

Raúl grinste und nahm das Innere des Lagerhauses mit seiner Thompson unter Feuer. Er hatte das erste Magazin leergeschossen, wobei er darauf achtete, unser Flugzeug nicht zu treffen, und schob eben das zweite ein, als die Tür geöffnet wurde. Ein Mann kam mit einer Maschinenpistole in der Hand aus dem Gebäude gestürzt.

Er sah mich, drehte sich um und hob seine Maschinenpistole. Ich warf mich zu Boden und schoß im gleichen Augenblick. Der erste Schuß traf ihn in der Brust.

Raúl kam herbeigerannt. »Das ist Gomez!« rief er verblüfft.

»Wer sonst?« sagte ich.

»Nur ein Schuß«, murmelte er. »Sie haben wirklich Glück.«

»Richtig. Und je mehr ich trainiere, desto öfter habe ich Glück.«

Raúl verfluchte seine Leichtgläubigkeit, während er sich über die Leiche beugte, die Brieftasche aus der Jacke nahm und ihren Inhalt untersuchte. »Das ist Justo Blanco!« stellte er dann fest.

»Tatsächlich?« sagte ich, weil mir der Name nichts sagte.

»Er hat uns am meisten von allen SIM-Agenten geschadet. Er hat Prios Organización Auténtico fast zerstört.«

»Aber nicht allein. Dabei hat er eine hübsche Partnerin gehabt.«

»Sie kennen Marisol Alba?«

»Nicht sehr gut.«

Raúl hätte offenbar gern mehr gehört, wollte jedoch nicht danach fragen. »Aber sonst hat er immer allein gearbeitet«, stellte er fest. »Hoffentlich diesmal ebenfalls . . .«

»He!« rief jemand hinter uns.

Wir drehten uns um und sahen Claude Montville herankommen. Er war mit einem Gewehr und seiner Machete bewaffnet.

»Schon gut, Claude«, beruhigte ich ihn. »Wir haben einen Batistiano erledigt.«

Nachdem wir die Maschine gründlich überprüft und in einwandfreiem Zustand vorgefunden hatten, überließen wir es Claude, die Leiche zu beseitigen, und kletterten an Bord. Die

Granatwerfer und die Munition wurden mit Sicherheitsgurten befestigt.

Ich ließ den Motor an, rollte zum Start und gab Vollgas. Wir hoben kurz nach vier Uhr morgens ab und erreichten um fünf Uhr zwanzig bei Kap Maisi die Ostspitze Cubas.

Als die Küste unter uns vorbeihuschte, stieß Raúl einen Schrei aus und deutete nach Backbord. Von dort näherte sich uns eine B-26 der cubanischen Luftwaffe.

Da ich annahm, sie werde von Steuerbord herankommen, damit der Flugzeugkommandant die Insassen der anderen Maschine gut sehen könne, tauschten Raúl und ich rasch die Plätze. Ich flog vom rechten Sitz aus, schnallte mich an, ließ mir Raúls 11,2-mm-Pistole geben – vermutlich die wirkungsvollste Handfeuerwaffe überhaupt –, schob das Fenster etwas zurück und wartete.

Die B-26 kam prompt von Steuerbord näher und paßte sich unserer Geschwindigkeit von etwa 300 km/h an. Während der Pilot zu uns herübersah, zielte ich mit der Pistole und schoß viermal. Beim ersten Schuß duckte der Pilot sich hinter die Panzerung und ließ seinen schweren Bomber über die rechte Tragfläche abkippen.

»Sie haben ihn erwischt!« rief Raúl begeistert.

»Nein. Wahrscheinlich weist die Maschine nicht einmal vier Einschüsse auf. Aber jetzt erwischt er uns nicht mehr.«

Ich erreichte das nächste Tal im Sturzflug, während der Bomber weit nach Steuerbord einkurvte. Dann flog ich dicht über den Baumwipfeln weiter und nützte jede Geländeunebenheit aus. Raúl hatte sich nicht angeschnallt und flog fast durch die Kabine; er hielt sich krampfhaft fest und wurde wieder grün im Gesicht.

Als ich davon überzeugt war, die B-26 abgeschüttelt zu haben, stieg ich höher und bog nach Norden ab. Wir wollten in Mayari Arriba landen, damit Raúl seine Leute nach Levisa in Marsch setzen konnte. Von dort aus würden wir an die Küste fliegen und auf die Ankunft des Trawlers warten.

Nachdem Raúl seine Leute auf den Weg nach Levisa gebracht hatte, starteten wir nochmals und landeten noch vor sieben Uhr am Strand, wo ich die Maschine unter einigen Palmen versteckt abstellte. Raúl führte mich auf den nächsten Hügel, von dem aus man einen weiten Blick über die Bucht und das Meer hatte. Wir hatten kaum den höchsten Punkt erreicht, als er schon rief: »Ich sehe das Boot! Ich sehe es!«

Wir beobachteten den schwarzen Punkt in der Ferne. Eine halbe Stunde später waren bereits einige Details auszumachen. Ich sah die Holzkisten auf Deck. Ich sah winzige Gestalten und ihre Bewegungen.

Dann sah ich plötzlich ein Glitzern am Himmel über uns.

»Da!« brüllte ich und deutete nach oben.

Das Glitzern war eine P-51, die jetzt den Trawler mit Bordwaffen angriff.

Der Pilot verstand seine Sache nicht sonderlich gut, erfüllte aber trotzdem seinen Auftrag.

Raketen — amerikanische Raketen — rasten auf den Trawler zu. An Bord kam es zu eins, zwei, drei, vier Explosionen.

Dann folgte eine riesige Detonation, und das Boot verschwand vor unseren Augen. Die nun folgende Druckwelle hätte uns fast umgeworfen. Auf dem Meer regnete es Bootstrümmer und Metallteile.

Der Jäger kreiste einmal über dieser Stelle und flog nach Westen davon.

Raúl schleuderte ihm wüste Flüche nach und brüllte zwischendurch immer wieder auf spanisch: »Verdammte amerikanische Hundesöhne!«

Ich wandte mich ab und ging zum Flugzeug zurück.

10

In den Wochen nach unserem kostspieligen Feuerwerk wurde die Revolution immer hektischer. Fidels Truppen, die jetzt besser ausgerüstet waren und mehr Unterstützung bei der Bevölkerung fanden, machten sich zum Sturm auf die feindlichen Bastionen bereit. Fidels großer Sammelfeldzug kam allmählich auf Touren, und die zweiundsechzig Außenstellen schickten täglich Hunderte von Kassierern aus, die Spenden eintreiben sollten. Ich hörte sogar, das Unternehmen Campo Columbia, das ich bereits aufgegeben hatte, sei keineswegs zu den Akten gelegt; Anfang Dezember ruinierte ein gewisser Alan Robert Nye jedoch unsere letzten Chancen, indem er die drei P-51 in ihrem Hangar in Fort Lauderdale anzündete.

Von meinen Landungen in Oriente und zwei kurzen Ausflügen nach Havanna abgesehen war ich kaum noch in Cuba, sondern arbeitete von Miami aus. Meine wertvollsten Helfer dort waren ein Mann namens Melba und Haydee Santamaria Hart, deren Mann Armando zum zweitenmal in Gefangenschaft geraten war und jetzt wieder auf der Pinieninsel saß.

Auch meine Arbeit hatte sich geändert: statt Waffen und Munition flog ich jetzt Kassierer und Geld. In Fidels Auftrag verhandelte ich auch mit einem hohen cubanischen Regierungsbeamten in Brasilien.

Am 9. Dezember erholte ich mich in meinem Appartement in Miami Springs von einem anstrengenden Flug. Am Spätnachmittag benachrichtigte mich die Untergrundbewegung wie üblich: ein Auto fuhr langsam unter meinem Fenster vorbei und hupte dabei kurz-lang-kurz, lang-kurz-lang.

Ich machte mich zu Fuß auf den Weg in die vertraute Bar und nahm an einem Tisch in der dunkelsten Ecke Platz. Wenig später erschien Melba und setzte sich wortlos neben mich.

»Was liegt diesmal vor, Melba?« fragte ich.

»Wieder ein Flug. Sie fliegen mit zwei Delegierten nach Veracruz, nehmen dort weitere sechs an Bord und bringen alle acht nach Oriente. Fidel hat jedem eine Audienz versprochen, der ihm persönlich Geld bringt.«

»Was bekomme ich dafür?«

»Fünftausend.«

Ich schüttelte den Kopf. »Tut mir leid, Melba. Wenn die Sache nicht zehntausend wert ist, muß ich dankend ablehnen.«

Melba zögerte keine Sekunde lang. »Okay, fünftausend vor dem Abflug in Miami, die restlichen fünftausend nach der Landung in Oriente.«

»In Oriente gehört alles Geld Fidel.«

»Schön, dann bekommen Sie Ihr Geld eben morgen. Aber nur weil wir dringend darauf angewiesen sind, daß die Spenden weiterhin pünktlich eingehen.«

»Wann starten wir?«

»Morgen früh. Am Flugplatz warten ein amerikanischer Pilot und Delegierte aus Miami und New York auf Sie.«

»Miami! Soll das etwa heißen, daß der fette kleine Mendoza mitfliegt? Ist er sich nicht darüber im klaren, daß er dann vielleicht die Collins Avenue nie wiedersieht?«

Melba grinste. »Mendoza ist krank, aber sein Schwiegersohn, ein glühender Patriot namens Valdes, vertritt ihn diesmal.«

»Hoffentlich ist er ein besserer Verkäufer. Meinem Eindruck nach hat sein Clan bisher nicht die geringste Chance, auch nur einen Quadratmeter Land von Fidel zu bekommen.«

Melba lachte laut. »Sie haben natürlich recht. Andererseits muß man jedem Esel sein Heubündel vorhalten. Wollte man nur von Prinzipien sprechen, bekäme man einige gute Soldaten, aber niemanden, der sie finanzieren könnte.«

Dann erläuterte er mir den Plan. Ich sollte an einem bestimmten Hangar mit den Delegierten zusammentreffen, wo unsere Beechcraft D-18 bereitstehen würde. Nachmittags würden wir in Veracruz landen, die anderen Delegierten aufsuchen und anschließend mit einer DC-3 weiterfliegen. Im Morgengrauen des nächsten Tages würden wir in Turquino ankommen.

»Turquino?« fragte ich. »Der Platz genügt kaum für einmotorige Maschinen. Warum nicht Mayari Arriba?«

»Ich habe Befehle, nicht Erklärungen zu übermitteln.«

Am nächsten Morgen warteten Melba, die beiden Delegierten und der Pilot neben der luxuriösen Beechcraft auf mich. Ich erkannte den Mann aus New York; leider erkannte er mich ebenfalls und wollte sich mit mir unterhalten. Mendozas Schwiegersohn erzählte mir unaufgefordert, daß er sich freiwillig habe melden wollen – aber seine Frau habe es ihm verboten. Nach dem Start lehnte ich mich in meinen Sitz zurück und schloß die Augen; die beiden schwatzten jedoch so laut, daß ich erst nach einer Stunde einschlafen konnte.

Wir landeten mit geringer Verspätung in Veracruz und trafen dort die übrigen Delegierten, die mich teilweise ebenfalls von Port-au-Prince her kannten. Dann fiel mir die schwierige Aufgabe zu, acht aufgeregte Lateinamerikaner mit ihren unzähligen Gepäckstücken – meist Geschenke für Fidels Truppen – an Bord einer DC-3 zu bringen. Dabei mußte ich mehrmals unwillkürlich lachen, obwohl die Sache ernst war – wenn wir nicht bald starteten, würden wir Cuba bei Tageslicht erreichen und abgeschossen werden.

Schließlich waren alle mit ihren Koffern und Paketen an Bord. Ich nahm Valdes mit nach vorn und zeigte ihm, wie das Fahrwerk ein- und ausgefahren wurde. Um 7.05 abends konnten wir endlich starten. Zu meiner Überraschung konnte Valdes Kurs und Höhe halten, so daß er mich von Zeit zu Zeit für wenige Minuten ablösen konnte.

Dreieinhalb Stunden später tankten wir auf einem abgelegenen Platz in Yucatán und starteten in Richtung Cuba. Bei Sonnenaufgang landeten wir nach einer anstrengenden Nacht in Turquino. Die Barbudos luden meine Begleiter und ihre Geschenke auf Esel und führten sie über schmale Bergpfade zu Fidels altem Hauptquartier, das diesmal als Kulisse diente.

Die Begeisterung der Delegierten war groß, aber ihre Kondition ließ sich nicht damit vergleichen. Als sie nach zweistündigem Ritt das alte Hauptquartier erreichten, streckten sie sich im Schatten unter den Bäumen aus und mußten mit viel Wasser und viel Whisky wiederbelebt werden. Dann waren sie so aufgeregt und nervös wie zuvor, schwatzten eifrig miteinander und erwarteten gespannt den historischen Augenblick.

Dann hörten wir in der Ferne laute Stimmen und Gelächter; wenig später kamen Camilo, José Antenor und ein Dutzend Barbudos aus dem Dschungel. Sie begrüßten mich lautstark. Camilo hatte Gewicht verloren, strahlte aber vor Erfolg, weil er an diesem Tag einen Stützpunkt der Regierungstruppen erobert und gemeinsam mit El Ché eine Nachschubkolonne aufgerieben hatte.

Ich stellte Camilo die Delegierten vor. Sie hörten sich begeistert seine Kriegsberichte an, bis eine zweite Gruppe erschien. »El Comandante!« rief Camilo.

Die Delegierten sprangen auf und sahen ihm erwartungsvoll entgegen. Fidel trat auf die Lichtung; er hatte sein Jagdgewehr über der Schulter und trug wie üblich eine Flasche Metaxa in der Hand. Die Delegierten applaudierten und riefen Beifall.

Fidel blieb vor jedem einzelnen stehen, schlug ihm auf die Schulter und dankte ihm für sein Kommen. Jeder Mann kämpfte mit seinem Geldgürtel und überreichte Castro einen Stapel Banknoten. Ich schätzte, daß die acht Männer über 200 000 Dollar abgeliefert hatten.

Dann hielt Fidel eine ›kleine‹ Ansprache, aus der schließlich doch eine große Rede wurde. Er sprach von einem freien Land, für das sie alle kämpften; von Männern, die dafür gestorben waren, und anderen Helden der Revolution. Als er nach einer Stunde erschöpft schwieg, applaudierten alle begeistert.

Valdes rannte auf Fidel zu und bat ihn, sich seinen Streitkräften anschließen zu dürfen, um notfalls an seiner Seite zu fallen. El Comandante wies ihn mit einigen freundlichen Worten ab und erklärte ihm, er habe in Miami wertvollere Arbeit zu leisten, da jeder an seinem Platz für den Sieg der Revolution kämpfen müsse.

Dann verkündete Fidel, selbst in diesem Augenblick seien seine Männer in heftige Kämpfe verwickelt und er müsse wieder zu ihnen zurück. Mit diesen Worten verabschiedete er sich und marschierte mit seinen Offizieren und Mannschaften davon.

Camilo organisierte sofort eine Besprechung, um unseren Rückflug zu diskutieren. Die Delegierten kamen langsam heran, als könnten sie es noch immer nicht fassen, daß ihr historischer Augenblick so rasch zu Ende gegangen war.

Camilo fragte mich, wieviel Treibstoff noch in den Tanks sei. Etwa für eine Stunde, erklärte ich ihm. Camilo teilte uns daraufhin mit, Flugbenzin sei im Augenblick schwierig zu beschaffen, so daß es zwei oder drei Tage dauern könne, bis er unsere DC-3 auftanken könne.

Die Delegierten waren sofort mit der Verzögerung einverstanden, aber ich wurde nicht dafür bezahlt und war folglich dagegen. Dann machte Antenor, der jetzt Camilos G-2 war, uns einen anderen Vorschlag.

Innerhalb unserer Reichweite lagen mehrere Luftwaffenplätze, deren Offiziere teilweise zur Untergrundbewegung gehörten. Der nächste Platz dieser Art – Bayamo – war nur dreißig Minuten entfernt. Falls wir das Risiko eingehen wollten, würde Leutnant Vega in Bayamo den Auftrag erhalten, unsere Maschine zu betanken.

Mir war das Risiko zu groß, aber die Delegierten erklärten sich zu meiner Enttäuschung begeistert mit dem Vorschlag einverstanden. Sie schienen alles für ein großartiges Abenteuer zu halten.

Eine Stunde später hatte Antenor seinen Leutnant benachrichtigt und übergab mir gefälschte Papiere, aus denen hervorging, daß wir uns auf dem Flug von Kingston, Jamaika, nach Miami, Florida, befänden und die Erlaubnis hätten, in Bayamo zwischenzulanden und dort zu tanken. Die acht Cubaner erhielten ebenfalls falsche Papiere, die sie als im Ausland lebende Bürger auswiesen. Nur ich hatte einen amerikanischen Paß in der Tasche.

Nach dem Abendessen saßen Camilo, José Antenor, Valdes und ich bei einer Flasche Scotch zusammen und sprachen über die Revolution.

Antenor und Camilo waren sich darüber einig, die eben beendeten Wahlen seien der letzte Nagel zu Batistas Sarg gewesen. Ich erkundigte mich nach dem Grund. José erklärte mir, fünfundachtzig Prozent der Bevölkerung seien nicht zur Wahl gegangen; und als die Regierungspresse behauptete, Batistas Kandidat habe mit überwältigender Mehrheit gesiegt, gingen die Konservativen auf Fidels Seite über. Sie waren nicht unbedingt für Castro – aber diese Wahl hatte ihnen bewiesen, daß Batista mit anderen Mitteln nicht zu stürzen war.

Dann ließ Antenor sich über El Ché und Raúl aus und berichtete höchst zufrieden, Hubert Matos, einer der besten Truppenführer, habe die beiden und ihr kommunistisches Gerede gründlich satt. Matos wollte in Zukunft nur noch mit Fidel direkt zusammenarbeiten. Vielleicht kämen andere im Lauf der Zeit zu ähnlichen Einsichten . . .

Camilo zerstörte diese Illusion mit einem einzigen Wort. »Nein«, sagte er seufzend. Für mich war die ganze Revolution damit zu Ende. Camilo war der einzige von Castros Offizieren, dem ich wirklich traute; wenn er die Revolution aufgegeben hatte, brauchte ich nicht mehr zu hoffen.

Eine Minute später waren wir bereits wieder besserer Laune.

Einige Drinks später fiel das Stichwort Campo Columbia. Ich wurde heftig bedauert, da jeder wußte, daß mir der Angriff eine Menge Geld eingebracht hätte; Camilo versprach mir, er werde versuchen, Alan Nye für mich zu fangen. Die Barbudos hielten nach ihm Ausschau, denn Batista hatte ihm 100 000 Dollar geboten, wenn er Castro ermorde. Nye wäre nie in Batistas Dienste getreten oder hätte nie unsere Flugzeuge verbrannt, wenn die Organización Auténtico ihm einen Job gegeben hätte. Als Prios Leute ihn wegen seiner charakterlichen Labilität ablehnten, wußten sie genau, was sie taten.

Als ich zum nächstenmal auf die Uhr sah, war es nach Mitternacht. »He«, sagte ich und stand auf, »wir müssen ins Bett, damit wir morgen um neun ausgeschlafen starten können.«

Valdes nahm einen letzten Anlauf. »Major Cienfuegos, lassen Sie mich in Ihrer Gruppe kämpfen! Sie finden nirgendwo einen besseren Soldaten, das können Sie mir glauben. Ich bin hierher gekommen, um eine Zuckerplantage zu erbitten, aber seitdem ich gesehen habe, worum es hier geht, möchte ich ebenfalls für die Bewegung kämpfen – meinetwegen sogar dafür sterben!«

Camilo legte ihm einen Arm um die Schultern. »Ich hätte Sie gern bei mir, mein Junge – aber wir haben nicht genügend Waffen. Als Soldat braucht man eine Waffe, nicht wahr?«

Valdes zog seinen Revolver. »Ich habe selbst eine gute Waffe!«

»Aber damit richten Sie nichts gegen Maschinengewehre und Karabiner aus. El Comandante hat außerdem festgestellt, daß Sie in Ihrer gegenwärtigen Stellung für uns nützlicher sind.«

»Ich bin Cubaner!« rief Valdes. »Ich gehöre hierher zu Ihnen, nicht nach Miami!«

»Tut mir leid, Señor Valdes«, antwortete Camilo. »Sie haben gehört, was El Comandante gesagt hat. Ich muß mich an seine Befehle halten.«

Valdes ließ den Kopf hängen.

Wir trennten uns und gingen schlafen. Ich ging in mein Zimmer – der gleiche Raum, in dem ich schon früher übernachtet hatte – und schlief ein, sobald ich mich auf dem Feldbett ausgestreckt hatte.

Am folgenden Morgen starteten wir um neun Uhr fünfzehn, und ich flog aufs Meer hinaus, anstatt lange Zeit damit zu verlieren, die Sierra Maestra zu überqueren. Dreißig Kilometer vor Bayamo meldete ich mich auf einem Flug von Kingston, Jamaika, nach Miami und bat um Landeerlaubnis, die prompt erteilt wurde.

Ich landete und rollte zum Tanklager, wo eben eine B-26 der cubanischen Luftwaffe betankt wurde. Nachdem ich die Delegierten ermahnt hatte, an ihren Plätzen zu bleiben, kletterte ich nach draußen.

An der Leiter wurde ich von einem Offizier erwartet. »Ich bin Leutnant Vega, der für die Betankung verantwortlich ist.« Er nahm meine falschen Papiere entgegen, las meinen Namen und nickte langsam.

»Meine Passagiere sind nach Miami unterwegs«, erklärte

ich ihm. »Sie haben jedoch nur Pesos, so daß wir in Kingston nicht tanken konnten.«

»Schön, Sie werden sofort abgefertigt.«

Plötzlich stand Valdes neben mir und starrte den kühnen Rebellen an, der in den Reihen des Gegners arbeitete. Ich mußte die beiden miteinander bekannt machen. Daraufhin kamen auch die anderen Männer heraus und drängten sich um Vega.

Kurze Zeit später fuhr ein elegantes Kabriolett an die B-26 heran. Ein Luftwaffenoffizier stieg aus, gab dem hübschen Mädchen am Steuer einen Kuß und machte sich daran, den Bomber vor dem Start zu überprüfen. Das Mädchen sah zu uns herüber und beobachtete dann wieder den Piloten.

Einer der Delegierten kam zu mir. »Ich kenne das Mädchen«, flüsterte er erschrocken. »Es stammt aus Victoria de las Tunas, wo ich früher gelebt habe. Es hat mich erkannt, glaube ich, und es weiß, daß ich aus Cuba geflohen bin.«

»Benehmen Sie sich ganz natürlich«, sagte ich und wischte mir den Schweiß von der Stirn.

Das Mädchen startete den Wagen und fuhr unter die Tragfläche der B-26. Dort wechselte sie einige Worte mit dem Piloten und fuhr dann zu unserer Erleichterung fort. Der Pilot kletterte an Bord und erschien kurz darauf im Cockpit. Er ließ die riesigen Motoren an, setzte sich die Kopfhörer auf und sprach in sein Handmikrophon.

Dann brachte er den Steuerbordmotor auf Hochtouren und trat gleichzeitig auf die linke Bremse, so daß der Bomber in unsere Richtung schwenkte. Sekunden später zielten die Bugkanonen und Maschinengewehre auf uns. Die Delegierten waren vor Schreck wie erstarrt. Ich bereitete mich auf lange Verhöre mit Gummiknüppeln vor.

Die B-26 blieb unbeweglich, aber eine Minute später kamen zehn oder zwölf Soldaten im Laufschritt heran, und ein Oberst raste in seinem Jeep über den Platz. Wir waren umzingelt.

»Bleiben Sie bei Ihrer Geschichte«, flüsterte Valdes mir zu. »Wir sind Plantagenbesitzer. Sie haben uns nach Kingston geflogen, weil wir dort Besprechungen mit der Genossenschaft der Zuckerrohranbauer führen wollten. Mehr wissen Sie nicht.«

Ich nickte.

Vega stand neben uns und schien nicht recht zu wissen, was

er tun solle. Falls er in Verdacht geriet, büßten die Rebellen einen wichtigen Mann ein. Als der Oberst aus dem Jeep stieg, zog Valdes plötzlich seinen Revolver und schlug Vega damit nieder.

Der Oberst war einen Augenblick lang verblüfft. Dann befahl er, der Leutnant solle ins Lazarett gebracht und versorgt werden. Vega wurde in den Jeep gehoben und abtransportiert.

»Nein, meine Freunde«, sagte der Oberst, »nicht der Leutnant hat Sie denunziert, sondern das hübsche Mädchen.« Er grinste breit. »Ich bin entzückt, Sie hier zu sehen. Seien Sie unbesorgt, wir kümmern uns um unsere Gäste.«

Er ging auf Valdes zu, zog seinen Revolver und schlug ihn damit zu Boden. Valdes fiel um und blutete aus einer Platzwunde an der Schläfe. Der Oberst nickte zufrieden und ließ uns den Lastwagen besteigen, der inzwischen herangekommen war. Valdes wurde auf die Ladefläche geworfen, dann fuhren wir durch die Stadt zu einem alten spanischen Fort an der Straße nach Santiago de Cuba.

Unsere Bewacher trieben uns mit schußbereiten Waffen vom Fahrzeug ins Innere des Hauptgebäudes. Dort wurden wir unter Aufsicht des Obersten gefilzt, nachdem wir schon auf dem Flugplatz unsere Waffen hatten abgeben müssen. Der Oberst nahm mir die Armbanduhr, den Paß, sämtliche anderen Papiere und natürlich den Geldgürtel ab.

»Aha, das beweist, daß Sie für die Rebellen arbeiten. Sie zahlen gut, habe ich gehört. Über zehntausend Dollar! Was wollten Sie mit dem vielen Geld?«

»Das geht Sie einen Dreck an.«

Er grinste nicht mehr, sondern starrte mich wütend an und gab einem seiner Leute ein Zeichen. »Abführen! Er soll in meinem Büro warten.«

Ich wurde dort allein eingesperrt und hörte, daß die Delegierten nacheinander in den Vernehmungsraum geführt und verhört wurden. Die beiden ersten gaben alles so bereitwillig zu, daß die Soldaten ihnen glaubten, der Amerikaner sei nur ein unbeteiligter Pilot. Der nächste Mann wurde nicht einmal mehr nach mir gefragt — auch der Oberst schien davon überzeugt zu sein, daß der verdammte Amerikaner wirklich nichts wisse. Ich konnte mir nicht erklären, weshalb die acht Männer mich noch immer zu schützen versuchten, obwohl sie brutal mißhandelt wurden und sich offenbar selbst aufgegeben hatten. Jedenfalls stand fest, daß die Soldaten unbeabsichtigterweise meine besten Verbündeten waren: sie waren so auf militärische Informationen versessen, die keiner der Delegierten liefern konnte, daß sie nie auf die richtige Spur kamen.

Nachdem die letzten Schreie verhallt waren, erschien der Oberst wieder in seinem Büro und vernahm mich eine halbe Stunde lang. Ich blieb eisern bei meiner Story: Ich sollte die Cubaner von Kingston nach Miami fliegen; wir waren in Bayamo zwischengelandet, um dort für Pesos zu tanken; sie hatten mir erzählt, sie seien im Zuckergeschäft – sonst nichts.

Der Oberst griff schließlich nach seinem Telefon und verlangte den Kommandierenden General seines Militärdistrikts zu sprechen. Ich konnte nur hoffen, daß der General nicht auf die Idee kommen würde, seinerseits in Havanna nachzufragen. Der Oberst erklärte ihm die Situation, hörte eine Weile zu und sagte: »Si, Comandante, ich schicke sie Ihnen sofort.« Er legte auf, rief seinen Adjutanten und gab ihm meinen Paß und meine Papiere, die der General sehen wollte.

Ich wurde durch lange finstere Gänge abgeführt und in eine Zelle gestoßen, in der auch die Delegierten auf das unvermeidliche Ende warteten. Sie waren tatsächlich brutal mißhandelt worden; nicht mit künstlichen Hilfsmitteln mit Zangen, Schraubstöcken und so weiter, sondern nur mit Fäusten und Knüppeln . . . Eine gesunde Übung zur Körperertüchtigung für Offiziere und Mannschaften.

Valdes versuchte aufzustehen, aber seine teilweise gebrochenen Rippen hinderten ihn daran. »Bleiben Sie bei Ihrer Geschichte«, keuchte er. »Wir haben Sie nicht verraten.«

In der Abenddämmerung wurden wir im gleichen Lastwagen zum gleichen Flugplatz zurückgebracht. Dort mußten wir absteigen. Ich wollte Valdes helfen, tat ihm dabei aber aus Versehen weh; er biß sich die Unterlippe durch, als er einen Aufschrei unterdrücken wollte.

Dann begann die Prozession. Drei Soldaten gingen voraus und trugen ein leichtes MG und lange Munitionsgurte. Der Oberst folgte. Hinter ihm gingen zwei Soldaten mit Maschinenpistolen. Dann kamen die acht Delegierten in einer Reihe. Ich marschierte hinter ihnen. Zwei Soldaten mit Maschinenpistolen und ein Priester in schwarzer Robe bildeten die Nachhut.

Wir blieben vor einem langen Graben stehen. Während die MG-Schützen ihre Waffe aufbauten, kam der Oberst auf mich zu und steckte mir den Paß in die Brusttasche meiner Jacke.

»Diese Leute schwören, daß Sie nicht zu ihrer Gruppe gehören, daß Sie nur für sie geflogen sind. Ich halte Sie für einen Spion. Gestehen Sie jetzt, wenn Sie sich noch retten wollen!«

»Der Teufel soll Sie holen!«

Daraufhin gab er mir eine Ohrfeige, und ich revanchierte mich mit einem Kinnhaken, von dem er zu Boden ging. Als er sich sprachlos vor Wut aufrichtete, wußte ich, daß ich sterben würde. Ich fühlte mich bereits tot.

Der Priester ging von einem zum anderen und erteilte jedem die Absolution. Ein Sergeant bot den Männern schwarze Binden für die Augen an. Alle lehnten sie ab.

Dann traten die Soldaten zurück. Der Oberst gab dem MG-Schützen leise einen Befehl. Die Mündung der Waffe zeigte auf Valdes, und der Oberst hob den Arm.

»Halt!« rief Valdes.

Der Oberst zögerte.

Valdes richtete sich auf, lächelte schmerzverzerrt und kommandierte: »Jetzt!«

»Fuego!«

Vier Schüsse aus dem Maschinengewehr. Vier Kugeln trafen Valdes, warfen ihn zurück und schleuderten ihn gegen die Grabenböschung.

Sekunden später fielen wieder vier Schüsse. Der nächste Delegierte sackte an der Böschung zusammen.

Eine kurze Pause. Wieder vier Schüsse – der MG-Schütze verstand seine Sache . . .

Nochmals vier Schüsse, wieder und wieder. Die Delegierten wurden niedergemäht.

Dann stand ich allein.

Aber die Schüsse fielen nicht. Was war passiert? Ich starrte den Oberst verblüfft an, der jetzt vor mir stehenblieb und wütend sagte: »Sie haben den Tod ebenfalls verdient, aber ich darf keine amerikanischen Bürger erschießen lassen.« Er wandte sich ab und befahl: »Bringt ihn zum Bomber!«

Ich seufzte erleichtert auf, obwohl ich wußte, daß ich noch keineswegs in Sicherheit war.

Der Pilot – der Offizier, der uns ausgeliefert hatte – grinste aus dem Cockpit, als ich in Begleitung der vier Soldaten seine

Maschine erreichte. Ein Sergeant schob mich vor sich her durch den Rumpf und erklärte mir durch Zeichen, ich solle mich auf die Abdeckung des Waffenschachts setzen.

Einige Minuten später starteten wir bereits. Mir war plötzlich kalt, dann zitterte ich heftig – die Schockreaktion auf den Tod von acht, fast neun Männern. Ich versank in einer Art Bewußtlosigkeit.

Nach etwa einer Stunde Flugzeit – die B-26 war zwei Stunden nach Havanna unterwegs – kam ich wieder zu mir und überlegte, was mir bevorstehen mochte. Ich bezweifelte, daß der Oberst meinetwegen Havanna angerufen habe; Offiziere in Provinzgarnisonen waren stolz darauf, ihre Entscheidungen selbst zu treffen. Aber wenn der Oberst keine Amerikaner erschießen durfte – Pedraza brauchte nicht lange um Erlaubnis zu fragen. Bisher hatte mich offenbar nur Batistas Angewohnheit gerettet, Fehler und Rückschläge selbst seinen Generalen gegenüber zu verschweigen. Hätten er und Pedraza die Waffengeschichte unter die Leute gebracht, wäre ich gemeinsam mit den Delegierten erschossen worden.

Als wir schließlich gelandet waren, stieg ich aus und schrak zusammen. Die B-26 stand im Campo Columbia, und an der Rampe wartete eine SIM-Limousine. Wenn der SIM mich jetzt in die Hände bekam, würde ich für immer spurlos verschwinden.

Drei SIM-Unteroffiziere führten mich zu ihrem Wagen! Mein Leibwächter aus Bayamo saß neben mir und stieß mir die Maschinenpistole in die Rippen. Zu meiner Überraschung fuhren wir nicht ins SIM-Hauptquartier, sondern zum Flughafen. Dort begleiteten mich ein SIM-Leutnant und der treue Sergeant aus Bayamo ins Büro eines mürrischen SIM-Offiziers, der mich auszufragen versuchte. Diesmal wählte ich den einfachsten Ausweg: ich konnte kein Spanisch. Zum Glück sprach keiner der SIM-Männer viel Englisch, so daß sie schon nach kurzer Zeit die Lust verloren. Ich war bestimmt verdächtig, aber sie hatten keine Beweise und genügend andere Arbeit.

Der Offizier wies meine Begleiter an, mich an Bord einer Maschine der Cubana Air Lines zu bringen, die zum Flug nach Miami startbereit stand. Der Leutnant saß neben mir und drückte mir seinen Revolver in die Rippen; der Sergeant aus Bayamo nahm im Sessel hinter mir Platz.

Dann heulten die Propellerturbinen der Viscount auf. Ich

begriff noch immer nicht, wie ich dazu kam, lebend und gesund in einem Flugzeug zu sitzen, das mich nach Miami bringen würde. Dann fiel mir ein, daß ich an diesem Abend mit einem Mädchen namens Pat verabredet war. Und wenn ich nach allen diesen Erlebnissen noch an Mädchen denken konnte, hatte ich nicht allzusehr darunter gelitten.

Als wir eine Stunde später in Miami International wieder amerikanischen Boden berührten, holte ich erleichtert tief Luft. Nachdem alle Passagiere ausgestiegen waren, schob mich der SIM-Leutnant vor sich her zur Tür. Mir fiel auf, daß er die Pistole jetzt anders hielt als zuvor. Dafür gab es nur eine Erklärung . . .

Er deutete auf die Gangway. Ich betrat die erste Stufe und duckte mich gleichzeitig. Der Revolver verfehlte meinen Kopf um wenige Zentimeter. Ich warf mich herum, holte gleichzeitig aus und schlug mit aller Kraft zu. Meine Knöchel und mein Handgelenk schmerzten heftig, aber dafür spuckte der andere Blut und Zähne.

Ich lief die Treppe zu den beiden Zollbeamten hinunter. Der SIM-Leutnant war unterdessen verschwunden. Er wußte genau, daß er das Flugzeug nicht verlassen durfte.

»Was ist denn los?« fragte einer der Zollbeamten.

»Oh, Sie kennen doch diese verrückten Südamerikaner«, antwortete ich und schob die rechte Hand in die Tasche.

Da ich kein Gepäck und nichts zu verzollen hatte, war die Kontrolle eine reine Formalität. Ich fuhr zur Dobbs House Bar, wo Pat mich bereits erwartete.

»Ich warte jetzt schon fast eine Stunde«, warf sie mir vor.

Ich öffnete den Mund, brachte jedoch kein Wort heraus.

Sie nahm meine Hand. Ich zuckte unwillkürlich zusammen.

»Du bist verletzt!« rief Pat erschrocken aus.

»Aber nicht tödlich«, versicherte ich ihr. »Komm, wir fahren nach Hause.«

11

Am 31. Dezember 1958 war ich bei Dr. Carlos Prio Socarras zu einer großen Silvesterparty eingeladen. Die übrigen Gäste tranken zuviel, tanzten wie Clowns und gaben sich allgemein zuviel Mühe, das neue Jahr fröhlich zu begrüßen. Der Gastgeber unterhielt sich in einer Ecke lachend mit seinem Vertrauten Caesar Fonseca und einigen amerikanischen Geschäftsleuten; Fonseca hatte mich nachmittags angerufen, um mir mitzuteilen, ich müsse unbedingt kommen.

Ich wußte, daß Prio nicht nur auf meine Gesellschaft Wert legte: Camilo und El Ché kämpften sich von Santa Clara aus nach Westen vor; andere Einheiten näherten sich bereits Havanna; in zahllosen Gerüchten wurde behauptet, Batistas Fall stehe unmittelbar bevor. Folglich mußte sich dabei etwas verdienen lassen – und ich wollte arbeiten. In den achtzehn Tagen seit meinen Erlebnissen mit Batistas Leuten hatte ich mein Appartement kaum verlassen und folglich auch keinen roten Cent verdient.

Jetzt stand ich in Prios Dachterrassenwohnung und überlegte, ob ich in nächster Zeit mit einem lohnenden Angebot rechnen durfte. Prio konnte es sich jedenfalls leisten, mich anständig zu bezahlen – als Batista ihn 1952 ins Exil geschickt hatte, war er angeblich mit vierzig Millionen Dollar nach Miami gekommen. Ich wußte, daß er Fidel bisher mit mindestens fünf Millionen unterstützt hatte; Castro hatte ihm dafür versprochen, er werde für den Rest seiner Amtszeit als Präsident wiedereingesetzt. Selbstverständlich konnten Urrutia und Prio nicht gleichzeitig Präsident sein, und ich vermutete, daß keiner von ihnen ins Präsidentenpalais einziehen würde. Trotzdem hatte ich Prio meine Dienste angeboten, weil ich wußte, daß er es sich leisten konnte, mich anständig zu bezahlen.

Der Barmixer schob mir einen Scotch mit Soda über die Theke. Als ich danach griff, legte sich eine Hand auf meinen Unterarm. Die Hand gehörte Caesar Fonseca, der eine Tasse schwarzen Kaffee vor mich hinstellte. »Mit Doktor Prios besten Empfehlungen«, sagte er dabei grinsend.

»Hören Sie«, antwortete ich, »wenn er mich für betrunken hält, soll er sich lieber erst um die Säufer in den Schlafzimmern kümmern.«

»Darum handelt es sich gar nicht. Sie müssen vielleicht schon bald arbeiten. Wir vermuten, daß Batista morgen früh ins Ausland flieht.«

Das traf mich wie ein Schlag ins Gesicht. »Schon so bald?«

»So spät, wollten Sie bestimmt sagen. Jedenfalls hat er nur noch zwei oder drei Tage Zeit, wenn er nicht schon morgen flieht.«

»Aber Fidel ist in Santiago.«

»Hoffentlich bleibt er dort«, meinte Caesar lächelnd. »Sie *wollen* doch arbeiten . . .«

»Ja, natürlich.«

»Fahren Sie anschließend in Ihr Appartement und bleiben Sie dort, bis ich Sie anrufe.«

Als die Uhren Mitternacht zeigten, trank ich also schwarzen Kaffee. Ich wußte jetzt, daß die Gäste nicht nur das neue Jahr so begeistert feierten. Dann fragte ich mich, ob Camilo diesen ersten Tag des Jahres 1959 lebend überstehen würde und wie es jetzt in Santa Clara aussehen mochte, das Batistas Luftwaffe wiederholt bombardiert hatte.

»Haben Sie schon gehört?« rief Prio mir zu.

Ich nickte.

»Neunundfünfzig wird ein großes Jahr für Cuba!«

Ich nickte wieder.

Gegen drei Uhr morgens verließ ich die Party und fuhr nach Hause ins Bett. Ich war scheinbar eben erst eingeschlafen, als das Telefon klingelte. Caesar Fonseca war am Apparat.

»Es ist soweit – Batista hat sich in die Dominikanische Republik abgesetzt. Doktor Prio möchte sofort nach Havanna fliegen, um seinen rechtmäßigen Platz an der Spitze der neuen Regierung einzunehmen.«

»Schön, er soll mich anrufen, Caesar. Am besten sprechen wir zuerst über Geld.«

»Einverstanden. Halten Sie sich aber bereit, in zwei Stunden zu starten.«

Ich war kaum wieder eingeschlafen, als Prio selbst anrief. Er teilte mir mit, er habe sich entschlossen, möglichst bald abzufliegen.

»Versteht sich, versteht sich«, stimmte ich zu, »aber das wird ein teures Vergnügen.«

»Ich nehme dreißigtausend Dollar mit. Nehmen Sie Verbindung mit mehreren Piloten auf und organisieren Sie die Flüge. Heute brauchen wir einige Flüge in Richtung Havanna.«

»Wie viele Leute nehmen Sie auf dem ersten Flug mit?«

»Möglichst viele, falls wir uns den Weg freikämpfen müssen.«

»Ich weiß eine Lockheed 10, die acht oder neun Passagiere befördert.«

»Beschaffen Sie uns die Maschine. Wir treffen uns in einer Stunde.«

Wir vereinbarten einen Treffpunkt. Dann legte Prio auf, und ich rief Tom Behan an, der erst nach dem zehnten Klingeln verschlafen antwortete. Er wurde jedoch schnell wach, als ich ihm von einem Auftrag für die Lockheed 10 erzählte.

Zwanzig Minuten später saßen wir im Flugplatzrestaurant beim Frühstück und besprachen den Auftrag. Wir wollten 12 500 Dollar dafür verlangen – 4 000 für die Maschine, 4 000 für Tom als Pilot und 4 500 für mich, weil ich das Geschäft vermittelt hatte und als Kopilot fliegen sollte. Dann fuhren wir zum vereinbarten Treffpunkt – dem Hangar von Regina Aircraft.

Dort warteten bereits über dreißig Cubaner, die irgendwie erfahren hatten, daß der Doktor mit einigen zuverlässigen Männern nach Havanna fliegen wolle. Als Prio erschien, drängten sich seine Landsleute um ihn und wollten mitgenommen werden; er kämpfte sich durch die Menge und fragte mich atemlos nach dem Preis. Dann zählte er mir wortlos zwölfeinhalbtausend Dollars in die Hand.

Dann wählte er die sieben besten Männer aus und versprach den übrigen, wir würden bald zurückkommen und weitere Männer holen. Zehn Minuten später zwängten wir uns zu siebt in die Lockheed. Während Tom auf die Erlaubnis zum Start wartete, gab ich ihm seine achttausend Dollar.

Als wir nach eineinhalb Stunden Flug Havanna erreichten, sahen wir die Bescherung. Die Startbahnen des internationalen Flughafens und alle Vorfelder waren mit Jeeps, Lastwagen und Ölfässern verbarrikadiert, so daß kein Flugzeug landen konnte. Der Kontrollturm gab uns den guten Rat, möglichst rasch zu verschwinden und die Kontrollzone zu verlassen.

»Was jetzt?« fragte Tom.

»Versuchen wir es mit Campo Columbia«, schlug Dr. Prio vor.

Auch dort Hindernisse auf der Landebahn und der Befehl, nach Miami zurückzufliegen. Wir flogen niedrig über Havanna. Die Stadt war ein Trümmerhaufen. Der Mob plünderte Hotels, schlug Schaufenster ein und steckte Autos in Brand. Die wichtigsten Kreuzungen waren gesperrt. Das SIM-Hauptquartier war verlassen. Auf den Gehsteigen lagen Leichen.

Wir machten einen letzten Versuch mit dem Landeplatz

Santa Fé, der für die Lockheed 10 ausgereicht hätte. Aber auch dort lagen Ölfässer auf der Landebahn.

»Damit ist der Fall vorläufig erledigt, fürchte ich«, meinte Prio seufzend.

»Vielleicht doch nicht«, antwortete Tom. »Doktor, wenn Sie das Flugzeug kaufen wollen – dreißigtausend Dollar und ein kleiner Risikoaufschlag –, suche ich ein geeignetes Feld und lande dort.«

Prio dachte über den Vorschlag nach. »Danke, mein Freund, aber lieber doch nicht«, antwortete er dann. »Mir geht es nicht ums Geld, sondern um die Männer an Bord. Ich möchte vermeiden, daß Fidel Castro Cuba ohne uns regiert.«

Wir mußten also umkehren, obwohl die Männer in der Kabine fluchend dagegen protestierten. Auf dem Rückflug erklärte Dr. Prio mir geduldig, weshalb die nächsten Tage so wichtig seien. Die drei Gruppen würden einen Kampf um die Vorherrschaft beginnen. Fidel Castro hatte die Herzen seiner Landsleute erobert, die Segundo Frente de Escambray war fast ebenso stark und wesentlich näher an Havanna – aber Prios Organización Auténtico brauchte nur geschickt zu manövrieren, um im entscheidenden Augenblick auf der Seite des Siegers zu stehen.

Wenige Minuten nach zehn Uhr landeten wir wieder in Miami. Als wir den Hangar erreichten, warteten die Cubaner noch immer geduldig. Prio teilte mir mit, er werde sich heute in Flughafennähe aufhalten, und gab mir eine Telefonnummer. »Rufen Sie mich dort an, wenn Sie weitere Flugzeuge und Piloten aufgetrieben haben.«

Ich sprach davon, daß wir leichte Maschinen für Landungen außerhalb normaler Plätze brauchten, und Tom warf ein, er könne eine Twin Beech beschaffen. Prio betonte nochmals, wie dringend der Job sei; dann fuhr er in seinem schwarzen Cadillac davon.

»Ich kann die Twin Beech für zehn- oder elftausend bekommen«, erklärte Tom mir. »Wenn du Prios viereinhalbtausend anlegen willst, bekommst du einen entsprechenden Anteil an der Maschine, und wir teilen uns die Einnahmen fifty-fifty.«

»Okay«, sagte ich. »Du kaufst die Maschine und kommst in mein Appartement. Dort gebe ich dir das Geld.«

Ich fuhr nach Hause, setzte mich ans Telefon, erkundigte mich nach Flugzeugen und Piloten, führte Dutzende von Gesprächen und ließ einigen Leuten ausrichten, sie sollten sich bei mir melden, wenn sie in den nächsten vierundzwanzig Stunden eine Menge Geld verdienen wollten. Innerhalb kürzester Zeit klingelte mein Apparat fast ununterbrochen. Ich beantwortete eben einen Anruf, als Tom hereinkam.

»Ich habe die Maschine«, teilte er mir grinsend mit.

»Wann ist sie startbereit?« fragte ich und schob ihm die viereinhalbtausend zu.

»In einer Stunde hier in Miami.«

Ich rief Prio an. Er selbst konnte nicht mitfliegen, aber sieben seiner Leute standen bereit. Einer von ihnen würde dem Piloten einen geeigneten Landeplatz am Stadtrand von Havanna zeigen.

Eine Stunde später fuhr ich mit Tom zum Flughafen hinaus. Dort landete im gleichen Augenblick unsere neue Maschine, die einer von Toms Freunden hergeflogen hatte. Ich stieg zu einem kurzen Rundblick in die Kabine. Der Rumpf war bis auf den Holzfußboden völlig leer.

»Willst du fliegen?« fragte Tom.

»Nein, ich bleibe lieber am Telefon. In nächster Zeit erwarte ich einige Piloten bei mir.«

Dann erschienen Prios sieben Männer. Sie waren bis an die Zähne bewaffnet und begreiflicherweise etwas ungeduldig. Toms Freund sollte sie nach Cuba fliegen. Er hatte keine Erfahrung in Landungen und Starts von unbefestigten Plätzen, war jedoch bereit, für zweitausend Dollar einen Versuch zu riskieren. Tom schob ihn in die Maschine und wünschte ihm viel Glück; zehn Minuten später startete unsere Twin Beech.

Ich ließ Tom am Flughafen zurück und fuhr wieder in mein Appartement. Dort verhandelte ich mit einigen Piloten und war gegen Abend nochmals am Flughafen, um nach dem letzten Stand der Dinge zu fragen. Da die Landebahn in Havanna wieder benutzbar war, wollte Tom Behan Caesar Fonseca einen weiteren Flug in der Lockheed verkaufen. Caesar ging ans Telefon, um Prio zu fragen.

Fünf Minuten später kam er zurück und schüttelte bedauernd den Kopf. »Der Doktor hat es irgendwie geschafft, eine Maschine der Cubana Air Lines zu chartern. Wir starten hier um zehn Uhr und fliegen als geschlossene Gruppe nach Havanna. Sie möchten sich um zehn hier einfinden; Doktor Prio will seine Schulden bezahlen und weitere Aufträge mit Ihnen besprechen.«

Es war inzwischen fast sieben Uhr abends, und da ich seit dem Frühstück nichts mehr gegessen hatte, lud ich Tom zum Abendessen im Flughafenrestaurant ein. Tom machte sich wegen unserer Twin Beech und dem Piloten Sorgen; beide waren seit Stunden überfällig.

Um zehn Uhr wimmelte es im Abfertigungsgebäude von bewaffneten Cubanern, die Prio nach Havanna begleiten wollten. Caesar Fonseca teilte die Männer in zwei Gruppen, von denen nur die kleinere an Bord Platz hatte. Wenige Minuten später erschien Prio in Begleitung aufgeregter Exilcubaner, zog sich mit mir in eine Ecke zurück und bezahlte anstandslos, was er Tom und mir noch schuldig war.

»Wie steht es mit dem nächsten Job, Doktor?« erkundigte ich mich.

»Ich denke an verschiedene«, antwortete er. »Kommen Sie morgen nach Cuba. Ich lasse Sie um zwölf am Flughafen abholen.«

»Wir kommen in der Lockheed. Uns fehlt ein Flugzeug, das ich finden muß.«

»Vielleicht kann ich Ihnen irgendwie behilflich sein ...«

Wir gingen auf den Ausgang zu, wo zwei grinsende Zollbeamte darauf warteten, die Cubaner vor dem Abflug zu kontrollieren. Zu beiden Seiten der Sperre standen große Maschendrahtbehälter.

»Hört zu, Freunde«, rief einer der Beamten, »es ist ein Verbrechen, Waffen ohne Ausfuhrgenehmigung außer Landes zu bringen. Sollten einige von euch zufällig Waffen oder Munition bei sich haben, sind sie 'hoffentlich auch im Besitz der entsprechenden Genehmigung.«

Der erste Cubaner sah zu Prio hinüber. Prio zuckte mit den Schultern; der Cubaner zuckte ebenfalls mit den Schultern, zog zwei Revolver aus dem Gürtel, nahm eine Schachtel Munition aus der Hosentasche und warf alles in den Behälter.

Ich mußte lachen, und der Zollbeamte rief: »Der nächste!«

Der zweite Cubaner öffnete eine Reisetasche und kippte mehrere Handgranaten und Pistolen in den großen Drahtkorb.

»Der nächste!«

Als Prios vierzig Männer endlich den Zoll passiert hatten, waren beide Behälter mit allen nur vorstellbaren Handfeuerwaffen und Munition gefüllt. Hätte ich das alles ein Jahr früher Fidel Castro geliefert, hätte er zwanzig- bis dreißigtausend Dollar dafür bezahlt.

Dann ging Prio an Bord. Das Flugzeug rollte zum Start. Er tat mir ein wenig leid, weil er nach Havanna zurück mußte und mit großen Hoffnungen abflog, die sich nie erfüllen würden. Aber er tat mir nicht allzu leid, als ich daran dachte, daß er freiwillig in diese Hölle zurückkehrte, nur weil er dort Macht, Einfluß und Geld zu erlangen hoffte.

12

Am nächsten Morgen, am 2. Januar 1959, war ich um neun in der Bank, um Prios Scheck einzulösen. Dann fuhr ich nach Hause und versteckte den größten Teil meines Geldes im Appartement, weil ich an die zehntausend dachte, die ich in Bayamo eingebüßt hatte.

Ich packte einen kleinen Koffer und wollte eben zum Flughafen aufbrechen, als mich einer von Prios Leuten anrief. Er hatte es irgendwie fertiggebracht, mit Prio in Havanna zu sprechen, und Prio hatte ihm erzählt, in der Stadt herrschten chaotische Zustände. Tom und ich sollten trotzdem kommen, aber sehr vorsichtig sein.

Das Abfertigungsgebäude war noch immer oder schon wieder voller Cubaner, die zu Fidel oder Prio wollten. Tom rechnete mir vor, wir könnten zwölf- oder fünfzehntausend Dollar verdienen, wenn wir eine Ladung mitnähmen. Aber die Männer waren verzweifelt und bestimmt imstande, uns zu ermorden und das Flugzeug zu stehlen. Deshalb flogen wir lieber leer.

Gegen Mittag landeten wir in Havanna und wurden von Prios Beauftragten empfangen; der Doktor hatte einige Büros im CMQ-Gebäude beschlagnahmt und wartete dort auf uns. Wir stiegen in einen Wagen und fuhren los.

Havanna wirkte aus der Luft schrecklich genug, aber aus nächster Nähe war der Anblick noch schlimmer. Die Leichen vom Vortag lagen noch auf den Straßen und hatten sich inzwischen um neue vermehrt. Überall waren Glassplitter, zertrümmerte Möbel und Abfälle verstreut. Umgestürzte Autos blockierten die Straßen. Wir sahen kleine Gruppen von Plünderern und hörten aus allen Richtungen Schüsse, denn Polizei und SIM verteidigten sich bis zur letzten Patrone.

An einer Straßenecke hielt der Fahrer an und wies auf die Leiche eines SIM-Offiziers, der mit durchschnittener Kehle in einer Blutlache lag. »Auf dem Hinweg wurde ich hier aufgehalten«, erklärte er uns, »weil der Offizier und seine Leute sich in einem Gebäude verbarrikadiert hatten. Kurze Zeit später wurden bei einem Ausbruchsversuch alle bis auf den Offizier erschossen. Ein dicker kleiner Major der Revolutionsarmee rannte mit einem langen Messer in der Hand hinter ihm her und holte ihn ein. Der andere lief noch einige Schritte, obwohl seine Kehle von einem Ohr zum anderen durchgeschnitten war. Wirklich ein ungewöhnlicher Anblick.«

Unser Fahrer machte eine nachdenkliche Pause und fügte dann hinzu: »Noch merkwürdiger ist allerdings, daß der dicke kleine Major sich anschließend die Namen und Adressen aller Augenzeugen aufgeschrieben hat.«

»Vielleicht ist noch immer eine Belohnung auf den Kopf eines SIM-Mannes ausgesetzt«, meinte ich.

Wir fuhren weiter und wurden wenig später erneut aufgehalten, weil sich zehn oder zwölf Männer mitten auf der Straße prügelten. Plötzlich hielt ein anderer Wagen mit quietschenden Bremsen neben uns; sieben Männer und Frauen mit Armbinden sprangen heraus und benützten ihre Gummiknüppel und Pistolen, um die Streitenden auseinanderzutreiben.

»Wer war das?« fragte Tom.

»Bürgerwehr«, antwortete der Fahrer. »Frente Nacional Oberon.«

Das war die Gewerkschaft, die Fidel damals im März 1958 für einen Generalstreik hatte bewaffnen wollen. Da ich die Kommunisten nicht unterstützen oder gar mit Waffen beliefern wollte, war ich mit ›Fleischabfällen‹ nach Oriente geflogen. Trotzdem hatten sie es inzwischen offenbar geschafft, sich in Havanna zu etablieren, so daß Fidel sie in Zukunft nicht mehr übersehen konnte.

Wir erreichten schließlich das CMQ-Gebäude, wo Prio uns herzlich begrüßte und uns die Lage schilderte: Camilo Cienfuegos und El Ché Guevara drangen in Gewaltmärschen von Santa Clara aus nach Havanna vor; Fidel war noch in Santiago de Cuba und hatte es zur provisorischen Hauptstadt erklärt; Raúl war Militäroberbefehlshaber; Urrutia war zum

Präsidenten ernannt worden. Prio war jedoch der Meinung, daß noch nicht alles verloren sei . . .

Zunächst mußte er ein Treffen mit Castro arrangieren, um sich und seinen Anhängern einige Ministerposten zu sichern. Die Nachrichtenverbindungen waren unterbrochen, so daß nur die Möglichkeit bestand, eine Delegation nach Santiago zu entsenden. Tom und ich sollten die Delegierten befördern. Ich nahm den Auftrag gern an: er wurde gut bezahlt und gab mir Gelegenheit, bei Castro zu kassieren.

»Einverstanden, Doktor«, sagte auch Tom. »Haben Sie etwas von unserer Twin Beech gehört?«

»Ja, wir haben sie gefunden. Das Flugzeug ist leider zerstört, aber der Pilot ist unverletzt.« Prio erzählte uns die Geschichte.

Der Pilot war sicher gelandet und hatte die sieben Männer abgesetzt; als er jedoch wieder starten wollte, waren mehrere SIM-Offiziere in einem Wagen über den Platz gefahren, um ihn aufzuhalten. Er konnte nicht mehr bremsen oder ausweichen; der Steuerbordpropeller erfaßte den Wagen und verletzte die Insassen. Dann folgte der Zusammenprall, bei dem das Flugzeug in Flammen aufging. Der Pilot konnte sich retten; alles andere verbrannte bis zur Unkenntlichkeit.

Tom hörte trübselig zu. »So schnell habe ich noch nie Geld verdient und es wieder verloren.«

Sein Freund war im Sevilla Biltmore untergekommen, während für uns Zimmer im Havanna Hilton reserviert waren. Tom rief ihn an und forderte ihn auf, sich uns im Hilton anzuschließen. Dann verabschiedeten wir uns von Prio und gingen in das brandneue Hotel hinüber.

Der Empfang war nicht besetzt, aber einer von Prios Männern gab uns die Schlüssel. Wir stiegen die Treppen hinauf — die Fahrstühle funktionierten nicht — und packten unsere Koffer aus. Wir wollten uns eine Flasche Scotch bringen lassen, aber das Telefon funktionierte ebenfalls nicht; später merkten wir, daß buchstäblich das gesamte Personal vom Direktor abwärts die Flucht ergriffen hatte.

Wir blieben nachmittags im Hotel, weil es zu gefährlich war, sich auf die Straßen zu wagen, und beobachteten die Rebellen, die von allen Seiten herbeiströmten. Prios Männer kochten in der Hotelküche und vertrieben dabei immer wieder die halbverhungerten Hotelgäste, die seit dem 31. Dezember in Havanna festsaßen. Diese Touristen und Geschäftsleute konnten nur darauf hoffen, daß der Flugverkehr wieder aufgenommen wurde; da die Nachrichtenverbindungen gestört waren, konnten sie nicht einmal ihre Angehörigen zu Hause verständigen.

Als die Revolutionäre überall in der Hotelhalle verteilt einzuschlafen begannen, gingen wir wieder in unser Zimmer und früh ins Bett.

Am nächsten Morgen um neun Uhr traf ich in Prios Büro zu meiner großen Überraschung Armando Hart, der eben von der Pinieninsel zurückgekehrt war. Er hatte abgenommen und sah krank aus, war aber trotzdem in Siegesstimmung.

Prios dreiköpfige Delegation, Tom und ich wurden in einer Limousine der Organización Auténtico zum Flugplatz gefahren. Wir starteten um zehn Uhr, flogen einen Kreis über dem ausgeglühten Skelett der Twin Beech und nahmen Kurs auf Santiago de Cuba.

Drei Stunden später landeten wir dort. Ein Fahrzeug der Revolutionäre brachte uns in die Moncado-Kaserne. Prios Abgesandte verlangten Fidel Castro zu sprechen. Nach längerer Wartezeit wurden sie vorgelassen – nicht zu Fidel, sondern zu Raúl.

Raúl erklärte ihnen, sein Bruder sei am Vortag zu seinem Marsch nach Westen durch die Provinzen aufgebrochen; er stehe leider erst nach seiner Ankunft in Havanna für Besprechungen zur Verfügung. Bis dahin werde Guevara das Zentralgefängnis und Campo Columbia übernommen und zahlreiche Maßnahmen getroffen haben. Raúl machte den Delegierten dadurch klar, daß Prio in Havanna warten konnte, bis es zu spät war.

Die Delegierten waren enttäuscht und zeigten es auch, so daß Raúl ihnen einen Trostpreis in Form einer Einladung anbot: »Ich möchte um Ihre Anwesenheit heute nachmittag bitten, wenn ich unseren großen Sieg in Oriente konsolidiere.«

Prios Männer waren damit einverstanden, wollten aber zuerst mit Havanna telefonieren; Tom, der Santiago von früher her kannte, wollte zu einer kleinen ›Siesta‹ in die Stadt, wie er es grinsend ausdrückte. Raúl drückte auf einen Klingelknopf und rief Efigenio Almejeiras herein. Er sollte den Delegierten ein Telefon zeigen, Tom einen Jeep für die Fahrt in die Stadt besorgen und mich zur Hauptveranstaltung des Nachmittags begleiten, die wenig später beginnen sollte.

Almejeiras führte die anderen hinaus; Raúl und ich starrten einander schweigend an, dann runzelte er die Stirn und sagte: »Sie haben Señor Antenor aus Kolumbien gekannt, nicht wahr?«

José ist also tot, dachte ich.

»Ich muß Ihnen leider mitteilen«, fuhr Raúl ungerührt fort, »daß er im Kampf verschollen ist, während er mit Major Cienfuegos Gruppe im Einsatz war.«

»Das tut mir leid«, sagte ich. »Er war ein guter Mann.«

»Ohne Zweifel ein Held«, stimmte Raúl zu.

Wir schwiegen und starrten uns wieder an. Josés Verschwinden machte mich mißtrauisch, und ich wollte mich eben nach näheren Einzelheiten erkundigen, als Almejeiras zurückkam, um mich abzuholen.

Während wir zum Jeep gingen, fragte ich: »Na, haben sie Prio erreicht?«

»Ja. Allerdings vergeuden sie nur ihre Zeit. Die Bewegung hat nicht die Absicht, mit korrupten Expräsidenten zu verhandeln.«

Wir fuhren um das Gebäude, durch ein Tor, durch ein zweites Tor und erreichten einen quadratischen Innenhof. Dort standen einige hundert Offiziere und Mannschaften der ehemaligen Armee in der glühenden Sonne. Efigenio parkte sein Fahrzeug neben dem Jeep der Delegierten. »Wir haben aus allen umliegenden Stützpunkten Batistianos zusammengeholt«, erklärte er mir.

»Das sieht man«, sagte ich, denn in der ersten Reihe stand der Oberst aus Bayamo, der mir zehntausend Dollar abgenommen und die acht Delegierten zum Tod verurteilt hatte. Er wurde kreidebleich, als er mich erkannte. Aber ich hatte nicht die Absicht, ihn zu verraten; er hatte ohnehin nichts Gutes zu erwarten.

Raúl trug sein schwarzes Barett verwegen schief, als er durch das Tor kam, an den daneben aufgebauten Maschinengewehren vorbeiging und vor den Gefangenen stehenblieb. Ich zählte fünfzehn Reihen mit jeweils zwanzig Mann – genau dreihundert Soldaten; in der ersten Reihe standen zwei Generale und drei Obersten, in der zweiten Majore und Hauptleute, in den nächsten Reihen jüngere Offiziere, Feldwebel, Unteroffiziere und Mannschaften.

»Wie ihr alle wißt«, begann Raúl, »haben die Armeen der Bewegung des 26. Juli den Tyrannen besiegt und Cuba befreit. Das ist nun Geschichte, und ich habe nicht die Absicht, über die Vergangenheit zu sprechen. Uns Cubaner interessiert nur, wie das Blutvergießen für immer beendet werden kann.«

Er machte eine Pause. Das war ein gemäßigter Anfang — für Raúl fast ein versöhnlicher Auftakt, der ihm gar nicht ähnlich sah.

Aber nachdem er die Vergangenheit ausgeschlossen hatte, sprach er eine halbe Stunde lang nur über die Grausamkeiten des Regimes Batista und beschrieb die gräßlichsten Fälle in allen Einzelheiten.

Dann wechselte er plötzlich das Thema und sprach in anderer Tonart weiter. »Wir haben in dieser Auseinandersetzung auf verschiedenen Seiten gekämpft, aber wir sind alle Soldaten, nicht wahr, und kennen deshalb die militärischen Spielregeln. Zum Beispiel wissen wir alle, daß Soldaten Befehle ausführen, nicht wahr?«

Er machte eine Pause. Die Gefangenen reagierten nicht.

»Nun, habe ich recht?«

Keine Reaktion.

»Bitte etwas mehr Zusammenarbeit«, verlangte Raúl lächelnd. »Wer der Meinung ist, daß es zur Pflicht eines Soldaten gehört, Befehle entgegenzunehmen, hebt jetzt die Hand.«

Langsam wurden überall Hände gehoben. Eine Minute später hatten nur die fünf ranghöchsten Offiziere noch nicht die Hand oben.

Raúl übersah die fünf und sagte beruhigend: »Na, das war doch nicht so schwer, was? Als Militärbefehlshaber von Oriente bin ich für die Wiedereingliederung der Armee des Tyrannen verantwortlich. Diese Aufgabe wird leichter, wenn ich weiß, daß ihr gute Soldaten seid. Hoffentlich beantwortet ihr auch die folgenden Fragen so ehrlich.

Ich bin davon überzeugt, daß ihr als gute Soldaten nie einen Befehl verweigert habt. Wer noch nie einen Befehl verweigert oder nicht ausgeführt hat, hebt jetzt bitte die Hand.«

Die Gefangenen bewegten sich, aber nur wenige Hände wurden gehoben.

»Hört zu«, sagte Raúl, »ich bin auch ein guter Soldat, deshalb weiß ich, wie es ist, unbequeme oder sogar abstoßende Befehle zu bekommen. Hebt also die Hand, wenn ihr nie einen Befehl, selbst einen unangenehmen Befehl, nicht ausgeführt habt.«

Viele Hände wurden gehoben.

»Offenbar gibt es noch einige Zweifel«, meinte Raúl besorgt. »Versuchen wir es anders: Wer einen Befehl ausgeführt hat, den er lieber nicht ausgeführt hätte, hebt jetzt die Hand.«

Alle Hände bis auf fünf wurden ruckartig gehoben; die beiden Generale und drei Obersten standen bewegungslos und starrten grimmig vor sich hin.

»Das ist schon besser«, sagte Raúl.

»Was soll das eigentlich?« flüsterte ich Efigenio zu.

»Ruhe!« zischte er nur.

»Jeder Soldat weiß«, fuhr Raúl fort, »wie unangenehm Befehle sein können – zum Beispiel Wache schieben, während die Kameraden in die Stadt gehen oder ihre Siesta halten. Befehle dieser Art können einen dazu bringen, sich auf Wache zu betrinken, und ich habe mich selbst dabei betrunken und weiß, wovon ich rede.«

Die Gefangenen lachten leise.

»Und jeder Soldat weiß, wie unangenehm Befehle sein können – zum Beispiel das letzte Huhn eines armen Bauern zu beschlagnahmen oder mit Denunzianten umgehen. Befehle dieser Art kommen meistens von grausamen oder verantwortungslosen Vorgesetzten, denen ihr nie gehorchen würdet, wenn es nicht eure Pflicht als Soldat wäre. Habe ich recht?«

Zweihundertfünfundneunzig Hände.

Raúl deutete anklagend auf die fünf ranghöchsten Offiziere. »Ja, ihr seid solche Männer, die ihre Soldaten zu Verbrechen gezwungen haben. Von euch ist keine Besserung zu erhoffen, denn ihr habt schon hier nicht zusammenarbeiten wollen. Ihr kommt vor unsere Militärgerichte und werdet verurteilt und erschossen. Das schwöre ich euch!«

Alle Männer richteten sich erschrocken auf.

»Nein, nein, ihr braucht euch keine Sorgen zu machen«, beruhigte Raúl sie. »Die meisten von euch sind unschuldige Opfer dieser und ähnlicher Verbrecher. Sobald die wenigen Mörder unter euch ausgerottet sind, könnt ihr mit eurer Entlassung rechnen. Vielleicht tretet ihr sogar freiwillig in die neue Armee ein.«

Auf diese Weise sprach er über eineinhalb Stunden, spielte mit den dreihundert Männern wie mit Marionetten, ließ sie die Arme heben, erschreckte sie und brachte sie dann wieder zum Lachen.

Schließlich baute Raúl sich auf dem früheren Platz auf und schien von vorn zu beginnen: »Wir haben bereits festgestellt, daß fünf von euch Gewohnheitsverbrecher sind. Sie werden von hier aus in sichere Gefängnisse gebracht, um dort auf Verurteilung und Hinrichtung zu warten. Wer sich von euch nicht als Gewohnheitsverbrecher betrachtet, hebt jetzt die Hand.«

Zweihundertfünfundneunzig Hände wurden gehoben.

»Ausgezeichnet. Ihr werdet anständig behandelt, bis über jeden einzelnen Fall entschieden ist. Das dauert leider einige Zeit, denn wir haben Tausende von Gefangenen in verschiedenen Lagern. Um eine Reihenfolge der Befragungen zu ermöglichen, brauche ich wieder eure Zusammenarbeit. Wer fünf Verbrechen begangen hat, kommt natürlich vor einem Kameraden mit sechs Verbrechen an die Reihe. Auf diese Weise geht es weiter, so daß die harmlosen Mitläufer zuerst entlassen werden.

Wer von euch weniger als sechs Verbrechen begangen hat — Mord, Verstümmelung und so fort —, hebt jetzt bitte die Hand. Uns ist selbstverständlich klar, daß diese Verbrechen auf Befehl und gegen euren Willen begangen wurden.«

Zweihundertfünfundneunzig Hände wurden gehoben.

»Das freut mich«, sagte Raúl. »Jetzt alle, die weniger als fünf Verbrechen begangen haben.«

Wieder die Hände.

»Weniger als vier?«

Die Hände.

»Ich sehe, daß ihr gute Soldaten und gute Menschen seid. Der Einfachheit halber befassen wir uns jetzt gleich mit den unwichtigsten Vergehen — eine Ohrfeige für widerspenstige Gefangene, im Kampf auf Landsleute schießen und so weiter. Wer nur eines dieser Vergehen auf dem Gewissen hat und seine Tat bereut, wird schon morgen befragt und wahrscheinlich entlassen.«

Einige Hände wurden gehoben.

»Ausgezeichnet«, sagte Raúl. »Kommt nach vorn und stellt euch dort drüben auf.« Er deutete auf die Mauer hinter sich. »Ihr werdet natürlich bevorzugt behandelt.«

Die Männer traten langsam aus den Reihen und gingen zur Mauer hinüber. Ich zählte dreiundsiebzig.

Raúl drehte sich um und beobachtete, wie die dreiundsiebzig sich in drei Gliedern aufstellten. Er nahm ein Taschentuch und wischte sich den Schweiß von der Stirn. Dann ließ er das Taschentuch fallen – und zwei Dutzend Maschinengewehre wurden durchgeladen, während zwei Dutzend Mündungen sich auf die Männer richteten.

Prios Delegierte sprangen entsetzt und erschrocken von den Sitzen ihres Jeeps auf.

Raúl schwenkte sein Barett und rief: »Fuego!«

Die Maschinengewehre begannen ohrenbetäubend zu rattern. Dreiundsiebzig Männer fielen in Sekunden, aber das Feuer wurde nicht eingestellt, bis Raúl eine halbe Minute später das Zeichen dazu gab.

Erschüttertes Schweigen.

Niemand bewegte sich.

Dann sagte Raúl mit eisiger Stimme zu den Gefangenen: »Tröstet euch, auch eure Zeit kommt noch.«

Er verbeugte sich vor Prios Abgesandten und verließ den Innenhof.

13

Vier Stunden, nachdem Raúl den Sieg auf diese Weise in der Moncado-Kaserne konsolidiert hatte, landeten Tom Behan und ich wieder mit Prios Delegation in Havanna. Auch an diesem Abend blieben wir vorsichtshalber im Hilton, das jetzt bis obenhin voller Revolutionäre und Barbudos steckte. Überall kampierten Leute – in der Hotelhalle, im Speisesaal, am Swimming-pool und in den Konferenzräumen; sie schliefen auf dem Boden und in Liegestühlen, und einige Sauberkeitsfanatiker benützten den Wasserfall in der Halle für ihre Waschungen. Ein untersetzter Major der Revolutionsarmee schien für den Betrieb verantwortlich zu sein: er stolzierte mit seiner Leibwache aus sechs Soldaten durch sämtliche Räume und ließ sich Comandante nennen, obwohl niemand wußte, was er eigentlich kommandierte.

Am nächsten Tag sprachen wir mit Prio, der nicht allzuviel Zeit für uns hatte. Da seine Delegation Castro nicht erreicht hatte und da Camilo Cienfuegos Truppen schon in den Außenbezirken von Havanna standen, war die Position der O. A. nicht eben gut.

Da Prio die Lockheed nicht mehr brauchte, wollte Tom sie nach Miami zurückfliegen. Ich mußte in Havanna bleiben, um von der Bewegung des 26. Juli zu kassieren. Falls Antenor wirklich tot war, erbte ich die 100 000 Dollar, die Castro ihm schuldete. Dazu kamen noch meine 70 000 Dollar und einige andere Kleinigkeiten, so daß ich insgesamt 230 000 Dollar zu bekommen hatte.

Nachdem ich Tom zum Flughafen begleitet hatte, fuhr ich ins Hilton zurück. In der großen Hotelhalle herrschte unbeschreibliche Verwirrung. Hier und dort wurden Sandwiches zu Schwarzmarktpreisen verkauft – zehn bis fünfzehn Dollar pro Stück. In den Ecken drängten sich verängstigte Touristen zusammen, die noch immer in Havanna festsaßen. Immer mehr Barbudos kamen von den Straßen herein und standen in der Halle, weil es längst keine Sitzplätze mehr gab.

Dann sah ich plötzlich einen Stetson über den Köpfen der Menge. Ich drängte mich durch die Massen und rief: »Camilo! Camilo!«

Er sah sich um, stieß einen lauten Schrei aus und kam mit ausgebreiteten Armen auf mich zu. Die Umarmung war noch zu ertragen, obwohl er mir fast die Rippen eindrückte, aber sein Revolutionsmief – zehn Tage ohne Bad in den gleichen Kleidungsstücken, während er in Gewaltmärschen nach Havanna vorrückte – verschlug mir zunächst den Atem.

»Mein Freund Jack!« rief Camilo. »Ich wußte, daß ich dich am Ende des Weges finden würde! Komm mit in mein Appartement. Ich habe meine Leute in die Küche und den Keller geschickt. Sie müßten inzwischen zurück sein.«

Ich ging mit ihm nach oben. Seine Männer hatten gute Arbeit geleistet. Im Wohnzimmer standen Whiskykisten aufgestapelt neben einem großen Tisch voller Delikatessen.

Camilo verschwand im Bad. »Mach eine Kiste Scotch auf, Jack!« rief er durch die Tür. »Trink. Iß und trink. Sobald ich gebadet und mich umgezogen habe, feiern wir ein Fest. Und was für ein Fest, Jack!«

In den nächsten Tagen erlebte ich die Geburtswehen der neuen Regierung. Sie begannen, als Camilo alle Gefangenen aus La

Cabana freiließ; am folgenden Tag füllte er das Gefängnis mit Batistianos, wobei ihm El Ché behilflich war.

Aber Camilos Begeisterung kühlte sehr rasch ab, als die Massenhinrichtungen einsetzten. »Ich fürchte, daß alle Südamerikaner es mit Machiavelli halten, der Staatsmännern geraten hat, die politischen Morde zu Beginn ihrer Regierungszeit hinter sich zu bringen«, sagte er bedauernd zu mir. Dann lächelte er grimmig. »Mit Hilfe der Señores Herman Marks aus den Vereinigten Staaten und El Ché aus Argentinien haben wir so viele Batistianos und angebliche Batistianos hingerichtet, daß selbst Raúl staunen wird. Allerdings werden die Hinrichtungen noch geheimgehalten. Wir sind uns darüber einig, daß El Comandante selbst entscheiden muß, ob die Öffentlichkeit davon erfahren soll.«

»Hoffentlich kommt Fidel bald nach Havanna«, sagte ich. »Hier gibt es zu viele revolutionäre Bewegungen, die mitreden wollen.«

»Er kommt früh genug.« Camilo lächelte zuversichtlich. »Ich gebe zu, daß die O. A. Teile der Stadtverwaltung kontrolliert und daß die Segundo Frente einige Regierungsgebäude besetzt hält, aber El Comandante wird sie zur Kapitulation zwingen. Das Land will nur Castro!«

Wir schliefen morgens einen Kater aus, als Camilos Adjutant hereinstürzte. »Er kommt!« brüllte er. »El Comandante Doctor Castro landet mit dem Hubschrauber in der Hatuey-Brauerei! Er will dort mit der Familie Bacardi zu Mittag essen, bevor er in Havanna einzieht. Sie sollen dort zu ihm stoßen!«

Camilo sprang ruckartig auf. Ich schlief wieder ein, aber Camilo weckte mich nochmals, bevor er gehen mußte. »Ich lasse dir einen Wagen hier, der dich zu unserer Siegeszeremonie in Campo Libertad bringt – ehemals Campo Columbia.«

»Wie viele werden diesmal erschossen?«

»Bitte sprich nicht mehr davon«, sagte Camilo ernsthaft. »In den nächsten Tagen bin ich sehr beschäftigt, möchte aber trotzdem mit dir Verbindung halten.«

»Ich bin immer hier. Die Bars haben alle geschlossen.«

Nachdem Camilo gegangen war, stand ich langsam auf, um einen historischen Tag mitzuerleben.

Am frühen Nachmittag traf Fidel Castro im Präsidentenpalais von Havanna ein. Dort erschien er auf dem Balkon und hielt eine kurze Rede an die begeisterten Cubaner, die seit Tagen in die Stadt geströmt waren. Er schloß mit der Ankündigung, er werde jetzt die achtzehn Kilometer nach Campo Libertad zu Fuß zurücklegen, und er lud die Bevölkerung ein, ihn auf diesem Marsch zu begleiten.

Fidel schritt anfangs wacker aus. Aber nachdem er etwa fünfhundert Meter zurückgelegt hatte, kam ›zufällig‹ ein Sherman-Panzer mit den Führern der Revolutionsarmee vorbei und nahm ihn mit. Fidel stand auf dem Turm zwischen El Ché und Camilo, während der Panzer langsam durch die Straßen rasselte, in denen das Volk begeistert jubelte.

Ich fuhr nach Campo Libertad, um die Siegesfeier mitzuerleben. Die Tore waren weit geöffnet, und ich hatte den Eindruck, die gesamte Einwohnerschaft der Stadt habe sich hier versammelt, um einen Blick auf Batistas ehemaliges Hauptquartier zu werfen. Mein Wagen hielt neben der Tribüne, und ich stieg auf die Motorhaube, um besser sehen zu können. Dr. Prio, Eloy Menoyo und über zwanzig andere Vertreter verschiedener Gruppierungen hatten Ehrenplätze hinter dem Rednerpult.

Es war eine großartige Schau, bei der sogar Friedenstauben freigelassen wurden. Eine flog auf und setzte sich auf Fidels Schulter, während er sprach. Viele sahen darin ein Symbol.

Fidel faßte sich kurz und sprach kaum zwei Stunden lang. Als er das Podium verließ, sprach Dr. Prio ihn an, aber El Comandante winkte ungnädig ab.

Dann bahnte Camilos Fahrer sich einen Weg durch die Massen, erreichte das Tor und raste nach Havanna zurück.

Am nächsten Morgen war der Generalstreik beendet: Taxis verkehrten wieder, Restaurants waren geöffnet und die Fluggesellschaften nahmen den Liniendienst wieder auf. Im Gegensatz dazu hatte meine Kampagne, Fidel endlich zu sprechen, eben erst begonnen. Zwei Tage und zwei Nächte lang rief ich in seinem Hauptquartier im Hilton an; seine Adjutanten versicherten mir immer wieder, El Comandante sei im Augenblick zu beschäftigt.

Schließlich wurde mir die Sache zu dumm. Ich fuhr mit dem Fahrstuhl in sein Stockwerk. Die Posten kannten mich und nahmen an, ich werde erwartet. Auf diese Weise stand ich bereits in Fidels Appartement, bevor mich jemand anhalten konnte. Ich öffnete die nächste Tür und stand vor Fidel, Camilo und Efigenio Almejeiras, der Polizeichef geworden war. Celia Sanchez hockte wie üblich in Fidels Nähe.

Fidel starrte mich verblüfft an. Er hatte sich seit unserem Zusammentreffen in Mexiko nicht verändert. Er trug den gleichen Arbeitsanzug und hielt wieder eine Flasche Metaxa in der linken Hand.

»Señor«, begann Fidel und verbeugte sich mit gespielter Höflichkeit, »wir haben Sie erwartet.«

»Ich gratuliere Ihnen zu Ihrem großartigen Sieg, Comandante«, sagte ich. Fidel war sichtbar überrascht und schien etwas anderes erwartet zu haben. »Ich bin allerdings auch der Meinung, daß jetzt ein guter Zeitpunkt wäre, meine Forderungen zu begleichen. Sie brauchen mich nicht mehr, denn Cuba gehört jetzt Ihnen.«

»Im Gegenteil, wir brauchen Sie für einen wichtigen Job, Señor. Kommen Sie in zwei Wochen wieder, dann erzähle ich Ihnen alles.«

»Im Augenblick brauche ich vor allem Geld. Ich möchte nach Hause.«

»Ah, richtig. Wenn ich mich recht erinnere, sind wir Ihnen ungefähr zweihunderttausend Pesos schuldig.« Fidel sah bedauernd zur Decke auf. »Wirklich schade, daß der Señor aus Kolumbien seinen Anteil nicht mehr in Empfang nehmen kann.«

»Comandante«, warf Camilo ein, »Jack hat gut für uns gearbeitet und dabei viel riskiert. Ich finde, wir sollten . . .«

Fidel brachte ihn mit einem Rülpser zum Schweigen und fuhr fort: »Sie können sich darauf verlassen, daß Ihre Bemühungen entsprechend belohnt werden. Inzwischen gibt Celia Ihnen fünftausend Dollar.«

»Das genügt nicht«, wandte ich ein.

Fidel überhörte meinen Einwand und sagte zu Almejeiras: »Sorgen Sie dafür, daß wir den Señor in Miami erreichen können.«

Während Celia mir widerstrebend fünfzig Hundertdollarscheine gab, schrieb sich der neue Polizeichef meine Adresse und Telefonnummer auf. Celia kritzelte irgend etwas in ihr Notizbuch; ich warf einen Blick über ihre Schulter und sah, daß der Betrag unter dem Titel ›Darlehen der Bewegung des 26. Juli‹ eingetragen war.

»Was soll der Unsinn mit Darlehen?« fragte ich wütend.

»Selbstverständlich«, antwortete Celia ungerührt. »Sie haben das Geld noch nicht verdient.«

»Aber das kommt noch«, meinte Almejeiras und legte mir eine Hand auf die Schulter. »Ich rufe Sie in Miami an.«

Ich verabschiedete mich von Camilo, knallte die Tür hinter mir zu und fuhr zum Flughafen, um die nächste Maschine nach Miami zu erwischen. Irgendwie war ich davon überzeugt, daß Fidel sich wieder mit mir in Verbindung setzen würde. Ich hatte keine Ahnung, was er plante, aber ich mußte mit den Wölfen heulen, solange er mir noch Geld schuldete.

Als ich zwei Wochen später kurz nach Mitternacht die Tür meines Appartements aufschloß, hörte ich das Telefon klingeln — der erwartete Anruf aus Havanna.

»Hier ist Joachim.«

Das war Jack Ossorio. Er war aus dem Exil in Miami nach Havanna zurückgekehrt und war seit der ersten Januarwoche Fidels Berater für Beziehungen zu den USA.

»Wann wollten Sie uns wieder einmal besuchen?« erkundigte er sich.

»Ich habe noch keine festen Pläne.«

»El Doctor hätte Sie gern noch diese Woche gesehen.«

»Davon weiß ich nichts.«

»Können Sie morgen kommen?«

»Haben Sie schon einen Termin vereinbart?« fragte ich mißtrauisch.

»Nein, aber sobald Sie hier sind, arrangiere ich eine Besprechung.«

»Ich habe keine Lust, dort herumzusitzen und auf andere Leute zu warten. Rufen Sie mich wieder an, wenn Sie mir eine feste Zusage machen können.«

»Ich melde mich morgen wieder.«

»Und erinnern Sie El Doctor an das Geld, das er mir noch schuldet.« Ich legte auf. Irgend etwas lag in der Luft, aber ich konnte nicht erraten, worum es sich handelte.

Da ich keine Lust zum Schlafen oder Lesen hatte, ging ich über die Straße in das Hotel Green Mansions und bestellte mir in der Mau-Mau-Bar einen Drink. Als ich den dunklen Raum nach Bekannten absuchte, fiel mir ein schwerer Mann mit dichtem Schnurrbart auf, der zwischen zwei verblaßten Blondinen an der Bar saß — Senator Rolando Masferrer, auch ›El

Tigre‹ oder ›Batistas Schlächter‹ genannt. Hinter Masferrer standen vier Männer mit links oben ausgebeulten Jacken.

Ich zahlte und ging, ohne mein Glas angerührt zu haben. Ich war keineswegs überrascht, Masferrer in Miami zu sehen, denn ich wußte, daß er in seinem umgebauten Schnellboot geflohen war und nun hier von seinem beträchtlichen Vermögen lebte. Aber ich war gegangen, weil die Tiger mich kannten – direkt und durch ihre Verbindungen zum SIM. Falls sie mich sahen und erkannten, war mir eine unfreundliche Begrüßung sicher.

Zwei Tage später wachte ich auf, als das Telefon unablässig klingelte. Jack Ossorio rief diesmal um sieben Uhr morgens an.

»El Doctor hat sich wieder nach Ihnen erkundigt. Allein gestern zweimal.«

»Wunderbar.«

»Können Sie morgen kommen?«

»Bin ich für einen bestimmten Termin bei ihm angemeldet?«

»Sobald Sie hier sind, können Sie sich einfach selbst anmelden. Ich sehe ihn nur selten, weil wir alle so beschäftigt sind.«

»Dieses Wochenende bin ich allerdings selbst sehr beschäftigt.«

»Womit?«

»Mit einem Mädchen. Ich komme am Montag nach Havanna, und Sie sorgen inzwischen dafür, daß er zu sprechen ist.«

Am Montagmorgen stieg ich nach einem fröhlichen Wochenende in eine Maschine der Pan American, um nach Havanna zu fliegen. In dem ehemaligen SIM-Büro, das jetzt der Parallelorganisation der Revolutionäre diente, deren Abkürzung DIER lautete, rief ich Jack Ossorio an. Er schickte mir einen Wagen, ließ mich ins Hotel Riviera fahren und kam selbst dorthin.

»Rufen Sie El Doctors Appartement an«, forderte er mich auf. »Er erwartet Ihren Anruf.«

Fidel war inzwischen ins Riviera umgezogen, so daß ich nicht lange zu wählen brauchte. Einer von Castros Adjutanten meldete sich, ließ sich meinen Namen geben, verschwand und kam mit der Auskunft zurück, ich würde abends abgeholt und nach oben begleitet werden.

Ich benützte die Gelegenheit, um etwas Schlaf nachzuholen,

ging um sechs hinunter in die Bar und warf auch einen Blick ins Spielkasino, in dem wieder reger Betrieb herrschte. Von einem Kellner erfuhr ich, daß Alister Smythe sich rechtzeitig abgesetzt hatte; da Pedraza ihn für den großen Waffenschwindel verantwortlich gemacht hatte, wunderte es mich, daß Al mit dem Leben davongekommen war.

Um sieben wurde ich in der Halle ausgerufen und sah mich einem jungen Offizier gegenüber, der mir schon in der Sierra Maestra durch seine wilde Frisur aufgefallen war. Er erkannte mich seinerseits, weil ich noch immer den gleichen Stetson trug.

»El Comandante wünscht Sie zu sprechen«, sagte der junge Offizier.

»Schön, dann gehen wir gleich.«

Wir fuhren zu Castros Appartement hinauf. Am Fahrstuhl und vor der Tür standen jeweils zwei Posten. Mein Begleiter klopfte und ließ mir den Vortritt. Fidel kam mir mit einer Flasche in der linken und einer riesigen Zigarre in der rechten Hand entgegen.

»Señor, es ist immer ein Vergnügen, Sie zu begrüßen. Wache, Tür zu!«

»Ich habe in letzter Zeit viel von Ihnen gelesen.«

Fidel lachte. »Das kann ich mir vorstellen. Und in Zukunft werden Sie noch mehr lesen.«

»Oh? Was haben Sie angestellt?«

»In den letzten Tagen habe ich zuerst Doktor Miro Cardona als Premierminister und dann das gesamte Kabinett an die Luft gesetzt.« Er grinste zufrieden. »Haben die Zeitungen in Miami berichtet, daß ich zum Premierminister gewählt worden bin?«

»Selbstverständlich, Fidel. Die Amerikaner wissen genau, wer hier angeblich der starke Mann ist.«

Castro machte eine ungeduldige Handbewegung. »Sie und Camilo behaupten immer, daß Raúl und El Ché meine Autorität zu untergraben versuchen. Aber ich bin der Größte Führer. Ich lasse die Marionetten tanzen. Und wenn eine Marionette nicht mehr will, ersetze ich sie durch eine andere.«

»Ich behaupte gar nichts, sondern erwähne nur Tatsachen«, sagte ich und zuckte mit den Schultern, um anzudeuten, wie wenig mich die Innenpolitik seines Landes interessierte. »Wie steht es übrigens mit dem Geld, das ich noch von Ihnen zu bekommen habe?«

Fidel runzelte die Stirn. »Darüber sprechen wir morgen; ich lasse Sie holen, damit wir den nächsten Job besprechen können.« Er holte ein Knäuel Geldscheine aus der Hosentasche und drückte es mir in die Hand. »Amüsieren Sie sich heute abend, Señor. Besichtigen Sie das freie Havanna. Ich lasse Sie morgen holen.«

Ich warf einen Blick auf das Geld. »Falls das ein weiteres Darlehen sein soll, zählen Sie es lieber.«

Fidel lachte laut. »Nehmen Sie es, Señor. Diese Celia Sanchez geht mir auf die Nerven. Jedesmal wenn ich eine der schönen Frauen von Havanna hier empfange, die alle die Bewegung des 26. Juli und ganz besonders den Größten Führer von Cuba lieben, macht sie mir anschließend das Leben stundenlang zur Hölle.«

»Ich befolge Ihren guten Rat gern, Fidel, aber Sie denken hoffentlich morgen an mich. Ich bin nur Ihretwegen aus Miami gekommen.«

»Seien Sie unbesorgt, Señor. Halt, Sie brauchen noch einen Leibwächter! Wir fangen und erschießen täglich viele Batistianos, aber ebenso viele halten sich noch verborgen.« Er rief einen Wachtposten herein und sagte: »Pedro, du bleibst bei diesem Mann und achtest auf ihn. Sollte ihm etwas zustoßen, bist du für ihn verantwortlich.«

Ich verabschiedete mich von Fidel und ging in Begleitung meines neuen Leibwächters zum Fahrstuhl. Pedro zögerte vor der Tür meines Zimmers; ich lud ihn ein und bestellte eine Flasche Rum für ihn. Dann verschwand ich im Bad, um Fidels Geld zu zählen – cubanische Pesos und Dollars in buntem Durcheinander, aber immerhin fast sechstausend Dollar.

Als ich mich nach dem Duschen anzog, wurde an die Tür geklopft. Pedro hielt seine Maschinenpistole schußbereit und öffnete selbst. Auf der Schwelle standen Camilo Cienfuegos und Hubert Matos mit einem Dutzend Bärtiger.

Pedro salutierte, als er seinen Oberbefehlshaber erkannte; Camilo schob ihn in den Flur hinaus. »Du kannst draußen warten.«

Camilo und Hubert trugen neue Offiziersuniformen; Camilo hatte dazu meinen Stetson auf, Hubert war mit der vorgeschriebenen Schirmmütze zufrieden.

»Ich habe von deiner Ankunft gehört«, sagte Camilo, »deshalb sind wir gleich gekommen. Was tust du in Havanna?«

»Ich versuche zweihundertdreißigtausend Dollar zu kassieren.«

»Hmmm.« Camilo runzelte die Stirn. »Du mußt natürlich bekommen, was dir zusteht — oder zumindest einen Teilbetrag.«

»Wir haben später noch eine Besprechung mit dem Premierminister«, warf Matos ein. »Dabei können wir uns für Sie verwenden.«

»Sie auch, Hubert?« fragte ich. »Ich nehme an, daß Sie von Raúl kuriert sind.«

»Allerdings«, sagte Camilo.

»Ich freue mich, Ihnen helfen zu können, Señor«, fügte Hubert hinzu. »Sie sind vermutlich der zweitbeste Waffenschmuggler der Bewegung gewesen. Candido de la Torre hat vielleicht etwas mehr geliefert, aber dafür mit einer Jacht gearbeitet.«

»Könnt ihr nicht einen Vergleich schließen, Jack?« fragte Camilo. »Fidel kann nicht widerstehen, wenn ein Geschäft zu machen ist.«

»Ich wäre schon mit der Hälfte zufrieden . . .«

»Das ist fair. Ich bedaure nur, daß José Antenor seinen Anteil nicht mehr kassieren kann.«

»Was ist eigentlich aus ihm geworden?« fragte ich.

»Keine Ahnung«, antwortete Camilo. »Er ist spurlos bei einem Erkundungsvorstoß in eine belagerte Stadt verschwunden, die Raúl später eingenommen hat.«

»Könnte Raúl ihn nicht beseitigt haben, um das schöne Geld zu sparen?« wollte ich wissen.

Camilo und Hubert tranken langsam ihren Whisky und schienen sich erstmals mit dieser Idee zu befassen.

»Sprechen wir wieder über mich«, schlug ich vor, um das Thema zu wechseln. »Fidel hat irgend etwas mit mir im Sinn. Was soll ich für ihn tun?«

Hubert und Camilo sahen sich an. »Niemand weiß, was der Premier denkt«, antwortete Camilo.

»Hat die amerikanische Presse unsere Hinrichtungen beschrieben?« fragte Hubert plötzlich. »Bei uns in Camagüey gibt es keine Zeitungen aus Miami.«

»Jeden Tag, Hubert. Mit Bildern. Die Amerikaner halten euch für ziemlich blutrünstig.«

»Das habe ich befürchtet«, meinte Camilo. »Wissen sie denn nicht, was wir unter Batista gelitten haben? Diese Schlächter zu Freiheitsstrafen zu verurteilen wäre Verrat am Volk.«

»Meine Freunde in Miami stoßen sich gar nicht so sehr an den Erschießungen. Sie sind nur der Meinung, daß ihr euch dabei zu gut amüsiert.«

»Ich weiß«, antwortete Camilo bedrückt. »Die sogenannte gute Gesellschaft von Havanna versammelt sich täglich im Gefängnis, um die Hinrichtungen zu sehen. Aber die amerikanische Presse müßte auch berücksichtigen, wer dieses Schauspiel organisiert.«

»Fidel ist dafür verantwortlich, obwohl El Ché die Sache leitet. Aber damit ist meine Frage nicht beantwortet. Woraus besteht mein neuer Job, falls ich überhaupt einen bekomme?«

Sie zuckten mit den Schultern.

»Okay, dann brauchen wir nicht weiter zu reden. Sehen wir uns lieber das befreite Havanna an.«

Da Camilo und Hubert jederzeit über die Funksprechgeräte ihres Wagens erreichbar waren und auf jeden Fall bis Mitternacht Zeit hatten, wollten sie mir die Stadt zeigen. Wir drei nahmen in Huberts Cadillac Platz; unsere sieben Leibwächter folgten in einem Dienstwagen.

In der ersten Bar versuchte ich die Rechnung zu bezahlen, aber Hubert hielt mich davon ab. Der Revolutionsgeist war noch immer lebendig. Majore der Revolutionsarmee und ihre Gäste wurden überall freigehalten.

Nach dem Abendessen im Nacional fuhren wir in die Cachet-Bar weiter, eine sündhaft teure Kneipe mit den besten Mädchen der Stadt. Ich hielt nach Bernie Ausschau, dem die Bar gehörte, sah ihn jedoch nirgends.

»Oben in den Hügeln hast du doch eine Menge politischer Bücher gelesen, Camilo«, sagte ich, nachdem die Drinks serviert worden waren. »Was hältst du heutzutage von der Revolution?«

»Die beste aller Revolutionen!« rief Camilo begeistert. »Ober, noch eine Runde für meine Männer!«

»Damals hatte ich aber den Eindruck, du hättest die Sache ziemlich aufgegeben.«

»Ja, daran erinnere ich mich. Damals war ich zu pessimistisch, Jack – aber jetzt haben wir den Krieg gewonnen und können mit dem Aufbau beginnen. Wir haben unzählige Probleme zu lösen, aber eine frei gewählte Regierung wird sie mit Hilfe der Bevölkerung lösen.«

»Glaubst du wirklich, daß es hier freie Wahlen geben wird?« fragte ich.

»Bestimmt«, antwortete Hubert Matos an seiner Stelle. »Und wenn Raúl und El Ché es fertigbringen, sie irgendwie zu verhindern, ziehe ich mich nach Oriente zurück und fange dort an, wo El Comandante angefangen hat.«

Camilo starrte nachdenklich einem Rauchring aus seiner Zigarre nach. »Wenn die beiden an die Macht kommen, schließe ich mich dir an, Hubert. Und die meisten anderen, die unseren Sieg erst ermöglicht haben, würden ebenfalls nach Oriente gehen.« Dann grinste er wieder unbekümmert. »Ich glaube, daß unsere Regierung die beste in der Geschichte Südamerikas ist!«

Er hob sein Glas, und wir tranken darauf.

Hubert wandte sich an Camilo. »Ich bin heute in der richtigen Stimmung. Sollen wir Madame Cuca einen Besuch abstatten?«

»Ich dachte, Fidel hätte alle Bordelle schließen lassen«, warf ich ein.

»Wir können nicht alles gleichzeitig tun«, antwortete Camilo lachend. Dann fügte er grimmig hinzu: »Wir haben siebeneinhalbtausend politische Gefangene, die uns in Atem halten — Batista hat selbst zu besten Zeiten nie mehr als zweitausend gehabt.«

Diese Zahl verblüffte mich.

Wir verließen die Cachet-Bar und fuhren zu dem bekannten Bordell in der Dreiundzwanzigsten Straße. Als wir vor dem Eingang warteten, bis Hubert dem Fahrer seines Cadillacs die nötigen Anweisungen gegeben hatte, fiel mir eine Gruppe von Männern auf, die vor uns die Straße entlangmarschierten. Die Uniformen erschienen mir fremdartig.

»Camilo«, sagte ich und deutete auf die Marschierenden, »wer ist das?«

Er sah zu ihnen hinüber und zuckte mit den Schultern. »Komm, wir gehen hinauf.«

»Du kannst es mir ebensogut erzählen. Ich bekomme es doch heraus.«

Camilo und Hubert wechselten einen kurzen Blick. »Das

ist das Vorkommando der russischen Militärmission«, antwortete Camilo dann.

Wir dachten über diese Feststellung nach, bis Hubert zu fluchen begann.

»Und was hältst du jetzt von deiner Revolution, Camilo?« fragte ich.

»Bitte«, stöhnte er, »sprechen wir nicht mehr davon.«

»Richtig«, sagte ich grinsend. »Wir sprechen einfach nicht von den Russen, von der Moncado-Kaserne und La Cabana – vielleicht löst sich dann alles in Wohlgefallen auf.«

»Los, kommt endlich«, forderte Hubert uns auf, »sonst vergeht mir noch der Appetit.«

Wir stiegen die Treppe hinauf, klingelten an der schmiedeeisernen Gittertür und wurden sofort eingelassen, als Camilo ins Licht trat, um seine Uniform zu zeigen. Dann folgte eine zweite Treppe und eine Tür, hinter der eine ziemlich gewöhnlich ausgestattete Bar lag. Hier lungerten etwa fünfzehn Mädchen aller Größen und Farben auf Stühlen und Sofas herum. Ich staunte wieder einmal darüber, wie jung und hübsch die cubanischen Prostituierten waren.

Nachdem Camilo und Hubert ihre Wahl getroffen hatten, kam Camilo zu mir an die Bar. »Such dir eine aus, Jack«, forderte er mich auf. »Heute bist du Gast der Revolution.«

»Nein«, wehrte ich ab, »ich habe noch nie dafür bezahlt, und die Revolution hat mir bereits den Appetit verdorben.«

Camilo schlug mir lachend auf die Schulter. »Du brauchst dir wirklich keine Sorgen mehr zu machen. Nachdem Hubert und ich mit dem Premier gesprochen haben, bekommst du, was du verdienst.«

»Deswegen mache ich mir auch Sorgen.«

Camilo und Hubert verschwanden mit ihren Mädchen durch den rückwärtigen Ausgang der Bar. Die anderen Mädchen kamen nacheinander zu mir herüber, bis ich die Neinsagerei satt hatte und auf den Balkon hinausging, den die Mädchen nur in Begleitung eines Kavaliers betreten durften.

Ich hatte eben meinen zweiten Scotch getrunken, als Camilo und Hubert in bester Laune zurückkamen.

»Du hast wirklich etwas versäumt, Jack«, versicherte Camilo mir.

»Das kann man wohl sagen«, meinte Hubert beifällig.

»Wo gehen wir jetzt hin?« fragte ich nur.

Matos sah auf seine Armbanduhr. »He, Camilo, es ist schon fast zwei. Der Premier wartet bestimmt.«

Wir fuhren in seinem Cadillac ins Riviera zurück. Unterwegs gab ich Camilo zweitausend Pesos, die er für mich in Dollars umwechseln sollte. »Wahrscheinlich hast du damit mehr Erfolg als ich. Mir ist natürlich klar, daß der Wechselkurs inzwischen in den Keller gefallen ist.«

Um drei lag ich erschöpft im Bett.

Den nächsten Tag verbrachte ich in meinem Zimmer, weil ich auf eine Nachricht von Fidel wartete. Um vier Uhr wurde ich von dem jungen Offizier abgeholt, den ich bereits kannte, und in Fidels Appartement begleitet. Dort erwartete mich der Größte Führer neben Efigenio Almejeiras und Juan Orta, seinem ersten Adjutanten. Fidel bot mir einen Sessel an, nahm einen großen Schluck Metaxa, rülpste laut und begann:

»Señor, Ihre neue Aufgabe ist so wichtig, daß die erfolgreiche Durchführung Sie zum cubanischen Helden Nummer eins machen wird.«

»Fidel, ich habe Ihnen schon in Mexiko und in Oriente erklärt, daß ich kein Held sein will«, antwortete ich. »Ich will nur das Geld, das Sie mir schuldig sind.«

»Führen Sie den Auftrag durch, den ich meine, dann bekommen Sie jeden Cent und noch mehr.«

»Das genügt nicht.«

»Unterbrechen Sie den Premier nicht«, mahnte Juan Orta.

»Unterbrechen Sie *mich* nicht.«

Castro runzelte die Stirn und fuhr fort: »Wir haben die berüchtigsten Batistianos erwischt und werden sie so schnell wie möglich aburteilen und hinrichten. Aber der schlimmste Verbrecher von allen, der die grausamsten Untaten auf dem Gewissen hat, sitzt in Miami. Ich spreche von El Tigre . . .«

In diesem Augenblick war mir plötzlich alles klar.

Fidel starrte mich an. »Sie sollen uns Masferrer nach Havanna bringen. Er ist bereits angeklagt und verurteilt worden. Jetzt steht nur noch die Hinrichtung aus. Das Volk fordert seinen Tod, und wir müssen diese Forderung erfüllen.«

»Genügt Ihnen das bisherige Blutvergießen nicht?« fragte ich.

Der Größte Führer hob seine Flasche an den Mund und

antwortete dann: »Masferrers Hinrichtung in Havanna würde die cubanischen Massen unter meiner Führung vereinen.«

»Ist das nicht zuviel von mir verlangt?« meinte ich zweifelnd.

»Ich weiß, daß Sie den Auftrag durchführen können«, versicherte Fidel mir.

»Aber bestimmt nicht, solange Sie Ihre Schulden nicht bezahlen. Suchen Sie sich einen anderen Dummen für diesen Job.«

»Aber Sie sind der einzige, dem wir vertrauen. Sie bekommen die nötigen Mittel zur Durchführung dieses Auftrags.«

»Und wie steht es mit dem Geld, das Sie mir bereits schulden?«

Castro sprang auf und ging erregt auf und ab. »Die Batistianos haben den Staatsschatz geplündert, Señor. Die Bewegung des 26. Juli hat ihre Reserven im Kampf gegen den Diktator erschöpft. Das Volk hungert, und wir haben kaum genügend Geld, um die Verwaltung in Gang zu halten.

Wie soll ich den Hungernden erklären, daß ich unser weniges Geld amerikanischen Söldnern geben muß? Tausende von Pesos, fünfzigtausend für die Arbeit eines Tages – das würden die Campesinos nicht verstehen. Wir müssen mit unseren geringen Mitteln sparsam umgehen, bis die Wirtschaft sich erholt hat und wieder mehr Steuern zahlt.«

»Schön, Fidel«, sagte ich und stand ebenfalls auf, »wenn Sie mich nicht bezahlen können, trage ich den Verlust wie ein Mann und belästige Sie nicht länger.«

»O nein! Wir sind nicht wie Batista. Wir zahlen unsere Schulden. Sie bekommen Ihre Belohnung für den Job in Miami und alles andere, was Sie für uns getan haben.«

»Wie stellen Sie sich das ohne Geld vor?«

»Ich erteile Ihnen die Konzession für eines der freien Spielkasinos. Die beiden besten dieser Kategorie sind das Deauville und das St. John's.«

»Das sind die besten Kasinos«, stimmte ich zu. »Aber der größte Teil des Gewinns müßte in Form von Steuern wieder abgeführt werden.«

»Nein, wir lassen Sie ein Jahr steuerfrei arbeiten.«

»Das ist ja wunderbar«, meinte ich sarkastisch. »Ich bekomme etwas, was ich nicht mitnehmen kann, so daß Sie es jederzeit zurückfordern können. Wie sind Sie darauf gekommen?«

»Meine Berater halten diese Lösung für einen annehmbaren Kompromiß. Mit der Konzession können Sie in einem Jahr zwei Millionen Dollar verdienen.«

»Aber an dem Tag, an dem ich den ersten Gewinn mache, würden Ihre *Berater* Ihnen empfehlen, ihn zu beschlagnahmen. Wer sind übrigens Ihre Berater, die ich bestimmt schon kenne?«

»Juan Orta hier ist einer meiner wichtigsten Berater«, antwortete Fidel verlegen. Dann begann er mit der alten Litanei. »Sie beschuldigen immer Raúl und El Ché. Die beiden sind nicht für die Regierung verantwortlich. Ich bin der Größte Führer.«

»Okay, sprechen wir nicht mehr von Ihrem kleinen Bruder. Haben Sie eine Vorstellung davon, wieviel dieser Job kosten würde?«

»Wieviel?«

»Ungefähr fünfunddreißigtausend Dollar nur zur Vorbereitung. Und weitere dreißigtausend oder mehr für die Durchführung. Dabei verdiene ich selbst kaum etwas.«

»Sobald Sie uns einen vernünftigen Plan vorlegen, bekommen Sie das Geld.«

»Sie haben vorhin selbst gesagt, daß Sie nur mir trauen könnten, Fidel. Aber kann ich Ihnen trauen?«

»Das genügt, Señor«, warf Almejeiras ein. »Entweder Sie wollen den Job, oder wir sprechen nicht weiter davon.«

Ich dachte kurz nach. Masferrer war mir gleichgültig. Ich war mit seiner Hinrichtung einverstanden – aber nicht als öffentliches Schauspiel, mit dem Fidel seine Stellung und Raúl seinen Einfluß stärken wollte. Ich würde also zum Schein mitspielen, für möglichst wenig Arbeit möglichst viel kassieren und mich dann absetzen.

»Schön, unterhalten wir uns also über die Entführung«, sagte ich lächelnd.

Castro grinste und schlug mir auf den Rücken. »Sie werden sehen, wie eine dankbare Regierung ihren Freund belohnen kann. Die Details überlasse ich jetzt Major Almejeiras.«

»Wann bekomme ich einen Vorschuß für meine Auslagen?«

»Überzeugen Sie Major Almejeiras davon, daß Sie einen

guten Plan haben und mit der Durchführung beginnen können; dann bekommen Sie von ihm, was Sie brauchen.«

»Fünfunddreißigtausend für den Anfang. Und die Konzession für das Deauville – aber ohne Steuern für ein Jahr!«

»Wie Sie wünschen, Señor.«

»Ich bleibe von jetzt an in Miami mit Ihnen in Verbindung«, sagte Juan Orta.

»Seien Sie aber vorsichtig, falls mein Telefon abgehört wird. Fragen Sie nicht nach mir – geben Sie nur Ihren Vornamen an.«

»Wann können wir mit ersten Ergebnissen rechnen?« fragte Efigenio.

»Die Entführung dauert vielleicht einen Monat, aber ich treffe alle Vorbereitungen in acht oder zehn Tagen. Dann komme ich mit einigen Partnern nach Havanna.« Da ich wußte, daß Cubaner gern die Polizei auf ihrer Seite haben, wenn sie ein Verbrechen planen, fügte ich hinzu: »Einige dieser Partner sind Polizisten in Miami.«

»Ausgezeichnet«, meinte Fidel zufrieden. »Entschuldigen Sie mich jetzt, Señor, ich erwarte zwei Gentlemen.«

Almejeiras begleitete mich zur Tür; der junge Offizier brachte mich in mein Zimmer zurück, half mir packen und fuhr mit mir hinunter, um die Rechnung abzuzeichnen. Am Empfang bekam ich einen großen Umschlag überreicht. Er enthielt fünfzehnhundert Dollar, die Camilo für meine Pesos bekommen hatte, und folgende Warnung:

Nimm Dich vor Tigern in acht. C.

Ich war froh, daß ich Havanna wieder verlassen konnte. Die glorreiche Revolution war ziemlich auf den Hund gekommen: ihr Größter Führer, der nicht einmal mehr Herr im eigenen Haus war, hatte einen amerikanischen Söldner angeworben, um einen brutalen Mörder entführen und vor den Augen einer schaulustigen Menge hinrichten lassen zu können, und russisches Militär marschierte nachts durch die Straßen der Hauptstadt.

14

Nach der Landung in Miami rief ich meinen Freund Dan Henckel an und sagte ihm, wenn er eine Menge Geld verdienen wolle, solle er sofort in die Traveler's Lounge kommen.

Er kam im Laufschritt. »Was liegt vor?«

»Ich habe einen Auftrag von der Regierung in Havanna; ich soll einen Batistiano nach Cuba zurückbringen, der sich hier in Miami eingenistet hat. Dabei ist ein Haufen Geld zu verdienen, aber auch eine steuerfreie einjährige Konzession für ein Spielkasino. Wir beiden planen die Sache gemeinsam und teilen dann fifty-fifty.«

»Nur weiter«, sagte Dan. »Ein Stück Spielkasino wäre nicht übel.«

»Bist du verrückt? Wir würden es natürlich an den ersten Dummen weiterverkaufen. Der Hase läuft also folgendermaßen: Wir bilden zwei Dreimanngruppen aus je einem Piloten und zwei Polizisten. Wir brauchen Polizisten, weil Südamerikaner ein Verbrechen am liebsten gemeinsam mit Gesetzeshütern begehen.

Unsere Polizisten brauchen jedoch nur nach Havanna zu fliegen, dort beweisen, daß sie wirklich Polizisten sind, und bei einer Besprechung zuhören. Dann bekommen sie pro Kopf fünftausend Dollar für ihre Mühe, gehen nach Hause und lassen sich nicht wieder blicken. Die Entführung erledigen andere Leute gemeinsam mit mir, so daß du nichts damit zu tun hast. Verstanden?«

»Klar. Aber ich muß morgen verreisen und komme erst am Sonntag wieder. Ist das zu spät?«

»Nein. Ich befasse mich inzwischen mit den Lebensgewohnheiten unseres Opfers.«

An den beiden folgenden Tagen erfuhr ich einiges über Masferrers Gewohnheiten. Ich hatte zwar nicht die Absicht, ihn wirklich zu entführen, aber meine Freunde in Havanna würden mir bestimmt unzählige Fragen stellen, die ich überzeugend beantworten mußte.

Am Sonntagmorgen um zwei Uhr rief Jack Ossorio mich an, um mir mitzuteilen, daß ich dringend erwartet werde. Ich tröstete ihn mit dem Versprechen, sofort anzurufen, wenn meine Vorbereitungen abgeschlossen seien.

Am Sonntagnachmittag fuhr ich zum Flughafen und holte Dan ab. Ich erzählte ihm, daß Havanna bereits gedrängt habe und daß wir morgen dort erscheinen müßten.

»Das schaffen wir«, meinte er zuversichtlich. »Der Polizist, den ich meine, ist heute abend bestimmt in Brysons Bar. Ich treffe ihn dort wie zufällig, mache ihm den Mund wässrig und bringe ihn zu dir.«

»Ist er der richtige Mann? Nicht zu intelligent?«

»Harry ist ein Junge vom Lande. Miami Springs ist zu groß für ihn. Er und sein Freund sind genau richtig.«

»Wann triffst du ihn?«

»Spät. Ich rufe dich nach Mitternacht an.«

Henckels Anruf kam erst um zwei Uhr morgens. Der Polizist wollte uns in einer Stunde in der Traveler's Lounge treffen. Ich fuhr dorthin und unterhielt mich mit Dan, bis ein untersetzter schwarzhaariger junger Mann hereinkam und neben ihm Platz nahm.

»Freut mich, Ihre Bekanntschaft zu machen, Harry«, begann ich. »Danny hat mir erzählt, daß Sie nichts gegen ein paar Dollars extra einzuwenden haben, solange alles ehrlich zugeht.«

»Nun, ich kenne Danny seit langem«, gab Harry widerstrebend zu.

»Ich möchte, daß Sie mit mir nach Cuba fliegen. Einige Leute in Havanna wollen mich gut bezahlen, es handelt sich um eine einmalige Chance, wissen Sie, aber ich bin im Augenblick so abgebrannt, daß ich nicht rechtzeitig dort sein kann.«

»Sie brauchen also jemanden, der Ihren Flug finanziert?«

»Genau, aber es muß der richtige Mann sein. Die Leute in Cuba sollen sehen, daß ich einige vertrauenswürdige Bürger kenne – zum Beispiel Polizisten. Sie bezahlen unseren Flug nach Havanna. Sie sind bei einer Besprechung dabei. Einfach, was?«

»Glauben Sie, daß Ihr Freund darauf eingehen würde?« fragte Dan.

»Wenn Fred einverstanden ist«, antwortete Harry, »bin ich es auch.«

Wir kauften eine Flasche, fuhren zu Harrys Appartement, das er mit einem anderen Polizisten teilte, und weckten Fred auf. Ich schilderte ihm den Plan in allen Einzelheiten und versprach beiden je fünftausend Dollar. Fred war einverstanden, deshalb erklärte Harry sich bereit, ein Darlehen bei einer Finanzierungsgesellschaft zu beantragen, und wir waren uns darüber einig, daß Harry und ich die erste Reise unternehmen würden, während Dan und Fred in Miami abwarten sollten, ob wir Hilfe brauchten.

Ich rief sofort Havanna an, ließ mich mit Jack Ossorio verbinden, gab mich als ›des Doktors Tigerjäger‹ zu erkennen und vereinbarte eine Besprechung für den nächsten Abend um elf. Ossorio wollte uns Hotelzimmer reservieren und uns am Flughafen abholen lassen.

Nachdem ich mit Harry abgesprochen hatte, daß ich ihn am nächsten Morgen abholen würde, damit wir um elf Uhr fliegen konnten, fuhr ich nach Hause und ging sofort ins Bett.

Es gab keine Schwierigkeiten. Harry erhielt sein Darlehen und kaufte die beiden Tickets; wir flogen nach Havanna, wurden am Flughafen abgeholt und ins Hotel Presidente gefahren. Den Nachmittag verbrachten wir am Swimming-pool des Hotels, abends besuchten wir einige Nachtlokale. Als wir zu unserer Besprechung fuhren, war Harry angenehmerweise leicht beduselt.

Juan Orta und Jack Ossorio erwarteten uns in der Eingangshalle des Regierungsgebäudes. Sie fuhren mit uns in den dritten Stock, wo Efigenio Almejeiras in einem Konferenzraum saß. Er stand auf, warf mir einen kurzen Blick zu und sagte zu Ossorio: »Wissen Sie nicht, daß Jungblut immer bewaffnet ist?«

Ossorio schüttelte überrascht den Kopf. »Ich habe nicht daran gedacht, ihn abzusuchen.«

»Denken Sie in Zukunft«, empfahl Almejeiras ihm, »aber lassen Sie ihn jetzt in Ruhe, damit wir endlich anfangen können.«

Wir besprachen meinen Plan auf spanisch. Harry starrte einen Sprecher nach dem anderen verständnislos an. Ossario sagte gelegentlich etwas auf englisch zu ihm, damit er sich nicht allzusehr langweilte.

»Können Sie einen fertigen Plan vorlegen?« erkundigte sich der Polizeichef.

»Ja«, antwortete ich.

»Wie wollen Sie ihn entführen?«

»Meine beiden Polizisten verhaften ihn und bringen ihn zum Einwanderungsbüro am alten Flughafen. Dort arbeitet ein Beamter für uns.«

»Wie wollen Sie ihn hierher bringen?«

»In einer gecharterten Twin Beechcraft. Das Flugzeug wartet mit laufenden Motoren vor dem Büro. Wir schlagen ihn nieder, während er mit dem Beamten spricht, schleppen ihn nach draußen und starten sofort. Seine Leibwache darf ihn nicht in Gebäude und Dienststellen der amerikanischen Regierung begleiten und muß deshalb draußen warten, selbst wenn sie dem Streifen nachgefahren ist.«

»Haben Sie einen Ersatzplan vorbereitet?«

»Noch nicht, aber ich habe zwei Gruppen – jeweils ein Pilot und zwei Polizisten. In der ersten Gruppe bin ich Pilot. Der andere Pilot wartet in Miami.«

»Wer sind die anderen Männer?«

»Das brauchen Sie nicht zu wissen.«

»Doch, wir müssen zumindest einige kennen. Sie haben noch nicht bewiesen, daß Sie wirklich mit der Polizei zusammenarbeiten.«

»Zeigen Sie ihnen Ihre Erkennungsmarke«, forderte ich Harry auf englisch auf.

Harry nahm sein Portemonnaie aus der Tasche und zeigte Dienstausweis und Erkennungsmarke vor. Orta, Ossorio und Almejeiras nickten zufrieden.

Der Polizeichef beugte sich über den Tisch. »Ihr Plan scheint durchführbar zu sein. Ich muß mit dem Premier darüber sprechen. Falls er einverstanden ist, kommen Sie mit dem anderen Piloten und einem seiner Polizisten zurück. Dann erhalten Sie auch den Vorschuß für ihre Auslagen.«

»Fünfunddreißigtausend und die Kasinolizenz«, erinnerte ich ihn.

»Selbstverständlich.« Almejeiras erhob sich. Die Besprechung war zu Ende.

Harry und ich flogen am nächsten Morgen nach Miami zurück. Wir trafen uns mit Dan und Fred in Harrys Appartement. Ich erzählte ihnen, daß alles in Ordung sei, obwohl noch eine Reise zu unternehmen sei; dann würden sie ihre fünftausend Dollar bekommen.

Die beiden Polizisten freuten sich, und ich mußte mich beherrschen, um nicht laut zu lachen.

Am 1. April rief Ossorio wieder aus Havanna an. Die nächste Besprechung sollte am Freitag der gleichen Woche stattfinden. Wir brauchten nur ins Hotel Presidente zu kommen und dort auf das Erscheinen eines Kontaktmannes zu warten, der uns um neun Uhr abends abholen würde.

Diesmal flog ich mit Dan und Fred nach Havanna. Wir wurden um neun abgeholt und in den gleichen Konferenzraum gebracht. Orta, Ossorio und Almejeiras erwarteten uns dort. Und diesmal stand ein Leibwächter mit schußbereiter Maschinenpistole hinter dem Polizeichef.

»Sind das Ihre anderen Männer?« wollte Almejeiras wissen.

»Zwei meiner anderen Männer.«

»Welcher ist der Pilot?«

»Dan«, sagte ich, »zeig ihnen deine Lizenz.«

Die Cubaner untersuchten seine Pilotenlizenz sorgfältig und ließen sich dann Freds Dienstausweis und Erkennungsmarke zeigen.

Juan Orta nahm eine imponierende Urkunde aus der Aktentasche. »Das ist die Lizenz für den Betrieb des Kasinos Deauville; das erste Jahr bleibt wie vereinbart steuerfrei.«

Ich las das Schriftstück sorgfältig durch und stellte fest: »Hier fehlen noch einige Unterschriften.«

Juan Orta und Jack Ossorio unterzeichneten das Dokument und gaben es mir.

»Wie steht es mit den fünfunddreißigtausend Dollar?« fragte ich.

»Wie wollen Sie das Geld haben?« erkundigte Almejeiras sich.

»In kleinen Scheinen. Zwanziger, Fünfziger und Hunderter.«

»Schildern Sie uns nochmals, wie alles ablaufen soll«, verlangte Almejeiras.

»Seit unserer letzten Besprechung haben sich einige Veränderungen ergeben. Masferrer ist häufig zwischen Miami und Fort Lauderdale unterwegs. Dabei wird er auf der Straße angehalten und verhaftet. Die Polizisten bringen ihn nach Fort Lauderdale, und ich übernehme den Weitertransport.«

»Wo wollen Sie hier landen? Doch bestimmt nicht auf dem Flughafen?«

»Nein, ich dachte an den kleinen Platz, von dem aus ich mit Armando Hart nach Oriente geflogen bin«, antwortete ich.

Almejeiras nickte langsam. »Kommen Sie morgen abend um sechs hierher und holen Sie sich das Geld ab.«

Während die Versammlung sich auflöste, nahm ich Jack Ossorio beiseite. »Hören Sie zu, Jack, ich will nicht, daß meine Leute erfahren, daß ich den Vorschuß in der Tasche habe, sonst besaufen sie sich und halten womöglich nicht den Mund. Teilen Sie uns also morgen mit, daß die Sache geplatzt ist, und geben Sie mir in einem unbeobachteten Augenblick das Geld.«

»Wie Sie wünschen, Jack.«

Abends zeigte ich Dan und Fred auf ihre Kosten die Stadt; wir kamen erst bei Tagesanbruch zurück und schliefen bis nachmittags.

Pünktlich um sechs Uhr waren wir am vereinbarten Treffpunkt. Jack Ossorio kam einige Minuten später und erklärte uns, wir müßten noch auf Almejeiras warten. Wir warteten eine halbe Stunde, dann ging Jack ans Telefon und wählte eine Nummer.

Er sprach kurz, hörte lange zu und schüttelte bedauernd den Kopf, als er auflegte. »Major Almejeiras läßt Ihnen ausrichten, daß seine Vorgesetzten unsere Vereinbarung leider nicht gebilligt haben. Sie befürchten, daß sich die Beziehungen zwischen den Vereinigten Staaten und Cuba dadurch verschlechtern könnten. Daran ist leider nichts zu ändern, meine Freunde. Tut mir leid, daß Sie Ihre Zeit mit uns vergeuden mußten.«

Fred war zutiefst enttäuscht. Dan zeigte Überraschung und Verwirrung.

Ossorio begleitete uns hinaus und rief dann hinter mir her: »He, Jack, ich wollte Ihnen noch die Adresse des Mädchens geben! Kommen Sie einen Augenblick zurück.«

Ich ließ die anderen vorausgehen und ging wieder zu Ossorio hinein, der mir einen dicken Umschlag mit Banknoten gab.

»Wann wollen Sie die Leiche?« fragte ich und steckte den Umschlag ein.

»Bitte lebend abliefern.«

»Ich werde mir Mühe geben«, versprach ich.

»Bringen Sie ihn so bald wie möglich, aber sorgen Sie dafür, daß er noch stehen kann, wenn er erschossen wird. Fidel will daraus sein bisher größtes Schauspiel machen.«

»Das kann ich mir vorstellen.«

Ich holte die anderen am Fahrstuhl ein. Wir gingen in die nächste Bar. Fred starrte mürrisch vor sich hin, während er seinen Grog trank; Dan warf mir gelegentlich einen nachdenklichen Blick zu.

Mir wurde erst jetzt klar, wie wenig ich eigentlich erreicht hatte. Natürlich besaß ich die fünfunddreißigtausend Dollar und konnte damit aufhören. Aber um mehr aus Fidel herauszuholen oder auch nur die Kasinolizenz zu verwerten, mußte ich die Entführung abrollen lassen. Solange Masferrer nicht in Havanna abgeliefert war, waren die Lizenz und mein Leben hierzulande keinen roten Cent wert. Zunächst mußte ich Dan mitteilen, daß wir nach wie vor im Geschäft waren; von seiner Reaktion hing einiges ab.

»Fred«, sagte ich deshalb, »rufen Sie doch am Flugplatz an, ob wir um zehn nach Miami zurückfliegen können.«

Fred ging, und ich wollte eben etwas sagen, als Dan den Mund öffnete.

»Weißt du, Jack, ich spreche nicht gern darüber, aber ich bin erleichtert – verdammt erleichtert. Die Sache war mir von Anfang an unheimlich. Ich wäre auf jeden Fall ausgestiegen. Für Geschäfte dieser Art bin ich nicht geeignet.«

Ich biß die Zähne zusammen. Dieser Idiot war erst mit allem einverstanden gewesen – aber jetzt hatte er die Hosen voll. Ich hatte mich geirrt: Dan war ebenso unzuverlässig wie Fred.

Ich lächelte angestrengt und sagte: »Da jetzt ohnehin nichts aus der Sache wird, ist es vielleicht ganz gut, daß du so darüber denkst.«

Um elf Uhr landeten wir bereits in Miami. Wir tranken eine Runde Scotch am Flughafen, dann fuhr ich Dan zu seiner Freundin und schloß wenig später die Tür meines Appartements hinter mir ab. Ich riß den Umschlag mit dem Geld auf und versteckte dreiundzwanzigtausend Dollar in Scheinen unter dem Teppich. Dann steckte ich je fünftausend Dollar in zwei Briefumschläge und den Rest in die Tasche. Schließlich rief ich Harrys Appartement an. Fred war am Telefon.

»Sind Sie allein?« fragte ich.

»Harry ist hier«, antwortete er.

»Treffen wir uns in der Seminole-Bar? Ich möchte mit Ihnen sprechen.«

»Einverstanden.«

Ich saß erst wenige Minuten in der Bar, als Fred neben mir Platz nahm.

»Was wollen Sie von mir, Jack?« fragte er.

Ich drückte ihm einen der beiden Briefumschläge in die Hand. »Betrachten Sie sich als fristlos entlassen. Wir haben nur einen kleinen Ausflug nach Cuba gemacht.«

Fred wollte den Umschlag öffnen.

»Nicht hier, Sie Idiot!« warnte ich ihn.

Fred nickte und steckte den Umschlag ein.

»Ist Harry noch zu Hause?« erkundigte ich mich beiläufig.

»Er ist in die Skyways-Bar gegangen.«

Ich bezahlte unsere beiden Whiskys und ging. Harry sah mich sofort, als ich an der Bar Platz nahm.

»Kennen wir uns nicht von früher?« fragte er grinsend.

Ich gab ihm den zweiten Umschlag. »Stecken Sie ihn ein und öffnen Sie ihn erst später. Sie sind ab sofort entlassen. Und halten Sie den Mund. Wir haben nur einen Vergnügungsflug nach Havanna gemacht. Das Geld haben Sie am Spieltisch gewonnen.«

Harry starrte mich sprachlos an.

»Stecken Sie den Umschlag ein«, flüsterte ich.

Er stopfte ihn sich in die Tasche.

Um vier Uhr morgens schlief ich endlich, aber um elf kam bereits ein Anruf aus Havanna. Ich wurde ruckartig wach, als ich die vertraute Stimme hörte.

»Hallo, Señor, wissen Sie, mit wem Sie sprechen?« Fidel war selbst am Apparat.

»Natürlich. Wie geht es Ihnen?«

»Ich muß für einige Zeit verreisen, wollte Ihnen aber vorher noch eine wichtige Mitteilung machen – Tiger haben vorläufig Schonzeit . . .«

Ich lachte laut, denn ich hatte Jack Ossorio eine Komödie spielen lassen, weil ich nicht ahnte, daß Castro mir die gleiche Mitteilung machen würde.

»Das ist mein Ernst, Señor«, sagte Fidel indigniert. »Haben Sie verstanden? Sie unternehmen nichts ohne ausdrückliche Anweisung.«

»Verstanden. Am besten nehmen Sie Ihren kleinen Bruder mit.« Ich legte auf und fühlte mich keineswegs mehr verpflichtet, Masferrer jetzt oder später zu entführen.

In den folgenden zwei Wochen unternahm Fidel eine Reise durch die Vereinigten Staaten, kehrte dann für wenige Tage nach Cuba zurück und brach zu einer Südamerikarundreise auf. Jetzt war zu erwarten, daß Raúl und El Ché mir Schwierigkeiten machen würden; sie hätten es nicht gewagt, solange Fidel in den Vereinigten Staaten war. Ich wartete gespannt.

Am 25. April, einem Samstag, ging ich spät ins Bett und

wurde durch heftiges Klopfen an der Tür meines Appartements geweckt. Ich stolperte zur Tür und sah dabei auf die Uhr. Es war fünf Uhr morgens.

Ich öffnete die Tür. Zwei kräftige Männer kamen herein. Sie waren Kriminalbeamte und stellten sich als Sapp und Gracey vor.

»Ziehen Sie sich an, Jack«, sagte Gracey. »Wir bringen Sie ins Polizeihauptquartier. Sie sind verhaftet.«

»Was soll der Unsinn?«

»Verschwörung zur Entführung eines cubanischen Senators.«

Ich zog mich absichtlich langsam an, um Zeit zu gewinnen, und ging dann zwischen den beiden zu ihrem Wagen. Gracey fuhr und hatte einen südamerikanisch aussehenden Beamten neben sich; Sapp hockte mit mir auf dem Rücksitz. Die drei versuchten sich mit mir zu unterhalten, aber ich hielt eisern den Mund.

Ich begriff nicht, wie die Sache unter die Leute gekommen war. Fred und Harry riskierten jeder fünftausend Dollar, wenn sie den Mund aufmachten. Und Dan hatte mich bestimmt nicht verraten. Wer wußte sonst noch davon? Niemand in den USA, das stand fest.

Dann war mir plötzlich alles klar. Efigenio Almejeiras mußte Raúl und El Ché von unseren Besprechungen erzählt haben. Und die beiden hatten beschlossen, mir ein Gerichtsverfahren in Amerika anzuhängen, um mich endlich loszuwerden.

Nun fiel mir auch ein, welches Schriftstück ich bei mir trug. Die Konzession eines Spielkasinos in Havanna war bestimmt ein erstklassiger Beweis gegen mich.

Ich brachte es fertig, vorsichtig eine Hand in die hintere Hosentasche zu stecken und das Papier herauszuziehen. Dann knüllte ich es langsam zusammen, kratzte mich scheinbar unter dem Gürtel meiner Hose und ließ das Papier dabei in die Unterhose rutschen.

Bei Sonnenaufgang wurde ich in das moderne Gefängnis von Miami eingeliefert. Sapp ließ mich alle Taschen ausleeren und tastete mich dann ab. »Okay, er hat nichts an sich.«

Ein Beamter brachte Kaffee. Das Verhör konnte beginnen.

»Fangen wir gleich mit der Verschwörung zur Entführung von Senator Masferrer an«, meinte Sapp. »Was haben Sie dazu zu sagen?«

»Nichts, weil ich nichts davon weiß.«

»Lassen Sie den Unsinn, Jack«, warf Gracey ein. »Zwei Polizisten aus Miami Springs und Ihr Freund Dan Henckel haben bereits zugegeben, daß sie an der Sache beteiligt waren.«

»Wenn Sie schon drei Zeugenaussagen gegen mich haben, können Sie auf meine Aussage verzichten.«

»Sie wollen also nichts sagen?« fragte der südamerikanische Typ.

»Doch . . . Ich möchte noch eine Tasse Kaffee und meinen Rechtsanwalt anrufen.«

Sapp deutete wortlos auf das Telefon.

Nachdem ich telefoniert hatte, wurde ich von zwei Beamten nach oben gebracht, durch einen langen Gang geführt und in eine große Zelle geschoben. Die Eisentür fiel hinter mir ins Schloß. Ich zählte meine Mithäftlinge – es waren acht. Sie schliefen noch.

Ich ging zur Toilette, fischte das Schriftstück aus meiner Unterhose, zerriß es und spülte es hinunter. Dann setzte ich mich erleichtert und wartete auf meinen Rechtsanwalt.

Gegen zehn Uhr holte mich ein Kriminalbeamter ab und brachte mich zum Gericht. Dort erwartete mich Henry Stroemer von Smith & Carter. Henry klopfte mir auf die Schulter. »Keine Angst, Jack, wir holen Sie irgendwie heraus.«

Wir traten vor den Richter, der die Kriminalbeamten ausfragte, kurz mit Henry sprach und die Kaution auf fünftausend Dollar festsetzte.

In der Eingangshalle des Gerichtsgebäudes drängten sich Reporter und Fotografen um uns.

Ich stieß Henry in die Rippen. »Lächeln Sie, sonst glauben die Leute, wir machten uns Sorgen.«

Henry grinste und schüttelte den Kopf.

Im Gefängnis wartete bereits Kay, Glenn Smiths Sekretärin. Sie sah so gut aus, daß ich ein Lächeln fertigbrachte, während wir fotografiert wurden. Kay erklärte mir, daß ich jetzt die Bürgschaft stellen müsse. »Haben Sie soviel Geld?« fragte sie.

»Nicht hier. Und ich kann es erst holen, wenn ich freigelassen bin.«

»Aber dann bestimmt?«

»Natürlich.«

»Schön, dann versuche ich mein Bestes. Heute ist Samstag, ein schlechter Tag für Freilassungen auf Kaution, aber ich versuche es jedenfalls.«

Smith & Carter gelang es tatsächlich, mich trotz aller bürokratischen Hindernisse nachmittags aus dem Gefängnis zu holen. Am nächsten Morgen beim Frühstück las ich meine Pressenotizen.

BATISTAS HENKER SOLLTE ENTFÜHRT WERDEN! lautete die Schlagzeile der Sonntagsausgabe des *Miami Herald*. Der Artikel stammte von James Buchanan und George Southworth, zwei Spezialisten für lateinamerikanische Angelegenheiten. Noch besser gefiel mir allerdings Verne O. Williams' Story. Er hatte einige nette Worte für Kay übrig und gab meine Antworten auf seine Fragen Wort für Wort wieder – zum Beispiel: »Davon wissen Sie mehr als ich«, als er mich nach der Anklage fragte, und: »Nur als Tourist«, als er wissen wollte, weshalb ich nach Cuba geflogen war.

Am Montag machten meine Anwälte sich an die Arbeit und bereiteten die Verteidigung vor. Am Dienstag brannte mir die Angelegenheit unter den Fingernägeln; ich beschloß also, nach Havanna zu fliegen, um dort zu sein, wenn Fidel von seiner Südamerikareise zurückkehrte.

Ich flog nachmittags und rief Efigenio Almejeiras vom Flughafen aus an, um ihm die freudige Mitteilung zu machen, daß ich wieder in Havanna gelandet sei. Er ließ mich in einem Streifenwagen abholen. Sobald ich sein Büro betreten hatte, sprach er von meinen Schwierigkeiten in Miami, beklagte die himmelschreiende Ungerechtigkeit der Anklage und hoffte, alles werde bald vorüber sein.

»Lassen Sie den Unsinn«, wehrte ich ab. »Sie wissen ebenso gut wie ich, daß mich irgendein Hundesohn Ihrer Regierung verraten hat.«

»Nein, nein! Der Premier wird Sie in dieser Beziehung selbst beruhigen, das verspreche ich Ihnen. Amüsieren Sie sich in Havanna, bis er zurückkommt. Ihr früherer Leibwächter Pedro holt Sie im Nacional ab. Wenn Sie mich jetzt entschuldigen wollen . . .«

Ein Streifenwagen brachte mich ins Hotel, in dem ein Zimmer für mich reserviert worden war. Einer der Polizisten blieb bei mir, bis Pedro eintraf. Er kam im Laufschritt an, hielt seine Maschinenpistole wie immer schußbereit und hatte einen Streifen auf dem Ärmel.

»Du bist befördert worden, Pedro. Meinen Glückwunsch.«

»Si, das ist gut. Und ich bin zur Marine versetzt worden. Das ist nicht gut.«

»Warum?«

»Nach der Grundausbildung muß ich meinen Bart abrasieren lassen.«

Ich schickte ihn wieder fort und gab ihm den Auftrag, in Zivilkleidung zurückzukommen. Er kam nach einer halben Stunde in einem tadellosen weißen Anzug zurück und hatte seine Maschinenpistole in eine alte Ausgabe der *Saturday Evening Post* gewickelt. Kolben und Mündung der Waffe waren deutlich zu sehen.

Ich mußte lachen. »Ausgezeichnet, Pedro. Komm, wir sehen uns die Stadt an.«

Wir hatten eben erst einen Blick ins Spielkasino des Nacional geworfen, als ein DIER-Leutnant mit drei bewaffneten Soldaten hinter mir erschien. Der Offizier sprach mich mit Namen an und teilte mir mit, eben sei vom Hauptquartier der Befehl eingetroffen, meinen Leibwächter zu kontrollieren. Er bestand darauf, Pedro mitzunehmen, und ich bestand darauf, in diesem Fall mitzufahren.

Wir gingen zu einem DIER-Wagen hinaus — die Buchstaben SIM auf den Türen waren nur notdürftig übermalt und durch DIER ersetzt worden — und rasten wieder einmal durch Havanna. Im Hauptquartier hatte sich bis auf die neuen Uniformen und die vielen Bärte eigentlich nichts geändert — alles sah noch wie in der guten alten Zeit aus, als General Pedraza mich hier vier Tage lang hatte festhalten lassen.

Der Leutnant brachte mich zu Hauptmann Manuel Beaton, dem Leiter des Geheimdienstes, den ich von früher her kannte. Manuel hörte sich den Bericht des jungen Offiziers aufmerksam an und erklärte mir dann, eine neue Bestimmung schreibe vor, Leibwächter und Geheimpolizisten hätten im Dienst Uniform zu tragen. Da Pedro standhaft behauptete, noch nie von dieser Bestimmung gehört zu haben, mußte sein Vorgesetzter angerufen werden, der für ihn bürgen sollte.

Pedros unmittelbarer Vorgesetzter, ein obskurer Leutnant z. S., war nicht erreichbar, so daß Kapitän z. S. Gonzalo Miranda Garcia, der Befehlshaber des Marinebezirks Havanna, benachrichtigt wurde. Miranda wollte sofort ins DIER-Hauptquartier kommen.

Eine Viertelstunde später tauchte Kapitän Miranda in blendendweißer Uniform und mit viel Gold an den Ärmeln in Beatons Dienstzimmer auf. Er identifizierte Pedro und erklärte, die neue Bestimmung sei eben erst auf seinem Schreibtisch gelandet. Bisher sei sie noch nicht auf dem Dienstweg weitergegeben worden.

Beaton entschuldigte sich daraufhin für die Unannehmlichkeit, Miranda entschuldigte sich dafür, diese Unannehmlichkeit indirekt veranlaßt zu haben, und ich versicherte beiden, an der ganzen Aufregung sei nur jemand im Kasino schuld, der mich nicht leiden könne.

Kapitän Miranda wurde wütend. »Komm, Pedro, nimm deine Maschinenpistole mit. Wir fahren ins Kasino und zeigen diesen amerikanischen Gangstern – das ist keineswegs persönlich gemeint, Señor Jungblut –, wer eigentlich Cuba regiert.«

»Wer eigentlich?« murmelte ich vor mich hin.

Beaton warf mir einen prüfenden Blick zu.

»Nur ein Witz«, versicherte ich ihm hastig.

Miranda, Pedro und ich fuhren im Dienstwagen des Kapitäns zum Nacional. Als wir die Halle betraten, kam ein großer kräftiger Amerikaner aus der Bar. Er hatte bereits einen Schwips. Miranda und er begrüßten sich stürmisch.

»Señor Jungblut«, sagte Miranda, »das ist mein amerikanischer Freund Mel Chapman.«

Chapman starrte mich an. »He, Sie sind doch der Kerl, der Masferrer entführen wollte!«

»So stand es jedenfalls in der Zeitung . . .«

»Los, kommen Sie mit in den Parisian Room! Darauf müssen wir einen Schluck trinken.«

Wir bestellten Drinks, und ich erfuhr von Mel, daß er in Cuba war, um der Regierung vierzig P-51 anzubieten, die noch in Kanada standen. Kurze Zeit später hatte ich bereits einen Job: Mels P-51 irgendwohin zu bringen, wo er sie verkaufen konnte. Und wir unterhielten uns bis spät in die Nacht hinein; die anderen gingen schon früher ins Bett.

Am nächsten Morgen um elf kam ich an den Swimmingpool, um dort mit Mel zu frühstücken. Als erstes sah ich einen jungen Kerl, der vor seiner Cabaña in der Sonne hockte und auf einer Schreibmaschine herumhackte.

Daß hier am Swimming-pool jemand arbeitete, war schon bemerkenswert. Erstaunlich war jedoch, daß er das hübsche Mädchen im schwarzen Badeanzug ignorierte, das neben ihm saß und ihn deutlich merken ließ, er solle sich gefälligst etwas mehr um ihre Person kümmern.

Dann kam Mel herunter. Als wir an der Cabaña vorbeigingen, stieß er mich an. »Teufel noch mal, das Mädchen kenne ich.«

»Worauf warten wir dann noch?«

»Ich kann mich nicht an ihren Namen erinnern. Als ich bei Meteor Airlines Pilot war, ist sie dort Stewardeß gewesen. Verdammt noch mal, *wie* heißt sie gleich wieder?«

»Keine Ahnung, aber der Witzbold neben ihr kümmert sich kaum um sie.«

Als wir nach dem Frühstück unseren ersten Scotch tranken, fiel mir auf, daß der Witzbold Schwierigkeiten mit seiner Schreibmaschine hatte. Das Ding stand auf dem Kopf, und er starrte nachdenklich die Unterseite an.

»Verstehen Sie etwas von Schreibmaschinen?« fragte ich.

»Man kann alles lernen«, antwortete Mel grinsend.

Wir gingen zu der Cabaña hinüber.

Ich klopfte auf die Schreibmaschine. »Kommen Sie allein zurecht?«

»Das ist doch Mel Chapman!« rief das Mädchen. »Erinnern Sie sich noch an mich?«

»Natürlich. Meteor Airlines. Sie sind . . . Milly. Ja. Milly Chalk!«

»Genau. Das hier ist Robin Moore. Er schreibt Bücher und hat eine Charterfluggesellschaft in Montego Bay.«

Wir folgten Robins Einladung und nahmen in seiner Cabaña Platz; er ging fort, um Werkzeug zu holen. Ich merkte bald, daß Milly nur an Robin interessiert war, deshalb bemühte ich mich nicht weiter, sondern bestellte mir lieber einen neuen Scotch. Dann kam Robin fluchend aus der Bar zurück. »Ich habe einen Schraubenzieher verlangt, um meine Schreibmaschine zu reparieren, und der Kerl an der Bar sagt ›Si‹ und gibt mir Wodka mit Orangensaft. Seitdem ich das getrunken habe, mag ich nicht mehr arbeiten.«

»Das ist die beste Nachricht des Tages«, stellte Milly fest.

Mel entschuldigte sich kurze Zeit später, da er zu einer Besprechung mit Major Pedro Diaz Lanz, dem Chef der cubanischen Luftwaffe, fahren mußte. Kurz danach wurde ich ans Telefon gerufen. Es war Camilo. Er wartete in der Bar des Hilton auf mich.

Ich zog mich um und bestellte ein Taxi.

Als wir am Eingang des Hilton vorfuhren, sah ich einige Asiaten in Uniform aus dem Hotel kommen. Sie mußten zu der rotchinesischen Militärmission gehören, von der bereits seit Monaten geredet wurde. Zuerst die Russen, jetzt die Chinesen.

Camilo stand mit dem Rücken zur Bar und hatte sechs Leibwächter bei sich. Sein eingefallenes Gesicht leuchtete auf, als er mich kommen sah.

»He, Camilo«, sagte ich, »du siehst schlecht aus, aber eure chinesischen Freunde sind anscheinend prächtig in Form.«

»Komm, setzen wir uns.« Er ließ seine Leibwächter zurück und führte mich an den entferntesten Tisch.

»Du siehst wirklich nicht gut aus, Camilo.«

Er sah sich besorgt um. »Ich weiß nicht einmal, ob die Männer meine Leibwächter oder meine Gefangenenwärter sind«, sagte er dann leise. »Und weshalb bist du hier in Havanna, Jack?«

»Das weißt du selbst. Die Revolution hat mich hereingelegt.«

»Nicht nur dich. Das ganze Land.« Er rieb sich die müden Augen. »Das ganze Land, Jack.«

Ich nickte. »Nicht gerade schön, wenn man zugeben muß, daß man unrecht gehabt hat.«

»Die Kommunisten«, murmelte Camilo erbittert. »Sogar Kommunisten aus China. Und überall Russen. Ihre Militärmission, die Besatzungen ihrer Tanker und Frachter. Ihre Wirtschaftsberater, die nur ein Thema kennen – die Verstaatlichung amerikanischer Firmen. Ihre Landwirtschaftsexperten mit ihrem kollektivistischen Unsinn. Innerhalb eines Jahres sind wir ein Satellitenstaat der Sowjetunion, das kann ich dir sagen!«

»Was willst du dagegen tun?«

»Was *kann* ich dagegen tun?« rief er. »Du bist hereingelegt worden, und was kannst du dagegen unternehmen?«

»Gar nichts, schätze ich. Aber ich warte noch auf eine günstige Gelegenheit, um Fidel meine Meinung zu sagen, bevor ich endgültig verschwinde.«

»Das kannst du bald. Er ist wieder hier und hat Ossorio angewiesen, dich zum Mittagessen in den Tower Club zu bringen. Ich weiß allerdings nicht, was er vorhat.«

»Du kannst darauf wetten, daß er nicht seine Schulden bezahlen will.«

Camilo stand auf. »Ich muß jetzt gehen, aber ich wollte dich vor dem Mittagessen warnen. Sei vorsichtig, Jack. Wir sind heutzutage alle in Gefahr.«

»Du auch – wirklich?«

Er nickte langsam. »Wenn ich es irgendwie einrichten kann, treffen wir uns heute abend und trinken ein letztesmal auf die gute alte Zeit.«

»Einverstanden, Camilo.«

Ich begleitete ihn hinaus und fuhr selbst ins Nacional zurück. In der Bar begegnete ich Willy Horton. Er war stocknüchtern, hatte einen anständigen Haarschnitt, war sauber rasiert und trug einen tadellosen weißen Anzug.

»Hallo«, sagte ich überrascht, »anscheinend hat die Revolution wenigstens *Ihnen* etwas genützt.«

Er sah sich vorsichtig um. »Sie hat das verdammte Land ruiniert, wenn Sie es genau wissen wollen. Aber mir kann es egal sein.« Er klopfte mir auf die Schulter und grinste vertraulich. »Ich bin ohnehin nicht mehr lange hier. Ich gehe nach New York zurück und mache dort meinen Nachtklub wieder auf.«

»Hoffentlich klappt es, Willy.«

»Ganz bestimmt. Kommen Sie, wir trinken einen.«

»Bezahlen Sie?« fragte ich verblüfft.

»Nee. Heute trinke ich auf Mel Chapmans Rechnung.«

»Señor Jungblut. Señor Jungblut.«

Ich folgte dem Pagen in die Halle. Jack Ossorio wartete am Empfang.

»Kommen Sie mit, Jack«, forderte er mich auf, »wir müssen zu einer Besprechung.«

»Worum handelt es sich?«

»Das sehen Sie noch. Los, wir haben es eilig.«

Sein Dienstwagen raste durch die Stadt und hielt mit kreischenden Reifen vor einem Hochhaus.

»Hat nicht lange gedauert«, meinte ich grinsend. »Hoffentlich ist Fidels Essen noch warm.«

»Woher wissen Sie das?« fragte Ossorio erstaunt.

»Ein SIM-Mann . . . Entschuldigung, ein DIER-Mann hat es mir erzählt.«

Wir fuhren in einem privaten Fahrstuhl zum Tower Club im dreißigsten Stock hinauf. Ossorio führte mich durch das luxuriöse Restaurant zu einer Tür, vor der zwei Barbudos mit Maschinenpistolen Wache hielten. Wir wurden in einen kleineren Speisesaal eingelassen. Fidel saß oben an einer langen Tafel; rechts und links von ihm saßen Juan Almeida, Juan Camilo Cienfuegos, Cristino Naranjo, Efigenio Almejeiras und andere wichtige Barbudos. Raúl und El Ché glänzten durch Abwesenheit.

»Señor!« rief Fidel mir entgegen. »Was ist in Ihrem Land geschehen? Was haben Sie getan, um den Ruf meiner Regierung zu schädigen?«

Ich setzte mich ans untere Ende der Tafel. »Sie haben mich hereingelegt und betrogen, Fidel«, warf ich ihm vor.

»Jungblut!« Almejeiras sprang auf. »Zeigen Sie gefälligst mehr Respekt vor dem Premier!«

Ich sah ihn schweigend an.

Fidel gab seinem Polizeichef einen Wink; Almejeiras zuckte mit den Schultern und setzte sich wieder. »Nein, Señor, ich habe Sie nicht betrogen oder verraten. Ich war in Südamerika, als das alles passiert ist.«

»Na, das Gefängnis habe ich mir jedenfalls nicht nur eingebildet. Meine Leute hätten den Mund gehalten, wenn nicht jemand die Polizei informiert hätte. Ihre Leute haben davon gewußt.«

»Das ist nicht unsere Art, Señor.«

»Nein? Ich habe seit 1956 für Sie gearbeitet – ich weiß, wie Sie denken. Sie sind ein Geizhals, Fidel. Anstatt einen fairen Vergleich mit mir anzustreben, haben Sie sich ausgerechnet, daß es billiger wäre, mir eine Kleinigkeit zu geben und mich dann der Polizei auszuliefern. Die fünfunddreißigtausend Dollar und die angebliche Spielbankkonzession wären prächtige Beweise meiner Schuld gewesen.«

»Nein, Sie irren sich!« Er schüttelte nachdrücklich den Kopf.

»Schön, dann haben Sie jetzt Gelegenheit, es zu beweisen. Zahlen Sie mir hunderttausend Dollar – weniger als die Hälfte meines Guthabens bei Ihnen –, und ich bin auch damit zufrieden.«

»Señor . . .« Fidel runzelte die Stirn. »Señor, weshalb sollte ich einem Mann, der nicht einmal imstande war, einen einzigen Gefangenen hierher zu schaffen, tausend oder gar hunderttausend Dollar bezahlen? Ich habe keine weitere Verwendung für Sie. Wir sind bereits quitt, Señor.«

»Ich will trotzdem mein Geld, sonst . . .«

»Sonst? Was sonst? Sie befinden sich in einer schlechten Verhandlungsposition, Señor. Sie betteln hier nur um ein Almosen. Und Sie bemitleiden sich selbst, wie es alle Amerikaner tun, wenn sie Schwierigkeiten haben.«

»Nein, ich bemitleide nur die Cubaner.«

»Halt!« rief Almejeiras. Juan Orta sprang auf.

»Mir tun die Cubaner leid«, wiederholte ich. »Überlegen Sie doch selbst, was die armen Kerle sich eingehandelt haben. Sie sind nicht gegen Batista, Sie sind nicht gegen Trujillo, Sie sind gegen gar nichts — Sie sind nur für Castro.«

»Aha!« meinte Fidel lachend. »Nur für Castro und nicht auch für die Kommunisten. Behaupten Sie doch gleich, ich sei ein Kommunist, Señor!«

»Viel fehlt nicht dazu, das können Sie mir glauben.«

Dann befand ich mich wieder auf der Straße und ging wütend ins Nacional zurück. Ich saß aufgebracht in der Bar und trank eben meinen zweiten doppelten Whisky, als Mel Chapman neben mir auftauchte.

»Was ist los, Jack? Sie sehen wütend aus.«

»Das bin ich auch. Ich habe das verdammte Cuba satt — aber gründlich!« Und ich erzählte ihm, was geschehen war.

Als ich zu Ende erzählt hatte, lachte Chapman vor sich hin. »Na, machen Sie sich nichts daraus. Vielleicht sitzen andere Leute noch mehr in der Tinte als Sie. Haben Sie jemals von einem Major Iglesias gehört?«

»Allerdings. Er war der kleine Dicke, der dem SIM-Offizier auf offener Straße die Kehle durchgeschnitten und die Namen und Adressen der Augenzeugen aufgeschrieben hat. Zuletzt habe ich ihn in irgendeiner Bar gesehen, wo er seinen Sergeanten niedergeschlagen hat.«

»Und dieser Sergeant wollte nicht mehr als Sandsack herhalten und denunzierte seinen Vorgesetzten! Der kleine Hundesohn war in Wirklichkeit ein Batista-Offizier, der sich und seinen Männern nur Uniformen der Revolutionsarmee beschafft hatte. Im Lauf der Zeit wurde er so frech, daß er sogar einen amerikanischen Spieler, mit dem er gut befreundet war, aus La Cabana befreite. Dort sitzt er nun selbst, aber El Ché hat den Amerikaner großzügigerweise in Freiheit gelassen.«

»Wahrscheinlich ist die Zelle neben Iglesias für mich reserviert. Und was ist aus dem Sergeanten geworden?«

»Oh, sie haben ihn erschossen.«

Dann kam ein hagerer Bursche herein und setzte sich neben Mel. Er schien Mitte Dreißig zu sein, und mir gefiel seine ruhige Art.

»Ich möchte Sie mit Bob Hansford bekannt machen«, sagte Mel. »Bob, Sie haben schon von Jack Youngblood gehört.«

Bob nickte und antwortete, er lese regelmäßig Zeitung.

»Bob ist an der Frühwarnlinie mit mir geflogen«, erklärte Mel mir. »Er ist heute der beste Pilot in den Vereinigten Staaten.«

Bob lächelte.

»Was wollen Sie trinken?« fragte Mel.

»Lieber nichts«, meinte Bob. »Ich muß heute nachmittag fliegen.« Er sah auf seine Uhr. »Am besten gehe ich gleich.«

»Sie und Jack passen zusammen«, stellte Mel fest. »Ihr solltet miteinander ins Geschäft kommen.«

Bob warf mir einen prüfenden Blick zu. »Rufen Sie mich an, wenn Sie nach Miami kommen. Vielleicht können wir gemeinsam etwas verdienen.«

»Ich bin ab morgen wieder in Miami.«

Bob schrieb Namen, Anschrift und Telefonnummer auf einen alten Briefumschlag. Er drückte ihn mir in die Hand und ging hinaus.

Einige Minuten später war ich in der Halle, um Zigarren zu kaufen. Plötzlich klopfte mir jemand auf die Schulter – Jack Ossorio stand grinsend hinter mir. Ich sah mich rasch nach Barbudos um.

»Ich bin allein, Jack«, versicherte er mir.

»Und was wollen Sie?«

»Der Premier läßt Ihnen eine Mitteilung machen.«

»Ich höre.«

»Der Premier läßt Ihnen die Wahl zwischen drei Möglichkeiten. Erstens: Sie fliegen nach Miami zurück. Zweitens: Sie bleiben in Havanna, machen jedoch keinen Versuch mehr, die Regierung zu erpressen und in Schwierigkeiten zu bringen. Oder – das war Raúls Vorschlag – drittens: Sie beziehen auf

Staatskosten eine hübsche Zelle in La Cabana.« Wieder das Grinsen. »Welche Antwort soll ich dem Premier überbringen?«

Ich überlegte kurz. Es hatte keinen Zweck, Ossorio zu schlagen oder noch länger in Havanna zu bleiben. »Sie können dem Premier ausrichten«, sagte ich langsam, »daß ich Cuba verlasse.«

Ossorio grinste noch breiter. »Damit ist er bestimmt einverstanden.«

Ich ging an ihm vorbei zum Swimming-pool hinaus. Robin hatte seine Schreibmaschine repariert und bearbeitete sie fast wütend; Milly schlief neben ihm in der Nachmittagssonne. Als ich auf die beiden zuging, wurde ich ans Telefon gerufen.

»Wir brauchen keine Namen zu nennen«, sagte eine Stimme – Camilos.

»Richtig«, stimmte ich zu. »Mir gefällt dein Land, alter Freund.«

»Tut mir leid, daß es so endet.«

»Mir auch.«

»Wir sehen uns nicht mehr«, sagte Camilo traurig. »Von jetzt an ist der Umgang mit dir verboten. Kein Mitglied der Bewegung darf mit dir sprechen . . . es sei denn, um dich zu verhaften.«

»Ist es morgen schon zu spät?«

»Nein, aber ich würde an deiner Stelle nicht länger warten. Kleiner Bruder hat schon einen ›Unfall‹ für dich vorbereitet.«

»Vielen Dank. Auf Wiedersehen.«

»Auf Wiedersehen, Jack.«

»Alter Freund . . .«

»Ja?«

»Nimm dich in acht.«

»Darauf kannst du dich verlassen. Ich muß es sogar.«

Ich legte auf und holte tief Luft. Dann ging ich wieder an den Swimming-pool hinaus.

»He, Jack!«

Robin hatte meinen Namen gerufen. Ich ging zu ihm hinüber.

»Setzen Sie sich doch«, forderte er mich auf. »Ich habe gehört, daß Sie in Mittelamerika einiges erlebt und gesehen haben.«

Ich ließ mich in einen Liegestuhl fallen. »Viel zuviel.«

»Wissen Sie, ich bin Geschäftsmann, aber ich schreibe lieber. Haben Sie vielleicht mein Buch *Pitchman* gelesen? Es handelt vom Fernsehen.«

»Nein.«

»Ich habe jedenfalls vor, ein Buch über diese verrückten südamerikanischen Revolutionen zu schreiben. Wir könnten dabei zusammenarbeiten.«

»Ist damit Geld zu verdienen?«

»Unter Umständen.«

»Ich fliege morgen nach Miami und komme erst zur nächsten Revolution zurück. Heute abend amüsieren wir uns mit Mel. Ich gebe Ihnen meine Telefonnummer in Miami – vielleicht läßt sich etwas machen.«

»Sie hören von mir.«

Der Abend mit Mel und Robin war lang und alkoholisch. Ich kam erst bei Tagesanbruch ins Bett und kroch um zwei Uhr nachmittags aus den Federn. Mein Kopf war dem Zerspringen nahe, während ich packte und meine Hotelrechnung bezahlte. Dann fuhr ich zum Flughafen, erwischte eine Maschine nach Miami und schlief traumlos bis zur Landung.

Nach der Zollkontrolle ging ich ans nächste Telefon und rief Bob Hansford an. Wir vereinbarten ein Treffen in der Halle des Hotels Green Mansions; er war dorthin unterwegs, um vielleicht ein Geschäft perfekt zu machen.

Wir trafen uns in der Halle; dort war es jedoch während der Cocktailstunde zu laut, so daß wir uns in die kleine Bar zurückzogen. Hansford saß rechts neben mir, links von mir waren weitere vier Hocker frei. Kurze Zeit später kam ein Mann mit zwei Blondinen herein, setzte sie auf die beiden Hocker ganz links außen und begann ein leises Gespräch mit Hansford.

Die Blondinen erinnerten mich an irgend etwas. Dann fiel mir ein, worum es sich handelte. Ich hatte sie mit Masferrer und seinem Freund William Malet gesehen. Und ich merkte, daß sie mich ebenfalls erkannt haben mußten. Masferrer war also Bobs Geschäftspartner!

Ich drehte mich nach Bob um und stieß ihn an. »Los, wir verschwinden!«

Er reagierte nicht darauf, und bevor ich mehr sagen konnte, setzte sich jemand auf den Hocker links von mir. Ich drehte langsam den Kopf. Dort saß Senator Roland Masferrer. Er kehrte mir den Rücken zu und sprach angelegentlich mit Malet; hinter Malet machten die beiden Blondinen aufgeregt Zeichen, um die beiden auf mich aufmerksam zu machen.

Als Masferrer sich nach mir umdrehte, griff ich nach einem Tablett mit Hors d'oeuvres und hielt es ihm vors Gesicht. »Hors d'oeuvres gefällig, Senator?«

Masferrer starrte mich schweigend an, aber seine dunklen Augen sagten meinen Namen.

»Sieh da«, warf Malet spöttisch ein, »das ist doch Mister Youngblood.«

Er griff nicht nach seinem Revolver, und die vier Leibwächter hinter Masferrer machten ebenfalls keine Bewegung, deshalb stellte ich das Tablett wieder ab.

Der Senator starrte mich noch immer an und lächelte dann verzerrt. »Nein, keine Angst, Jack, wir wollen Sie keineswegs erschießen . . . jedenfalls nicht hier.«

»Am besten lassen Sie mich einfach in Ruhe, Senator«, riet ich ihm. »Wenn ich das nächstemal über den Golfstrom fliege, ist es bestimmt nicht in Fidels Auftrag, und Sie können Gift darauf nehmen, daß es auch nicht für Sie ist.«

Dann stand ich ruckartig auf, verließ die Bar und fuhr nach Hause.

15

Ich hatte mir eben den zweiten Scotch eingeschenkt und überlegt, wie ich mich an Fidel für seine schäbige Art rächen könnte, als das Telefon klingelte. Ich zögerte einige Sekunden lang, bevor ich abhob. Später war ich froh darüber, daß ich es doch getan hatte. Eine musikalische Stimme, die mir irgendwie bekannt vorkam, fragte: »Bist du das, Jack?«

»Richtig, hier ist Jack Youngblood.«

»Erinnerst du dich an mich? Ann Nolan?«

»Klar«, sagte ich und dachte krampfhaft an eine Ann Nolan, der diese musikalische Stimme gehörte. »Wo bist du?«

»Am Flugplatz. Eben angekommen.«

»Wie hast du mich überhaupt gefunden?« fragte ich, um Zeit zu gewinnen.

»Du hast viele Freunde am Flugplatz – oder sagen wir lieber: du bist dort sehr bekannt.« Sie lachte leise.

Die Dunkelheit wurde allmählich heller.

»Ich wette, daß du dich gar nicht mehr an mich erinnerst«, sagte sie schmollend. »Wir haben uns in Mexico-City kennengelernt, und du bist immer geschäftlich unterwegs gewesen.«

Plötzlich fiel mir alles ein. Damals war ich bei Fidel auf der Ranch gewesen. Juan Ramos hatte mich abgeholt, weil ich für Castro in Amerika Waffen kaufen sollte.

»Was tut eine Stewardeß von American Airlines in Miami?« fragte ich.

»Oh, du erinnerst dich also doch!« rief Ann begeistert. »Ich arbeite jetzt bei Pan American und fliege von Miami aus.«

Meine Stimmung besserte sich schlagartig. Ich erinnerte mich an einen Abend auf der Dachterrasse des Hotels in Mexico-City. Ann war eine Schönheit, aber Fidels wichtige Unternehmungen hatten mich damals daran gehindert, sie wirklich gut kennenzulernen.

»Warum kommst du nicht zu mir, Ann? Ich wohne hier in Miami Springs. Mit dem Taxi bist du in zehn Minuten da.«

»Ich muß erst ins Hotel. Ich rufe dich von meinem Zimmer aus an.«

»In welchem Hotel wohnst du?«

»Miami Springs Villas. Pan American bezahlt für mich.«

»Ich wohne ganz in der Nähe. Können wir uns nicht heute abend treffen?« Ich vergaß Masferrer, Hansford, meine Rache an Fidel und sogar Raúl. »Weißt du was, Ann, wir treffen uns in King Arthur's Court in deinem Hotel, nachdem du dich eingerichtet hast.«

»Wunderbar, Jack. Ich kann es kaum noch erwarten.«

»Ich auch nicht, Liebling. Bis nachher.« Ich legte auf, trank langsam meinen Whisky aus und erinnerte mich an die Zeit mit Ann. Dann fiel mir auf, daß mein Appartement einer Räuberhöhle glich. Ich brauchte eine halbe Stunde, um es einigermaßen in Ordnung zu bringen. Als das geschafft war, zog ich mich um und wollte meinen Regenmantel aus dem Kleiderschrank holen. In diesem Augenblick klingelte wieder das Telefon.

»Hallo, Jack. Hier ist Bob Hansford.«

»Wer?«

»Hören Sie, wir waren doch erst vor einer Stunde im Green Mansions.«

Meine schlechte Laune kam zurück. »Was gibt es diesmal, Bob?«

»Können wir miteinander sprechen?«

»Nicht am Telefon. Am besten treffen wir uns morgen.«

»Heute abend wäre besser. Sind Sie daran interessiert, Geld zu verdienen?«

»Ihre Kunden sind mir unsympathisch.«

»Lassen Sie den Senator aus dem Spiel. Ich verhandle mit einem anderen.«

»Ich habe heute abend zu tun.«

»Okay«, meinte Hansford ungerührt. »Wenn ich wieder einmal etwas gegen unseren bärtigen Freund unternehme, rufe ich Sie an . . . vielleicht.«

Ich überlegte rasch. Meine Rechtsanwälte hatten keinen Zweifel daran gelassen, daß die Anklage wegen versuchter Entführung mich noch eine Menge Geld kosten würde. »Hören Sie, Bob, ich bin mit einem Mädchen in King Arthur's Court verabredet. Kommen Sie einfach dorthin; ich entschuldige mich dann für kurze Zeit.«

»Gut, ich komme.«

Ich erinnerte mich deutlich daran, daß jedes Rendezvous mit Ann in Mexiko durch ›geschäftliche Besprechungen‹ vorzeitig unterbrochen worden war. »Noch etwas, Partner«, bat ich deshalb, »genügt heute ein kurzes Gespräch?«

»Klar. Ich komme dann.«

Ann war nirgends zu sehen, als ich das Restaurant betrat. Ich setzte mich zunächst an die Bar. Jim, der Barkeeper, beugte sich über die Theke. »Guten Abend, Mister Youngblood.« Dann fügte er vertraulich hinzu: »Lohnt sich der Waffenschmuggel noch?«

Ich grinste, sah mich um und legte einen Finger auf die Lippen. »Pst – ich habe noch ein Rendezvous, dann fliege ich wieder mit einer Ladung ab.« Wie auf ein Zeichen hin betrat Ann Nolan in dieser Sekunde das Restaurant. Sie war noch attraktiver als früher.

»Hören Sie«, flüsterte Jim, »ich weiß nicht, was Ihre Ladung wert ist, aber wenn Sie die junge Dame sitzenlassen, um irgendwo Waffen zu liefern, verdienen Sie es wirklich, erwischt zu werden.«

Ich nickte ihm grinsend zu und begrüßte Ann, die mich strahlend anlächelte und meinen Arm nahm. »Was hältst du von einem Drink an der Bar, bevor wir essen?« schlug ich vor.

»Wie du meinst, Jack.«

Wir setzten uns an die Bar und sprachen über Anns zukünftige Arbeit auf der Route nach Südamerika. Sie erzählte mir auch, daß sie ein Appartement und ein Mädchen suche, das sich das Appartement mit ihr teilen wolle. In bezug auf diesen Punkt hatte ich bestimmte Vorstellungen, wollte jedoch eine günstige Gelegenheit abwarten, um sie vorzubringen.

Ich hatte Bob Hansford völlig vergessen, bis plötzlich eine Stimme hinter mir sagte: »Tut mir leid, daß ich nicht früher kommen konnte, Jack.«

Ich drehte mich widerstrebend nach ihm um. »Tut mir leid, daß Sie es überhaupt geschafft haben.«

»Warten Sie ab, bis Sie hören, was ich zu sagen habe«, meinte Bob ungerührt.

Ich stellte ihn Ann vor. »Bob und ich haben eine geschäftliche Angelegenheit zu besprechen«, erklärte ich ihr. »Es mußte leider unbedingt heute abend sein.«

Ann kniff ein Auge zusammen. »Du hast dich nicht im geringsten verändert.«

Hansford bestellte sich einen doppelten Bourbon und gab sich Mühe, seine Aufregung zu beherrschen. Ich ahnte, daß er schon viel getrunken hatte, und konnte nur hoffen, daß er in Anns Gegenwart den Mund halten würde. Als ich eben beschlossen hatte, sie mit einem Drink und einer Platte Hors d'oeuvres an einen Tisch zu setzen, platzte es aus Bob heraus: »Jack, wenn wir es richtig anfangen, bekommen wir den besten Vertrag, der im Augenblick auf unserem Gebiet in Miami zu haben ist.«

Ich warf ihm einen bedeutungsvollen Blick zu. Ann lachte. »Wenn es interessant wird, soll ich immer nicht zuhören.«

»Ich will dich nur nicht mit geschäftlichen Dingen langweilen«, versuchte ich ihr zu erklären.

Ann lächelte wieder strahlend – diesmal in Bobs Richtung. »Das klingt alles so interessant, Mister Hansford. Bitte lassen Sie mich zuhören. Ich bin verschwiegen wie ein Grab.«

Das genügte Bob. Er leerte sein Glas, bestellte einen zweiten Doppelten, ließ ihn auf meine Rechnung setzen und begann zu erzählen. »Jack, Sie haben sich in Havanna mit Robin Moore angefreundet. Sein Tropic Air Charter Service in Jamaika fliegt zweimotorige Maschinen. Ich habe einen Vertrag mit einem alten Freund, den Sie ebenfalls kennen, und soll Menschen und Material nach Süden schaffen. Jeder Flug bringt dreitausend Dollar.«

»Wie viele Stunden Flugzeit?« wollte ich wissen.

»In einer leichten Zweimotorigen ungefähr drei Stunden – oder nur zwei, wenn wir einigermaßen direkt anfliegen können.« Nun wußte ich ungefähr, wo der Landeplatz auf Cuba liegen mußte.

Hansford starrte mich eindringlich an. In Havanna war er zurückhaltend und eher abweisend gewesen. »Das ist sichere Arbeit, Jack«, drängte er. »Ohne Schießereien und ähnlichen Unsinn.«

Ich sah zu Ann hinüber, die gespannt zuhörte, und überlegte mir, wie verrückt es eigentlich war, in dieser luxuriösen Umgebung mit Hansford über illegale Flüge zu sprechen.

»Hören Sie, Jack, ich muß meinem Kunden morgen irgend etwas sagen können . . .«

»Was soll ich tun?«

»Das wissen Sie doch – rufen Sie Moore an und fragen Sie ihn, ob wir eine seiner Zweimotorigen chartern können.«

»Und wenn ich die Maschine bekomme?«

»Dann teilen wir brüderlich. Einnahmen und Ausgaben – alles geht fifty-fifty.«

Ann fragte erstaunt: »Weshalb müssen Sie in Jamaika ein Flugzeug chartern? In Miami gibt es doch genug!«

Hansford sah sie verblüfft an, als habe er ihre Anwesenheit ganz vergessen.

»Richtig, Bob«, stimmte ich zu, »jeder Flugzeugbesitzer in Miami kennt Sie. Weshalb müssen Sie da andere Leute fragen?«

»Jeder Flugzeugbesitzer in Miami kennt mich . . . leider«, antwortete Hansford. »Deshalb kann ich nämlich hier keine Maschine chartern. Ich weiß allerdings eine gute C-45 – das ist die Militärversion der Twin Beech«, erklärte er Ann, »die für fünfzehntausend Dollar zu verkaufen ist. Damit wäre ich bereits im Geschäft. Haben Sie fünfzehntausend Dollar, Jack?«

Ich antwortete nicht. Seine Frage erinnerte mich an meine größte Sorge – hatte ich genügend Geld für meine Anwälte?

»Sehen Sie, das meine ich«, sagte Hansford mit einem triumphierenden Lächeln. »Wir müssen jemanden finden, der uns vertraut und uns billig eine Maschine verchartert.«

Auch diesmal war eine Antwort überflüssig. Schon die erste Bedingung machte den Fall beinahe aussichtslos. »Schön, Bob, wer ist eigentlich der Kunde?« fragte ich deshalb mehr aus Neugier.

Diesmal sah Hansford mißtrauisch zu Ann hinüber. Ich legte ihr einen Arm um die Schultern. »Vor ihr habe ich keine Geheimnisse.«

»Okay, Jack, wie Sie meinen. Ein ehemaliger Präsident von Cuba zieht die authentische Gegenrevolution auf, weil Castro immer mehr von Kommunisten abhängig ist. Zu diesem Zweck will er ausgebildete Guerillas und Waffen in ein bestimmtes Gebiet im Osten der Insel schaffen lassen.«

»Und Fidels Luftwaffe sieht dabei ruhig zu?« erkundigte ich mich. »Das nennen Sie eine sichere Sache?« Ich lachte verächtlich.

Bob trank sein Glas aus, zündete sich eine Zigarette an und grinste zu mir herüber. »Sie wissen nicht, wer sonst noch mitspielt, Jack.«

»Was soll das heißen?« Ich wandte mich ab, als sei ich nicht mehr daran interessiert. Ann hörte gespannt zu.

»Mel Chapman weiß es auch«, versicherte Hansford mir. »Er kommt morgen vormittag aus Havanna zurück, falls Sie das interessiert.«

»Schon gut, Bob«, antwortete ich müde. »Was wissen alle außer mir?«

»Ganz einfach.« Hansford bestellte den dritten Bourbon. »Major Pedro Diaz Lanz . . .« Wieder das weise Lächeln, diesmal in Anns Richtung. »Pedro ist Befehlshaber der cubanischen Luftwaffe — und Pedro unterstützt die Ge-gen-re-vo-lu-tion.« Er klopfte mit seinem leeren Glas den Takt. »Deshalb brauchen wir keine Angst vor Maschinen der Luftwaffe zu haben. Wie gefällt Ihnen das?«

»Und Doktor Carlos Prio Socarras finanziert die ganze Sache?« fragte ich.

»Woher wissen Sie das? Ich habe seinen Namen überhaupt nicht erwähnt.« Bob starrte mich verwirrt an. Er war wie alle Glücksritter völlig unpolitisch. Es war fast amüsant, zu verfolgen, wie er zuerst für Batista, dann für Castro und schließlich für Prio arbeitete. Bob kannte nur einen Maßstab — seinen Gewinn in Dollar.

Ich wandte mich an Ann. »Diese Revolutionen sind eigentlich eine Farce. Jedesmal fast die gleichen Spieler, die nur ihre Rückennummern und die Mannschaft gewechselt haben.«

»Was ist mit dem Flugzeug, Jack?« wollte Hansford wissen. »Fragen Sie Moore oder nicht?«

Bob sprach bereits undeutlich und begann Aufsehen zu erregen. Ich wollte das Gespräch beenden und sagte deshalb: »Wann kommt Mel an?«

»Morgen früh um elf. Ich hole den alten Säufer am Flugplatz ab.«

»Schön, dann treffen wir uns um zwölf im Traveler's Hotel an der Bar. Dort ist es ruhig, und wir können alles besprechen.«

»Was ist mit dem Flugzeug?« wiederholte Bob.

»Darüber sprechen wir morgen«, wehrte ich ab. »Ich rufe Sie frühzeitig an und erinnere Sie an diesen Zettel.« Ich drückte ihm ein Blatt aus meinem Notizbuch in die Hand, auf das ich rasch geschrieben hatte: »Um 12 mit Mel in der Traveler's Bar – nicht am Telefon davon sprechen.«

Hansford las den Text, warf mir einen prüfenden Blick zu und murmelte: »Ihr Telefon wird abgehört, was, Jack?«

»Durchaus möglich.« Ich bezahlte die Rechnung, gab Jim ein reichliches Trinkgeld und stand auf. »Wir sehen uns morgen, Bob. Ann und ich gehen jetzt zum Essen.«

Ann verstand den Wink richtig und rutschte ebenfalls von ihrem Hocker. »Freut mich, Sie kennengelernt zu haben, Mister Hansford«, sagte sie. »Hoffentlich klappt das Geschäft.«

»Vielen Dank«, antwortete Bob und blieb an der Bar sitzen. »Wenn Jack das Flugzeug organisiert, ist alles in bester Ordnung.«

Der Ober führte uns auf meinen ausdrücklichen Wunsch an einen möglichst weit von der Bar entfernten Tisch. Hier gab es überall roten Samt, dunkles Holz, silberglänzende Rüstungen, Kristall und Kerzenleuchter. Das Essen war hervorragend, denn King Arthur's Court hatte den Ruf zu verteidigen, das beste Restaurant südlich von New York zu sein.

»Wann mußt du morgen früh aufstehen?« fragte ich Ann, nachdem wir unseren Cognac nach dem Essen getrunken hatten.

»Wann ich will«, antwortete sie. »Nachmittags muß ich wegen der neuen Uniformen zum Schneider. Und ich wollte mich nach einem Appartement umsehen.«

»Vielleicht kann ich dir dabei helfen«, schlug ich vor. Ich nahm ihre Hand. »Hör zu, Liebling, du könntest mir wirklich einen großen Gefallen tun.«

»Welchen?«

»Ich möchte von deinem Telefon aus ein Gespräch führen, wenn du nichts dagegen hast.«

Ann starrte mich überrascht an und lachte dann leise. »Endlich eine neue Masche, um ins Hotelzimmer einer Dame zu kommen.« Sie schien nichts dagegen zu haben.

»Weißt du noch, was Bob Hansford vorhin gesagt hat? Mein Telefon wird abgehört.«

»Wirklich?« Anns Begeisterung nahm sichtbar zu. »Verdienst du dein Geld tatsächlich mit allerhand dunklen Geschäften?«

»Ich möchte nur vermeiden, daß gewisse Leute es allzu leicht haben, mich zu belästigen. Deshalb wäre ich dir dankbar, wenn du mich von deinem Zimmer aus telefonieren lassen würdest. Du weißt selbst aus Mexico-City, daß ich mich anständig benehme.«

Ann nickte lächelnd. »Mi teléfono es su teléfono.«

Nachdem ich die Rechnung für das Abendessen bezahlt hatte, war ich mehr denn je davon überzeugt, daß ich in nächster Zeit für Prio fliegen und eine Menge Geld verdienen mußte. Wir gingen in Anns Zimmer hinauf. Ich zog Jacke und Schuhe aus und ließ mich auf ihr Bett fallen.

»Telefonierst du immer liegend?« erkundigte Ann sich.

»Das hängt davon ab, wo ich gerade bin.« Ich griff nach dem Hörer und ließ die Hand wieder sinken. »Es stört dich doch nicht, wenn die Vermittlung eine Männerstimme hört?«

»Vermutlich haben einige Leute uns gemeinsam nach oben gehen und in meinem Zimmer verschwinden sehen.«

Ich rief die Nummer in New York an, die Robin Moore mir gegeben hatte. Zu meiner Erleichterung kam Robin sofort an den Apparat.

»Was haben Sie eben gesagt?« rief er, als ich ihn fragte, ob Tropic Air eine Twin Beech zu verchartern habe. Ich erzählte ihm so wenig wie möglich über den geplanten Verwendungszweck und betonte statt dessen, wieviel Geld bei der Sache zu verdienen sei.

»Wie ich Sie kenne, Youngblood, ist die ganze verdammte

Sache hochgradig kriminell. Was ist mit unserem Buch? Ich wollte einen ehrlichen Menschen aus Ihnen machen.«

»Verdienen Sie mehrmals pro Woche dreitausend Dollar, wenn Sie ein Buch schreiben?« erkundigte ich mich.

»Kein schlechtes Argument«, gab Robin zu. »Aber für mich steht in Jamaika einiges auf dem Spiel. Ich darf nicht riskieren, daß meine Fluggesellschaft oder eine ihrer Maschinen in illegale Transaktionen verwickelt wird.«

»Solange man nicht erwischt wird, ist nichts illegal.« Als darauf keine Antwort kam, fuhr ich rasch fort: »Hören Sie, warum kommen Sie nicht einfach morgen hierher? Sie könnten eine Menge Geld verdienen, von dem das Finanzamt nichts zu wissen braucht.«

»Großer Gott, Youngblood, Sie wollen mich auch noch ins Gefängnis bringen.« Eine längere Pause. »Andererseits muß ich hunderttausend Dollar verdienen, um die letzte Steuernachzahlung hereinzuholen.« Wieder eine Pause. »Vielleicht komme ich morgen nach Miami. Ich rufe Sie noch an.«

»Wir haben nicht viel Zeit, Partner. Wann können Sie hier sein?«

»Genügt morgen nachmittag?«

»Ich hole Sie am Flugplatz ab.«

Ich legte auf und drehte mich nach Ann um, die auf der Bettkante saß. Ich küßte sie und wollte sie zu mir herunterziehen, aber sie richtete sich auf und sagte: »Erzähl mir mehr über den Mann, mit dem du eben gesprochen hast.«

»Morgen, Liebling. Für heute haben wir genug über geschäftliche Dinge gesprochen.« Ich machte einen zweiten Versuch.

»Bitte, Jack. Der Abend war so schön. Wir haben uns gut unterhalten. Ich möchte noch oft mit dir ausgehen. Aber sei bitte vernünftig und verlange nicht gleich alles.« Sie sah mich fragend an. »Bist du jetzt wütend?«

»Nein, Liebling, nicht wütend. Verwirrt, könnte man eher sagen.«

»So bleibt es nicht immer. Das verspreche ich dir, Jack.«

»Okay, Ann«, antwortete ich lächelnd. »Schlaf dich richtig aus. Ich rufe dich morgen früh an.«

Ich stand auf, ging zur Tür und gab Ann einen Gutenachtkuß. »Vielen Dank für das Telefongespräch. Ich bezahle es dir morgen.«

»Das hat Zeit, Jack.«

»Schön, ich rufe dich morgen früh an.«

Draußen regnete es nicht mehr, und der Himmel hatte sich aufgeklärt. Ein langer Tag, der zunächst nur Mißerfolge zu bringen schien, endete nun doch in jeder Beziehung erfreulich und aussichtsreich. Ich zündete mir eine Zigarre an und genoß den Spaziergang zurück in mein Appartement.

16

Hansford, Mel Chapman und ich besichtigten die umgebaute C-45 bei Regina Aircraft. Ich hatte den beiden nicht erzählt, daß Robin Moore um halb vier ankommen würde. Wir ließen uns die Logbücher zeigen und stellten fest, daß beide Motoren reichlich alt waren, aber Hansford versicherte uns, wir könnten ein wesentlich besseres Flugzeug kaufen, sobald diese Maschine nur zehn Flüge heil überstanden haben würde.

Wir hatten uns wie vereinbart im Traveler s getroffen und selbstverständlich über Flugzeuge gesprochen. Mel beklagte sich bitter darüber, daß Pedro Diaz Lanz sich soviel Zeit mit dem Kauf der zehn P-51 ließ, für die Mel Alleinvertreter war. Hansford war völlig nüchtern, trank nur Coca Cola und hielt meistens den Mund. Als er sich erkundigte, ob ich zufällig eine Zweimotorige aufgetrieben hätte, schlug ich vor, wir könnten ein paar Flugzeuge dieser Art besichtigen.

Ich hatte mir die Angelegenheit den ganzen Morgen lang überlegt, und als Robin bei mir anrief, um mir seine Ankunftszeit mitzuteilen, hatte ich ihm einige Fragen gestellt. Seitdem wußte ich, daß er nicht zulassen würde, daß eine seiner Maschinen illegale Einsätze flog. Da er jedoch nach Miami kam, schien er daran interessiert zu sein, an ›Sonderflügen‹ Geld zu verdienen. Am Telefon war er wortkarg gewesen und hatte behauptet, er sei ohnehin nach Jamaika unterwegs und wolle in Miami nur einige Ersatzteile für seine Piper kaufen. Da er sich aber so rasch entschlossen hatte, mich hier aufzusuchen, hoffte ich noch immer, er werde uns finanzieren.

»Die Maschine ist in Ordnung«, meinte Bob nach einstündiger Inspektion. »Damit fliege ich sechs oder sieben bewaffnete und ausgerüstete Männer in jedes mittelamerikanische Land.«

»Wenn dieser verdammte Diaz Lanz mir endlich die P-51 abkaufen würde, hätte ich genug Geld, um Ihnen das Flugzeug zu kaufen, Bob«, stellte Mel fest.

»Reden Sie keinen Unsinn!« fuhr ich ihn an. »Sie wissen genau, daß er Ihnen die Jäger vorläufig nicht abkauft.«

»Was soll das heißen, Jack?« fragte Mel erstaunt.

»Pedro wartet natürlich ab, bis die Gegenrevolution einen Stützpunkt auf der Insel errichtet.«

»Das verstehe ich nicht . . .«, murmelte er.

»Pedro will zum richtigen Zeitpunkt desertieren. Und vorher steigt einer meiner Tricks: Castro kauft die P-51, aber Pedro läßt sie an die andere Seite liefern und verschwindet am gleichen Tag aus Havanna. Das dauert noch eine Weile, deshalb brauchen Sie sich nicht einzubilden, daß Sie schon bald in Geld schwimmen.«

»Woher wissen Sie das?« Mel starrte mich verblüfft an. »Davon habe ich selbst keine Ahnung.«

»Ich bin der Meinung, wir sollten uns auf reale Dinge beschränken, die Fidel wehtun.«

Bob Hansford hatte bisher ruhig zugehört. »Jack hat recht, wir müssen uns auf Dinge konzentrieren, die sofort Geld einbringen«, meinte er jetzt. »Die Flüge für Prio gehören zu diesen Dingen. Ich weiß noch einige andere Flüge, die wir ebenfalls bekommen können. Wir brauchen uns deswegen keine Sorgen zu machen, denn vielleicht arbeiten wir in einem halben Jahr schon alle für den Großen Bruder und sind vor jeder Strafverfolgung sicher.«

»Wie meinen Sie das, Bob?« fragte Mel.

»Mehr darf ich vorläufig nicht dazu sagen.«

»Für den Großen Bruder?« fragte ich.

»Für Onkel Sam«, erklärte Mel mir. »Aber wie bekommt unsereiner Arbeit von der Regierung, Bob?«

»Mein Freund Richard ist Chefpilot einer der größten Firmen dort drüben«, sagte Bob und deutete auf das Hauptgebäude, »und bereitet gegenwärtig ein neues Unternehmen vor – er wirbt Piloten wie uns für bestimmte Aufträge an, die eine bestimmte Behörde zu vergeben hat. Piloten mit der richtigen Erfahrung können dabei hübsch verdienen; natürlich weniger als bei Prio und Genossen, aber trotzdem noch reichlich.«

Ich hörte interessiert zu. Vorläufig operierten wir noch auf eigene Faust und ohne Billigung der zuständigen Regierungsstellen, die Fidel Castro eher vor einem Sturz bewahren wollten. Aber sobald eine Behörde Piloten mit unserer Erfahrung suchte, brauchten wir uns nur zu melden und konnten sicher sein, daß in der Vergangenheit begangene Straftaten unter den Tisch fallen würden – zum Beispiel auch die Anklage wegen versuchter Entführung.

»Wir brauchen also vor allem ein Flugzeug«, wiederholte ich. »Das hier.«

»Richtig«, stimmte Hansford zu. »Je eher, desto besser.«

»Wie verteilen wir die Einnahmen, wenn ich diesen Vogel auf meinen Namen registrieren lasse?« wollte ich wissen.

»Glauben Sie, daß Sie das schaffen?« fragte Mel.

»Wie würden wir dann teilen?«

»Was verlangen Sie denn?« erkundigte sich Hansford.

»Fünfzig Prozent für mich, fünfzig Prozent für den jeweiligen Piloten.«

»Dann bekommen Sie alles, wenn Sie selbst fliegen«, widersprach Mel. »Wer den Auftrag vermittelt, muß auch etwas bekommen.«

»Okay. Fünfzig Prozent für den Eigentümer, die restlichen fünfzig Prozent nach Vereinbarung.«

Wir gaben uns die Hand darauf. »Aber wie wollen Sie die Maschine bekommen?« fragten Mel und Bob gleichzeitig.

»Darüber sprechen wir am besten in der Bar«, antwortete ich.

Wir versprachen dem Mann von Regina Aircraft, wir würden in einer Stunde zurückkommen, und fuhren zum Hauptgebäude hinüber.

»Okay, Jack, jetzt müssen Sie uns endlich sagen, was Sie vorhaben«, drängte Mel, als wir im Clipper Club saßen.

»Robin Moore landet in einer Stunde hier auf dem Flugplatz.« Bob und Mel hörten aufmerksam zu. »Er hat nicht die Absicht, eine Maschine der Tropic Air für illegale Zwecke zu verchartern.«

»Warum geben wir uns dann überhaupt mit ihm ab?« wollte Mel wissen.

»Weil er die C-45 kaufen und unter meinem Namen zulassen soll.«

»Nicht dumm . . .«, murmelte Bob.

»Allerdings. Wir haben Glück, daß Moore vor einigen Jahren eine Auseinandersetzung mit Trujillo gehabt hat. Robin und einer der Trujillos wollten das gleiche Mädchen heiraten. Es wäre Miß Dominikanische Republik geworden, aber El Jefe verhinderte die Wahl, damit das Mädchen nicht nach Amerika reisen konnte. Er hat es gezwungen, seinen Bruder zu heiraten, aber es liebt Robin noch immer, den die Trujillos schon zweimal zu ermorden versucht haben. Moore unterstützt alle, die Trujillos Sturz betreiben, weil er hofft, dadurch das Mädchen retten zu können.«

»Trujillo hat aber eine verdammt gute Luftwaffe, die amerikanische Maschinen fliegt«, stellte Hansford ruhig fest. »Flüge in die Dominikanische Republik sind kein Vergnügen.«

»Robin hat einen Stützpunkt auf der Insel Cacos, die kaum hundertfünfzig Kilometer von Monte Christi, dem größten Hafen an der Nordküste, entfernt liegt. Seiner Meinung nach müßte man von dort aus eine ganze Armee von Guerillas nach Haiti bringen können. Hector Aristy, einer der Führer des Zentralkomitees, das die Trujillos stürzen will, arbeitet eng mit Robin zusammen.«

»Und was hat das alles mit unserer C-45 zu tun?« erkundigte Mel sich ungeduldig.

»Ich mache Robin klar, daß wir nicht nur Geld verdienen, sondern auch gegen Trujillo operieren wollen. Vielleicht haben die dominikanischen Rebellen lohnende Aufträge zu vergeben. Wer weiß?«

»Aber ohne mich«, stellte Mel fest.

»Wenn die Kasse stimmt und der Auftrag gut geplant wird, würde ich es mit einem Flug nach Haiti versuchen«, meinte Bob nachdenklich.

»Im Gespräch mit Robin müssen wir deshalb die Einsätze gegen Trujillo besonders hervorheben«, erklärte ich ihnen. »Verstanden?«

Mel und Bob waren der gleichen Meinung. »Haltet den Mund und laßt mich reden, dann haben wir die Maschine, bevor Robin nach Jamaika weiterfliegt«, fügte ich hinzu.

»Woher hat er das Geld?« fragte Mel.

»Seine Familie ist ziemlich wohlhabend.«

»Warum machen wir ihm nicht ein größeres und vor allem schnelleres Flugzeug schmackhaft?« wollte Mel wissen.

»Ich bin schon mit der C-45 zufrieden«, versicherte ich ihm.

Da Robin selbst Pilot war und etwas von Flugzeugen verstand, wollte er die Maschine selbst sehen, nachdem Mel, Bob und ich ihm unsere Pläne erklärt hatten. Er übernahm es auch, mit dem Mann von Regina Aircraft zu verhandeln. Aus Hansfords Gesichtsausdruck entnahm ich, daß er an dem Gewinn beteiligt war, denn sein Gesicht wurde immer länger, als der Preis von fünfzehntausend auf zwölfeinhalbtausend Dollar heruntergehandelt wurde. Der Verkäufer sah zu Hansford hinüber, zuckte mit den Schultern und akzeptierte Robins Angebot.

Moore kam selbst auf die Idee, die blaue Twin Beech, wie wir sie jetzt nannten, auf meinen Namen zuzulassen. Er wollte natürlich vermeiden, irgendwie mit unserer illegalen Tätigkeit in Verbindung gebracht zu werden. Gleichzeitig übte er heftige Kritik an der amerikanischen Regierung, die den brutalsten Diktator Südamerikas in jeder Beziehung unterstützte.

Ich rief Ann Nolan an und fragte sie nach einem netten Mädchen, das mit Robin ausgehen wollte. Sie brachte eine attraktive Stewardeß der American Airlines mit, die in Miami auf Urlaub war, und wir aßen wieder in King Arthur's Court zu Abend. Ann war sichtbar davon beeindruckt, daß ich nicht nur mit Glücksrittern, sondern auch mit New Yorker Geschäftsleuten Umgang hatte, die noch dazu in Harvard studiert hatten.

Am nächsten Morgen flog Robin nach Jamaika weiter, nachdem er mich eindringlich ermahnt hatte, ihm jede Woche Bericht zu erstatten. Ich brachte ihn zum Flugzeug und traf anschließend mit Bob und Mel zusammen, um den weiteren Gang der Dinge zu besprechen. Beide hatten die Gründung der Gesellschaft für Sonderflüge am Abend zuvor ausgiebig gefeiert und waren erst mittags wieder ansprechbar.

»Wir können nicht alle gleichzeitig bei Prio erscheinen«, stellte Hansford fest. »Ich führe die Verhandlungen mit ihm, denn schließlich habe ich ihn aufgegabelt.«

»Er weiß, daß ich zuverlässig arbeite«, warf ich ein, »deshalb würde es nicht schaden, wenn ich mitkäme.«

Mel wollte ebenfalls mit, aber Bob und ich waren dagegen.

Obwohl das Flugzeug in meinem Namen registriert war, bestand ich nicht darauf, an den Verhandlungen teilzunehmen. Bob Hansford ging also allein zu Prio, während ich auf Ann Nolan wartete, mit der ich eine Verabredung zum Abendessen hatte.

Wenn ich mit Ann zusammen war, überlegte ich mir oft, daß es eigentlich möglich sein müßte, mit meinen Fähigkeiten eine sichere und angesehenere Tätigkeit auszuüben. Verschwörungen, Revolutionen, Gegenrevolutionen, Waffenschmuggel, Betrugsmanöver und die Tatsache, daß die Regierung des Landes, das ich liebte und für das ich gekämpft hatte, meine Arbeit als Verbrechen betrachtete – diese Elemente meines Lebens beunruhigten mich allmählich. Gab es nicht noch eine andere Lösung? Vielleicht – aber zuerst wollte ich mich an Castro rächen.

17

Erfahrene Piloten wie Hansford und ich hatten in der nächsten Zeit alle Hände voll zu tun. Überall in Miami schlossen sich Castros Gegner zusammen, aber nur wenige Gruppen waren so gut organisiert und finanziert wie Prios. Wir nahmen nur Aufträge gegen Castro an und arbeiteten deshalb fast ausschließlich für Prios neue Authentische Gegenrevolution. Prio hatte auch die besten Verbindungen nach und in Cuba.

Ann und ich hatten inzwischen ein gemeinsames Appartement bezogen und wohnten dort zufrieden miteinander. Nur Bob Hansford und Mel Chapman kannten unsere Adresse.

Ich hatte die Twin Beech ›Venganza‹ getauft – ›Rache‹ auf spanisch. Unsere Einsätze gegen Fidel wurden nicht nur für Geld, sondern auch aus Rache geflogen.

Ann machte sich jedesmal Sorgen, wenn das Telefon klingelte, deshalb war ich erleichtert, daß sie gerade einen zweitägigen Flug angetreten hatte, als ich einen besonders unangenehmen Auftrag auszuführen hatte. Bob und ich trafen uns kurz nach sechs Uhr bei beginnender Abenddämmerung am Hangar der Regina Aircraft, vor dem unsere Venganza stand. Wir überprüften die Maschine sorgfältig und waren noch damit beschäftigt, als zwei Beamte der Grenzpolizei in einem Streifenwagen erschienen. Als sie ausgestiegen waren, sah ich auf die Uhr und sagte absichtlich laut zu Bob: »Diesmal haben sie fast zehn Minuten gebraucht, um hierher zu kommen. Hätten wir wirklich etwas zu verbergen, hätten wir längst starten können.«

»Kennst du die beiden?« fragte Bob.

»Nie gesehen«, antwortete ich.

»Na, unterwegs zu einem kleinen Ausflug, Youngblood?« fragte einer der Polizisten. »Und Hansford ist natürlich auch dabei.« Der zweite Polizist hörte zu und beobachtete uns mit finsterem Gesichtsausdruck.

»Richtig, ich heiße Hansford«, antwortete Bob bereitwillig. »Und Sie?«

»Was haben Sie in der Maschine und wohin wollen Sie?« erkundigte sich der Polizist, ohne auf Bobs Frage einzugehen.

Ich warf einen Blick auf seine Dienstnummer. »Okay, Nummer drei-neun-fünf-vier«, sagte ich dann, »Bob und ich wollen nach New Orleans fliegen, dort Bourbon trinken, Jazzmusik hören und vielleicht ein paar nette Mädchen auftreiben. Was dagegen?«

»Was dagegen, wenn wir uns die Maschine ansehen?« fragte er.

»Keineswegs. Suchen Sie übrigens etwas Bestimmtes, Vier?« wollte ich wissen. »Vielleicht können wir Ihnen eine Menge Zeit sparen.«

»Woher haben Sie das Flugzeug, Youngblood?« war seine Antwort.

»Ich habe es gekauft und dafür bezahlt.«

»Wer hat es für Sie gekauft?«

»Hören Sie, Vier, ich habe mein schwerverdientes Geld ein Leben lang gespart. Wenn ich es jetzt verrückterweise für ein Flugzeug und für Frauen ausgeben will, ist das meine Sache. Durchsuchen Sie mein Flugzeug, damit Bob und ich endlich nach New Orleans starten können.«

Vier murmelte irgend etwas von Schmugglern und Waffenlieferanten vor sich hin, bevor er und sein Kamerad die Maschine unter die Lupe nahmen. Es war dunkel, als die beiden enttäuscht ihre Durchsuchung der Venganza beendeten.

»Na, war es interessant?« fragte ich.

»Wir wissen genau, was Sie tun, Youngblood«, erklärte Vier mir böse. »Bilden Sie sich nur nicht ein, daß Sie uns immer wieder entwischen.«

»Dann sehen Sie sich die Maschine am besten nach der

Rückkehr gründlich an«, riet ich ihm. »Vielleicht entdecken Sie dabei Schnapsflaschen, Seidenstrümpfe oder weiße Sklavinnen.«

»Macht nur weiter so, ihr beiden«, fauchte Vier. »Nur weiter so, dann sitzt ihr im Zuchthaus, bis der Hafen von Havanna zufriert.«

»Schickt Fidel Ihnen Ihr Geld per Kurier?« fragte ich ihn noch. »Jedenfalls bezahlt er Ihnen zuviel, das steht fest.«

Bob und ich sahen den beiden Polizisten grinsend nach, die jetzt in ihren Streifenwagen kletterten und davonrasten. Wir nahmen unsere Plätze in der Venganza ein; ich saß links, Bob war mein Kopilot.

Wir rollten um acht Uhr zum Start, nachdem wir vorher über Funk einen Flugplan nach New Orleans eingereicht hatten. Nach dem Start nahmen wir auch Kurs dorthin, drehten aber eine Viertelstunde später wieder nach Norden und Osten ab und flogen in Richtung Atlantik. Bei Hollywood gingen wir langsam tiefer, flogen einen weiten Bogen über dem Meer und steuerten dann das große Siedlungsgebiet nördlich von Hollywood an. Weit außerhalb der Stadt war dort ein Straßennetz angelegt worden, wo in wenigen Monaten die ersten Häuserblocks aufragen würden; vorläufig stand dort jedoch kein einziges Haus – nicht einmal Leitungsmasten.

Als wir in niedriger Höhe anschwebten, wurde unter uns ein Paar Autoscheinwerfer eingeschaltet, um die Landebahn zu beleuchten. Wir setzten weich auf, kamen zehn Meter vor Prios Cadillac zum Stehen und stiegen aus, um unsere Kunden zu begrüßen.

Bob kannte Prios Chauffeur und Assistenten, und wir machten die Bekanntschaft der drei Männer, die wir zweihundertfünfzig Kilometer von Havanna entfernt in Santa Clara absetzen sollten. Während wir uns auf der Straße unterhielten, kam ein Lastwagen heran und hielt neben der Limousine.

Zwei Südamerikaner in Overalls sprangen heraus, rannten ans Heck des Lastwagens und ließen die Klappe herunter. Dann luden sie mehrere Kisten ab und stapelten sie neben dem Flugzeug auf. Ich beobachtete, wie vorsichtig sie mit dem Zeug umgingen, und schloß daraus, daß unsere Ladung hochexplosiv sein mußte.

»Wer sind eigentlich die drei Leute, die wir mitnehmen?« fragte ich den Mann, den ich als Prios rechte Hand und Generalstabschef kannte, obwohl er uns nur als Tony vorgestellt worden war.

»Darf ich nicht sagen«, antwortete Tony schulterzuckend.

»Ich möchte es aber wissen, denn ich befördere keine Sprengmittel, wenn ich die Passagiere nicht kenne.«

»Immer mit der Ruhe, Jack«, warf Hansford ein. »Die drei gehören zu einem der hervorragend ausgebildeten Guerillateams, die Prios Gruppe zusammengestellt hat. Eigentlich sollten sie gegen Batista eingesetzt werden, aber ihre Ausbildung hat so lange gedauert, daß sie erst jetzt gegen Castro einsatzbereit sind.«

»Sag Tony, daß ich sehen will, was in den Kisten ist.«

»Was hast du davon?« fragte Bob irritiert.

»Je nach Art der Ladung sind vielleicht gewisse Sicherheitsvorkehrungen angebracht.«

Bob und Tony sprachen miteinander, dann zuckte Tony nochmals mit den Schultern und gab mir ein Zeichen. Ich ging zu den Kisten hinüber, untersuchte sie nacheinander und unterhielt mich mit dem Führer des dreiköpfigen Sprengteams. Ich fand prompt die Kiste, nach der ich gesucht hatte, obwohl ich gehofft hatte, sie nicht zu finden. Die Guerillas protestierten, als ich die Kiste öffnete, die vier Metallbehälter mit elektrischen Zündkapseln enthielt. Ich nahm eine der Kapseln aus dem Behälter und zeigte sie Bob.

»Ist dir klar, daß diese Dinger durch ein Funksignal zur Explosion gebracht werden können? Das Zeug würde uns um die Ohren fliegen, wenn wir auf diesem Flug ein einzigesmal die richtige Frequenz benützen würden. In geschlossenen Räumen – zum Beispiel in einem Flugzeug – kann schon eine tödlich sein, und wir befördern Hunderte.«

»Du machst dir überflüssige Sorgen, Jack. Ich habe schon in allen Erdteilen Sprengstoffe transportiert.«

»Dann hast du eben Glück gehabt. Aber ich verlasse mich nicht gern darauf, und ich gehe kein vermeidbares Risiko ein.«

»Schön, dann bleibst du eben hier. Ich kann auch allein fliegen.«

»Nicht in meinem Flugzeug!« stellte ich fest. Bob starrte mich so verblüfft an, daß ich rasch fortfuhr: »Wir müssen unseren Flugplan nach dem Start über Funk zurückziehen, sonst wird eine Suchaktion eingeleitet, wenn wir nicht ankommen. Aber mit dieser Ladung an Bord dürfen wir unser Funkgerät erst wieder benützen, wenn die Venganza leer auf dem Rückflug ist. Weißt du, was wir deshalb tun müssen?«

»Was?«

»Tony soll mich zum nächsten Telefon bringen. Ich rufe Miami International an und ziehe den Flugplan zurück.«

»Okay, Jack«, antwortete Bob und grinste erleichtert. »Ich lasse die Maschine inzwischen beladen.«

Tony und ich fuhren in die nächste Kleinstadt, die etwa drei Kilometer von der geplanten Siedlung entfernt lag. Dort ging ich in einen Drugstore, rief Miami Control an und ließ unseren Flugplan streichen.

»Sie sind ein vorsichtiger Mann«, stellte Tony auf der Rückfahrt fest.

»Richtig, Tony. Und je länger ich auf diesem Gebiet arbeite, desto vorsichtiger werde ich.«

»Das ist ungewöhnlich. Die meisten amerikanischen Piloten in unseren Diensten werden von Mal zu Mal unvorsichtiger.«

»An Prios Stelle würde ich darauf besonders achten, wenn wertvolle Ladungen zu befördern sind. Zu vorsichtig kann man fast nie sein.«

»Das finde ich auch«, stimmte Tony zu. Wir fuhren schweigend weiter, bis wir den Landeplatz fast erreicht hatten; dann sagte Tony: »Wir sehen uns später in Marathon, wenn ich Ihre Passagiere abhole.« Mir gefiel nicht, daß er wußte, wo ich auf dem Rückflug landen würde, aber schließlich konnte man bei diesem Geschäft nicht jedes Risiko ausschließen.

Unser Flugzeug war beladen und startbereit, als die schwarze Limousine daneben hielt. Die drei Revolutionäre saßen inmitten ihrer Kisten und Taschen. Ich ging nach vorn, nickte den Guerillas zu und nahm den linken Sitz ein, den Hansford für mich freigelassen hatte.

Wir starteten von der Straße und waren bald über dem Atlantik. Bob berechnete die Winddrift und legte den Kurs nach Santa Clara fest. Wir begannen zu steigen, bis wir in dreitausend Meter unsere Reisehöhe erreicht hatten.

»Eine hübsche Ladung haben unsere Freunde dort hinten mitgebracht«, sagte ich zu Bob. »Ich möchte nur wissen, wie viele Gruppen dieser Art jede Woche in Cuba abgesetzt werden.«

»Prio beschäftigt fünf oder sechs weitere Piloten«, antwortete Hansford. »Und er ist keineswegs der einzige, der gegen

Castro operiert. Dein Freund Masferrer hat ebenfalls gewisse Ambitionen. Aber Prio hat die beste Organisation und das meiste Geld. Da seine Guerillateams bereitstehen, müßte beim Transport eine Kleinigkeit zu verdienen sein.«

»Solange Pedro Diaz Lanz die Luftwaffe neutralisiert«, warnte ich Bob. Da wir wußten, daß Castros Jäger und leichte Bomber in dieser Nacht nicht zu erwarten waren, steuerten wir direkt unser Ziel an: Santa Clara und eine Ranch etwa 65 km außerhalb der Stadt. Als wir die cubanische Küste überflogen, änderte ich unseren bisherigen Kurs leicht; der Landeplatz lag östlich von Santa Clara, und wir sahen die Lichter der Stadt weiter landeinwärts.

Plötzlich flammten unter uns Fackeln auf, die den Landeplatz beleuchteten, und zwei Autoscheinwerfer deuteten die Landerichtung an. Wir kurvten ein, landeten, setzten hart auf und kamen schließlich zum Stehen. Ich fühlte mich an die gute alte Zeit erinnert, als eine Gruppe bärtiger Männer auf uns zulief.

Hansford und ich blieben an unserem Platz, bis die letzte Kiste ausgeladen war. Dann kletterten wir ebenfalls aus der Venganza und streckten uns. Eine Taschenlampe leuchtete mir ins Gesicht, dann hörte ich eine bekannte Stimme.

»Jack! Das habe ich mir gleich gedacht!« Camilo erdrückte mich fast, stieß mir den Stetson vom Kopf und zerzauste mein Haar.

»Camilo! Du unterstützt die Gegenrevolution also ganz offen? Fidels loyale Kommunisten würden dich an die Wand stellen, wenn sie wüßten, was du hier tust.«

Camilo lachte schallend. »Glaubst du etwa, dir würde es anders ergehen, wenn du dich jemals wieder in Havanna blicken ließest?«

»Na, hoffentlich erwischen sie ihn nicht gerade heute, sonst bin ich auch geliefert«, meinte Hansford. »Wer in Youngbloods Gesellschaft angetroffen wird, ist automatisch schuldig. Los, wir tanken und verschwinden wieder, Jack!«

»Wird bereits gemacht«, versicherte Camilo uns. Ein Tankwagen der Armee rollte über den Platz auf unsere Venganza zu. Ich ging ans Flugzeug, um die Betankung zu überwachen; als ich zurückkam, sprachen Bob und Camilo mit einem anderen Amerikaner.

»Jack«, sagte Bob, »das hier ist mein alter Freund Bick Backus.«

Der andere drückte mir kräftig die Hand. »Freut mich, Sie zu treffen, Youngblood. Habe schon einiges von Ihnen gehört.«

»Bick verkauft Maschinen für Zuckerfabriken«, erklärte Bob mir grinsend.

»Ich kann nur hoffen, daß er auf unserer Seite steht«, antwortete ich.

»Bick ist ein guter Freund, Jack«, versicherte Camilo mir, »und er hat ausgezeichnete Verbindungen.«

»Haben Sie noch viele Flüge dieser Art vor, Youngblood?« fragte Bick.

»Kann ich noch nicht sagen«, erwiderte ich mißmutig. »Ich habe noch keine bestimmten Pläne gemacht.«

Hansford lachte. »Keine Angst, Jack – Bick gehört zu Onkel Sams Jungen, die ganz unserer Meinung sind.« Er wandte sich an Backus. »Ich habe inzwischen mit Richard gesprochen. Jack und ich kommen zum richtigen Zeitpunkt.«

»Na, jedenfalls haben Sie hier die richtigen Verbindungen, Bick«, sagte ich und wies auf Camilo. »Der Oberbefehlshaber der cubanischen Armee ist natürlich ein erstklassiger Verbündeter. Ich hoffe nur, daß Ihre Firma oder eine andere Firma unter gleicher Leitung keine Dummheiten macht, damit Camilo nicht an die Wand gestellt wird.«

Camilo schlug mir krachend auf die Schulter. »Ah, Jack, das ist kameradschaftlich von dir, aber du bist zu mißtrauisch.«

Ich sah zu Backus hinüber. »Meistens habe ich einen Grund dafür.«

»Wir arbeiten zusammen«, versicherte Camilo mir. »Wir haben die gleichen Ziele, und wenn ich nicht mehr erlebe, daß Cuba von Russen, Chinesen und Fidel befreit wird, bin ich selbst daran schuld.«

»Steht Pedro wirklich ganz auf eurer Seite?« erkundigte ich mich.

Camilo nickte. »Wir haben große Pläne: Du wirst bald sehen, was ich damit meine. Wir wollen den Staat errichten, für den wir damals in der Sierra Maestra gekämpft haben.«

Bob Hansford sah auf seine Uhr. »Es wird allmählich spät.«

»Die drei Passagiere für den Rückflug warten bereits«, erklärte Camilo uns. Er stieß einen schrillen Pfiff aus; ein

Dienstwagen rollte heran und hielt neben uns. Eine Frau und zwei Männer stiegen aus.

»Diese junge Dame ist Josephina Sanchez«, sagte Camilo. »Josephina steht auf Fidels Liste der politisch Unzuverlässigen. Sie hat offen kritisiert, daß er Wirtschaftshilfe von Russen und Rotchinesen annimmt. Gegen sie besteht ein Haftbefehl. Sie soll mit Prio zusammenarbeiten und Geld für die Gegenrevolution auftreiben.«

Ein elegant gekleideter, grauhaariger Cubaner, der eine flache Aktenmappe in der Hand trug, wurde uns als Camilos Bankier vorgestellt. »In dieser Mappe trägt er zweihunderttausend Dollar bei sich, mit denen die Ausbildung einer Gruppe finanziert werden soll, die mit Señor Backus zusammenarbeiten wird, sobald seine Firma ihre eigenen Vorbereitungen abgeschlossen hat.«

»Bevor jemand an Bord geht, Camilo, möchte ich das Flugzeug selbst absuchen. Wenn es dann so sauber ist, daß nicht einmal Mister Backus' Tochterfirmen, die Grenzpolizei und das FBI die geringste Spur unserer anderen Fluggäste finden können, nehmen wir die neuen Passagiere an Bord.«

»Jack ist vorsichtig wie immer«, meinte Camilo lachend.

»Du kannst deinen Leuten gleich sagen, daß sie stillsitzen müssen und weder essen noch rauchen noch etwas aus ihren Taschen nehmen dürfen.«

»Okay, Boß«, antwortete Camilo.

Ich untersuchte das Flugzeug gründlich und fand einige Kleinigkeiten, die uns hätten verraten können – zum Beispiel Bauchbinden cubanischer Zigarren in den Aschenbechern. Natürlich gab es diese Zigarren auch in Miami, aber wir hätten deswegen doch erhebliche Schwierigkeiten bekommen. Wichtiger war allerdings ein anderer Fund – eine Sprengkapsel, mit der einer der Guerillas gespielt zu haben schien. Dieses Beweisstück hätte der Grenzpolizei genügt, um unsere Venganza zu beschlagnahmen.

»Deine Leute können jetzt an Bord gehen, Camilo«, sagte ich schließlich. »Sie sollen aber nichts aus Koffern oder Taschen nehmen.«

Der zweite Mann, dessen Namen ich nicht kannte, stieg zuerst ein, dann folgten Josephina und der Geldmann. Bob Hansford verabschiedete sich von seinem ›Vertreter‹ und nahm seinen Platz ein. Ich gab Camilo zum Abschied die Hand.

»Nimm dich in acht, alter Freund. Die Gegenrevolution braucht einen Führer, und nur du kannst die Bewegung führen.«

Camilo nickte ernsthaft. »Wir sehen uns bald wieder, Jack. Ich bin froh, daß du auf unserer Seite stehst.«

»Dabei verdiene ich nicht schlecht – jedenfalls bisher«, antwortete ich. »Meine Freunde in Miami fliegen fast jede Nacht Einsätze gegen Castro. Leider werden immer wieder Piloten erwischt und an die Wand gestellt oder eingesperrt.«

»Das möchte ich verhindern, Jack.« Camilo holte eine Karte aus der Tasche an seinem Gürtel. »Hier – die neuesten Positionen unserer Flakbatterien. Unsere russischen Freunde haben moderne Waffen geliefert.«

Ich nahm die Karte dankend entgegen. »Danke, Camilo, vielleicht rettest du mir damit das Leben.« Ich wollte sie auseinanderfalten.

»Heute nacht brauchst du dir keine Sorgen zu machen«, versicherte Camilo mir. »Aber nächstesmal würde ich an deiner Stelle gut aufpassen.«

»Wird gemacht, Camilo«, versprach ich ihm.

Ich kletterte an Bord, überzeugte mich davon, daß unsere Passagiere angeschnallt waren, und nahm wieder den linken Platz ein. Wir starteten und nahmen Kurs auf Florida. Sobald wir unsere Reiseflughöhe erreicht hatten, fragte ich Bob nach seinem Freund Backus.

»Wir bemühen uns, Castro zu stürzen, bevor Cuba zu einer kommunistischen Bastion wird«, erklärte Hansford mir. »Backus und seine Freunde sind vorläufig nur unbeteiligte Beobachter. Er hat mir geraten, in den nächsten Monaten besonders vorsichtig zu sein, denn unsere Regierung muß Flüge dieser Art nach Möglichkeit verhindern – und Backus schätzt, daß Prío und andere Gruppen wöchentlich sechs bis acht Flüge nach Cuba organisieren, wenn man die Flugblatteinsätze mitrechnet. Würde unsere Regierung untätig zusehen, könnte Castro uns vor der UNO als Aggressoren bezeichnen, und du weißt selbst, wie ängstlich wir auf die Weltmeinung achten.«

»Wenn wir noch lange darauf achten«, knurrte ich wütend, »ist bald nichts mehr übrig, wovon die Welt eine Meinung haben kann.«

Wir flogen schweigend weiter. »Jetzt kommt der Teil des Unternehmens, der mir nicht gefällt«, sagte ich, als wir nicht mehr weit von Florida entfernt waren. »Wir sind Prio und

Tony hilflos ausgeliefert. Beide kennen unseren Operationsplan. Das gefällt mir nicht.«

»Prio braucht uns dringend. Er würde uns nie verraten«, protestierte Hansford.

»Ich möchte wetten, daß einige Leute seiner Gruppe wissen, daß wir vor Tagesanbruch in Marathon landen wollen. Deshalb können es auch andere erfahren haben — zum Beispiel die Polizei, von der Prios Gruppe vermutlich überwacht wird.«

»Du machst dir zu viele Sorgen, Jack«, meinte Hansford beruhigend.

»Vielleicht. Aber ich bin im Gegensatz zu dir noch nie bei einem illegalen Flug erwischt worden.«

Hansford schwieg daraufhin. Ich flog nach Westen in Richtung Florida Reefs und steuerte wenig später den Flugplatz Marathon an. Als ich die Landebahn in Sicht hatte, blinkte ich mit den Landescheinwerfern. Unter uns leuchteten sofort Autoscheinwerfer auf.

»Klappen zwanzig Grad«, rief ich Hansford zu.

Er fuhr Klappen und Fahrwerk aus, als wir tiefer gingen. Dann schob ich die Leistungshebel nach vorn. Die Twin Beech wurde schneller. Hansford warf mir einen Blick zu.

»Wir sind zu schnell«, sagte er ruhig.

Ich antwortete nicht. Wir huschten die Landebahn entlang.

»Das schaffst du nicht mehr!« rief Bob.

Ich blinkte dreimal mit den Landescheinwerfern, segelte in dreißig Meter Höhe über die geparkte Limousine hinweg und flog weiter. Fünfzehn Kilometer vom Flugplatz entfernt landete ich auf einem geraden Stück der Straße Key West-Miami und ließ die Maschine ausrollen.

Dann sprang ich auf und rief Hansford zu, er solle den linken Sitz übernehmen. In der Kabine trieb ich die Passagiere ohne viel Worte ins Freie. »Sie werden bald abgeholt«, versicherte ich ihnen noch und knallte die Tür zu. »Okay, Bob, wir verschwinden wieder!«

Nach dem Start überprüfte ich die Kabine nochmals, aber die drei Fluggäste hatten sich an Camilos strikten Befehl gehalten und keine Spuren hinterlassen. Ich ließ mich in den rechten Sitz fallen. »Na, wenn die Polizei in Marathon auf uns gewartet hat, kann sie jetzt enttäuscht nach Hause fahren.«

In den nächsten Monaten wurden illegale Flüge von Miami aus nach oder gegen Cuba fast nach Flugplan abgewickelt. Viele wurden von Prio finanziert und koordiniert, der sich bemühte, eine schlagkräftige Guerillastreitmacht aufzustellen. Es gab aber auch enttäuschte Kapitalisten, die ihren Besitz auf Cuba verloren hatten und jetzt Piloten anheuerten, die Flugblätter abwarfen und manchmal sogar Ziele mit Bomben und Bordwaffen angriffen.

Einsätze dieser Art wurden immer schwieriger, denn die cubanische Luftabwehr war inzwischen durch russische Lieferungen modernisiert und erheblich verstärkt worden. In den USA hielten FBI und Grenzpolizei Wache, so daß weitaus mehr Piloten in Amerika verhaftet und zu Gefängnisstrafen verurteilt wurden, als Castro jemals hätte abschießen können. Er mußte sich darüber im klaren sein, daß sein Regime mit allen Mitteln beschützt wurde, warf uns jedoch lautstark vor, wir unterstützten aggressive Aktionen gegen Cuba.

Bob Hansford und ich nahmen so viele Aufträge wie möglich an, obwohl wir zu den bestbewachten Piloten von Miami gehörten, deren Maschine Tag und Nacht unter Kontrolle stand. Camilos Karte rettete uns mehrmals das Leben, und wir brachten es fertig, sie immer auf dem neuesten Stand zu halten. Hansford hoffte noch immer, daß sein Freund Richard endlich Aufträge in Onkel Sams Namen vergeben würde. Obwohl Bob und mir nichts nachzuweisen war, machten uns die ständigen Belästigungen allmählich nervös.

»Wenn es so weitergeht, muß ich umsatteln, weil als Südamerikaspezialist und Pilot kein Geld mehr zu verdienen ist«, beklagte Hansford sich oft.

Mel Chapman gelang es doch nicht, der cubanischen Luftwaffe seine P-51 anzudrehen, und er verschwand stillschweigend aus Miami, ohne jemals einen ›Sonderflug‹ in unserer Venganza mitgemacht zu haben.

Die erfreulichste Entwicklung dieser Monate betraf das Verhältnis zwischen mir und Ann Nolan. Wir sprachen nie vom Heiraten und dachten nicht einmal daran, aber ich wußte, daß ich nie wieder ein Mädchen wie Ann finden würde, und wollte deshalb so lange wie möglich mit ihr zusammen sein. Wenn Ann auf Flügen unterwegs war und ich allein in Miami zurückblieb, hatte ich zu meiner eigenen Überraschung keinerlei Interesse an den vielen hübschen Mädchen, die auf jedem großen Flughafen anzutreffen sind.

Inzwischen fand auch der zweitägige Prozeß wegen versuchter Entführung des Senators Masferrer statt. Telefonexperten des FBI sagten als Sachverständige aus, es stehe einwandfrei fest, daß ich mit gewissen Persönlichkeiten auf Cuba telefonisch Verbindung aufgenommen hätte. Meinen Rechtsanwälten gelang es jedoch – nachdem sie mich bis aufs Hemd ausgezogen hatten –, das Verfahren einstellen zu lassen. Ich bildete mir ein, damit alles überstanden zu haben, konnte aber nicht ahnen, wie verbissen das FBI in diesem Fall eine vermeintliche Niederlage rächen würde.

Bob Hansfords beliebtester Landeplatz in der Umgebung von Miami war Opa Locka, ein aufgelassener Militärflugplatz acht Kilometer östlich von Miami International. Bob hatte jedoch den Fehler gemacht – zum Glück nicht in unserer Venganza –, einen ehemaligen cubanischen Minister illegal nach Amerika zu bringen, ihn in Opa Locka abzusetzen und wieder zu starten. Nachdem der Batistiano auf der Straße nach Miami Beach verhaftet worden war, hatte er Bob so genau beschrieben, daß Hansford nun mit einem Verfahren rechnen mußte, da der Exminister ihn zudem einwandfrei identifiziert hatte.

Da wir in einigen Tagen wieder für Prio fliegen sollten, fuhren wir nach Opa Locka hinaus, um dort die Lage zu sondieren. Zu unserer Überraschung herrschte dort erstmals seit langer Zeit reger Betrieb; Hansford vermutete sofort einen Zusammenhang mit der Tätigkeit seines Freundes Richard. Wir zogen weitere Erkundigungen ein und stellten fest, daß Richards Leute den Platz tatsächlich als Ausgangspunkt irgendwelcher Operationen benützten. Ich fand es zwar erfreulich, daß von Amerika aus endlich etwas gegen die Kommunisten auf Cuba unternommen werden sollte, fürchtete jedoch wie die meisten Amerikaner und Cubaner, mit denen ich geschäftlich zu tun hatte, daß dieses Unternehmen zu spät kommen und wegen schlechter Vorbereitung fehlschlagen würde.

Die häufigen Angriffe und Einsätze, bei denen Flugblätter abgeworfen wurden, hatten nicht nur Castros Regime geschadet, sondern auch bewirkt, daß sich die Gegner in den Vereinigten Staaten und auf der Insel selbst sammelten, um im richtigen Augenblick losschlagen zu können. Da sich das amerikanische Außenministerium jedoch alle Mühe gab, diese Tätigkeit zu unterbinden, setzte besonders in Miami die allgemeine Enttäuschung ein.

Das zeigte sich deutlich während einer Besprechung im Hotel Vendome, an der leitende Persönlichkeiten aus Prios Gruppe teilnahmen. Hansford und ich waren ebenfalls eingeladen und stellten dabei fest, daß unsere Gesprächspartner den Mut zu verlieren schienen, als kämpften sie für eine aussichtslose Sache.

Ein junger, athletisch gebauter Cubaner stand im Mittelpunkt des allgemeinen Interesses, obwohl Tony den Vorsitz führte.

»Wir haben einen ziemlich komplizierten Auftrag für Sie, Bob«, sagte Tony.

»Hoffentlich gibt es dafür auch ziemlich viel Geld«, warf ich ein.

»Worum handelt es sich?« fragte Hansford.

»Zuerst muß ich euch die Hintergründe der ganzen Sache erklären.« Tony beobachtete uns, während er sich eine Zigarre anzündete.

»Manuel«, Tony deutete mit seiner Zigarre auf den jungen Mann, »ist eben von einer Reise nach Guatemala zurückgekommen. Die amerikanische CIA hat ihm den Ausflug dorthin ermöglicht. Wir wissen seit einiger Zeit, daß hier in Miami junge Cubaner angeworben und in ein Trainingslager geflogen werden. Wir vermuten und hoffen, daß die dort ausgebildete Truppe in Cuba landen und Castro stürzen soll.«

Tony hüllte sich in eine Rauchwolke und fuhr fort: »Bisher hat die CIA noch keine Verbindung mit Doktor Prio oder einem von uns aufgenommen. Trotzdem sollen wir unseren jungen Leuten empfehlen, sich freiwillig für dieses Unternehmen zu melden. Da die CIA uns keine Auskunft darüber gibt, wie und wo diese Leute ausgebildet werden, habe ich Manuel als ›Freiwilligen‹ eingeschleust. Er hat sich gründlich informiert und ist anschließend zurückgekommen.«

Tony machte eine nachdenkliche Pause. »Los, weiter!« drängte Hansford schließlich. »Was hat er dabei herausbekommen?«

»Ihre CIA hat . . .«

»Das ist nicht unsere CIA«, unterbrach ich ihn. »Wir haben nichts damit zu tun.«

Tony nickte lächelnd. »Schön, die amerikanische Central Intelligence Agency hat zwei Stützpunkte in Guatemala eingerichtet, wo Cubaner für eine Invasion Cubas ausgebildet werden. Wir wissen allerdings nicht, in welchem Teil der Insel die Landung stattfinden soll.«

Als wir uns nicht dazu äußerten, fuhr er fort: »Offenbar ist nicht beabsichtigt, die von uns aufgebaute Untergrundorganisation über diese Landung zu informieren. Das Unternehmen muß jedoch fehlschlagen, wenn unsere Leute nicht zumindest gewarnt sind, damit sie zum gleichen Zeitpunkt aktiv werden können.«

»Vielleicht will die CIA keinen Zeitpunkt nennen, weil sie fürchtet, Ihre Leute könnten Castro informieren?« schlug ich vor.

Hansford stieß mir den Ellbogen in die Rippen. »Jack ist von Natur aus mißtrauisch«, meinte er mit einem nervösen Lachen. »Aber wir stehen ganz auf Ihrer Seite, Tony.«

Tony warf mir einen bösen Blick zu. »Major Cienfuegos möchte seinen besten Mann, einen gewissen Captain Juan Alvarez, zu einer Besprechung nach Miami schicken. Camilo hofft, daß es Alvarez gelingt, die verschiedenen Gruppen von Exilcubanern zum gemeinsamen Vorgehen zu bewegen; in diesem Fall könnte er für *alle* Gegner des Regimes Castro sprechen und von der CIA verlangen, daß zukünftige Operationen mit uns koordiniert werden.«

»Wie will Captain Alvarez erreichen, daß die CIA mit ihm verhandelt?« fragte ich.

»Das müssen Sie ihm ermöglichen«, antwortete Tony. »Dafür bekommen Sie mehr Geld als sonst.«

»Es gibt aber keine amerikanische Regierungsstelle, die etwas mit mir zu tun haben möchte«, gab ich zu bedenken. »Hansford und ich sind nicht einmal für die CIA angeworben worden, obwohl wir uns schon vor Monaten freiwillig gemeldet haben.«

Tony reagierte nicht darauf, aber Bob runzelte wütend die Stirn, als denke er eben: »Diesen verdammten Youngblood nehme ich nie wieder zu einer Besprechung mit.«

Tony legte einen Finger auf eine Karte von Mittelamerika und Westindien. »Youngblood, Sie und Hansford fliegen nach Santa Clara und nehmen Captain Alvarez an Bord.« Tonys

Finger folgte unserer Route. »Sie bringen ihn nach Miami zurück. Eine Woche später sind Sie mit ihm dorthin unterwegs.« Tony deutete auf eine Stelle an der Pazifikküste Guatemalas. »Manuel begleitet Sie dabei, und Captain Alvarez erklärt den amerikanischen und cubanischen Leitern des Ausbildungszentrums, weshalb es so wichtig ist, rasch und gleichzeitig mit anderen Gruppen zuzuschlagen – die Batistianos natürlich ausgenommen.«

Tony drehte der Karte den Rücken zu und wandte sich an Bob und mich. »Sie wissen selbst, daß wir rasch handeln müssen. Fidels kommunistische Spione werden ihm bald melden, daß die Oberbefehlshaber der Armee und der Luftwaffe keine Kommunisten sind und sogar den Sturz des kommunistischen Regimes vorbereiten. Solange wir Camilo und Pedro auf unserer Seite haben, sind unsere Aussichten gut. Hat Castro die beiden jedoch durch treue Gefolgsmänner ersetzt, ist unser Plan fast undurchführbar. Innerhalb weniger Monate braucht man schon ganze Armeen, Panzer, Bomber und Jäger, um Cuba zu erobern, denn Castro wird täglich stärker.«

Er hatte zweifelsohne recht. Wären Camilo und Pedro nicht mehr im Amt gewesen, hätte ich vielleicht keinen Flug mehr nach Cuba gewagt. »Wann sollen wir Alvarez aufnehmen?« erkundigte ich mich.

»Übermorgen nacht. Camilo hat alle notwendigen Vorbereitungen getroffen. Bei Santa Clara sind keine anderen Flugzeuge in der Luft, und Camilos Männer sitzen an den Radargeräten.«

»Ich habe gehört, daß die Russen neue Geräte aufstellen, die sie selbst bedienen«, wandte ich ein.

»Camilo und Pedro haben noch genügend Einfluß«, versicherte Tony mir etwas unsicher.

Hansford, Tony und ich verbrachten die nächsten beiden Tage damit, Pläne zu schmieden, sie wieder umzustoßen und neue zu entwerfen. Schließlich einigten wir uns auf eine Lösung und trafen unsere Vorbereitungen. Zum Glück hatte Ann fünf Tage frei, was genau unseren Absichten entsprach.

Die Grenzpolizei war pünktlich zur Stelle, als wir unser Flugzeug vor dem Start überprüften. Mein alter Freund Vier kletterte auf unsere Aufforderung hin in die Kabine und war einigermaßen verblüfft, als er dort eine hübsche Brünette und eine kurvenreiche Blondine sitzen sah.

»Guten Abend«, sagte Ann freundlich. »Möchten Sie meinen Paß sehen?«

Bobs Freundin Inga beugte sich weit nach vorn, so daß ihre ausgeschnittene Bluse gut zur Wirkung kam. Vier blieb eine Sekunde lang wie angenagelt stehen. Dann warf er einen Blick auf die Pässe und ging wieder.

»Heute handelt es sich um eine schlimme Sache, Vier«, sagte ich zu ihm. »Wir wollen mit den beiden jungen Damen nach Nassau. Bob und ich haben uns ausgerechnet, daß wir vielleicht mehr Glück bei ihnen haben, wenn wir sie irgendwohin bringen, wo es hübsch romantisch ist.«

»Menschenskinder!« Vier schüttelte den Kopf und schien uns im stillen zu beneiden. »Aber eines Tages haben Sie doch kein Glück mehr, Youngblood.«

»Wahrscheinlich meint er, daß ich eines Tages geheiratet werde, Bob«, stellte ich grinsend fest. »Na, schließlich kann man nicht ewig Junggeselle bleiben.«

Die beiden Polizisten sahen uns nach, als wir im Cockpit verschwanden, die Motoren anließen und zum Start rollten. Bob reichte über Funk einen Flugplan nach Nassau ein, und wir starteten wenig später. Die beiden Mädchen wußten, daß es sich nicht nur um einen harmlosen Vergnügungsflug handelte, und waren dementsprechend aufgeregt.

Wir landeten um halb neun in Nassau, passierten die Zollkontrolle und fuhren mit dem Taxi zum British Colonial Hotel. Dort nahmen Mr. und Mrs. Hansford und Mr. und Mrs. Youngblood zwei Doppelzimmer. Wir ließen unsere Koffer auf die Zimmer bringen und gingen zum Abendessen in den Speisesaal. Die Mädchen tranken Rumdrinks, Bob und ich bekamen nur Coca Cola.

Nach dem Essen verabschiedeten wir uns von Ann und Inga, die am Tisch zurückblieben, und verließen den Speisesaal so unauffällig wie möglich. Am Flughafen gaben wir an, wir wollten einige Freunde am Rock Sound abholen, um sie später nach Miami zu bringen.

In der Luft studierten wir unsere Karte der cubanischen Luftabwehr, überflogen die Küste an der sichersten Stelle und landeten auf dem angegebenen Platz. Camilo begrüßte uns dort. Er ergänzte unsere Karte, gab mir einige nützliche Hinweise und sprach dann von Problemen, die Cuba unter Fidels Regierung bedrängten.

»Überall sind Russen und Chinesen«, klagte er. »Wahrscheinlich kann ich diese Flüge nicht mehr lange decken. Pedro Diaz Lanz steht bereits unter Verdacht.«

»Wie funktioniert die Untergrundbewegung?« erkundigte ich mich.

»Sie wächst allmählich, aber nicht so rasch wie Fidels Streitkräfte. Ihre Führer machen sich vor allem Sorgen wegen der Entwicklung in Guatemala. Fidel weiß natürlich alles darüber. Hier, lies selbst.« Camilo nahm einen Geheimbericht aus der Tasche, den Raúl Castro, Oberbefehlshaber der cubanischen Streitkräfte, verfaßt hatte.

Ich las den Bericht sorgfältig durch. Darin wurde der ungefähre Standort eines Ausbildungslagers in Guatemala angegeben, in dem Exilcubaner eine Invasion Cubas vorbereiteten. Unter anderem wurde ausdrücklich erwähnt, daß die amerikanische CIA dieses Lager aufgebaut habe und es weiter vergrößere.

»Ich gebe Informationen dieser Art natürlich weiter«, erklärte Camilo mir, »aber unsere Führer in den Städten und in den Bergen sind sehr besorgt darüber, daß sie nicht laufend informiert werden.«

»Wie geht es übrigens meinem Freund Backus?« wollte Hansford wissen. »Er müßte darüber informiert sein.«

Camilo winkte ärgerlich ab. »Jack hat recht gehabt – Backus ist vor zwei Monaten spurlos verschwunden, nachdem er uns gründlich ausspioniert hatte. Er hat keines seiner vielen Versprechen gehalten. Ich fürchte, daß seine Leute auf eigene Faust vorgehen werden, ohne uns hier in Cuba zu berücksichtigen.«

Während unsere Maschine betankt wurde, lernten Bob und ich Captain Alvarez kennen, der mit uns fliegen sollte.

»Nimm dich in acht, Camilo«, warnte ich ihn beim Abschied. »Sieh dich vor.«

»Du auch, Jack. Und wenn du hörst, daß mir etwas zugestoßen ist, darfst du keine Flüge mehr nach Cuba annehmen. Selbst ich weiß nicht genau, welche neuen Geräte an der Küste installiert werden.«

»Gut, ich denke daran, alter Freund. Versprich mir, daß du rechtzeitig verschwindest, wenn Raúl hinter dir her ist. Ich hole dich sogar umsonst hier ab.«

Camilo nickte begeistert. »Das ist wirklich ein großzügiges Angebot — ein *Freiflug* in deiner Maschine, Jack.«

»Wir sehen uns bald wieder, Camilo«, sagte ich und stieg hinter Bob und Alvarez ein.

»Hoffentlich, Jack. Hoffentlich!«

Wir starteten und nahmen Kurs auf Florida. Eine Stunde später sah ich auf die Uhr. Es war halb drei Uhr morgens. Um Punkt drei würde Dr. Prios Cadillac aus Key West in Richtung Miami abfahren. Wir sollten Alvarez irgendwo entlang der Straße zwischen dem Wagen und Miami absetzen; er würde sich dort verstecken und auf eine schwarze Limousine mit blauen Standlichtern warten. Dann würde er mit einer roten Taschenlampe signalisieren.

Um drei Uhr überquerten wir die Straße nach Miami sechzig Kilometer von Key West entfernt. Wir kreisten über einer Geraden, landeten glatt und setzten Alvarez ab. Dann starteten wir und nahmen Kurs auf Nassau.

»Noch ein Tag am Strand«, sagte Bob am Vormittag des dritten Tages in Nassau, als er und Inga neben Ann und mir am Strand des British Colonial lagen.

»Richtig, Partner. Und ab heute gibt es keine Rumdrinks mehr.«

»Jetzt, wo mir das Zeug erst richtig schmeckt, mußt du wieder alles verderben«, beklagte Hansford sich.

»Vielleicht müssen wir schon früher als erwartet arbeiten.«

»Alvarez bleibt drei Tage in Miami — und dann kommt er mit dem Schiff nach Nassau«, rechnete Bob mir vor. »Es würde mich wundern, wenn er morgen ankäme.«

»Vielleicht hast du sogar recht, Bob. Meinetwegen trinkst du auch heute. Ich halte mich freiwillig zurück.«

Dr. Prio würde Captain Alvarez an Bord einer gecharterten Jacht nach Nassau schickten, denn auf diese Weise waren die amerikanischen Grenzkontrollen am leichtesten zu umgehen. Sobald Alvarez hier eingetroffen sein würde, würden wir in Richtung Guatemala starten. Ich überlegte eben, wann er frühestens eintreffen könnte, als Ann mich fragend ansah.

»Was denkst du, Jack?« Ann hatte nur einen Fehler — sie wollte immer wissen, was ich gerade dachte.

»Was denke ich deiner Meinung nach?« fragte ich grinsend.

»Oh!« rief Ann aus. »Denkst du an gar nichts anderes mehr, Jack?«

Wir verbrachten den Tag am Strand und schliefen uns mittags gründlich aus. Beim Abendessen vergaß ich meine guten Vorsätze, trank etwas Champagner und wollte eben die zweite Flasche bestellen, als mir der Ober ein Telegramm auf den Tisch legte. Ich riß den Umschlag auf und warf Bob einen bedeutungsvollen Blick zu.

»Alvarez hat Miami nach Einbruch der Dunkelheit verlassen und kommt morgen vormittag an.«

»Dann starten wir morgen abend«, stellte Hansford fest. Wir ließen eine zweite Flasche Champagner kommen und tranken auf den Erfolg unseres Unternehmens.

Am nächsten Morgen um zehn standen Ann und ich am Dock und beobachteten die hübschen Boote. Ein weißes Zwanzigmeterboot brummte langsam durch den Kanal. Da der Jachthafen eine verhältnismäßig neue Anlage war, standen hier weder Zollbeamte noch Vertreter der Einwanderungsbehörde bereit. Die Jacht legte an, der Hafenmeister ging an Bord, sprach kurz mit dem Kapitän und versicherte ihm, die notwendigen Kontrollen würden in einer halben Stunde erfolgen. Während der Hafenmeister in seinem Büro verschwand, um den Zoll zu benachrichtigen, ging Captain Alvarez seelenruhig von Bord.

Er sah zu mir herüber, und ich deutete unauffällig auf unseren Leihwagen, der am Straßenrand geparkt stand. Alvarez verließ das Dock, stieg die wenigen Stufen zur Straße hinauf und setzte sich auf den Rücksitz der kleinen Limousine.

Ann und ich folgten ihm nach einiger Zeit, nahmen wie üblich vorn Platz und fuhren los. Ich machte Ann mit Alvarez bekannt und fuhr geradewegs zum Flughafen. Dort gingen wir in den ersten Stock ins Aussichtscafé, das den besten Blick über die Landebahn bot; ich zeigte Alvarez unser Flugzeug und erklärte ihm dabei: »Wir wissen natürlich erst kurz vor dem Start, aus welcher Richtung der Wind kommt, aber ich bin davon überzeugt, daß wir von Westen nach Osten starten werden.«

Nachdem Alvarez sich mit der Anlage des Flugplatzes vertraut gemacht hatte, fuhren wir die Straße parallel zur Landebahn entlang. Ich parkte an einer geeigneten Stelle und ging mit Alvarez durch das Unterholz, bis wir das Westende der

Startbahn zweihundert Meter vor uns hatten. Dann wiederholten wir den Versuch am östlichen Ende, bis wir wußten, daß Alvarez nachts ungesehen die Startbahn erreichen und in unser Flugzeug klettern konnte, während ich die Motoren warmlaufen ließ.

Bob Hansford, Ann, Inga, Alvarez und ich fuhren um halb sieben bei beginnender Dunkelheit zum Flughafen. Ich rief die Wetterstation an und erfuhr, daß nach Osten gestartet wurde. Ann und Inga gaben ihre Koffer auf; die beiden Mädchen wollten um halb neun nach Miami zurückfliegen.

Während Bob unsere Venganza startbereit machte, erledigte ich die notwendigen Zollformalitäten. Ann fuhr inzwischen Alvarez zu der vereinbarten Stelle an der Hauptstraße, von der aus er die Startbahn erreichen konnte.

Als Ann zurückkam und den Leihwagen abgeliefert hatte, waren Bob und ich startbereit. Ich gab ihr einen langen Abschiedskuß.

»Wie oft mußt du noch fort, Jack?« fragte sie. »Denkst du manchmal an die Farm am Red River, von der ich dir erzählt habe?«

»Natürlich«, antwortete ich.

»Wir könnten gemeinsam auf dem Land leben . . .«

»Ist das ein Antrag?«

»Vielleicht.« Ann lächelte tapfer.

»Wir sprechen darüber, sobald wir beide wieder in Miami sind. Okay?«

»Klar.« Sie war den Tränen nahe.

»Ich muß natürlich noch das Buch mit Robin Moore schreiben.«

»Das wäre jedenfalls besser als diese Flüge, Liebling.« Sie hatte Tränen in den Augen. »Bitte sei vorsichtig«, flüsterte sie noch und ging zu Inga hinüber.

Bob saß auf dem linken Platz im Cockpit, als ich unsere Maschine erreichte. Wir hatten einen langen Flug vor uns und wollten uns deshalb abwechseln. Wir ließen die Motoren an und rollten langsam zum Start.

Alles verlief genau nach Plan. Während Bob ans Ende der Startbahn rollte, kletterte ich nach hinten, und als er einschwenkte, öffnete ich die Kabinentür. Bob brachte nur den rechten Motor auf Touren, so daß Alvarez kaum einen Luftzug spürte, als er aus dem Unterholz auftauchte und ins Flugzeug stieg. Dann ließen wir beide Motoren anlaufen, starteten und flogen nach Südwesten.

Da Bob zunächst am Steuer blieb, ging ich in die Kabine und setzte mich neben Alvarez. »Wie war es in Miami?« fragte ich.

Alvarez zuckte mit den Schultern. »Camilo und Doktor Prio machen sich völlig zu Recht Sorgen. Obwohl ich mich bemüht habe, mit der CIA Verbindung aufzunehmen, wollte keiner der leitenden Männer mit mir sprechen. Anscheinend soll es keine Zusammenarbeit zwischen Untergrundbewegung und Guerillas geben, obwohl Doktor Prio bisher Unsummen ausgegeben hat und Camilo und ich unter Lebensgefahr für die gemeinsame Sache arbeiten.«

»Das ist doch Unsinn«, sagte ich. »Schließlich müssen Cubaner von Cubanern geführt werden.«

»Die CIA benützt Führer wie Prio und Miro nur zur Anwerbung junger Rekruten; sie selbst erfahren nichts.«

»Was hoffen Sie in Guatemala zu erreichen?«

»Ich möchte herausbekommen, was sich dort abspielt, damit wir in Miami und Cuba wissen, was wir zu erwarten haben. Die Amerikaner behaupten, sie könnten uns nichts mitteilen, weil sonst die Gefahr bestehe, daß der Plan verraten werde.« Alvarez lachte verächtlich. »Castros Geheimdienst, dessen Berichte Camilo als Oberbefehlshaber der Armee regelmäßig erhält, ist längst darüber informiert, wo die wichtigsten Leute zu erreichen sind. Doktor Prio wußte nicht einmal, daß das Hauptquartier der Amerikaner in Retalhuleu liegt und daß der leitende Mann nur als ›der Oberst‹ bekannt ist.«

»Tatsächlich? Hansford und ich dachten schon, wir müßten vier oder fünf Tage in Guatemala warten, bis Sie mit dem obersten Bonzen sprechen könnten.«

»Nein«, antwortete Alvarez nachdenklich, »wenn er mich vorläßt, können wir alles heute erledigen. Dann wäre ich vor morgen früh wieder in Santa Clara. Camilo kann meine Abwesenheit bestimmt nicht sehr viel länger vertuschen.«

Wir sichteten Cuba und überquerten die Insel in großer Höhe zwischen Santa Clara und Havanna, wo es kaum Flakbatterien gab. Ich hoffte, daß Dr. Prio diesen Flug mit Pedro Diaz Lanz abgesprochen hatte, denn wir mußten auf cubanischen Radarschirmen deutlich sichtbar sein.

Später sahen wir an Steuerbord die Pinieninsel auftauchen.

An der Küste zeichnete sich ein Lichtfleck ab. Hansford stieß mich an. »Das ist das Gefängnis. Mir wird schon schwach, wenn ich es nur von oben sehe.«

Alvarez hatte die Kabine verlassen und stand im Cockpit zwischen Bob und mir. »Dort unten ist eine ganze Armee von Castrogegnern gefangen.«

»Wir haben auch einen Freund dort«, stellte Bob fest. »Austin Young.«

Ich starrte den Lichtfleck an und dachte an Austin Young. Er war zuerst wegen eines Devisenvergehens verhaftet worden, aber ich hatte seine Freilassung mit der Begründung erreicht, er müsse mir bei Masferrers Entführung helfen. Young war schon am nächsten Tag frei – aber drei Wochen später wurde er irgendwo in den Bergen mit einigen Angehörigen der Untergrundbewegung erwischt. Diesmal bekam er dreißig Jahre Zwangsarbeit auf der Pinieninsel; ich bezweifelte allerdings, daß er diese Strafe überleben würde.

»Castro hat doppelt so viele politische Gefangene wie Batista auf der Pinieninsel«, erzählte Alvarez, »und er will jeden Fluchtversuch wirksam verhindern. Das Gefängnis ist schwer vermint, und der Kommandant hat den Befehl, einen bestimmten Hebel umzulegen, falls ein Angriff erfolgt. Dann gehen überall Sprengladungen hoch.«

»Dabei könnte man direkt die Lust am Geschäft verlieren, was, Bob?« meinte ich.

»Ich habe noch nicht genug, daß ich mich zurückziehen könnte, Jack«, antwortete Hansford.

»Das schaffst du auch nie, wenn du weiter bei Pferderennen wettest«, versicherte ich ihm.

Dann löste ich Bob ab, der in die Kabine ging, um dort zu schlafen. Ich war erleichtert, als wir die Westspitze Cubas hinter uns hatten. Wir wollten erstmals auf der Insel Cozumel vor der mexikanischen Halbinsel Yucatán zwischenlanden und tanken; bis dorthin waren es noch etwa zweihundert Kilometer.

Hansford wachte auf, als ich die Motoren drosselte. Wir waren seit dem Start über elfhundert Kilometer geflogen, was trotz der größeren Flächentanks der Venganza fast unserer größten Reichweite entsprach. Als wir auf fünfzehnhundert Meter gesunken waren, wurde die Insel vor uns sichtbar. Die

Gegenrevolution hatte hier einen Landeplatz angelegt, auf dem wir tanken konnten.

Als ich zweimal mit den Landescheinwerfern blinkte, flammten unter uns Fackeln auf. Wir landeten glatt und hielten vor einem Lastwagen. Alvarez stieg aus und ging mit mir auf den Führer der Gruppe zu. Dann folgte eine Unterhaltung auf spanisch, von der ich kaum ein Wort verstand.

»Sie haben uns erwartet«, sagte Alvarez zu mir. »Das Benzin ist allerdings in Zwanzigliterkanistern.«

Ich stöhnte. »Dann brauchen wir die ganze Nacht, bis die Tanks voll sind.«

Die Arbeit dauerte nicht ganz so lange, war aber trotzdem ziemlich nervtötend. Alvarez unterhielt sich inzwischen mit dem Führer der Gruppe auf Cozumel, der nichts von Vorbereitungen zu einer Invasion Cubas wußte. Er kannte nur seine Aufgabe, die daraus bestand, über Kurzwelle Befehle aus Miami oder Cuba zu empfangen und alle Flugzeuge zu betanken, die nach vorheriger Anmeldung auf der Insel landeten.

Zwei Stunden später waren wir endlich wieder unterwegs, überflogen die Insel Turneffe vor Britisch Honduras und erreichten bei Puerto Barrios die kurze Atlantikküste Guatemalas. Wir wollten nicht in der kleinen Hafenstadt landen, sondern hatten beschlossen, den Stier bei den Hörnern zu packen und nach Retalhuleu am Pazifik weiterzufliegen. Ich dachte an den großzügigen Vorschuß, den Prio mir vor dem Abflug gegeben hatte. Selbst wenn das Flugzeug jetzt beschlagnahmt wurde, konnte ich Robin Moore auszahlen und einige Zeit ohne Sorgen leben.

Bei Tagesanbruch überflogen wir Puertos Barrios und hatten nun noch vierhundert Kilometer bis zum Pazifik vor uns. Unser Bestimmungsort würde nicht leicht zu finden sein, und da wir unter Umständen mit einem unfreundlichen Empfang rechnen mußten, begannen wir die letzte Etappe mit sehr gemischten Gefühlen.

Eine Stunde später lag Guatemala City auf Backbord unter uns. Ich konnte sogar den Präsidentenpalast ausmachen und dachte dabei wieder an Oberst Armas, den ich aus dem Gefängnis befreit hatte. Er war Präsident geworden und hatte mir damals versprochen, er werde mir bei der Gründung eines Unternehmens in seinem Land behilflich sein. Dann war er jedoch von einem Angehörigen der Palastwache ermordet worden, und die politischen Verhältnisse Guatemalas hatten sich seitdem kaum stabilisiert.

Als Guatemala City eine Viertelstunde hinter uns lag, begannen wir nach der Stadt Retalhuleu zu suchen. Vor uns ging das Grün des Dschungels in das Blau des Pazifiks über. Retalhuleu war leicht zu erkennen, denn nur drei Kilometer von den letzten Häusern entfernt lag unser Ziel – ein primitiver Feldflugplatz. In der Morgensonne leuchteten einige Flugzeuge auf; ich sah alte B-26 aus dem Zweiten Weltkrieg, Transporter und mehrere zweimotorige Verbindungsflugzeuge. Die meisten Maschinen trugen keine Kennzeichen, aber einige der Zivilausführungen hatten Nummern.

»Sieht nicht gerade wie ein geheimer Luftstützpunkt im Dschungel aus«, stellte Hansford grinsend fest.

Da kein Flugzeug startbereit stand oder über dem Platz kreiste, landeten wir unaufgefordert und hielten vor einem offensichtlich neuerbauten Verwaltungsgebäude. Zu beiden Seiten des Gebäudes standen lange Reihen militärisch ausgerichteter Zelte.

»Okay, Alvarez«, sagte ich, als Bob die Motoren stillegte, »jetzt sind Sie an der Reihe. Denken Sie daran, daß wir unberechtigt hier sind. Hansford und ich behaupten natürlich, Sie seien auf Einladung des Kommandierenden Offiziers hier, was uns eine weiße Weste verschafft.«

Alvarez nickte nervös und sprang zu Boden. Als er noch vor dem Eingang des Gebäudes zögerte, kamen zwei südamerikanische Offiziere und vier Soldaten mit aufgepflanzten Bajonetten durch die Doppeltür. Der ranghöhere Offizier starrte Alvarez an, rieb sich die Augen und begrüßte ihn dann stürmisch. Die beiden umarmten sich mehrmals und sprachen rasend schnell miteinander.

Bob und ich blieben neben unserer Venganza stehen, bis die erste Wiedersehensfreude sich gelegt hatte. »Dies hier ist Captain de Perres«, erklärte Alvarez uns. »Er hat 1958 unter Camilos Führung gekämpft.«

Hansford und ich nickten zurückhaltend, da wir uns vorgenommen hatten, möglichst unauffällig aufzutreten. Die Morgenhitze wurde bereits unerträglich. Irgendwo summte ein Dieselaggregat, und die Klimaanlagen an den Fenstern des Gebäudes zeigten, daß es drinnen gemütlicher sein mußte.

»De Perres gehört zu den Führern der geplanten Expedition

nach Cuba«, fuhr Alvarez fort. »Er ist überrascht, daß ich davon weiß, und er ist entsetzt darüber, daß ich mein Wissen Castros Geheimdienst verdanke.«

De Perres nickte und forderte Alvarez auf, mit ihm hineinzugehen, wo es weniger heiß sei. Die Einladung schien auch Bob und mir zu gelten, deshalb gingen wir auf die Doppeltür zu.

Der Eingang wurde plötzlich von drei Amerikanern blokkiert, die aus dem Gebäude kamen und de Perres zurückstießen. Bob zog mich am Ärmel beiseite und stieß mich an. Ich folgte seinem Blick und erkannte zu meiner Verblüffung unseren alten Freund Bick Backus, der eine khakifarbene Uniform, einen breitkrempigen Panamahut und einen Revolver an der Hüfte trug.

Alvarez sah Backus im gleichen Augenblick. Er biß die Zähne zusammen, um sich nichts anmerken zu lassen. Backus hatte Camilo und ihn buchstäblich verraten. Und jetzt schien er hier eine wichtige Rolle zu spielen.

»Señor Backus«, rief Alvarez, »ich freue mich, Sie hier wiederzusehen. Ich vertrete Comandante Cienfuegos, Doktor Prio in Miami und die stärkste cubanische Untergrundbewegung im Exil.«

Backus starrte ihn schweigend an. Dann wandte er sich Hansford und mir zu.

»Hallo, Bick«, sagte Hansford unbekümmert. »Wie geht das Geschäft? In letzter Zeit viel Maschinen verkauft?«

Backus schwieg verbissen.

»Señor Backus«, begann Alvarez nochmals, »bringen Sie mich bitte zu dem Mann, der hier nur als ›der Oberst‹ bezeichnet wird?«

»Sie haben sich ziemlich weit von Ihrer Kindheit entfernt, Captain Alvarez«, stellte Backus fest.

»Ich habe wichtige Dinge mit Ihnen zu besprechen«, erklärte Alvarez ihm. Er warf einen Blick auf das Gebäude. »Können wir uns drinnen unterhalten?«

Backus überhörte seine Frage und wandte sich an Hansford. »Was habt ihr zwei hier zu suchen? Wie habt ihr überhaupt hergefunden?«

Seine Stimme klang eisig, deshalb antwortete ich rasch: »Doktor Prio hat uns angestellt, damit wir Alvarez zu einer Besprechung hierher bringen.«

»Ich weiß nichts von einer Besprechung«, erwiderte Backus. »Sie befinden sich auf einem illegalen Flug. Ich müßte Sie verhaften lassen.«

»He, Bick, wir sind doch angeblich Freunde«, warf Hansford gekränkt ein. »Und wir stehen ganz bestimmt auf der gleichen Seite.«

Backus sprach wieder mit Alvarez. »Ihr Freund de Perres wird mir recht geben, Captain, wenn ich Ihnen rate, sofort abzufliegen und nach Hause zurückzukehren, bevor Sie als Deserteur bezeichnet werden.«

»Aber wir arbeiten doch für die gleiche Sache, Señor Backus«, wandte Alvarez bittend ein. »Die Gruppen, die ich vertrete, wollen nur Fidel Castros kommunistische Regierung in Cuba stürzen.«

Backus schüttelte den Kopf. »Es gibt keine Amerikaner, die irgendeine Regierung stürzen wollen – und dazu gehört auch Ihre Regierung, Alvarez.«

»Fidel Castro hat unsere Regierung an die Kommunisten verraten!« rief Alvarez. »Ich weiß, was Sie hier tun. Fidel Castro weiß es. Sie brauchen unsere Hilfe. Sie haben keine Aussicht auf Erfolg, wenn die übrigen Gruppen der Gegenrevolution nicht hinter Ihnen stehen.«

Backus machte ein Zeichen, und einer der Amerikaner verschwand in dem Gebäude. Alvarez sprach noch immer, als der Agent mit einer Filmkamera zurückkam und ihn aufnahm. Hansford und ich kamen ebenfalls auf den Film; unsere Venganza im Hintergrund mußte deutlich zu erkennen sein.

Alvarez begriff endlich, daß Backus sich nicht umstimmen lassen wollte; er schwieg und merkte erst jetzt, daß er gefilmt wurde. Er warf sich mit einem Wutschrei auf den überraschten Amerikaner, wollte ihm die Kamera aus der Hand reißen und rief dabei: »Ihr bringt uns alle noch vor ein Erschießungskommando!« Ich rannte zu ihm hinüber und wollte ihn zurückziehen, denn ich war es Camilo schuldig, seinen besten Mann vor Dummheiten dieser Art zu bewahren.

Als ich Alvarez zurückriß, hielt er die Filmkamera in der Hand und warf sie auf die Treppe. Die Kamera sprang auf, und Alvarez versetzte ihr noch einen Tritt. Der Agent schlug ihm mit der Faust ins Gesicht, dann folgte ein Magenschlag, der Alvarez zu Boden warf. Gleichzeitig fiel der zweite Amerikaner über mich her.

»Was soll der Blödsinn?« rief ich wütend. »Wir haben euch doch nichts getan!«

Der andere hörte erst auf, als Backus ihm den Befehl dazu gab. Ich hatte mich so gut wie möglich gewehrt, aber nicht kräftig zurückgeschlagen, weil ich unsere Lage nicht noch verschlimmern wollte. Dann ließ der Agent von mir ab, und ich richtete mich auf. Alvarez lag im Staub und blutete aus Nase und Mund. Ich atmete tief ein und sagte zu Backus: »Er wollte euch nur helfen.«

Backus verzog keine Miene. »Wir brauchen keine Filmaufnahmen, um Sie in Cuba zu kompromittieren, wenn Sie nicht endlich aufhören, sich in fremde Angelegenheiten zu mischen, Captain Alvarez.«

Ich hatte den Blödsinn gründlich satt, als ich zu unserem Flugzeug ging, um den Erste-Hilfe-Kasten zu holen. Ich brauchte etwa fünf Minuten, um Alvarez' Gesicht zu säubern und zu verbinden.

Hansford hatte alles als unbeteiligter Zuschauer verfolgt und fragte Backus jetzt, was wir tun sollten. Backus wies auf einen großen Baum. »Wartet dort drüben im Schatten, bis ich euch benachrichtigen lasse. Ich schicke euch etwas Trinkwasser hinaus.«

Ich beobachtete, wie eine schnelle Cessna 310 landete und neben der Venganza zum Stehen kam. Der Pilot stieg mit einem versiegelten Postsack in der Hand aus, warf einen neugierigen Blick auf unser Flugzeug und verschwand im Hauptgebäude.

Am frühen Nachmittag kamen Backus und ein weiterer Amerikaner auf uns zu. Backus trug eine Zeitung in der Hand und lächelte eisig; er blieb vor mir stehen, starrte mich an und sagte: »Wir betanken Ihre Maschine und lassen Sie abfliegen.«

»Danke«, sagte ich.

»Nur schade, daß Sie mit Ihrem Mann hierher gekommen sind. Wir haben unsere Befehle und dürfen nicht auf eigene Faust handeln.«

»Das verstehen wir natürlich, Bick«, warf Bob eifrig ein. »Und Sie können sich darauf verlassen, daß Jack und ich eisern den Mund halten.«

»Das glaube ich allerdings«, meinte Backus trocken. »Ich habe euch übrigens den gestrigen *Miami Herald* mitgebracht.

Ihr müßt euch daran gewöhnen, daß die Zeit der guten Geschäfte vorbei ist.« Ich warf einen Blick auf die aufgeschlagene Seite, die Backus mir unter die Nase hielt. »Das FBI in Miami hat eine schwarze Liste der berüchtigsten Piloten zusammengestellt, die von Miami aus operieren. Niemand darf ihnen ein Flugzeug verkaufen oder verchartern, und alle ihre Bewegungen werden ständig kontrolliert.«

Ich starrte die Liste sprachlos an.

Backus lachte. »Die Namen sind in alphabetischer Reihenfolge angegeben und fangen mit dem Buchstaben Y an.«

Er hatte recht. Der erste Name auf der schwarzen Liste war Walter A. (Jack) Youngblood. Und Bob Hansford stand etwas weiter unten.

»Das war es vorläufig, Leute«, verabschiedete Backus sich. »Eure Maschine ist in einer halben Stunde betankt und startbereit.«

Ich überwachte die Betankung. Fünfunddreißig Minuten später starteten wir zum Rückflug. Bob saß auf dem rechten Sitz, ich hatte den linken eingenommen, Alvarez lag niedergeschlagen und enttäuscht in der Kabine.

Nachdem wir Kurs auf Cozumel genommen hatten, ging ich zu Alvarez in die Kabine. »Wir bringen Sie sicher nach Florida, Juan«, versprach ich ihm.

»Gracias«, antwortete Alvarez erleichtert. »Wie Sie sehen, habe ich in Cuba nichts mehr verloren.«

Ich klopfte ihm auf die Schulter. »Vielleicht sieht alles besser aus, wenn Sie erst wieder in Miami sind.«

Alvarez schüttelte traurig den Kopf und antwortete nicht.

Ich war ganz seiner Meinung. Dies war für mich der endgültig letzte Flug an Bord der Venganza. Ich hatte keine Lust, auf der schwarzen Liste meiner Regierung zu stehen, obwohl ich Einsätze geflogen hatte, die einer bestimmten Regierungsbehörde nur recht sein konnten, da sie selbst ähnliche Ziele verfolgte.

Dann saß ich wieder im Cockpit neben Bob. Dies war also der letzte Flug. Gut. Ich konnte es kaum noch erwarten, endlich in Miami zu landen und nach etwas Neuem Ausschau zu halten.